Ketil Bjørnstad
Die Frau im Tal

Roman

Aus dem Norwegischen von
Lothar Schneider

Insel Verlag

Die Originalausgabe erschien 2009 unter dem Titel
Damen i dalen bei Aschehoug & Co., Oslo

Druck: Friedrich Pustet, Regensburg
Printed in Germany
Erste Auflage 2010
ISBN 978-3-458-17477-6

1 2 3 4 5 6 – 15 14 13 12 11 10

Für Fanny

Die Frau im Tal wohnt bei einem Berg
und schaut dich jeden Abend von weitem an.
Du liebst eine Flüchtende
mit vielen Gesichtern.
Sie ist wie du unterwegs
zu einem Tal, bei einem Berg.

Ole Paus, »Garman«

Don't you get sensitive on me.

Joni Mitchell, »The Hissing of Summer Lawns«

1. Teil

Die Sekunden davor

»Versuch dich noch mal zu erinnern.«

»Erinnern woran?«

»Was hast du gefühlt.«

»Ich war im Wasser. Die Strömung riß mich mit, und ich ruderte mit den Armen. Sie war viel stärker, als ich gedacht hatte.«

»Hat es dich erschreckt?«

»Ja, obwohl ich vorbereitet war. Ich hatte auf einem Stein gesessen und stundenlang geraucht und nachgedacht.«

»Du hast das Für und Wider erwogen?«

»Ja.«

»Und dann hast du dich entschlossen?«

»Ich wußte, daß es darauf ankam, mich weich und willenlos zu machen, mich zu konzentrieren, der Aufprall auf den Steinen würde ohnehin hart genug sein.«

»Du warst dir sicher, daß du ertrinken würdest?«

»Ich dachte, daß ich mich vielleicht an den scharfkantigen Steinen tödlich verletze. Ich hatte nicht damit gerechnet, daß das Wasser so kalt war. Die Überraschung dauerte nur einen Augenblick. Der Wille war in dem Moment stärker als die Angst. Ich wollte dasselbe fühlen, was Marianne gefühlt haben mußte. Daß die Entscheidung gefallen war, daß sie die Kontrolle hatte, daß sie durchführen konnte, was sie sich vorgenommen hatte.«

»Dachtest du an deine Mutter?«

»Nicht in dem Moment. Das ist so lange her.«

»Aber es war der gleiche Fluß?«

»Ja. Ein beinahe vertrautes Gefühl. Deshalb wollte ich nicht aufgeben. Ich wollte es hinter mich bringen. Ich erinnere mich, daß ich mit der Strömung dahinschoß und mich darauf vorbereitete, auf den Felsblock zu prallen, der in all den Jahren dagelegen und nur auf mich gewartet hatte.«

»Wirklich?«

»Ein spitzer Stein verletzte mich, aber nicht ernsthaft. Da konzentrierte ich mich noch mehr. Mein einziger Gedanke war, es zu schaffen, es mußte mir gelingen, so wie es Marianne gelungen war, wie es Anja gelungen war, auch wenn Marianne nie zugab, daß Anja Selbstmord begangen hatte.«

»Wir wollen jetzt nicht über Anja reden.«

»Das kalte Wasser lähmte die Muskeln und machte mich gefühllos. Aber ich hatte keine Angst. Nicht in dem Moment. Ich stellte mir vor, daß ich mit allem, was ich tat, ihnen näher kommen würde.«

»Deshalb wähltest du den Fluß?«

»Ich weiß nicht, warum ich den Fluß wählte. Ist das wichtig? Hast du eine Kartei, um die Menschen in Gruppen einzuteilen? Die, die sich aufhängen? Die, die sich die Pulsadern aufschneiden? Die, die aus dem Fenster springen?«

»Verzeihung. Ich versuche mich einzufühlen.«

»In den Strudeln weiter flußabwärts ging es plötzlich schneller.«

»Bekamst du Angst?«

»Nein, ich wurde wütend. Gleichzeitig war es plötzlich ernst, wie vor einem großen Konzert. Die Angst, zu versagen, verletzt zu werden, vielleicht verkrüppelt. Ich war feige.«

»Nenne es, wie du willst.«

»Ich versuchte, mit dem Kopf voraus zu schwimmen, trieb aber quer dahin und knallte gegen einen Stein, daß mir die Luft wegblieb. Ich öffnete den Mund und schnappte nach Luft ... Aber da war nur Wasser.«

»Darauf warst du nicht gefaßt?«

»Nein, nicht darauf, keine Luft zu bekommen, sondern nur Wasser. Ich konnte nicht einmal husten. Ein Gefühl, als würde der Kopf zu brennen anfangen.«

»Aber du hattest nach wie vor den festen Willen, das zu tun, was du dir vorgenommen hattest?«

»Nein. Jetzt hatte ich plötzlich das Gefühl, in der Falle zu sitzen. Alles wurde ernster, als ich mir das vorgestellt hatte. Ich erinnere mich an das Gefühl, zu sinken. Gleichzeitig füllten sich die Gehörgänge mit einem kreischenden Laut.«

»Du bereutest dein Vorhaben?«

»Es war, als würde jemand eine Stahlplatte durch mein Gehirn ziehen. Da begriff ich, daß mich nur Sekunden vom Tod trennten.«

»Wie fühltest du dich da?«

»Einsam. Meine Augen waren weit geöffnet, und ich starrte leer ins Wasser.«

»Du erkanntest, daß dein Ende nahe war?«

»Ja. Das machte mich panisch. Noch nie hatte ich mich so lebendig gefühlt.«

»Was hast du da gemacht?«

»Ich konzentrierte mich darauf, bewußtlos zu werden. Ich sank weiter, obwohl ich das nicht wollte. Da merkte ich zum erstenmal ein Sausen. Ein großes, unheimliches Geräusch, das den Laut der Stahlplatten übertönte. Auf einmal wurde alles sehr langsam. Als würden sowohl die Gedanken als auch die Gefühle aufhören.«

»Und dann?«

»Die Welt verstummte. Sie verschwand über mir. Was blieb, war eine fürchterliche, ohrenbetäubende Ruhe.«

»Du warst im Schock.«

»War ich das? Ich erinnere mich nur, daß ich den Grund des Flusses erreichte, daß ich mich in etwas befand, das weder Tod noch Leben war.«

»Was war es dann?«

»Ein Wartezimmer.«

»Ein Wartezimmer?«

»Ein Wartezimmer, in dem ich lag, ohne einen Körperteil bewegen zu können. Nicht einmal die Finger. Ich lag da wie ein Toter, war aber noch am Leben.«

»Und das Licht?«

»Da war kein Licht. Das ist totaler Unsinn, daß behauptet wird, wenn man stirbt, sei viel Licht.«

»Du erinnerst dich so genau?«

»Ja, es war dunkel. Ganz schwarz. Ein Gefühl, als hätte mich das Wasser im Gehirn eingesperrt, als würde der Tod den Körper Stück für Stück erobern, von den Fingern und Zehen durch die Adern bis direkt zum Herzen.«

»Was geschah dann?«

»Ich spürte einen unerwarteten, stechenden Schmerz. Nicht von einem Stein. In meinem Mund war etwas Spitzes, das sich hineingebohrt hatte. Das tat fürchterlich weh.«

»Du hast nicht begriffen, daß das das Leben selbst war?«

»Ich spürte plötzlich die Schnur. Erst *da* wurde mir klar, daß mich jemand geangelt hatte, daß irgendein Idiot dabei war, mich aus dem Wasser zu ziehen.«

»Du warst wütend?«

»Ja. Denn ich wollte doch nur zu *ihnen*.«

Ein Freund in der Not

Drei Tage vorher:

Er steigt zu mir in den Krankenwagen. Er legt die Angelrute und alle Blinker auf den Boden. Er ist groß und blaß und viel zu dünn und raucht ständig selbstgedrehte Zigaretten. Er heißt Gabriel Holst. Das sagt er jedenfalls zum Fahrer des Krankenwagens, der ihn lobt, weil es ihm so schnell gelang, das Wasser aus meinen Lungen zu pressen. Er antwortet, daß er sich mit erster Hilfe auskennt. Er ist von der bedächtigen Art. Er redet langsam. Nickt langsam. Ich liege auf der Tragbahre und starre verwirrt zu ihm hinauf.

»Ich kenne deine Schwester«, sagt er.

»Woher weißt du das?« sage ich.

»Cathrine Vinding, richtig? Sie ist die Schwester von Aksel. Bist du nicht Aksel Vinding?«

»Doch. Was weißt du von mir?«

»Ich war in deinem Debütkonzert.«

»Wirklich?«

»Nicht soviel mit ihm reden«, sagt der Notarzt, der meinen Puls kontrolliert. »Er ist im Schock.«

»Immer mit der Ruhe«, sagt Gabriel Holst und bläst Rauchkringel in die Luft. »Er atmet jetzt. Er atmet morgen. Das kriegen wir hin.«

Der Rettungswagen fährt mit Blaulicht, aber ohne Sirene. Gabriel Holst und der Notarzt sitzen neben mir. Gabriel Holst streicht mir ständig über die Stirn. Das irritiert mich. Ich wende mich ab. Dann fehlt mir die Wärme seiner Hand, und ich schiele hinauf zu ihm.

»Mach jetzt die Augen zu«, sagt er ruhig. »Ruh dich aus.«

Ich gehorche.

»Ihr habt ja keine Ahnung«, sage ich.

»Du bist verzweifelt und wütend. Das ist verständlich. Aber du darfst nicht sterben. Noch nicht. Das ist ein Befehl. Du kannst so wütend werden, wie du willst. Versuch, an etwas anderes zu denken. Hast du schon mal daran gedacht, daß die Musik nur aus zwölf Tönen besteht? Zwölf erbärmlichen Tönen? Das ist alles, was man für Beethovens Neunte Sinfonie braucht oder für ›Stella by Starlight‹.«

»Ich weiß nicht, was du da redest.«

»Noch ein Grund, um zu leben«, sagt er. »Stell dir vor, daß wir neunundzwanzig Buchstaben brauchen, um uns auf norwegisch ausdrücken zu können. Stell dir all das vor, was du nicht weißt. Stell dir vor, daß du in diesem Moment nicht einmal weißt, was du im Takt Hundertdreiundfünfzig spielen sollst, welchen der zwölf Töne du genau an der Stelle wählen sollst.«

»Das ist erschreckend«, sage ich.

»Es kommt ganz darauf an, welches Stück du spielen willst«, sagt er. »Oder, wenn du Jazzmusiker bist, welche Gefühle und Gedanken du in dem Moment im Kopf hast. Die Zukunft wird es zeigen, also vertrau auf sie.«

Als der Rettungswagen auf das Gelände des Krankenhauses fährt, erkenne ich die Mauern wieder.

»Der Puls ist immer noch schwach«, sagt der Notarzt.

»Es ist nicht lange her, seit ich das letzte Mal hier war«, murmele ich halb bewußtlos.

»Nicht reden«, sagt Gabriel Holst.

Sie wollen mich ins Gebäude rollen. Ein neuer Arzt steht bereit, um zu übernehmen. Er wirkt grau und alt und verbraucht.

»Ich kann selber gehen«, sage ich.

»Du kannst nicht einmal stehen«, sagt der neue Arzt.

»Denk an Charlie Parker«, witzelt Gabriel Holst. Er hat oft zwei Stunden vor dem Konzert langgelegen. Manchmal auch mitten im Konzert!«

»Muß ich *heute abend* ein Konzert geben?«

»Man kann nie wissen. Am besten, man hält sich bereit.«

Ich erkenne das Zimmer wieder, in das man mich rollt. Das kalte, hoffnungslose Licht, die sterilen, grauweißen Wände, das Bild einer Gebirgslandschaft, die traurige Leere.

»Hier ist Anja Skoog gestorben«, sage ich.

»Solche Zimmer gibt es viele in diesem Krankenhaus«, sagt der Arzt.

Sie stechen mit Nadeln, schließen Schläuche an, bringen die Apparate zum Brummen und Pfeifen. Die Augen des Arztes sind ohne Gefühl. Gabriel Holst hat die Hand auf meiner Stirn. Die Finger riechen nach Tabak.

»Ich will gar nicht behaupten, daß du beinahe eine Dummheit gemacht hättest. Du hast deine Freiheit. Aber jetzt bist du hier.«

»Was ist eigentlich passiert?«

»Ich habe dich geangelt.«

»War ich nicht viel zu schwer?«

»Natürlich. Ich hatte ein Zubehör für Süßwasser und eine der besten Glasfiberruten. Die Sehne 0,25 mm dick, der Löffelköder 10 Gramm schwer. Ich hab ihn mitgebracht.«

Er zieht den Blinker aus der Tasche und zeigt ihn mir. Er ist schwarz mit gelben Punkten.

»Willst du ihn haben? Als Erinnerung?«

»Nein danke.«

»Er hat dir das Leben gerettet.«

»Warum ist die Schnur nicht gerissen?«

»Mit dieser Angel könnte ich theoretisch einen Fisch von 20 Kilo herausholen, obwohl sie nur für maximal drei berechnet ist.«

»Ich wiege achtzig Kilo.«

»Aber du hast keinen Widerstand geleistet. Du hast im Wasser gelegen. Du warst bewußtlos.«

»Ich spürte den Schmerz im Mund.«

»Das muß gewesen sein, bevor du die Besinnung verloren hast. Natürlich hatte ich Angst, die Schnur könnte reißen, denn die Strömung war stark. Aber ich zog dich in einen Kolk. Du bewegtest keinen Muskel, deshalb war ich davon überzeugt, daß du tot warst. Kannst du dir vorstellen, wie wenig angenehm es ist, die Leiche eines jungen Mannes herauszuziehen, wenn man eigentlich Bachforellen angeln wollte?«

»Warum warst du in meinem Konzert?«

»Ich wollte Prokofjew kennenlernen. Der Mann muß nicht ganz richtig im Kopf gewesen sein.«

»Du bist auch Musiker?«

Gabriel Holst zuckt die Schultern

»In gewisser Weise. Aber nicht für Konzertsäle. Ich spiele Baß. Liegend. Und wenn wir über ein Instrument mit solchen Formen sprechen, dann sprechen wir von einer Frau.«

»Gib mir jetzt doch diesen Angelhaken«, sage ich.

Eingeschlossen

Es ist ein Tag vergangen. Ein Tag fast ohne Erinnerungen, abgesehen von schweren, zähen Träumen und dem Gefühl, daß zwölf Töne in verschiedenen Farben wie Pingpongbälle in meinem Kopf herumspringen. Ich laufe mit einem Schmetterlingsnetz herum, und es gelingt mir nicht, auch nur einen davon zu erwischen.

Er heißt Gudvin Säffle, norwegisch-schwedische Herkunft, verständnisvoll und mit eindringlichem, südschwedischem Akzent. Wir sitzen in seinem Büro. Er reibt sich energisch die Hände. Sie sind trocken, und ich sehe, daß er Nägel kaut. Außerdem ist er unter Zeitdruck. Der ewige Kampf um die Bettenkapazität.

»Wo sollen wir anfangen?«

»Ich bin hier, weil Sie es wollen«, sage ich.

»Bitte jetzt keine unnötigen Schwierigkeiten«, sagt er tonlos. »Du warst beinahe tot. Wenn man bereits Wasser in der Lunge hat, ist es eine Sache von Sekunden. Außerdem war das Wasser des Flusses sehr kalt. Der Mann, der dich herausgezogen hat, erzählte, daß er dich im Wasser gar nicht gesehen hat. Er spürte nur plötzlich einen Ruck an der Angel.«

Ich rolle mit der Zunge über die Wunde und nicke.

»Der Entschluß zu dieser Tat muß viel Energie gekostet haben«, sagt er, während er einen Blick in seine Unterlagen wirft.

»Nicht sehr viel. Ich wollte nur dorthin, wo sie sind.«

»Alles hat eine Erklärung.«

»Komme ich nun heute raus?«

»Du mußt uns etwas darüber erzählen, was du denkst. Es ist unsere verdammte Pflicht als Fachärzte, uns ein Bild davon zu machen, wer unsere Patienten sind.«

»Wer hat gesagt, daß ich Ihr Patient bin?«

»Die, die dich zu mir geschickt haben.«

»Was kann ich erzählen?«

»Etwas, was uns die Möglichkeit gibt, besser einzuschätzen, wie es dir im Moment geht.«

»Marianne hat gesagt, ich würde sie an ›The Only Living Boy In New York‹ erinnern. Damals verstand ich nicht, was sie damit meinte. Aber als sie tot war, verstand ich alles. Sie hat uns beide getötet, aber nur *sie* war tot.«

»Das ist ein gefährlicher Gedanke.«

»Dann eben nicht!«

Ich merke, daß es mir schwerfällt, zu reden. Mein Mund ist trocken. Ich kann nur mit Mühe Konsonanten hervorbringen.

»Ich habe in der Zeitung von deinem Debüt gelesen«, sagt Gudvin Säffle plötzlich. Er windet sich auf seinem Stuhl, fühlt sich offenbar unwohl.

»Tatsächlich?«

»Die Besprechungen sind ausgezeichnet«, sagt er, als würde er mir eine große Neuigkeit mitteilen. »Ich halte mich auf dem laufenden, so gut ich kann. Ich spiele selber. Täglich mindestens eine Dreiviertelstunde. Schumanns Fantasiestück ›Aufschwung‹ ist das Jahresziel. Kein ganz leichtes Stück, nicht wahr?«

Ich nicke. »Schwierig genug. Ein schönes Stück. Aber achten Sie darauf, es nicht zu schnell zu spielen.«

»Ach so?« sagt er und beugt sich über den Tisch. »Ist das wichtig?«

»Besonders, wenn man Schumann spielt«, sage ich. »Spielt man Schumann zu schnell, verschwindet das Ungestüme. Dann wirkt es nur gequält.«

»Bloß nicht. Aber das klingt plausibel. Hier spreche ich ohne Zweifel mit einem Experten. Gibst du auch Stunden?«

»Nein.«

»Aber ich brauche einen guten Klavierlehrer.«

»Davon gibt es genug. Ich kann Ihnen bei Gelegenheit ein paar Namen nennen.«

»Das wäre schön.«

»Als Gegenleistung müssen Sie mich jetzt rauslassen. Marianne wird am Donnerstag begraben. Bis dahin habe ich noch viel zu erledigen.«

Er nickt. »Wir werden sehen«, sagt er. »Bis zu einem gewissen Punkt kann die Entscheidung für den eigenen Tod eine Privatangelegenheit sein. Aber sobald dich die Ärzte in die Finger kriegen, ist das etwas anderes. Die Gesellschaft will, daß alle so lange wie möglich leben. Der Tod ist zu wichtig, um ihn Privatpersonen zu überlassen.«

»Ich will sowieso nicht sterben«, sage ich.

Gudvin Säffle beugt sich über den Tisch.

»Dann hilf mir, das zu glauben«, sagt er.

Ein Fisch an Land

Die folgenden zwei Tage und Nächte kontrollieren sie mich fast ununterbrochen. Sehen nach mir. Sprechen über mich. Geben mir Beruhigungsmittel. Nur kurzzeitig bin ich allein. Dann liege ich im Bett in meinem Zimmer. Dann sehe ich Marianne, die im Vorratskeller hängt. Dann überkommt mich das Schuldgefühl. Säffle hat recht. Warum habe ich nicht den Strick gewählt? Warum nicht die Rasierklinge? Warum nicht Tabletten? Sie muß sich so sicher gewesen sein, daß das, was sie tat, richtig war. Und ich habe nichts begriffen, saß am Flügel, benebelt von meinem Spiel, besessen von meinem Debüt. Wie lange hat das Kind noch in ihrem Körper gelebt? Ich liege im Bett in meinem Zimmer und höre, daß auf der anderen Seite der Wand jemand schreit.

Ich treffe andere Patienten im Raucherzimmer. Wir sind von Aufsehern umgeben. Sie lassen uns in Frieden. Ich bin jetzt einer von ihnen. Einer von denen, die es gemacht haben. Jedenfalls versucht haben. In einer Ecke sitzt ein junges Mädchen und raucht selbstgedrehte Zigaretten, wie Marianne. Sie trägt ein kurzärmeliges, rosa T-Shirt. An jedem Handgelenk hat sie einen Verband. Aber sie ist noch an anderen Stellen aufgeschürft, am Hals und entlang der Adern am linken Arm. Egal, wohin sie blickt, sie nimmt keinen von uns wahr.

Ein dickes, etwa zwanzigjähriges Mamasöhnchen mit glänzend fettigem Haar, blauem Blazer und schwarzer, fleckiger Hose sitzt da und raucht Filterzigaretten. Auf den Knien liegt aufgeschlagen ein Buch. William Golding, *Herr der Fliegen*. Aber er hat seit mehreren Minuten nicht darin gelesen, und wenn er es versucht, vergehen nur wenige Sekunden, und er blickt wieder auf, starrt auf das Bild an der Wand, ein wettergegerbter Fischer, gemalt von Christian Krohg, und sucht darauf ein Detail, das keiner von uns anderen sieht. »Verflucht, der konnte malen«, sagt er wieder und wieder.

Dann ist da der kaputte Typ mit Muskeln und Tätowierungen. Er will mit einem unserer Aufseher ein Gespräch über das Wetter beginnen. Für mich sind alle Aufseher, auch die junge Frau mit dem weichen und fast wehrlosen Blick, die aussieht, als könnte sie jederzeit ihren weißen Kittel ausziehen und eine Zigarette mit uns rauchen.

Ich rauche Pall Mall mit Filter, breche aber den Filter ab, wie mir Marianne geraten hatte. Ich betrachte die Patienten um mich herum und denke, daß wir alle hier den Wunsch haben, uns zu Tode zu rauchen, leicht und unsichtbar zu werden wie der Rauch, frei wie der Rauch, uns wegzupusten von uns und den Geschichten, die uns hergebracht haben. Vielleicht ist meine Geschichte die schlimmste. Trotzdem fühle ich mich hier nur als Gast.

Manchmal gehe ich zu dem großen Fenster mit der Aussicht auf den Kindergarten. Da steht ein kleines Mädchen am Klettergerüst und weint. Keiner von den Erwachsenen bemerkt es. Ich will das Fenster öffnen, aber es läßt sich nicht öffnen. Sie steht da mit einer Schaufel in der Hand. Ein paar Jungs haben sie mit Sand beworfen. Jetzt kommen sie wieder, ihre Eimer voll Sand. Wie alt mag sie sein? denke ich. Was versteht sie von dem, was gerade geschieht? Denkt sie an ihre Mama und ihren Papa? Fühlt sie sich allein? Hat sie Angst? Ich merke, daß diese Gefühle gefährlich sind. Ich darf nicht zu weinen anfangen. Das muß ich von mir wegschieben. Vielleicht für immer. Nicht daran denken, daß ich Vater war. Keine Empfindungen. Keine Sehnsüchte nach etwas, das ich nie gesehen habe und nie sehen werde.

Träume ich? Oder ist es wirklich W. Gude, der mich besucht, im sommerlichen Burberry-Mantel, auf dem Kopf die Mütze mit dem Schottenkaro und die Stummelpfeife im Mund. Er küßt mich schmatzend auf die Wange, so als sei ich sein erstgeborener Sohn.

»Nichts sagen«, sagt er. Die Worte kommen wie Geifer aus seinem Mund. »Keine Angst. Niemand weiß, daß ich hier bin.«

»Weißt du, was Marianne sagte?« frage ich. »Das Leben ist in den Augen der Toten. Eine Intensität im Blick, wie du es bei keinem lebenden Menschen findest. Hast du das gesehen, Gude? Erinnerst du dich, als man sie abschnitt?«

»Ach, mein Junge. Wir sollten fähig sein, diese Verzweiflung abzuschütteln. Selma Lynge weiß noch nichts. Die

Welt weiß auch noch nichts. Du wirst jetzt zum Mythos. Nach einem Erfolg zu verschwinden kann nie schaden. Schlimmer wäre es, wenn du vor einem Reinfall davonlaufen würdest.«

»Was weißt du über meinen Zustand?«

»Die Ärzte sind Musikliebhaber, mein Lieber. Die Schweigepflicht, von der sie reden, halten sie niemals durch. Überall im Krankenhaus wird über dich getuschelt und gemunkelt. Du trauerst um deine verstorbene Frau. Müssen wir das vertiefen? Ich möchte über die *Zukunft* reden, mein Junge, über all das, was vor dir liegt. Große Künstler brauchen Tragödien. Du bist ein großer Künstler, deshalb mußt du mit Schicksalsschlägen rechnen. Und vergiß nicht, du wirst nun mit den hervorragendsten Orchestern spielen. Arbeit ist die beste Therapie. Die Zeit heilt alle Wunden, und die ganze Welt wartet.«

»Wartet worauf?«

»Daß du Rachmaninow spielst, wie er noch nie gespielt wurde. Hast du dir die alten Aufnahmen mit dem Meister persönlich angehört? Eine pathetische, hohle Virtuosität. Als wolle er mit den federleichten Klangkaskaden Insekten imitieren oder das Geräusch von perlendem Champagner. Er begriff selbst nicht, welchen Geniestreich er vollbracht hatte. Ebensowenig begreifst du, wie bedeutend du geworden bist. Deshalb werde ich dich künftig nicht mehr in Ruhe lassen. Ich weiß, wann ich ein Talent am Haken habe.«

»Bitte nicht diesen Ausdruck.«

»Habe ich etwas Falsches gesagt? Ich werde dich jetzt im Sommer nicht weiter belästigen. Aber dann ...«

»Welches Konzert von Rachmaninow?«

»Nummer zwei.«

»Um Himmels willen. Warum das?«

»Weil es zu Tode gespielt ist. Weil du und sonst keiner es neu beleben kann. Weil er es in einem Zustand tiefer Depression und psychischer Labilität komponierte. Wußtest du, daß er es seinem Psychiater Nicolai Dahl widmete?«

»Mein Psychiater heißt Gudvin Säffle. Ich glaube nicht, daß er ein Konzert verdient.«

»Mach einfach nur, was ich dir sage, mein Junge. Dann wird alles gut.«

Ich schlafe ständig ein, um dann jäh wieder zu erwachen. Das kommt von den Medikamenten. Ich weiß, daß man mich in der geschlossenen Abteilung festhält, was aber ohne Zustimmung der Angehörigen nicht erlaubt ist. Aber wer sind die Angehörigen? Vater, der genug mit seiner neuen Liebe in Sunnmøre zu tun hat? Meine Schwester Cathrine, die eben von einer Weltreise zurückgekehrt ist und sich noch nicht bei mir gemeldet hat, obwohl ich sie vorigen Mittwoch bei meinem Debütkonzert im Publikum gesehen habe. Ganz offensichtlich folgt Gudvin Säffle einer Art Therapieplan, zugeschnitten auf solche wie mich. Säffle will meinen Vater benachrichtigen, aber ich schreie ihn an, dazu hat er kein Recht. Er sagt, er müsse feststellen, wer zu meinem sozialen Netz gehört, aber ich gebe ihm nur einen Namen: Rebecca Frost.

Ein paar Stunden später sitzt sie plötzlich neben mir, auf dem Stuhl in meinem Zimmer und streichelt meine Hand, starrt mich mit ihren blauen Augen an, die bei mir früher immer unanständige Gedanken hervorgerufen haben.

Ich zeige ihr den Löffelköder.

»Ein falscher kleiner Fisch«, sage ich. »Häßlich auch noch. Aber er hat mein Leben gerettet.«

»Was war das bloß für ein dummer Einfall?« sagt sie.

»Du darfst mir nicht böse sein.«

Da beginnt sie zu weinen.

»Du darfst nie mehr versuchen, dich auf diese Weise davonzustehlen. Warst du betrunken?«

»Nein.«

»Was hast du dir eigentlich dabei gedacht?«

»Ich saß einfach da am Flußufer. Hatte nicht geschlafen. Die Gedanken wurden härter und härter. Ich sah nur noch das dahinströmende Wasser. Hörte das Rauschen und meinte, das müßte ganz leicht sein. Es genauso machen wie Marianne. Alle Probleme auf einmal lösen.«

»Ich habe dich gewarnt«, sagt sie ernst, auf ihre altkluge Art. »Sie hat dich verleitet, so destruktiv zu denken. Daß sie siebzehn Jahre älter war als du, spielte eigentlich keine Rolle, aber daß sie Anjas Mutter war ... Kein Mann ist für derartige Beziehungen geeignet. Eine Frau auch nicht. Außerdem hast du *Anja* geliebt.«

»Du weißt nicht, was zwischen Marianne und mir war.«

»Nein. Aber du hast sicher gewußt, wie labil sie war. Du mußt doch verstehen, daß wir, die dich lieben, Angst um dich hatten.«

»Ich wußte nicht, daß ihr Zustand so extrem war. Nicht einmal nach ihrem ersten Versuch wollte ich es wahrhaben. Ich glaubte, sie wäre absolut offen. Ich bin so naiv gewesen, war völlig in meiner eigenen Welt.«

»Ich habe sie als Ärztin bewundert.« Rebecca streichelt meine Hand. »Sie hat so vielen Frauen geholfen.«

Ich ziehe meine Hand weg.

»Hör auf mit dem Gerede. Du warst nicht einmal auf meinem Debütkonzert.«

»Du weißt warum!«

»Dein Ehemann!«

»Ich habe ständig an dich gedacht. Ich freute mich über deinen Erfolg, als ich die Kritiken in den Zeitungen las. Es ist ungerecht, daß dich gerade jetzt etwas so Schreckliches treffen muß.«

Ich nicke. »Manche Menschen erzeugen Katastrophen, egal wohin sie sich wenden.«

»Sag so was nicht.«

»Du und Christian, ihr seid noch glücklich miteinander?«

»Ja, aber das heißt nicht, daß ich dich nicht auch brauche. Eigentlich hätten wir zusammengehört, aber das hast du nie kapiert.«

»Und wenn es tatsächlich so gekommen wäre, hätten all die schrecklichen Dinge nicht geschehen müssen, meinst du das?«

»Gewissermaßen.«

»Erinnerst du dich an vorigen Sommer? Wir beide in eurem Ferienhaus?«

»Ja. Die Yacht, die gekentert ist. Unsere Rettungsaktion und Marianne als Schiffbrüchige im Wasser. Damit hat alles angefangen.«

»Der Anfang vom Ende. Trotzdem ist es, als würde ich sie jeden Abend im Fenster des Krankenzimmers sehen.«

»Hör auf, so zu reden!«

»Warum nicht? Woher wissen wir, daß sie weg ist? Warum singt diese Amsel ausgerechnet jetzt im Park da draußen?«

»Solche Gedanken können gefährlich werden, Aksel!«

»Nein. Als ich aus dem Fluß gezogen wurde, war sie weg. Völlig verschwunden. Da glaubte ich, daß ich sie nie wiedersehen würde.«

»Du glaubst wirklich, daß du sie wiedersehen wirst?«

»Ja.«

Rebecca erhebt sich und geht zu meinem Schrank. Sie tastet die Kleidungsstücke ab, die dort hängen.

»Du versteckst doch hoffentlich keine Tabletten, oder?«

Ich überlege. Dann schüttele ich den Kopf.

Rebecca schaut mich fragend an. »Warum grinst du?«

»Ich grinse nicht«, sage ich.

»Ich mache mir ernsthaft Sorgen um dich, Aksel.«

Sie kommt zu mir. Ich stehe auf, mache deutlich, daß sie jetzt gehen soll.

»Mit diesen Skoogs stimmt etwas nicht«, sagt Rebecca. »Das habe ich von Anfang an gespürt. Anja war ja noch mehr oder weniger arglos, aber sie hat dich in ihren Bann gezogen. Wie später dann Marianne. Als hätten beide, jede auf ihre Weise, nur still dagesessen und auf dich gewartet, überzeugt davon, daß du ihnen früher oder später ins Netz gehen würdest.«

Sie streift meine Hand.

»Gibt es noch mehr Frauen im Skoog-Clan?«

»Nur eine Schwester.«

»Eine Schwester? Ist sie älter oder jünger?«

»Was hat das mit der Sache zu tun?« sage ich ärgerlich. »Ich habe sie noch nie gesehen, auch nicht bei Anjas Beerdigung.«

»Aber sie ist eine Skoog?«

»Nein. Natürlich nicht. Sie heißt Liljerot. Sigrun Liljerot. Marianne hieß auch einmal Liljerot.«

Rebecca formt den Namen mit den Lippen. »Was bedeutet schon ein Name.«

»Manchmal weiß ich nicht, wer von uns beiden verrückter ist«, sage ich.

»Das war es, was ich mit der Yacht gemeint habe. Stell dir vor, wir hätten den Schiffbruch nicht bemerkt. Stell dir vor, es hätte an diesem Tag geregnet und wir wären drinnen gesessen. Dein ganzes Leben wäre anders verlaufen.«

»Ja, weil wir dann vielleicht zusammengekommen wären. Weil du auf Anja eifersüchtig warst und später auf Marianne, vom ersten Moment an!«

»Dann reden wir nicht mehr darüber.« Rebecca preßt die Lippen zusammen, zieht einen Flunsch.

»Du mußt mich hier herausholen! Ich will ein freier Mann sein, wenn ich zum Begräbnis gehe! Ich möchte wieder zu Hause wohnen. Du mußt mit meinem Arzt reden. Du als Medizinstudentin weißt sicher, was er hören will.«

Ich sehe den Zweifel in ihren Augen. Sie denkt an Rasierklingen, Pillen und den Strick.

»Du mußt mir vertrauen!«

»Und wenn ich das tue, wird alles nur wieder wie vorher«, sagt sie.

»Nichts kann mehr werden wie vorher«, sage ich.

Schumann mit Säffle

Ich sitze in Gudvin Säffles Büro, und wir reden wieder über Schumann. Er fragt mich, ob ich schon viel von ihm gespielt habe.

»Was soll dieses seltsame Gerede über Schumann?« sage ich.

»Schumann ist interessant«, sagt Gudvin Säffle. »Entweder man liebt Musik oder nicht.«

»Weil er verrückt wurde? Weil er sich im Rhein ertränken wollte?«

»Du kennst also seine Tragödie?« sagt Gudvin Säffle überrascht.

»Na ja«, sage ich. »Ist das die Art, wie ihr Psychologen arbeitet?«

»Ich bin Psychiater«, sagt er, jetzt sehr bestimmt.

»Ihr testet meine Psyche am Beispiel eines Komponisten, der seit über hundert Jahren tot ist und von dem ich fast nichts gespielt habe?«

Gudvin Säffle wird unsicher. »Mit Psychiatern ist es wie mit Musikern«, sagt er. »Wir müssen ausprobieren und feilen. Das ist nicht böse gemeint.«

»Worauf wollen Sie hinaus?«

»Was die Musik für dich bei dieser Geschichte bedeutet. Du hast debütiert an dem Abend, an dem sie ...«

»An dem Abend, an dem sie sich erhängte. Reden Sie nicht darum herum. Es ist erst ein paar Tage her.«

»Richtig. Erst ein paar Tage.«

Gudvin Säffle nickt.

»Ein großes Ereignis«, sagt er. »Wenn sich jemand das Leben nimmt, tut er das häufig nach großen Ereignissen. Ist das nicht seltsam?«

»Das nächste große Ereignis in meinem Leben ist das Begräbnis von Marianne«, sage ich.

Gudvin Säffle betrachtet mich nachdenklich. »Richtig. Du nimmst mir das Wort aus dem Mund. Wie können wir sicher sein, daß du nicht wieder eine Dummheit machst?«

»Erstens war es keine ›Dummheit‹. Und zweitens werden Sie nie sicher sein können. Sie wollten über Schumann reden? Dann wissen Sie zweifellos auch, daß er nach seinem Versuch, sich zu ertränken, nie mehr derselbe war wie vorher.«

»Ja, er war für den Rest seines Lebens psychisch labil.« Erst jetzt merke ich, wie wütend ich bin. Am liebsten würde ich den Schreibtisch, hinter dem er sitzt, umkippen. Statt dessen stehe ich ruhig auf und sage:

»Sie wollen wissen, was die Musik für mich bedeutet hat. Gabriel Holst erinnerte mich daran, daß alles, was man braucht, um Musik zu machen, zwölf Töne sind. Ein klarer und unzweideutiger Ausgangspunkt. Marianne und ich, wir fanden uns in der Musik! Uns genügten diese zwölf Töne. Also, viel Erfolg mit Schumann, Doktor Säffle. Vielleicht wird er auch Ihnen zu einer neuen und verblüffenden Einsicht verhelfen. Übrigens, ihr habt nicht zufällig hier im Krankenhaus ein gutes, altes Klavier stehen?«

Zurück im Haus der Skoogs

In dieser Nacht erlebe ich noch einmal das Gefühl, am Grund des Flusses zu liegen, ohne träumen zu müssen. Die Vorstellung, dem Tod so nahe zu sein, wie man ihm als Mensch nur kommen kann, das Gefühl, daß die verschiedenen Teile des Körpers sich zu schließen beginnen. Daß es dann doch nicht dazu kommt. Ist es Marianne auch so ergangen? Was hat sie in den letzten bewußten Sekunden gedacht? Marianne hatte schon mehrmals versucht, sich das Leben zu nehmen, bevor wir uns begegnet waren. Nach dem ersten Mal, das ich miterlebt hatte, war klar, daß sie es wieder versuchen würde. Aber ich wollte das nie wahrhaben. Als hätte ich im tiefsten Innern gewußt, daß ich sie nicht daran hindern konnte, schob ich diesen Gedanken weg. Es konnte morgen passieren oder in zwanzig Jahren. Aber eines Tages, das war mir klar, würde es soweit sein, so wie mir auch klar gewesen war, daß Anja weitaus schutzloser war, als sie es nach außen zeigte. Meine Entscheidung für Marianne bedeutete, Anja nicht aufgeben zu wollen, in der Aura von Gefahr und Bedrohung, die diese Frauen ausstrahlten, sein zu wollen. War es so einfach? Kennengelernt hatte ich all das zuerst durch Mutter. Wie ich da in meinem Bett im Krankenhaus liege, höre ich gleichsam das Echo der Auseinandersetzungen zwischen Mutter und Vater. Wo Mutter sich aufhielt, war immer Unruhe. Ihre Sehnsucht nach einem anderen Leben war so intensiv, daß man in ihrer Nähe nie an ein vollkommenes Glück glauben konnte. Ein einziges falsch klingendes Wort, und es war geschehen. Vielleicht habe ich das nach ihrem Verschwinden am meisten vermißt – die Momente, die etwas bedeuteten, daß das Leben, egal ob am Dienstag oder am Donnerstag, heiliger Ernst war. Mutter ertrug die Halbherzigkeit nicht, die Vater ihr mit seinen amateurhaften und unrealistischen Projekten bot. Mutter ertrug keine Lügen und Oberflächlichkeiten. Ebenso wenig wie Anja und Marianne. Jede verhielt sich auf ihre Art realistisch gegenüber der Wirklichkeit. Aber die Forderungen waren unrealistisch. Das machte sie ehrgeizig und verletzlich. Deshalb zogen sie mich an. Deshalb ging ich beinahe mit ihnen zugrunde.

Ich liege im Bett und weiß, daß ich meinen Psychiater beleidigt habe. Ist es das Unterbewußtsein, das mir sagt, daß ich das Krankenhaus gar nicht verlassen will? Daß ich am liebsten weiterhin mit den andern Patienten im Raucherzimmer sitzen möchte. Daß ich immer noch Tabletten brauche und die Betäubung? Daß es viel zu bedrohlich ist, wieder allein den Alltag bewältigen zu müssen? Marianne, die im Kellerraum hing. Die Hand, die ich auf ihren Bauch legte. Spürte ich wirklich ein Strampeln? War ihr Bauch noch warm? Hätte man das Kind noch retten können? Meine hysterische Stimme dort unten zwischen den Betonmauern. Und überall Feuerwehr und Polizei.

Am Morgen erwache ich schweißgebadet. Professionelle Pflegerinnen kommen und wollen mir bei der Morgentoilette behilflich sein, aber ich möchte es jetzt selbst können, will eine Stärke zeigen, die ich nicht habe. Sie lächeln und streichen mir übers Haar. Sie sagen, daß nun alles gut werden wird.

Plötzlich steht Gudvin Säffle in meinem Zimmer. Überrascht stelle ich fest, daß ich ihn noch nie stehend gesehen habe. Bisher hatte er immer hinter seinem Schreibtisch gesessen.

»Wir entlassen dich«, sagt er.

»Oho. Ihr vertraut mir also?«

»Ein Mensch, der versucht hat, sich das Leben zu nehmen, wird immer wieder dazu imstande sein. Vieles von dem, was du gesagt hast, bestärkt mich in der Überzeugung, daß du das Leben willst, trotz allem.«

»Marianne wollte es auch.«

»Es ist nicht nett von dir, mir die Sache schwerzumachen. Außerdem kann ich dich hier gar nicht festhalten, rein juristisch. Ich bitte dich nur dringend, die Tabletten, die ich dir verschrieben habe, weiterhin zu nehmen.«

»Helfen sie mir?«

»Glaubst du, Marianne hätten sie helfen können?«

»Das weißt du genau. Hätte sie die Tabletten genommen, wäre alles anders gewesen.«

»Genau.«

»Aber sie nahm sie nicht. Weil die Trauer die Toten am Leben erhält.«

»Du bist ein sturer Kerl, Aksel Vinding.«

Aber er läßt mich gehen. Er läßt es zu, daß ich zurückkehre in Mariannes Haus. Er konnte mich nicht länger festhalten. Ich habe die Tests gemacht. Wir haben über Schumann geredet und über das Leben am Grund des Flusses. Ich habe Fragen beantwortet und spaltenweise Kreuzchen gemacht. Gudvin Säffle weiß jetzt viel über mich. Ich bin nicht suizidgefährdet. Ich habe nur versucht, mir das Leben zu nehmen. Er meint, ich hätte in einem Anfall von geistiger Verwirrung gehandelt. Wir haben immer noch Juni. Sommer 1971. Der Flieder ist abgeblüht, und jetzt kommt all das andere. Die Margeriten und die Geranien. Die Lobelien und die Chrysanthemen. Hohe Rosen an Mauern. Die Farbenpracht des Lebens. Sonnenschein bis spätabends. Es ist so traurig.

Mariannes Haus gleich hinter der Kurve liegt da wie immer. Das Taxi passiert die Stelle, an der ich, jedesmal wenn ich Anja nach Hause begleitete, stehenbleiben mußte. Der Wagen hält vor dem vertrauten Tor. Die Krankenschwester neben mir ist von der ruhigen Art. Sie sagt nicht viel.

»Ich muß mitkommen ins Haus«, sagt sie trotzdem und bittet den Fahrer zu warten.

»Warum?«

»Weil es mir im Krankenhaus aufgetragen wurde.«

»Nachsehen, ob Tabletten vorhanden sind?«

Sie errötet und wendet sich ab.

»Bitte frag nicht.«

»Und was ist mit Rasierklingen? Mit den scharfen Messern in der Küche? Mit dem Strick im Keller? Der schon einmal benutzt worden ist?«

»Hör auf ...«

Sie schaut mich bittend an, sie ist nur ein paar Jahre älter als ich. Langes, blondes Haar. Dem Dialekt nach aus dem Setesdal.

Ich nicke. Es wird gut sein, wenn sie mit hineingeht. Wenigstens die ersten Minuten nicht allein. Aber ich habe auch Angst. Obwohl ich die Tabletten gut versteckt habe, könnte sie sie vielleicht finden.

Drinnen riecht es nach Marianne Skoog. Nach ihrem Parfüm. Ich starre auf die Tür zum Keller, und mir wird einen Moment schwindlig. Das war ihre letzte Wahrnehmung. Die Kellertreppe, die sie hinunterstieg. Der Raum, in dem es geschah, liegt direkt unter mir. Sie hat dieses Haus jetzt verlassen. Sie hat es freiwillig getan. Sie liegt gewaschen und hergerichtet in einem Sarg irgendwo in der Stadt. Trotzdem ist sie hier. Ich kann sie spüren. Sie ist jetzt dicht bei mir. Anja ist ebenfalls hier. Und Bror. All die Toten sind hier. Ich muß fast lachen.

Die Krankenschwester steht direkt hinter mir.

»Ist alles okay mit dir?«

»Ja sicher«, sage ich. »Ich zeige Ihnen das Haus. Es ist ein vornehmes Haus. Gehen wir ins Wohnzimmer. Die exklusiven Möbel hat Bror Skoog angeschafft. Sehen Sie die Couch von Corbusier? Die Barcelona-Stühle? Den Saarinen-Tisch? Die Stereoanlage gehört zu den besten der Welt. Sehen Sie den McIntosh-Verstärker? Die AR-Lautsprecher? Und die Plattensammlung! Wollen Sie zählen?«

»Kümmere dich nicht um mich«, sagt sie beklommen. »Ich schaue mich kurz um. Ich tue nur, was mir aufgetragen wurde.«

Marianne sitzt auf der Couch und erwartet mich. Während sich die Krankenschwester im Haus umsieht, setze ich mich neben sie. Wir sitzen still da, wie wir es oft getan haben, bevor einer den andern fragte: »Was sollen wir nun machen?« Ich möchte, daß sie mir ihren Finger zwischen die Rippen bohrt. Ich möchte die Musik hören, die sie für mich spielt. Ich möchte sie hinaufbegleiten in Anjas Zimmer.

Aber das wage ich ihr nicht zu sagen. Nicht jetzt. Stattdessen bleiben wir reglos nebeneinander sitzen und schauen durch das Panoramafenster nach draußen, ohne ein Wort zu sagen.

Die Pflegerin kommt nach einer Runde durch alle Räume ins Wohnzimmer zurück. Erleichtert stelle ich fest, daß sie nichts gefunden hat.

»Was für ein Haus«, sagt sie und dreht die Augen gen Himmel.

»Ist alles in Ordnung?«

»Verzeihung, aber das müssen wir machen. Es ist nicht zu glauben, wie es in manchen Wohnungen aussieht.«

»Hier ist es immer picobello gewesen.«

Sie nickt und wendet sich zur Tür.

»Ich gehe jetzt«, sagt sie.

Ich bleibe die ganze Nacht auf. Ich spiele die alten Platten, aber nur die von Marianne. Ich öffne die großen Fenster und lausche dem Juniregen, der, kurz nachdem die Sonne hinter den hohen Fichten untergegangen ist, einsetzt. Ich lasse die Zunge über die Wunde im Mund gleiten. Der Löffelköder liegt wie ein absurdes Souvenir auf dem Saarinen-Tisch. Ich höre Nick Drake und denke, daß ich es geschafft habe. Daß ich trotzdem gestorben bin. Daß ich von jetzt an ein anderes Leben führen werde.

Ich sitze auf einem der Barcelona-Stühle. Ich sehe die Regentropfen, die draußen auf das Gras fallen. Ich verspüre keine Angst.

Marianne setzt sich neben mich. Sie sagt immer noch nichts. Trotzdem ist es gut, sie hier zu haben.

Die Tabletten liegen im Flügel. Sicher versteckt im hintersten Schalloch unter dem Deckel.

Ich nehme sie in die Hand.

Am nächsten Morgen ruft mich Mariannes Mutter an. Ida Marie Liljerot. Die bekannte Psychiaterin. Sie kommt direkt zur Sache und fragt mich, ob ich wirklich weiterhin in diesem Haus wohnen will. Obwohl sie gute Kontakte zum Krankenhaus hat, merke ich, daß sie nicht weiß, was mit mir passiert ist. Sie weiß nur, daß ich einige Tage nicht da war. In dieser Zeit hat sie sich die Freiheit genommen, ins Haus zu kommen, um Bilder und Papiere zu holen, die sie für das Begräbnis und ihre Rede benötigt. Ich antworte, daß ich gerne so lange wie möglich im Skoog-Haus wohnen möchte.

»Hältst du das wirklich für eine gute Idee, mein Junge?« sagt sie mit der kühlen Stimme, die aus Radio und Fernsehen so bekannt ist.

Ich erinnere sie daran, daß ich schließlich Mariannes Mann war. Wenn auch nur für ein paar Monate. Da wird sie still.

»Meine Wohnung in der Sorgenfrigata ist noch vermietet«, sage ich, um den Druck wegzunehmen. »Ich habe keine andere Unterkunft. Aber ich kann natürlich ausziehen, wenn du unbedingt willst. Wollt ihr verkaufen?«

»Ich habe noch keine konkreten Vorstellungen«, sagt sie und vermeidet geschickt die Falle, die ich ihr gestellt habe. »Es ist ohnehin nicht leicht, ein Haus zu verkaufen, in dem sich Menschen das Leben genommen haben. Das läßt sich nicht einfach verschweigen, oder? Vorläufig kannst du also weiter Mieter bleiben.«

»Vielen Dank. Aber Mieter bin ich nicht mehr. Ich habe im April Marianne geheiratet.«

Sie schluckt.

»Mach dir mal keine Sorgen, Junge«, sagt sie schließlich. »Wir werden schon eine Lösung finden.«

Sie fragt mich, ob ich auf dem Begräbnis etwas sagen möchte, im Krematorium oder während der Gedenkstunde danach.

Ich überlege lange. Wer bin ich für Mariannes Familie? Der junge Bursche, der sich gerne im Skoog-Haus einnisten will? Der Kerl, der sie aus dem Gleichgewicht gebracht hat? Der schlimmste Lebensgefährte, den sie in diesem Stadium ihres Lebens haben konnte?

»Ich hätte eine Menge zu sagen«, sage ich schließlich. »Aber ich weiß nicht, ob ich die richtigen Worte finde.«

Ida Liljerot hat eine Idee.

»Du könntest etwas spielen«, sagt sie.

»Spielen?«

»Ja, für Marianne«, sagt sie. »Willst du das nicht?«

»Nein«, sage ich. »Sie ist tot. Sie hört mich nicht mehr.«

»Doch«, sagt sie. »Du könntest etwas Schönes auf dem Klavier spielen. Du könntest zum Beispiel deine eigene Komposition spielen. Die du so wunderbar auf deinem Debütkonzert gespielt hast.«

»Du warst dort?«

»Natürlich war ich dort.«

»›Elven‹ spielen?« Ich überlege. »Das waren die letzten Töne, die Marianne hörte, bevor sie die Aula verließ und sich mit dem Taxi hierher nach Hause bringen ließ.«

»Dann um so passender«, sagt sie.

»Meinst du wirklich? Sich nach allem, was geschehen ist, ans Klavier setzen? Das erscheint mir so armselig.«

»Jetzt hör mir mal zu«, sagt Ida Marie Liljerot bestimmt, obwohl ihre Stimme zittert. »Du brauchst Zeit. Das war ein harter Schlag. Im Moment erscheint ja uns allen das Leben sinnlos. Aber du darfst um Gottes willen nicht aufhören zu spielen. Konzentriere dich auf das, was du kannst. Du hast keine Wahl. Mach ihr ein Geschenk. Spiel ein letztes Mal für sie.«

Zehn Minuten danach ruft Gabriel Holst an.

»Wie geht es meinem Rekordfisch?« Er spricht auf seine langsame, schleppende Art.

»Der Rekordfisch hat Schmerzen im Mund«, sage ich.

Er läßt ein trockenes, unheimliches Lachen hören. »Diese Löffelköder waren auch nie als Futter für die Menschen gedacht«, sagt er.

»Ich schulde dir eine Entschuldigung«, sage ich.

»Keineswegs. Ich hatte Gelegenheit, meine Angel zu testen, und der Blinker mit den schwarzen Punkten war so gut, daß sich damit Werbung machen ließe: ›Nicht einmal Menschen können widerstehen!‹ Die Firma könnte doch unsere Geschichte kaufen, was meinst du? Damit verdienen wir vielleicht das Geld, das wir mit der Musik nicht verdienen. Was haben sie im Krankenhaus gesagt?«

»Sie wollten herausfinden, ob ich es noch mal mache.«

»Klar. Das ist der Preis, den du für so eine Schnapsidee zahlst. Das wußtest du doch?«

»Vielleicht.«

»Nimm's dir nicht so zu Herzen. Für die Fachleute ist Selbstmord gerne ein Zeichen von Unreife und Unausgeglichenheit. Witzig nur, daß die begabtesten Künstler und Intellektuellen dieser Welt dazu neigten, diese Dummheit zu begehen.«

»Das hat Marianne auch gesagt.«

»Aber sie haben dich trotzdem entlassen?«

»Ja, unter der Bedingung, daß ich akzeptiere, Hilfe zu brauchen.«

»Brauchst du Hilfe?«

»Gudvin Säffle, der Psychiater, wollte mit mir am liebsten über Musik reden. Ich glaube, er verfolgt ein Projekt über mentale Leiden und Musik als Linderung. Vielleicht kann ich ihm zu der Professorenstellung verhelfen, nach der er giert.«

»Darf ich zum Begräbnis kommen?« sagt Gabriel Holst. »Auch wenn ich sie nicht gekannt habe, ist mir, als sollte ich dabeisein.«

Ich nicke, vergesse zu reden.

»Jeanette kommt auch. Meine Freundin. Ist das okay?«

»Natürlich«, sage ich nach einer Pause.

»Dann sehen wir uns morgen«, sagt er.

Vorbereitungen für den Abschied

Juni 1971. Die Tage werden mein Leben lang wie Flecken auf einem Fenster sein. Manchmal sind die Flecken alles, was ich wahrnehme. Oder ich übersehe sie, schaue daran vorbei und nehme ihnen ihre Bedeutung, erkenne dahinter Landschaften. Aber das weiß ich noch nicht. Ich weiß nur, daß ich von Marianne Abschied nehmen werde und von dem Kind, das unsere Zukunft war, und von dem Leben, das ich hätte führen können, ein ganz anderes Leben als das, das ich jetzt leben muß, daß ich ihre Familie treffen werde und einen Bezug zu ihrer Trauer werde finden müssen.

Noch hat sie mich nicht verlassen. Die Sommerhitze drückt auf die Hauswände, aber drinnen ist es angenehm schattig. Unversehens steht sie in der Küchentüre und lächelt mir zu. Alles ist noch da. All ihre Sachen, die aber vor allem Bror Skoogs Sachen waren. Trotzdem entschied sie sich, dort zu leben, und geriet in ein inneres Chaos, das unmöglich zu ertragen war. Eine moderne Anna Karenina. Die Russin, die sich vor den Zug warf, verzweifelt in ihrem Begehren und ihrer Eifersucht. Marianne war darüber empört. Sie brachte mich dazu, Tolstoj zu lesen, das war kurz vor unserer Abreise nach Wien, wo wir heirateten. »Wie kann eine Frau ihren Sohn verlassen, auch wenn sie noch so sehr in einen anderen als den Vater des Kindes verliebt ist?« Das sagte sie in der Gewißheit, daß sie Anja nie im Stich gelassen hätte, obwohl sie Bror Skoog verlassen wollte. Schuldgefühle plagten sie. In Anna Karenina fand sie eine Frau, die sich noch schlimmer verhalten hatte. Obwohl sie wütend war auf die Hauptperson des Romans, auf deren Wankelmütigkeit und Halbherzigkeit, gab ihr das Buch Trost.

Ich gehe im Skoog-Haus herum und denke an all diese Gespräche, die wir führten, und sie ist anwesend, ist bei mir, bereitet mich still und behutsam auf die Begegnung mit der Familie vor. In diesen Tagen ist die Trauer wie ein Rausch. Sie erzeugt in mir Wahnvorstellungen von Glück und Nähe. Was wir im Leben nicht erreichten, gelingt uns im Tod. Deshalb laufe ich mit schlechtem Gewissen im Skoog-Haus herum, quicklebendig. Sind es die Erinnerungen an das Leben *vor* Anja und *vor* Marianne, weshalb ich manchmal am Flügel stehenbleibe und denke: Bald werde ich kommen und wieder auf dir spielen? Selbst wenn die Ohnmacht wie ein stumpfes Messer auf die Brust drückt und mich buchstäblich in die Knie zwingt, verspüre ich Lebensdurst. Es tröstet mich, daß es auch Marianne so ergangen sein muß. Das Leben, das sie im Begriff war abzulehnen, bot ihr erneut einen Platz an. Sie fand den Platz bis zum nächsten Versuch und dem nächsten und dem nächsten. Ständig bot ihr das Leben einen Platz an. Erst als sie *mich* traf, wählte sie eine andere Lösung.

Und damit, das weiß ich, werde ich leben müssen. Ihre Familie wird vielleicht auch so denken: »Erst als sie diesen Rotzbengel traf, gelang es ihr, das zu verwirklichen, was sie sich immer vorgenommen hatte!« Natürlich werden sie mir skeptisch begegnen, denke ich. Sie werden sich fragen, wer ich bin, ob mein Einfluß sich entscheidend auf die Labilität ihres Daseins in den letzten Monaten ihres Lebens ausgewirkt hatte. Und ich weiß, daß ich den Hundeblick aufsetzen und mich schuldig fühlen werde. Egal, was sie dazu getrieben hat, ich habe ihnen etwas weggenommen, ich habe die Schuld für alles, was ich nicht rechtzeitig sah und verstand.

Ich schlafe in Anjas Zimmer. Auf dem Kissen sind noch Mariannes Haare. Ihr Morgenrock hängt am Haken an der Tür. Ich schlafe in der Sehnsucht, von ihr zu träumen. Aber noch ist sie nicht in meinen Träumen. Statt dessen träume ich von ihrer Schwester. Sie will den Mund öffnen, will mir etwas sagen. Aber über ihr Gesicht hat sich ein dünnes Häutchen gelegt. Ich lege mein Ohr an ihre Lippen, um etwas zu hören. Völlige Stille.

Aber sie ist nett. Das kann ich hören.

Die Stille lügt nie.

Als der Morgen kommt, bin ich seit vier Stunden wach. Erst um acht Uhr stehe ich auf, dusche in Mariannes Dusche, die einmal auch Anjas und Bror Skoogs Dusche war. Ich versuche mir zu sagen, daß das, was ich jetzt durchmache, andere vor mir erlebt haben. Auch das. Ich stehe in der Dusche und weiß, daß ich mich wieder fein anziehen muß, wie zu einem Konzert. Den Anzug von Ferner Jacobsen. Gekauft für Hochzeit und Glück. Ich habe einige Tabletten aus dem Flügel geholt, muß zugeben, daß ich wieder Valium in mittlerer Dosierung brauche. Auf diese Weise verrinnen die Stunden in ihrer Ereignislosigkeit wie ein gleichmäßiger, langsamer Strom, ohne Höhen und Tiefen, ohne Trauer, sogar ohne Leere, weil da, wo die Leere hätte sein müssen, das Gefühl von Watte ist.

Ich nehme die Straßenbahn zum Friedhof. Ein Tag mit blauem Himmel und Sonne, da liegt man auf den glatten Felsen unten am Fjord. In meinem schwarzen, lächerlichen Anzug errege ich Aufsehen. Der Tod ist besonders brutal, wenn er im Frühsommer kommt. All die furchtbaren Verkehrsunfälle um diese Jahreszeit. Die Selbstmorde. Der Frühling ist erschreckend. Junge Burschen, die gerade den Führerschein erworben haben, kommen von der Straße ab und prallen gegen einen Baum. Jemand ist eher halbherzig und ertrinkt sogar beim Angeln in einem kleinen See. Marianne war nicht halbherzig. Konsequent verwirklichte sie, was sie sich vorgenommen hatte. Was wissen sie schon, diese Menschen in der Straßenbahn? Wie dieses Mädchen mit den Locken, den glänzenden Lippen und den jungen, straffen Brüsten? Mehr aus Höflichkeit der Familie gegenüber als aus Respekt vor Marianne habe ich die schwarze Farbe der Trauer angelegt, in meinem Alter sieht man immer lächerlich aus im dunklen Anzug, und Marianne hat mir ausdrücklich verboten, bei meinem Debüt einen Frack anzuziehen. Jetzt fühle ich mich eher wie ein Mormone, wie ein frischbekehrter Laienprediger. Marianne würde das gar nicht gefallen. Sie würde es *verabscheuen*, und ich werde rot bei diesem Gedanken, wie schwach und angepaßt ich bin, während sie immer Grenzen überschritt. Wäre es nach ihr gegangen, hätte ich in Jeans und mit Stirnband erscheinen können, und ich denke an all das, worüber wir vor ihrem Tod nicht mehr gesprochen haben, wofür ich mich hätte entscheiden sollen, und ob sie sich beim Begräbnis Joni Mitchell gewünscht hätte? Natürlich hätte sie das, etwas aus »Clouds« zum Beispiel! Aber ich beschäftigte mich in diesen Tagen mit anderen Dingen als mit der Planung von Ritualen. Deshalb sitze ich jetzt in der Straßenbahn wie ein Blödmann und starre auf die Brüste eines jungen Mädchens. Es wäre zwecklos, wenn ich ihr erzählte, daß ich zum Friedhof fahre, um meine Frau zu begraben, in diesem Anzug, der mir zu klein ist. Aber auch in einem größeren hätte sie mir nicht geglaubt, daß der, der ihr da auf der anderen Seite gegenübersitzt, verheiratet gewesen ist, ein richtiger Ehemann war und von einem Augenblick zum nächsten Witwer wurde. Ich verspüre eine plötzliche Wut, weil sie wie eine Gans dasitzt und dümmlich in die Luft grinst, verständnislos, sich aber sehr bewußt ist, daß ich sie anstarre. Weil sie auf der Seite der Normalen ist, während ich zu den Unnormalen gehöre, die sich im Raucherzimmer des Krankenhauses aufhalten. Sie ist in der besseren Position. Sie denkt, ich würde sie begehren. Natürlich denkt sie das! Und da wirft sie mir tatsächlich einen Blick zu. Verdammt, das tut sie! Soll ich jetzt aufstehen, mich vor sie hinstellen und ihr sagen, daß ich direkt aus der geschlossenen Abteilung komme, daß ich mich für ihr Interesse bedanke, aber daß es mir heute bedauerlicherweise nicht möglich ist, sexuell mit ihr zu verkehren? Marianne hätte das gefallen. Sie hätte laut gelacht. Wenn ich überdies noch den Mund geöffnet und ihr die Narbe vom Angelhaken gezeigt hätte, wäre der Auftritt perfekt gewesen.

Sie mustert mich jetzt völlig ungeniert. Ist das eine Aufforderung? Oder will sie mich nur lächerlich machen? Ich lasse mich von ihrem Blick provozieren und werde wütend. Plötzlich höre ich mich quer über den Gang schreien:

»Was starren Sie mich so an, junge Frau? Wollen Sie mich vielleicht begleiten zur Bestattung meiner Frau?«

Sie wendet den Blick ab und beginnt sofort zu kichern. Tiefer kann ich nicht sinken, denke ich.

»Das ist mein Ernst«, schreie ich. »Keine große Zeremonie. Wollen Sie wirklich nicht mitkommen? Es kommt kein Priester, denn sie glaubte nicht an Gott. Danach Wein und Imbiß. Umsonst. Wenn etwas übrigbleibt, dürfen Sie sich sicher etwas in einer Frischhaltebox mit nach Hause nehmen!«

Der Schaffner kommt.

»Genug jetzt, junger Mann.«

»Keine Bange«, sage ich bestimmt. »Ich steige hier sowieso aus.«

»Das ist auch besser so.«

»Klar. Das Krematorium wartet.«

Ich stehe auf.

Das Mädchen wirft mir einen letzten, mitleidigen Blick zu. Der Schaffner mustert mich kopfschüttelnd. Aufgebracht verlasse ich die Straßenbahn und marschiere energisch hinüber zum Friedhof.

Ich komme gerade rechtzeitig. Sie stehen bereits vor der Tür zur Neuen Kapelle. Ärzte, Politiker der Linksparteien, der Direktor des Gesundheitswesens, Freunde und Freundinnen. Herrgott, gehörten so viele prominente Personen zu ihrem Bekanntenkreis? Ich habe nie einen davon gesehen. Sie wissen nicht, wer ich bin, das steht fest.

Zwei schwarzgekleidete Männer stehen zu beiden Seiten des Eingangs. Sie hantieren mit den Programmheften. Ich sehe das Bild auf der Vorderseite. Ich erkenne es wieder. Marianne als Teenager. Etwa aus der Zeit, als sie sich mit der Stricknadel behandelte, ihrem ersten Selbstmordversuch. Sie lächelt. Der schwarze Blick bestimmt fast das ganze Gesicht, als hätte sie sich Sekunden nach der Belichtung selbst ausgelöscht. Das Bild wollte die Familie also haben? Das düsterste? So war sie also in ihren Augen?

»Wer bist du?« fragt der Mann auf der linken Seite mit dem blanken, glänzenden Gesicht und den Schweißperlen auf der Stirn.

»Ich bin der Ehemann«, sage ich.

Sie glauben mir nicht.

»Außerdem soll ich spielen«, füge ich hinzu.

Sie wechseln einen Blick. Die Situation ist ihnen deutlich unangenehm.

»Beruhigt euch«, sage ich. »Ich *kann* Klavier spielen. Ich hatte letzten Mittwoch in der Aula mein Debüt.«

Ich kümmere mich nicht mehr um ihr Zögern und gehe hinein. Sie wagen es nicht, mich aufzuhalten.

Ich bin es bereits gewöhnt, daß mich die Leute anstarren. Als ich den Saal des Krematoriums betrete, beachte ich sie nicht, all diese Menschen der Familie Liljerot, von denen Marianne nie gesprochen hat. Ich sehe nur das gedämpfte Licht. Ich sehe nur den geöffneten Sarg. Und ich sehe die Schwester, die davor kniet.

Die kleine Schwester

Ich stelle mich links hinter die Säulen und betrachte sie von der Seite. Sie gleicht der Verstorbenen wie ein Zwilling, nur jünger. Deshalb ähnelt sie auch der Nichte. Schockiert von diesem Wiedererkennen, als würde Anja trauernd am Sarg ihrer Mutter knien, trete ich näher. Mit jedem Schritt wird Sigrun Liljerot älter. Die Ähnlichkeit mit Anja schwindet. Aber irgendwo in dieser Gestalt bleibt Anja. Was ich die

Welt der Skoogs nannte, ist jetzt die Welt der Liljerots. Ich nähere mich Sigrun Liljerot und weiß, daß ich sie in ihrer Trauer stören werde. Trotzdem tue ich es. Ich bin schließlich der Ehemann. Neunzehn Jahre alt, aber trotzdem der Ehemann. Ich habe das Recht dazu.

Noch schenkt sie mir keine Beachtung. Ich stelle mich hinter sie. Jetzt sehe ich Marianne. Sie waren im Skoog-Haus und haben das schwarze Kleid geholt, das sie trug, als wir in Wien heirateten. Es paßt besser zu einem Anlaß wie diesem. Man hat ihre Frisur mit Haarklammern gerichtet und ihr eine rote Rose in die gefalteten Hände gesteckt. Das ist nicht ihr Stil. Und die Augen. Als hätte man sie gewaltsam geschlossen. Den Mund haben die Bestatter auch nicht hingekriegt. Es sieht aus, als schmollte sie.

Aber etwas haben sie erfolgreich kaschiert. Man sieht nicht, daß sie sich das Genick gebrochen hat.

Reglos stehe ich hinter Sigrun Liljerot und frage mich, ob ihr die kleine Wölbung an Mariannes Bauch auffällt. Schließlich merkt sie, daß ich hinter ihr stehe, und wendet sich halb um. Aber sie ist nicht fertig. Sie erhebt sich, schüttelt sich kurz, als wolle sie einen unangenehmen Gedanken loswerden. Sie tritt ans Kopfende und beugt sich über das Gesicht der Schwester, faßt ihr vorsichtig ins Haar und sagt, beinahe zornig:

»Dummchen, du.«

Endlich dreht sie sich zu mir um. Ihre ganze Erscheinung hat etwas Helles und Harmonisches.

»Du bist Aksel«, stellt sie mit einem kleinen Lächeln fest. »Du kannst dich jetzt von ihr verabschieden.«

»Ich verabschiede mich von allen beiden«, sage ich.

Sie zuckt zurück, als hätte ich sie geschlagen.

Ich bin der letzte, dem man gestattet, sie zu sehen, bevor der Sarg geschlossen wird. Als ich näher trete, sehe ich ein Stückchen Zunge in dem einen Mundwinkel. Man hatte es nicht geschafft, sie ganz hineinzuschieben. Es sieht deshalb aus, als würde sie gähnen. Ich sehe, daß ihr Haar den Glanz verloren hat, daß es aussieht wie eine Perücke. Es riecht intensiv nach Puder. Sie müssen vergessen haben, ihr Parfüm aus dem Skoog-Haus zu holen. Ich spüre, daß Sigrun und Ida Marie Liljerot hinter mir stehen und verfolgen, was ich mache.

Ich beuge mich vor und küsse sie rasch auf die Wange.

Ihre Haut ist eiskalt.

Dann lege ich die Hand auf ihren Bauch.

»Vielleicht bleibt es erhalten«, flüstere ich ihr ins Ohr.

Die Bestatter stehen neben mir, als ich mich wieder aufrichte.

»Es wird langsam Zeit«, murmelt der eine verlegen.

»Ich bin fertig«, sage ich.

Behutsam legen sie den Deckel auf den Sarg und drehen die Schrauben fest.

»Wie lange dauert es eigentlich bis zur Verbrennung?« frage ich.

Der mit den Schweißperlen wirkt verunsichert.

»Das kommt darauf an, wie lange die Schlange ist«, sagt er.

»Wird es noch heute passieren?« frage ich.

»Eher nicht«, antwortet er.

Ich habe schon gehört, daß es einige Zeit dauern kann. Als Anja starb, wollte ich beim Krematorium anrufen und fragen, ob sie mir sagen können, wann genau es passiert. Dann hätte ich die Straßenbahn zum Friedhof genommen und den hohen Schornstein beobachtet, um zu sehen, wie der Rauch aufsteigt, und hätte gewußt, daß das Anja ist. Diesen Wunsch habe ich nun bei Marianne. Den Zeitpunkt erfahren. Wissen, welcher Rauch der ihre ist.

Als ich mich umdrehe, stehen Mutter und Tochter Seite an Seite direkt hinter mir. In einer anderen Situation hätten wir einander vielleicht die Hand gegeben. Meine kranke Vorstellung läßt mich nicht los.

»Seltsam, wenn man sich vorstellt, daß sie nicht sofort verbrannt werden«, sage ich.

»Was meinst du mit sie?« fragt Ida Marie Liljerot.

»Nicht fragen, Mama«, sagt die Tochter bittend. Sie ist kräftiger als Anja, fülliger als Marianne. Sieht aus, als treibe sie Sport. Weder Marianne noch Anja trieben Sport.

»Ein trauriger Tag«, stellt sie fest und starrt auf meinen Revers. Sie hat Mariannes Augen und Anjas Stimme. Sie ist einunddreißig Jahre alt, fünf Jahre jünger als ihre Schwester. Zwischen uns sind zwölf Jahre.

»Du bist den weiten Weg aus Nordnorwegen angereist?« sage ich und beuge den Kopf, um zu sehen, worauf sie starrt. Da sind gelbe Flecken in langen Streifen. Ich habe mir das Eidotter über die ganze linke Seite des Jacketts gekleckert. Ich werde puterrot. Ich ziehe ein Taschentuch heraus und fange zu reiben an.

»Nicht so«, sagt Sigrun Liljerot.

Sie holt eine Feuchtserviette aus der Handtasche, reißt das Papier ab. Ich will ihr das feuchte Tuch wegnehmen.

»Nein«, sagt sie. »Laß mich das machen.«

Sie reibt die Flecken weg.

»Können wir jetzt die Türen öffnen?« fragt einer der Männer des Bestattungsinstituts.

»Ja«, sagt Ida Marie Liljerot.

»Du mußt bei uns vorne in der ersten Reihe sitzen«, sagt Sigrun Liljerot, nachdem sie erfolgreich die gelben Flecken entfernt hat. »Du warst schließlich ihr Geliebter.«

»Ihr Ehemann«, sage ich.

Sie blickt mich erstaunt an, dann ihre Mutter.

»Das hast du mir nicht erzählt, Mutter«, sagt sie verärgert.

»Es war ganz neu«, sagt die bekannte Psychiaterin verlegen.

»Und es geschah heimlich.«

»Wann habt ihr geheiratet?« fragt Sigrun Liljerot.

»Im April«, antworte ich. »In Wien. Da war Marianne bereits schwanger.«

Wir gehen vor zur ersten Reihe. Ida Marie Liljerot schwankt, droht zu fallen. Die Tochter fängt sie auf. Als die alte Dame ihr Gleichgewicht wiedergefunden hat, streift sie mit der knochigen Hand über meine Schulter, wie eine freundliche Geste.

»Ich mag nicht weiter darüber reden«, sagt sie schwach.

»Du siehst mitgenommen und erschöpft aus«, flüstert Sigrun mir unerwartet vertraulich zu. »Und du hast sehr große Pupillen.«

»Halb so schlimm«, sage ich.

»Aber ich bin Ärztin«, sagt sie.

Ich begrüße zwei Onkel. Auch sie sind Doktoren, der eine ist Professor für Sozialmedizin, der andere Chirurg im Rikshospital. Eine ganze Familie von Ärzten. Bonvivants mit sozialdemokratischer Gesinnung. Kettenraucher und Freunde der seichten Unterhaltung, mit verschmutzten Brillen, Schuppen auf den Schultern und abstehenden Haaren. In beiden erkenne ich etwas von Anja und Marianne.

Dann begrüße ich Sigrun Liljerots Mann. Er hat dunkle Locken und ist klein und stämmig. Blitzblaue Augen. Ein freundlicher, energischer Blick.

»Du bist also Aksel Vinding«, sagt er im Finnmarksdialekt. Er streckt mir die Hand hin. »Eirik Kjosen.«

»Freut mich«, sage ich.

Die Leute strömen in den Saal des Krematoriums. Ich drehe mich kurz um und stelle fest, daß Iselin Hoffmann, Mariannes einstige intime Freundin, gekommen ist. Rebecca ist auch da, ohne Christian. Torfinn und Selma Lynge zusammen mit W. Gude. Cathrine? Nein, sie nicht. Aber ganz hinten in der Schlange: Gabriel Holst und eine gutaussehende Frau mit langem, braunem Haar. Das muß Jeanette sein.

Dann beginnt die Abschiedszeremonie, gestaltet vom Verein für Humanethik. Ich sitze ganz am Rand der Bank neben Eirik Kjosen. Sigrun ist an seiner anderen Seite. Sie hält seine Hand fest, reibt mit dem Daumen seinen Zeigefinger. Eine Ärztin des Vereins sozialistischer Ärzte hält die Hauptrede. Sie ist um einiges älter als Marianne, hat kurzes Haar und eine enorme Brille. Ihre Stimme klingt scharf, wenn auch deutlich bewegt. Sie spricht über die empathische Marianne, über den Vogel ohne Nest, der so stark wirkte, aber so zerbrechlich war und so hart geprüft wurde. Sie redet darüber, wie wichtig Marianne beim Kampf um die Abtreibung war. Das große sozialmedizinische Engagement, das sie als Gynäkologin nicht vollenden konnte. Sie spricht über die Tochter Anja, die viel zu früh starb,

»wegen psychologischer Labilität«. Sie erwähnt auch am Rande die lange Ehe mit Bror Skoog und dessen Selbstmord vor einem Jahr. Sie sagt, daß kaum jemand härter geprüft worden ist als Marianne Skoog. Sie sagt, daß Marianne im letzten Winter besonders verzweifelt war, daß sie sich in die Arbeit und die Trauer gestürzt hat, daß das verständlich war. Sie dankt Marianne für ihren Einsatz als Freundin und Vorkämpferin und bewahrt sie in ehrendem Andenken.

Mich erwähnt sie mit keinem Wort.

Es ist besser so, denke ich. Sie hat wahrscheinlich nicht einmal von mir gehört. Ein kleiner Spatz von einer Frau tritt auf und singt: »Somewhere over the Rainbow« zu einer verwaschenen und unsicheren Klavierbegleitung mit vielen Patzern. Dann wird ein Gedicht vorgelesen. »Die Wanderin« von Hans Børli und etwas von Gunvor Hofmo, bis ich merke, daß ich an der Reihe bin, um »Elven« zu spielen, auf einem schlechten Klavier, das nicht gestimmt ist. Kaum jemand weiß, wer ich bin. Daß ich der Ehemann bin. Auch das ist besser so, sage ich mir. Ich hatte so wenig mit Mariannes Bekanntenkreis zu tun. Ich war zu jung und unbedarft. Um zu überleben, mußten wir für uns sein. Für andere war zwischen uns kein Platz. Wirklich? Für keine anderen?

Dann ist alles vorbei. Dann wird der Sarg hinuntergelassen. Dann hört man lautes Schluchzen. Es ist Ida Marie Liljerot, die weint. Ihre Tochter weint. Sogar Eirik Kjoren läßt ein Schluchzen hören.

Nur ich und Marianne weinen nicht.

Wir stehen in einem Lokal und trinken Wein, alle Trauergäste. Die »meinen« kommen einer nach dem andern zu mir. Ich habe das Gefühl, allen die Hände zu schütteln. Torfinn und Selma Lynge umarmen mich.

»Es war schön, daß du gespielt hast«, sagt Selma Lynge, obwohl ich genau weiß, daß es ihr lieber gewesen wäre, wenn ich etwas Klassisches gespielt hätte. Die Goldberg-Variationen zum Beispiel. Ihr Mann nickt und kichert und findet offensichtlich die ganze Veranstaltung schrecklich.

Dann kommt W. Gude und drückt mich unbeholfen an sich.

»Furchtbar, wie du jetzt leidest. Und ganz unverdient«, sagt er kurz.

»Hast du mich im Krankenhaus besucht?« frage ich.

»In welchem Krankenhaus?« fragt er verwirrt.

Dann begrüße ich Gabriel Holst und seine hübsche Jeanette. Sie umarmt mich, obwohl wir uns nicht kennen.

»Immerhin ist es kein Doppelbegräbnis«, sagt Gabriel Holst lakonisch.

Ich nicke und versuche, mir auf die Zunge zu beißen.

Dann ist Rebecca an der Reihe. Sie hält mich mit beiden Armen fest und weint leise.

»Ich begreife nicht, wie es dir möglich war, zu spielen«, sagt sie.

»Bleibst du ein wenig da?« frage ich.

»Nein, ich muß wieder zu Christian«, sagt sie rasch und löst den Griff.

Ich bleibe bei Sigrun Liljerot und ihrem Mann stehen.

»Du siehst ihnen so ähnlich«, sage ich.

»Wem?«

»Anja und Marianne.«

»Tue ich das?«

»Es wurde immer gesagt, Sigrun sei die jüngere Ausgabe von Marianne«, mischt sich Eirik Kjosen ein. Er hält seine Frau mit festem Griff.

»Ihr lebt in Nordnorwegen?« sage ich.

»Ja. Sigrun ist Distriktsärztin für Sør-Varanger«, sagt Eirik Kjosen. »Und ich bin Lehrer an der Internatsschule.«

»Lehrer für was?« frage ich.

»Sport und Musik«, sagt er.

»Dir steht der Schweiß auf der Stirn«, sagt Sigrun Liljerot.

»Ich kann es nicht fassen, daß du ihnen so ähnlich siehst«, sage ich.

»Das ist doch nicht weiter verwunderlich«, sagt sie.

»Warum erinnere ich mich nicht an dich von Anjas Begräbnis her?«

»Ich war schwanger.« Kaum hat sie es ausgesprochen, sehe ich, daß Eirik Kjosen unruhig wird. »Ich habe das Kind unmittelbar vor dem Begräbnis verloren. Ich habe mich ganz hinten im Krematorium versteckt und mich auch nachher nicht sehen lassen.«

Eirik Kjosen bewegt lautlos die Lippen, während seine Frau spricht.

»So etwas kommt immer mal wieder vor«, stellt er fest. »Aber vorbereitet ist man auf so etwas nie, oder?«

Sie wird von anderen Familienmitgliedern in Beschlag genommen. Menschen, die sie lange nicht gesehen hat. Vettern und Kusinen. Großonkel. Entferntere Verwandte. Sie begrüßt alle. Erik Kjosen weicht keinen Zoll von ihr.

Ich suche mir eine stille Ecke. Ich spüre die Blicke der

fernen und nahen Familienangehörigen, die Blicke der Freunde und Bekannten, denen langsam bewußt wird, daß Marianne ja verheiratet war, obwohl nichts davon in der Todesanzeige stand. Was spielt das jetzt für eine Rolle. Sie lebt, denke ich. Wenn ich die Schwester betrachte, wie sie da steht und redet, leben sowohl Marianne als auch Anja in Sigruns Gesten, die gleichen Handbewegungen, das Lächeln und die unverkennbaren Fältchen in ihrem Gesicht.

Nach einer Weile kommen sie zu mir.

»Setzen wir uns«, sagt Sigrun Liljerot.

Ich nicke. Sie mustert mich eingehend.

»Ihr wohnt ziemlich weit weg von allem?« sage ich gemäß meiner Gewohnheit, lieber über andere zu reden.

»Ich habe Eirik dort oben kennengelernt«, sagt sie. »Ich war als Assistenzärztin in Kirkenes.«

»Das ergab sich von selbst«, mischt er sich ein. »Ich stamme aus Svanvik.«

»Dann wohnt ihr also in ...«

»Pasvikdalen«, sagt er.

»An der Grenze zur Sowjetunion«, sagt sie.

Ich nicke. Dieses höfliche Geplauder führt zu nichts. Aber für einen kurzen Moment sieht sie mich offen an, und mir ist, als würde ich in eine tiefe Verzweiflung blikken.

»Du mußt uns einmal besuchen«, sagt Eirik Kjosen. »Das würde dir guttun. Du kannst mitkommen auf die Rebhuhnjagd. Wir können Bären beobachten. Nach Lappland fahren. Goldgräber spielen. Lachse fangen. Und du kannst für die jungen, erlebnishungrigen Schüler ein Konzert geben. Das wird unvergeßlich sein für sie.«

»Du brauchst dringend Erholung«, sagt Sigrun Liljerot. »Hast du jemanden, der sich um dich kümmert?«

Ich möchte ihr am liebsten alles erzählen.

»Ich habe viele gute Freunde«, sage ich. »Danke, daß ihr euch so um mich sorgt.«

Es sind so viele, die mit Sigrun reden wollen, und ich ziehe mich wieder zurück. In dem intellektuellen Milieu, in dem Marianne verkehrte, gibt es vorwiegend Menschen mit einem starken Ego. Jetzt heben sie die Gläser, trinken Wein und reden lautstark miteinander. Das Begräbnis ist ein Vorwand, um zu feiern. Ich schlendere allein durch den Saal und schnappe Gesprächsfetzen auf. Die Stimmung wird immer angeregter. Ein junger Arzt erzählt einer Kollegin von einem Sommerhaus am Meer, das er kürzlich gekauft hat. Ein Onkel von Marianne unterhält sich begeistert mit einem blassen jungen Mann über eine Aufführung von Molières »Der eingebildete Kranke«. Plötzlich gellt ein lautes Lachen durch den Raum. Es kommt von der bebrillten Frau, die die Leichenrede hielt. Es ist, als würden jetzt alle in Raum zu lachen anfangen. Ein langsames, unmerkliches Crescendo. Sie sind ja noch am Leben. Das muß gefeiert werden. Man prostet sich zu. Ich sehe feuchte Lippen, zwinkernde Augen, weiße Zähne, schwitzende Stirnen. Das Lachen steigt an zu einer ungeahnten Lautstärke. Sogar Ida Marie Liljerot hebt das Glas und lächelt.

Die dunklen Keller

Jeanette und Gabriel warten draußen am Eingang auf mich.

»Mein Gott, habt ihr hier die ganze Zeit gestanden?« sage ich erschrocken und schaue auf die Uhr.

»Wir können dich doch an so einem Tag nicht allein lassen«, sagt Jeanette und faßt mich beschützend um die Schulter.

»Habe ich dich schon einmal gesehen?«

»Jeanette Wiggen ist die zur Zeit begabteste Studentin an der Schauspielschule«, sagt Gabriel lakonisch. »In ein paar Monaten, nach den Theaterferien wirst du sie als eine unvergleichliche Hedda Gabler sehen. Keine kann sich so vortrefflich eine Kugel in den Kopf schießen wie sie.«

»Gabriel, das ist nicht lustig!«

»Macht nichts«, sage ich.

»Wir können mit zu dir nach Hause gehen«, sagt Gabriel. »Wir können auch in die Stadt gehen und unsere Trauer hinunterspülen.«

»Wir gehen in die Stadt«, sage ich.

Jeanette geht in der Mitte, hat sich bei jedem von uns eingehängt. Völlig ohne jeden Halt, denke ich. Wie ein Gummiball. Kann nach allen Seiten hüpfen. Wir nehmen die Straßenbahn zum Nationaltheater und gehen die Treppen hinauf und hinein in den blauen Juniabend. Gabriel bestimmt die Richtung. Wir wollen nach Vika.

»Da gibt es einen Jazzkeller«, grinst Gabriel. »Free Jazz. Das ist die Art von Musik, wie ich sie spiele. Freie Musik.«

»Hältst du das für passend an so einem Tag?« sagt Jeanette und betrachtet mich prüfend.

Mir ist fast schwindlig vor Müdigkeit. »Laß dich nicht herumkommandieren von ihm«, sagt Jeanette und drückt meinen Arm. »Du kannst jederzeit nach Hause gehen. Wir kümmern uns um dich.«

»Ich lasse mich nicht herumkommandieren«, versichere

ich und blinzele in das Abendlicht, bevor ich die Treppe hinuntersteige zu dem Kellerlokal.

»Club 7«, erklärt Gabriel, der hier eindeutig wie zu Hause ist.

Es wimmelt von jungen Leuten. Studenten, Schüler, dazu ältere Schauspieler und Maler mit grauem Haar und Jeans, die mit ihrem Bier in der Hand Ausschau halten nach der Beute des Abends. Gabriel grüßt nach allen Seiten. Aber er weiß, wohin er will. Er hat einen Plan. Er öffnet die Tür zu einem dunklen Raum mit niedriger Decke. Ein Jazzpianist hängt halb schlafend am Flügel, während der Bassist und der Schlagzeuger versuchen, die Melodie wiederzufinden, die ihnen abhanden gekommen ist. Als wir die niedrige Bühne überqueren, schlägt Gabriel dem Jazzpianisten kräftig auf die Schulter. Der wird jäh wach und setzt sofort mit wilden Klangkaskaden ein. Das ist so absurd, daß ich lachen muß. Ein müdes, befreiendes Lachen.

»Was ist los mit ihm?«

»Das ist der Alkohol, ebensosehr ein Segen wie eine Geißel. Man weiß nie genau, was er gerade ist. Ich habe dir von Charlie Parker erzählt. Dexter Gordon aber, den konntest du sturzbetrunken auf die Bühne schleppen, ihm einen freundlichen Klaps auf die Wange versetzen, und er spielte wie der Teufel.«

»Das klingt etwas wie McCoy Tyner«, sage ich, obwohl ich keine Ahnung habe.

»Hey, *du* weißt, wer McCoy Tyner ist?« fragt Gabriel Holst überrascht.

»Von Marianne, hat sie mir in Zusammenhang mit all diesen Joni-Mitchell-Songs erzählt.« Ich schwanke von dem vielen Wein. Mariannes Namen auch nur auszusprechen tut weh.

Jeanette liest meine Gedanken. »Hat sie Marianne sehr ähnlich gesehen, die Schwester?«

»Ja«, sage ich. »Und Anja. Der Tochter. Darauf war ich nicht gefaßt.«

»Was müssen das bloß für Frauen gewesen sein.«

»Vergrabt euch jetzt nicht in dieses Thema«, sagt Gabriel mahnend und geht nach rechts, hinüber zur Theke. »Hier ist jemand, den du sicher begrüßen willst. Sie kann dich mit Wein, Bier und Gulasch versorgen. Was möchtest du?«

Ich halte mich an der Holzplatte fest.

Es ist Cathrine.

Sie steht da in der Club-7-Uniform, das kurzgeschnittene blonde Haar, die unbescheidenen Brüste. Als stünde sie dort schon immer. Meine Schwester. Sie stellt mir ein kaltes Bier hin und lächelt unsicher.

Der Rückzug

Ich habe später oft an diesen Abend und diese Nacht gedacht, aber die Details vermischen sich, und ich weiß nicht mehr, was wirklich geschah und was ich mir nur wünschte, daß es geschah, aber ich glaube, es trifft zu, daß wir uns umarmten, daß ich weinte und daß sie mich an den Haaren zog. Soweit ich mich erinnere, wußte sie, was mit Marianne passiert war, aber noch nicht, was mit mir passiert ist. Soweit ich mich erinnere, standen wir nur da und zupften aneinander herum, wie damals, als wir klein waren, fühlten, wie sehr wir einander vermißt hatten in der langen Zeit, in der sie auf Reisen war und ich nicht wußte, wo sie sich befand, was sie machte oder dachte. Gabriel und Jeanette haben sich zurückgezogen, und Cathrine ist fast wie früher, nur die Haut etwas grauer und mit einer Narbe an der Wange.

»Was ist da passiert?« frage ich und streiche vorsichtig darüber.

»Ein verrückter Typ in Srinagar«, sagt sie mit einem Lächeln. »Stört es dich?«

»Nein, gar nicht«, versichere ich.

Sie nimmt sich einige Minuten frei. Wir setzen uns an einen dunklen Ecktisch. Im Club 7 ist es zum Glück überall dunkel. Sie nimmt meine Hände, will mich festhalten, will wieder große Schwester sein.

»Gabriel hat mir alles erzählt. Du bist ziemlich tief unten im Keller, was? Du hast sie heute begraben?«

Ich nicke. »Du hättest kommen sollen. Dann wäre es leichter gewesen.«

Sie schüttelt heftig den Kopf. »Ich möchte nicht noch einmal von dieser Familie vereinnahmt werden, so wie du. Das mit Anja hat mir gereicht. Und diese Trauer konnte ich sowieso nicht mit dir teilen.«

»Aber warum hast du dich nicht gemeldet? Du warst doch auf meinem Debütkonzert?«

»Ich hoffte, du würdest mich nicht sehen. Ich wollte deinen Auftritt nicht noch einmal stören. Der eine Skandal in der Aula hat mir gereicht.«

»Als du mitten in ›Clair de Lune‹ Bravo gerufen hast«, lächle ich.

»Das war nach Mutters Tod, und es ging mir gar nicht gut. Ich habe das gemacht, weil es ein Wettbewerb war, weil ich in Anja verliebt war, weil ich wollte, daß Anja gewinnt, weil ich zugedröhnt war, weil ich dir die Tour vermasseln wollte.«

»Das ist dir geglückt.«

»Und das wollte ich nicht noch einmal machen.«

»Statt dessen hast du die Dämliche gemimt?«

»Genau. Aber du hast wunderbar gespielt.«

»Danke. Und *dein* Leben, was ist damit?«

»Ziemlich kompliziert. Anja hat etwas in mir zerstört, wie sie auch in dir etwas zerstörte. Du hast sie auf die romantische Art geliebt. Sie war die Einzige. Die Auserwählte. Für mich war sie nur jemand, den ich begehrte, dumm, wie ich war. Hast du nicht gemerkt, daß sie keinerlei Leidenschaft besaß? In ihr war alles tot, außer wenn sie am Klavier saß. Deshalb konnte sie gleichzeitig lesbisch und hetero sein, ohne zu merken, wie sehr sie uns beide verletzte. Diese Erfahrung hat etwas in mir getötet. Es gibt solche Menschen, die nicht anders können, als andere mit ihrem Unglück anzustecken. Diese Fähigkeit hatten alle in dieser kleinen Skoog-Familie. Bror, Anja und Marianne, alle drei haben ihre Umgebung stigmatisiert. Und du armer Kerl konntest dich dem nicht entziehen. Das konnte *ich* zwar schon, doch trotzdem hat sie mich fürs Leben gebrandmarkt. Alles, was ich später unternommen habe, ist mir komischerweise mißlungen. Als ich zu meiner großen Reise aufbrach, spürte ich bereits, daß es zu spät war, daß ich sozusagen physisch bereits infiziert war. Und von da an hatte ich jeden Tag das Gefühl, etwas Wesentliches versäumt zu haben.«

Ich halte ihre Hand in meiner. Es tut gut, mit ihr zu reden, fast wie in alten Tagen.

»Ich kenne dieses Gefühl«, sage ich. »Aber du bist in dem Moment verschwunden, in dem Marianne in mein Leben kam.«

»Und du hast sicher nicht gedacht, daß dir ein neues Drama bevorstand? Was ist bloß mit uns beiden, Aksel? Manche gehen durchs Leben, ohne jemals Trauer und Verlust zu erfahren, ohne überhaupt etwas Dramatisches zu erleben. Wir erlebten, daß Mutter im Wasserfall ertrank, und danach, das ist die reine Hölle gewesen. Denkst du nicht auch so?«

»Doch«, nicke ich. »Wenn du es sagst.«

»Inzwischen klammere ich mich an die kleinen und übersichtlichen Werktage. Ich wohne in einer kleinen Bude in der Stadt, in Grünerløkka und komme mit ganz wenig aus, so wie ich es immer gemacht habe.«

»Und die Liebe?«

Sie errötet. »Ich habe jemanden im Visier. Aber die Konkurrenz ist hart, wenn man auf diesem Gebiet konkurriert.«

Ich überlege, ob ich ihr anbieten soll, bei mir zu wohnen, solange ich noch im Skoog-Haus zu bestimmen habe. Aber ich kann mich nicht entschließen. Schaffe es nicht. Sie ist meine Schwester, doch ich habe immer gemerkt, daß sich um uns beide eine negative Aura bildet, wenn wir uns treffen. Wir sind viel geschickter darin, einander zu vermissen.

»Und wie steht es bei dir, Aksel?« fragt sie.

Was soll ich sagen? Daß ich mir keinen Rat weiß.

Ich stottere und stammle.

»Wir können über all das später reden«, sagt sie und streichelt meine Wange. »Ich muß jetzt wieder hinter die Theke.«

Ich gleite zurück in den Haupttraum. Alle gleiten oder fließen an diesem Tag im Juni 1971, dem Tag, an dem Marianne begraben wurde, an dem ich ins Leben zurückkehrte, an dem ich Sigrun zum erstenmal traf. Was sagte sie beim Abschied zu mir?

Du mußt uns im Pasvikdalen besuchen, wenn du in Nordnorwegen auf Tournee bist. Versprichst du das?

Das klang wie ein Traum, dachte ich.

Ich muß allein sein, auch wenn ich es nicht ertrage, allein zu sein. Es gibt keinen anderen Weg. Aber Cathrine, Gabriel und Jeanette weigern sich, mich allein schlafen zu lassen. Sie wollen mich nach Hause bringen, wollen bei mir bleiben und auf mich aufpassen. Gabriel muß Cathrine erzählt haben, was ich vergangenen Sonntag versuchte. Sie sehen an meinen Augen, daß die Pupillen groß sind, daß meine Ruhe aufgesetzt ist, daß es da, wo ich wohne, Tabletten gibt.

Wir stehen beim Ausgang. Sie meinen es gut, aber ich werde zornig über ihre Beschützerei.

»Die letzte Straßenbahn geht in fünf Minuten. Ich muß los.«

Sie stehen da und schauen mir nach. Auch sie sind zornig. Aber ich bin schließlich nicht ihr Patient. Meine kleine Welt ist so, wie sie ist, groß genug.

Mutterseelenallein sitze ich in der Tram. Wo sind all die anderen Passagiere geblieben? Ich kann mir das Leben, das vor mir liegt, nicht vorstellen. Ich werde mit W. Gude reden müssen und mit Selma Lynge. Irgendwo muß ich wieder anfangen.

Allein im Elvevaret

Als die Haustür im Skoog-Haus hinter mir ins Schloß fällt, ist es fast zwei Uhr. Ich stutze. Habe ich Angst in der Dunkelheit? Nein. Ich hörte nur einen Laut. Er kam aus dem Keller. Ist jemand da unten? Ich mache Licht auf der Treppe.

»Hallo?« rufe ich, und es läuft mir kalt über den Rükken.

Keine Antwort.

Trotzdem hörte ich einen Laut.

Ich öffne die Tür zum Vorratskeller. Knipse das Licht an. Betrachte die Wände.

Niemand.

Aber woher kam der Laut?

»Hallo?« rufe ich erneut.

Endlich löst sich der Knoten.

Das geschieht mit solcher Gewalt, daß ich nach Luft schnappe. Ich bin auf diese inneren Krämpfe nicht vorbereitet und renne die Treppe nach oben ins Wohnzimmer.

Dort ist auch niemand.

Ich setze mich in den Corbusier-Sessel. Der Puls ist hoch, die Schläfen hämmern. Ich muß den Raum irgendwie füllen. Rachmaninow. Der Traum, den ich hatte. Das Klavierkonzert Nr. 2. Die Oktav-Säulen am Anfang. Die f-Moll-Akkorde, drohend gegen c-Moll modulierend. Alles, was ich hätte ahnen müssen. Ein Trauergesang für Klavier und Streicher. In dem düsteren, aufgewühlten Orchesterbild verwendet der Komponist seinen breitesten Pinsel. Da kann ich vor meinem Schuldgefühl fliehen. In *diesen* Unterströmungen will ich sein. Ich gehe zum Plattenregal und greife zur Version von Richter. Wislocki und die Warschauer Philharmoniker. Ein Klagelied ohne Ende, das die Grenzen des Konzerts sprengt: es ist zu bekannt, die Themen sind allzu vertraut. Aber kann sich das Vertraute abnutzen? Kann das, was einmal Qualität war, von seiner eigenen Bekanntheit verschmutzt werden und seinen Wert verlieren? Ich weiß seit Jahren von dieser Musik, hatte aber nie ein Verlangen danach. In dieser Nacht brauche ich sie. Rachmaninow im Skoog-Haus. Endlich begreife ich, was ich verloren habe. Sie sind nicht mehr da, weder Anja noch Marianne. Marianne sitzt nicht mehr neben mir. Sie ist weder in der Luft noch zwischen den Bäumen.

Zum erstenmal ist sie weg. Völlig weg. Anja auch. Es gibt sie nicht mehr. Zum erstenmal beginne ich zu begreifen, daß ich sie nie mehr wiedersehen werde.

Ich wende alle Energie auf, um allein zu sein. Das ist nicht so schwierig, weil alle andern eine instinktive Scheu vor jemandem haben, der trauert. Gabriel und Jeanette haben sich widerwillig für eine Weile zurückgezogen. Meine Tragödie ist so groß, daß die Leute mit einem Seufzer der Erleichterung ausweichen. Sogar W. Gude begnügt sich mit einem Telefonanruf, in dem er sagt: »Du brauchst Zeit, mein Junge, um das zu verdauen, aber im Frühherbst sollten wir uns treffen.« Selma Lynge schickt einen Brief, in dem sie schreibt, daß sie täglich an mich denkt, aber daß sie und Torfinn nach Deutschland fahren und nicht vor September zurückkehren. Gott sei Dank weiß keiner von ihnen von meinem Selbstmordversuch. In ihren Augen bin ich nach wie vor der begabte Pianist, der mehr als stark genug ist, den Erwartungsdruck zu bewältigen. Sie glauben, daß ich bald an das denken werde, was vor mir liegt. Aber ich denke nur an das, was hinter mir liegt. Als wäre der Zeiger der Uhr an dem Abend stehengeblieben, an dem ich debütierte, in der Minute, in der Marianne starb. Alles, was danach geschehen ist, hat nichts mit dem Leben zu tun.

Ich gehe den steilen Weg hinunter zum Fluß. Ich bin wieder im Erlengebüsch. Mein Versteck, später das von mir und Marianne. Mir ist, als würde ich den ganzen warmen Sommer hier verbringen. Niemand stört mich. Nur ich bin da, die Blätter und die Bäume, und all die Bilder: die Mutter in den Sekunden, bevor sie im Wasserfall ertrank, der Vater, den ich zurückhielt, als er sie retten wollte. Anja, deren Krankheit ich erst erkannte, als es zu spät war. Marianne, die mir vor der letzten Zugabe aus dem Zuschauerraum zuwinkte. Vielleicht hätte ich rechtzeitig eingreifen können, wenn ich klüger gewesen wäre. Dieses Schuldgefühl werde ich mein ganzes Leben mit mir herumtragen müssen.

Ende Juli fange ich wieder zu üben an. Ich beginne mit dem Einfachsten, und trotzdem ist es eine Kraftprobe: Bachs »Inventiones«. Dann gehe ich weiter zu Präludien und Fugen. Danach die »Goldberg-Variationen«. Ich spiele, ohne zu denken. Ohne Ausdruck. Ohne Nuancen. Ohne Gefühl.

So ist es am besten.

Mit Rebecca Frost zum Brunkollen

An einem Samstag Anfang August klingelt das Telefon. Es ist Rebeccas Stimme. Ich höre sofort, daß etwas nicht stimmt.

»Hast du Zeit, eine Wanderung mit mir zu machen? Es ist am besten, wir gehen, ansonsten landen wir ohnehin nur im Bett.«

»Du hast seltsame Vorstellungen von einem Witwer, wie ich sehe.«

»Natürlich. Du bist ein Ritter für alle Frauen in Not. Du und Marianne, habt ihr nicht auch in der Trauer zueinandergefunden?«

»Das war etwas anderes.«

»Nein. Es war die Trauer über Anja, die euch zusammengebracht hat.«

»Und was sollte *uns* nun zusammenbringen?«

»Daß wir schon immer füreinander geschaffen waren, Dummchen.«

»Aber du trauerst nicht um Marianne.«

»Nein, ich kannte sie ja kaum. Ich trauere um Christian.«

»Was ist mit ihm?«

»Das mag ich dir nicht am Telefon erzählen. Er und die andern sind momentan im Sommerhaus am Skagerrak. Ich habe gesagt, ich müsse in die Stadt zu einer ärztlichen Untersuchung, und das trifft ja auch zu.«

»Nimm die Tram um elf Uhr stadtauswärts. Ich warte auf dich an der Haltestelle Grini.«

»Ich kann doch mit dem Auto fahren.«

»Nein. Wir werden Wein trinken.«

Als sie in Grini aus einem der alten Holzwaggons der Tram aussteigt, sehe ich, daß sie ungewohnt blaß ist, obwohl seit Wochen die Sonne scheint. Mit dem Rucksack geschultert warte ich auf sie. Sie küßt mich leicht auf die Wange. Wir starten sofort Richtung Fossum und Østervann.

»Wie nett von dir«, sagt sie und nimmt meine Hand auf die mädchenhafte Weise, bei der ich schwach werde.

»Was ist denn los da unten am Skagerrak?« frage ich.

»Ich sagte es im Spaß, aber jetzt glaube ich fast, es ist ernst. Daß unser beider Leben verflucht ist, seit Marianne im letzten Sommer direkt vor unserem Sommerhaus kenterte.«

»Man soll über Tote nicht schlecht reden.«

Sie drückt rasch meine Hand.

»Du verstehst doch immer noch Spaß, hoffe ich. Aber stell dir vor, wie es mir geht da unten an der Küste, mit Mutter und Vater, die schon vergessen haben, daß ich noch jung bin und daß ich Medizin studiere und Ärztin werden will. Sie *fordern* beinahe, daß Christian und ich ein Kind machen sollen.«

»Und das versucht ihr doch sicher?«

»Nein, was denkst du. Nicht so. Jedenfalls ich nicht. Wir testen natürlich die Art der Vorgehensweise. Das ist schließlich das Privileg der Jugend, oder? Aber wir streiten uns auch. Und dabei geht dann alles schief.«

Ich frage nicht nach. Sie soll ihre Geschichte in ihrem eigenen Tempo erzählen. Hier auf diesem Weg habe ich mit Anja gesprochen, später mit Marianne, und beide fielen in Ohnmacht, Anja vor Schreck und Marianne aus Verzweiflung über ihre eigene Lebensgeschichte. Ich halte Ausschau nach einem Habicht am Himmel. Den gab es früher oft. Jetzt ist er unsichtbar. Nur weiße Wolken in der warmen Augustsonne. Rebecca hat die dünne Baumwolljacke ausgezogen und geht in einem weißen T-Shirt ohne BH. Die schmale, muskulöse Taille. Der aufrechte Rücken. Die winzigen Sommersprossen auf ihrer Haut, die man kaum sieht, wenn sie so blaß ist.

»Es ist schon merkwürdig, Aksel, vor zwei, drei Jahren waren wir jung und dumm und glaubten, die Welt liege offen vor uns und wir hätten das Leben in unserer Hand. Jetzt bist du psychisch am Ende, und ich suche immer noch nach dem Glück, das ich so sehr beschworen habe.«

»Du hast immer betont, daß ihr, du und Christian, rundum glücklich seid.«

»Ich war fest davon überzeugt, daß das Glück etwas ist, das man *will*. Und wenn man es stark genug will, bekommt man es schließlich.«

»Aber das hat bei dir nicht funktioniert?«

»Nein. Ich bekam statt dessen einen Faustschlag direkt aufs Auge.«

Glücklicherweise sind wir allein auf dem Weg. Alle sind

jetzt am See beim Baden. Nur ein verliebtes Pärchen ist einige hundert Meter vor uns auf dem Anstieg zum Brunkollen zu sehen. Wir gehen langsam, um den Abstand noch zu vergrößern.

»Was ist denn vorgefallen?« frage ich.

»Er glaubt, daß ich dich heimlich treffe.«

»Das tust du doch.«

»Ja, aber wir machen nichts Schlimmes.«

»Letzten Sommer schon.«

»Nein, nicht richtig.«

»Kommt darauf an, wie man es betrachtet.«

»Ich hätte dabei nicht einmal schwanger werden können.«

»Nein, insofern haben wir nichts Schlimmes gemacht.«

»So habe ich es nicht gemeint.«

»Wie dann?«

»Daß er keinen Grund hat, eifersüchtig zu sein. Jedenfalls im Moment nicht. Ach, was rede ich. Beklage mich über einen kleinen Streit und einen Faustschlag, während du *alles* verloren hast.«

Wir gehen wie zwei Geschwister auf dem Weg zur Schule, denke ich und halte ihre Hand fest in der meinen. Unschuldig wie Hänsel und Gretel mit ihren Brotkrumen.

»Derartige Prüfungen lassen sich sowieso nicht auf eine Waagschale legen«, sage ich. »Als sich Marianne das Leben nahm, schreckten die Leute vor mir zurück wie ängstliche Fliegen. Es war direkt makaber für sie. Reden wir jetzt lieber über Christian. Verläßt du ihn?«

»Nie im Leben!« Sie schaut mich erschrocken an. »Du kennst mich doch? Ich habe mich für Christian entschieden. Ich *will* ihn einfach!«

»Und dein Wille ist so stark, daß ihr meine Wohnung in der Sorgenfrigata ein zweites Mal gemietet habt?«

»Das ist einer der Gründe für seine plötzlichen Wutanfälle. Aber wir hatten doch diesen Wasserschaden.«

»Warum habt ihr nicht eine andere Wohnung gemietet?«

Sie drückt ihre Hüfte hart gegen meine. »Weil ich irgendwie Kontakt mit dir haben möchte, und sei es nur über das Zahlen der monatlichen Miete.«

»Und er hat dich wirklich geschlagen? Ins Gesicht?«

»Ja. Und jetzt habe ich es gesagt. Und mehr kann ich nicht sagen, denn dann würde ich ihn bloßstellen, und das wäre absurd, denn mit ihm bin ich nun mal verheiratet. Ihm habe ich Treue geschworen in guten wie in schlechten Tagen.«

Ich gehe neben ihr und höre ihr zu. Es sind noch keine zwei Jahre vergangen, seit sie in der Aula debütierte, über ihr Kleid stolperte und uns alle erschreckte, aber trotzdem nicht aufgab und Beethovens opus 109 spielte. Wie viele Medizinstudenten ihres Alters haben Beethovens op. 109 gespielt? »Sehnst du dich nicht danach?« frage ich.

»Wonach?«

»Nach der Freiheit, die du hattest?«

Sie wirft mir einen raschen Blick zu. »Sehnst du dich nach der Zeit vor Marianne? Vor Anja? Bevor die Entscheidungen gefallen waren? Sehnst du dich nach dem nicht gelebten Leben?«

Ich schüttele den Kopf.

Wir gehen schweigend weiter.

Wir haben die letzte Kehre umrundet, bevor der Anstieg hinauf zum Brunkollen beginnt. Da deutet sie plötzlich auf eine Baumspitze.

»Schau mal«, sagt sie. »Ein echter Habicht.«

Ich zucke zusammen.

»Was ist denn mit dir?« fragt sie.

»Der Habicht«, sage ich. »Letztes Mal kreiste er hoch oben am Himmel.«

»Da hielt er Ausschau nach seiner Beute«, nickt Rebecca. »Jetzt sitzt er auf dem Baum. Jetzt kehrt er zurück an den Tatort.«

»Was willst du damit sagen?«

»Daß viele mehr haben wollen. Und daß wir keine Angst zu haben brauchen. Ein Habicht, der auf einem Baum sitzt, ist nicht gefährlich. Er sitzt nur da und überblickt sein Revier, erinnert sich an seine bisherigen Eroberungen.«

»Woher weißt du das?«

»Wir hatten einmal zwei Zwergpapageien.«

»Anja und Marianne waren nie Zwergpapageien.«

»Glaub mir einfach, Dummchen.« Rebecca küßt mich rasch auf die Wange. »Es war in unserem Sommerhaus am Skagerrak. Sie hießen Grace und Ginger. Grace war groß und schön, und Ginger war klein und verängstigt. Grace riß Ginger Federn aus, und Ginger ließ es sich gefallen. Ginger war im wahrsten Sinn des Wortes ein gerupfter Vogel. Aber was blieb ihm anders übrig. Sie lebten nun mal gemeinsam in einem Käfig.«

»Wie du und Christian.«

»Ich rede nicht von mir und Christian! Außerdem geschah das lange vor Christian. Obwohl Tag für Tag auf Ginger herumgehackt wurde, sangen sie beide laut mit ihren häßlichen, schrillen Zwergpapageienstimmen, über die man sich aber trotzdem so sehr freuen kann. Und nachts schmiegten sie sich eng aneinander und schliefen Seite an Seite, als sei aller Zank des Tages vergessen. Wir hängten den Käfig tagsüber in der Regel auf den Schlafzimmerbalkon, da hatten die beiden Schatten und waren zugleich an der frischen Luft. Eines Tages sind wir nach Arendal gefahren, um einiges zu erledigen. Als wir am Spätnachmittag zurückkehrten, hatte sich eine Tragödie ereignet. Der Käfig stand offen, und überall waren Federn und Blutflekken. Grace saß allein und etwas belämmert auf einem der Stäbe. Wir dachten natürlich sofort an die Katze, aber die ließ sich nicht das Geringste anmerken. Selbstverständlich holten wir nun den Käfig ins Haus und kümmerten uns um die arme Grace, die ihren Lebensgefährten verloren hatte. Als wir eine Stunde später zu Abend aßen, hörten wir auf einmal einen dumpfen Laut auf dem Balkon. Ich lief sofort hinüber zum Schlafzimmer, überzeugt davon, daß die Katze wie gewöhnlich vom Baum auf den Balkon gesprungen war. Aber da war keine Katze. Dafür saß ein gewaltiger Habicht auf der Balkonbrüstung und starrte mich an. Mir kam es vor, als hätte er noch Papageienfedern im Schnabel. Er war zum Tatort zurückgekehrt in der Hoffnung, nun Grace zu verspeisen. Ich schaute ihm direkt in die Augen, und diesen Blick werde ich nie vergessen. Der Blick eines Mörders. Aber er war umsonst gekommen, denn Grace, sein Opfer, war im Haus.«

»Wir gehen hier auf dem Weg, und der Habicht verfolgt uns mit den Augen.«

»Ja«, sagte Rebecca beruhigend. »Aber er ist nicht oben am Himmel, ist nicht in Angriffsposition.«

»Du glaubst also, wir überleben?«

»Natürlich überleben wir.«

Wir gehen das letzte Stück zum Brunkollen. Es ist heiß, ich rieche den Harzgeruch der Bäume.

»Was ist aus Grace geworden?« frage ich.

»Sie siechte dahin und starb. Sie hatte niemanden mehr, den sie quälen konnte. Das Leben war für diesen kleinen, bösen Vogel sinnlos geworden.«

»Hast du Angst um Christian? Was aus ihm wird, wenn du ihn verläßt?«

»Ich habe am meisten Angst um dich«, sagt Rebecca.

»Warum das?«

»Ich kenne dich zu gut. Ich weiß, daß du mit dieser Familie nie fertig wirst.«

Wir sitzen am Aussichtspunkt. Die Weinflasche ist offen. Wir trinken aus richtigen Kristallgläsern. Die lärmenden Studenten, die früher hier waren, sind nicht mehr da. Sie gehören zu einer Zeit der Unschuld, denke ich. Sie haben inzwischen einen Job gefunden, haben Frau und Kinder. Die Brunkollenhütte ist geschlossen. Auch Rebecca und ich sind dabei, erwachsen zu werden. Alles wirkt ziemlich verlassen.

»Man nennt sie die Frau im Tal«, sagt Rebecca. »Ich habe mich bei meinen Kommilitonen aus der Finnmark erkundigt. So eine sexy Ärztin hätten sie da oben noch nie gehabt. Sie bringt die ganze Gegend um den Verstand.«

»Wovon redest du?« sage ich.

»Von der Distriktsärztin in Sør-Varanger, Nordnorwegen.«

»Was ist mit ihr?«

»Sie heißt Sigrun Liljerot. Du bist in sie verliebt, und du weißt es nicht. Die Trauer ist schuld daran. Und ich erkenne das besser als jeder andere. Ich habe dir Anja prophezeit. Ich habe dir auch Marianne prophezeit.«

»Dann weißt du mehr über mich als ich selbst.«

»Klar tue ich das!« Rebecca wirft mir einen entrüsteten Blick zu.

Ich bin müde. Ich weiß nicht, was ich antworten soll.

Rebecca küßt mich sanft auf den Mund.

»Meide den Umgang mit ihr. Mir zuliebe.«

Sie wirkt klein und hilflos, wie sie da neben mir sitzt und an die vielen Zukunftsmöglichkeiten denkt.

»Die Zeit, die du mit Anja und Marianne hattest, war so kurz«, fährt sie fort. »Deshalb wird die Trauer auch kurz sein.«

»Das Gefühl habe ich nicht.«

»Aber es ist so. Die intensiven Erlebnisse der Jugend werden immer, ab einem gewissen Punkt, zu einem unwirklichen Schleier. In zehn Jahren wird dir das, was geschehen ist, wie ein Traum erscheinen. Da bist du noch nicht einmal dreißig Jahre alt.«

»Woher weißt du das alles so genau?« frage ich verärgert.

»Weil ich es eben weiß«, sagt Rebecca bestimmt.

Herbst

Die Zeit legt sich wie ein Film über die Wunden. Sie können jederzeit wieder aufbrechen, ohne Vorwarnung. Trotzdem ist es möglich, zu spüren, daß sie sich geschlossen haben, daß die Gedanken andere Wege gehen, daß ich minutenlang nicht an Anja oder Marianne oder an beide denke, daß ich plötzlich Ende August an Anjas Flügel sitze und eine lebensbejahende Musik spiele wie die »Waldsteinsonate«, daß ich morgens erwache und denke, ich sollte auf Tournee gehen, ich sollte in den Norden reisen, denn da bin ich nie gewesen, daß ich wieder bereit bin, einen Abend im Club 7 zu verbringen. Bin ich einfach zu jung für diese Trauer? denke ich. Habe ich den Ernst nicht begriffen? Bin ich wie Marianne in ihrer letzten Phase, als sie glaubte, überleben zu können, wenn sie sich nur einen Liebhaber zulegte und so tat, als sei alles wie vorher? Während der kurzen, surrealistischen Sitzungen bei Säffle sieht es so aus, als glaubt er nicht ganz, daß ich es ernst gemeint habe mit meinem Selbstmordversuch. Er glaubt, es sei Theater. Nicht einmal an mein Schuldgefühl glaubt er. Säffle hat fast keine Sommerferien gehabt. In seinem verrauchten Büro im Krankenhaus hat er gesessen und durch das Fenster auf die großen Laubbäume gestarrt. Er ließ die Patienten kommen und gehen. Er hat sich mit mir über Schumann, Skrjabin und Rachmaninow unterhalten. Er stochert ständig in meiner Nervosität herum. Als wollte er mich noch nervöser machen.

»Ist es Rachmaninow, den du spielen willst?« sagt er.

»Ja, das zweite Konzert.«

»Damit du herauskommst aus der Depression, so wie Rachmaninow die Musik schrieb, als er tief deprimiert war und aus dem Loch herauskam und sich danach bei seinem Psychiater bedankte?«

»Nicolai Dahl? Ja genau.«

»Weißt du eigentlich, was Professor Dahl zu dem Komponisten gesagt hat?«

»Nein.«

»Er sagte, daß man sich selbst lieben muß, ein Minimum an Selbstachtung haben muß, um kreativ sein zu können.«

»Davon bin ich überzeugt.«

»Er sagte das, nachdem Rachmaninow von seinen Kritikern verrissen worden war, sowohl für die erste Sinfonie wie für das Klavierkonzert. Ist das nicht merkwürdig, die Kritiker können sein wie Jäger. Sie mögen keine ungezielten Schüsse. Wenn sie schießen, wollen sie ihre Beute erlegen.«

»Bislang sind die Kritiker schonend mit mir verfahren.«

Säffle nickt. »Das ist mir längst aufgefallen. Die Welt

der Kunst ist nicht sehr verschieden von unserer Arbeit. Es gibt Leute, die *immer* verstanden werden, die *immer* Applaus erhalten, egal, was sie machen. Selbst wenn sie mittelmäßig sind, erhalten sie Preise und Ruhm. Und dann gibt es all die anderen, die ständig auf Widerstand stoßen, auch wenn sie gute Ideen haben. Die nie ernst genommen werden, egal, was sie versuchen. Das ist die Mehrheit. Es sind die, die allmählich im Nebel der Mittelmäßigkeit verschwinden, obwohl sie vielleicht zu etwas Größerem ausersehen waren. Es handelt sich dabei um so etwas Undefinierbares wie Glück und persönliche Ausstrahlung. Das Glück liegt darin, daß die richtigen Kritiker in deinem Konzert auftauchen und verstehen, was du vermitteln willst. Die persönliche Ausstrahlung ist noch weniger faßbar. Das kann sich um etwas so Einfaches wie den *Klang* des Künstlernamens handeln. Oder die Frisur. Oder das Alter. Du wirst es sicher weit bringen, weil du Autorität ausstrahlst, ohne damit zu prahlen. Vielleicht hat Marianne dich deshalb erwachsener erlebt, als du eigentlich bist. Es geschieht nicht oft, daß eine Frau von über dreißig Jahren einen Neunzehnjährigen heiratet.«

Von Gudvin Säffle gehe ich direkt in den Club 7. Auf dem Podium ist Gabriel mit dem Njål Berger Trio. Urban Schiødt am Schlagzeug. Njål Berger am Piano. Gabriel hängt zurückgelehnt auf seinem Stuhl und spielt mit dem Bogen Flageoletts, während Njål Berger mit dem Kopf halb im Flügel steckt und wie mit der Maurerkelle auf die Tasten drischt. Urban Schiødt benutzt Topfdeckel als Becken. Das ist Avantgarde-Musik. Ich treibe mich in den dunklen Kellerräumen des Club 7 herum, während in Oslo langsam das Quecksilber fällt und den Herbst anzeigt. Die Schulferien sind zu Ende, und viele sind auf der Heimreise von ihren Sommerhäusern. Rebecca ist nach ihrem kurzen Besuch wieder an die Südküste gefahren. Sie und Christian sind immer noch in ihrem Sommerhaus. Einmal hat sie mich heimlich angerufen und gesagt, es sei wieder alles in Ordnung. Auf ihre leichte und altkluge Art hat sie sich um mich gesorgt. Obwohl sie es diesmal unterließ, mir zu erzählen, wieviel Sex sie mit Christian hatte, beteuerte sie, daß sie mich vermisse.

Cathrine steht hinter der Bar und hält Augenkontakt mit mir. Es ist ein gutes Gefühl, wieder unter Menschen zu sein. Was soll ich mit all der Einsamkeit. Die Toten leben weiter, mit ihrem Tod. Die Trauer ist nicht schön. Sie macht mich wütend. Ich komme nicht davon los. Welche Gedanken waren so wichtig allein daheim im Zimmer? Wo ich Rachmaninow spielte, wieder und immer wieder.

Jeanette ist nicht da. Sie probt heute abend »Hedda Gabler«. Gabriel führt Regie hier im Club 7. Er will mir seine Musik vorführen, meint, daß sie mir helfen kann, wenn ich so abwesend bin. Dabei nickt er ständig, und alles, was er sagt, ist wie die Bestätigung unabänderlicher Wahrheiten.

Es sind kaum Leute im Lokal. Die Welt hat das Njål Berger Trio noch nicht entdeckt. Gabriel spielt Flageoletts. Urban Schiødt schließt zwischen seinen Becken die Augen. Njål Berger spielt weich und atonal auf dem Piano. Es verblüfft mich, zu hören, wie wenig Technik er hat. Und trotzdem klingt es toll. Eine besondere Oktavtechnik, die sich in lose Ornamente auflöst. Ein plötzlicher starker Zeigefinger. Einige Quartakkorde. Das ist Jazz, wenn auch weit entfernt von New Orleans. Ich lasse mich trotzdem nicht mitreißen. Da kündigt Gabriel an, daß das Trio ein Stück speziell für einen Freund spielen wird, der an diesem Abend zugegen ist.

»›Ida Lupino‹ von Carla Bley«, sagt er.

Eine nette Geste von ihm, denke ich. Das wäre nicht nötig gewesen.

Die einfachen G-Dur-Motive erinnern mich an »Elven«. Vielleicht habe ich Carla Bley kopiert, ohne es zu wissen. Die lange, horizontale Linie. Die Musik wie eine spiegelglatte Fläche, ohne Höhen und Tiefen. Es gefällt mir.

Später kommt Jeanette von der Probe, und wir sitzen an dem großen Tisch unterhalb der Bühne zusammen, Jeanette, Gabriel und die anderen Musiker mit ihren Freundinnen, dazu Victor Alveberg, ein etwas anstrengender Fotograf, der von mir Bilder machen möchte, obwohl er eigentlich nur Augen für Jeanette hat. Ich lehne ab, bin momentan nicht in der Verfassung, mich ablichten zu lassen.

Ich merke, daß meine Anwesenheit die Stimmung am Tisch dämpft. Ich strahle etwas Unangenehmes und Abstoßendes aus. An mir klebt Traurigkeit. Das Gespräch läuft nicht entspannt. Das wird schwierig werden, denke ich. Gabriel Holst hat mich in ein Leben gezogen, das ich nicht leben will. Ich muß von hier weg. Der Klub schließt gleich. Cathrine kommt von der Bar herüber. Ich merke, daß es eilt. Ich werde unruhig, halte Ausschau nach den Notausgängen. Da packt mich Gabriel am Nacken und flüstert mir ins Ohr:

»Jetzt hast du sämtliche Möglichkeiten, Aksel.«

»Welche Möglichkeiten?«

»Dich zu befreien. Abzuspringen. Du fängst nicht wieder an mit den Toten?«

»Den Toten?«

»Ja, den Meistern der Vergangenheit. Das Üben des Vorhersehbaren. Was du im Takt 164 spielen kannst. Schumann diesmal. Oder Schubert?«

»Rachmaninow.«

»Kein Unterschied. Die, die dir weggestorben sind, glaubten daran.«

»Marianne nicht!«

»Nein. Sie dachte neu. Willst du nicht ihr zu Ehren auch neu denken?«

»Und was machen wir mit der ›Matthäuspassion‹ und den ›Goldberg-Variationen?«

»Überlasse sie den Archivaren. Davon gibt es genügend. Die Musik kommt nicht weiter, wenn sie sich nicht etwas zurückziehen. Hast du das nicht gemerkt? Die klassische Musik ist zur Beute der Snobs geworden, der Sammler und der paranoiden Schizophrenen.«

Jeanette lehnt sich von der anderen Seite an mich. Sie will hören, was Gabriel sagt.

»Nein, nicht den Archivaren.« Gabriel berichtigt sich selbst. »Aber den Pedanten, den Besserwissern, den Überlieferern. Denen man in der Kindheit die Wahrheit auf den Teller geklatscht hat. Und jetzt sind sie vor den Autoritäten in Ehrfurcht erstarrt. Ihr ganzes weiteres Leben benutzen sie, um diese Wahrheit weiterzugeben. Und an wen? Wie in den Schwarzweißfilmen der 50er Jahre. Hotelszene in Florida. Zwanzig verängstigte Ober servieren die Teller, wie am Fließband. Und wem? Dem dicken, häßlichen Typ mit dem Maschinengewehr unter dem Tisch. Egal, wie du Beethovens op. 110 spielst, du hast ihn überliefert bekommen. Du hast neben deinem Professor gesessen und hast genickt und gehorcht. Du hast dich entschieden, zu den Überlieferern zu gehören. Schau dir Jeanette an. Sie gehört auch zu den Überlieferern. Jeden Tag steht sie bei der Probe auf der Bühne und gehorcht den Anweisungen des Regisseurs, der ihr bis ins kleinste sagt, was sie tun soll. Welche Kunstform entgeht der Besserwisserei? Die Malerei.

Da steht kein Pedant im Atelier und sagt dem Maler, wie er den Pinsel führen soll. Warum fügen sich Schriftsteller, Musiker, Schauspieler und Tänzer? Warum muß sich ein Verlagslektor in den Aufbau von Bjørneboes neuem Roman einmischen? Warum muß dir eine Musikpädagogin aus Bayern erklären, wie du im letzten Satz der Prokofjew-Sonate den Zeigefinger einzusetzen hast? All das kümmert mich nicht mehr. Ich mache es wie die Maler. Niemand weiß besser als ich, was ich ausdrücken will. Ich brauche keine Überlieferer. Ich kann mir meine Lehrmeister selbst aussuchen. Isaak Hayes und John Coltrane.«

»Das hört sich gut an.«

»Es ist in jedem Fall bescheiden. Die Überlieferer sind nie bescheiden, weil sie sich fast immer überschätzen. Erinnerst du dich nicht an diesen Professor, der vor den Philharmoniekonzerten über Musik doziert hat? Er war ein gefürchteter Kritiker. Ein norwegischer Adorno. Begeistert sprach er über die Meister der Musikgeschichte. Und er war geschickt. Er hatte eine pädagogische Begabung. Und je mehr Applaus er bekam, um so eingebildeter wurde er. Schließlich wollte er persönlich die Oslo-Philharmonie dirigieren. Erinnerst du dich, wie das endete?«

»Nein.«

»Er überstand nicht einmal die erste Probe. Er war unfähig, zu verstehen, was wir Jazzmusiker *timing* nennen. Er fuchtelte mit dem Taktstock herum, und die Orchestermusiker wußten nicht, wann ihr Einsatz kam oder wo der Dirigent gerade in der Partitur war. Er war ein hilfloser Akademiker, eingenommen von der hohen Meinung, die er von sich hatte, eingenommen vom Klang seiner Stimme, von der Größe seiner Ideen. Aus dem von ihm geplanten Konzert wurde nie etwas.«

»Und welchen Rat gibst du mir nun?«

»Dort weiterzumachen, wo du aufgehört hast. Hast du ›Elven‹ schon vergessen?«

»›Elven‹ ist nicht gut genug.«

»Dann verbessere es! Du weißt selbst am besten, wie du das anstellst.«

Jeanette ist verärgert. »So kannst du nicht mit Aksel reden, Gabriel!«

Aber es macht mir nichts. Ich habe eine Hülle aus Valium um mich. Ich bin schwach und unsicher. Ich wage kaum, den Mund aufzumachen. Jemand schlägt ein Nachspiel vor. Wer hat eine sturmfreie Bude? Ich habe ein leeres Haus. Alle kommen mit zu mir. Gabriel will es so. Ich bewohne ein großes Haus mit vielen Zimmern. Es dürfe nicht länger ein Totenhaus sein, sagt Gabriel und deutet mit dem Finger auf mich.

Ich lasse es zu, kann mich nicht wehren, habe keinen eigenen Willen mehr. Keinen kümmert es, was im Skoog-Haus los ist. Ich kann Gabriel Holst und seine Clique genausogut in den Elvefaret einladen. Das spielt weder für Marianne noch für mich eine Rolle.

Sie kommen zu mir nach Hause. Njål Bergers Trio mit Anhang, Cathrine mit Elsie, einer geheimnisvollen, hübschen Freundin, die größte Frau, die ich je gesehen habe, die sich bücken muß, wenn sie Cathrine rasch auf den Mund küßt, und die als Nachtportier in einem der berüchtigtsten Hotels Oslos arbeitet.

Was wollen sie bei mir? denke ich. Sind sie neugierig, wie das Haus des Todes aussieht? Wollen sie billigen Alkohol? Nein, wenn ich sie mir betrachte zu dieser späten Stunde, stelle ich fest, daß sie vor allem feiern wollen. Sie pfeifen auf die Vergangenheit. Sie brauchen einen Ort, wo sie sitzen, reden und trinken können. Sie wollen über das Konzert des Trios heute abend reden, als sei es ein Weltereignis gewesen, sie wollen hören, was Jeanette über ihre Proben an der Schauspielschule zu erzählen hat, sie wollen Schallplatten spielen und die Aschenbecher mit Kippen füllen. Aber ab und zu werfen mir Jeanette und Gabriel prüfende Blicke zu. Sie sind meine Freunde, vor allem, weil mir Gabriel das Leben gerettet hat. Ich bin momentan nicht imstande, ihre enthusiastische Art, auf das Leben zuzugehen, zu teilen. Für sie ist alles interessant, ist alles möglich. So sieht es in meinem Kopf nicht aus. An diesem Abend sehe ich, daß Gabriel zuviel trinkt. Mit jedem Glas wird er unverständlicher. Er redet mit den Jungs seines Trios, belehrt sie, etwas hätten sie anders spielen sollen, die Kommunikation zwischen Pianist und Schlagzeuger war falsch. Auch die Frauen im Zimmer unterhalten sich jetzt. Eine Schauspielerin, eine Kunsthandwerkerin, eine Übersetzerin. Ich bin nicht in der Lage, den Gesprächen zu folgen. Meine Konzentrationsfähigkeit hat nachgelassen. Ich habe das schon seit Wochen festgestellt. Ich merke es, wenn ich Klavier spiele, wenn ich im Erlengebüsch sitze, wenn ich mich hinlege zum Schlafen. Ich denke nicht mehr wie früher.

Ich höre meinen Gästen zu, ohne sie zu hören. Ich sehe, daß sie Mariannes Wein und Brors Schnaps trinken, all die Flaschen, die ich im Sommer nicht getrunken habe, die ich intuitiv für gefährlich hielt.

In diesem Moment fällt meine Entscheidung, kommt meine verrückte Idee.

Ich sage nichts zu Cathrine, die sich plötzlich von Elsies verlangenden Küssen löst und sich neben mich auf einen der Corbusier-Stühle setzt. Besorgt schaut sie mich mit Pupillen an, die ebenso groß sind wie meine. Sie streift meinen Arm, will mit mir anstoßen, literweise Rotwein.

»Hier sind wir also«, sagt sie mit einem traurigen Lachen.

»Wie hier?«

»Hier im Leben, was sonst.«

Ich nicke, verstehe, was sie meint. Sie war Schülerin in der Kathedralschule und hat abgebrochen, hat eine heimliche Beziehung zu einem verheirateten Professor angefangen.

»Warum haben wir beide einen Hang dazu, uns mit Menschen einzulassen, die viel älter sind als wir?«

»Weil sie Autorität haben. Wir glauben das jedenfalls. Wir sind ja noch so jung, Aksel. Wir wissen noch gar nicht, was das Leben bringen wird. Ein Guru in Kerala drückte es so aus: ›Wir sehnen uns nach Kontrolle, deshalb lassen wir uns von anderen kontrollieren.‹ Kannst du nicht einfach den Gedanken zulassen, daß dir Marianne die Freiheit geben wollte? Daß ihre Tat selbstlos war? Sie wußte, wie schwierig dein Leben werden würde zusammen mit ihr, wenn du dich um sie kümmern mußt. Jetzt brauchst du vor niemand anderem Angst haben als vor dir selbst. So ist es auch bei mir. Elsie ist wichtig, aber nicht *so* wichtig. Es war befreiend, sich abzusetzen.«

»Von wem hast du dich abgesetzt?«

»Von all den kranken Menschen mit ihren hohen Ambitionen. Von denen, die Gott spielen wollen, weil ihnen nichts Besseres einfällt.«

»War dein Professor so einer?«

»Ja, und Anja war auch ein bißchen so, oder nicht? Sie versteckte sich hinter ihrer Kunst. Was sie ausdrückte, war nie sie selbst.«

»Was hat es dir gebracht, abzuhauen? Was hat dir deine lange Reise gebracht?«

»Daß die Ambitionen immer für die anderen sind.«

Später liege ich im Bett in Anjas Zimmer und höre Gabriel und Jeanette, die sich im ehemaligen Schlafzimmer von Marianne und Bror lieben. Die andern feiern unten im Wohnzimmer weiter, sie haben das Skoog-Haus für eine Nacht okkupiert, wollen die Flaschen leeren. Ich liege im Bett und höre Laute, die deutliche Erinnerungen hervorrufen. Aber es ist das Begehren von anderen, nicht meines. Es ist Jeanettes keuchender Atem, nicht der von Marianne. Sie sind lieb zueinander. Ich lege mir das Kissen auf den Kopf.

Der verrückte Einfall.

Nach dem Gespräch mit Cathrine bin ich noch mehr überzeugt.

Bei Selma Lynge

Selma Lynge ist wieder in ihrem Haus im Sandbunnveien. Schon bevor sie in die Sommerferien gefahren ist, hatten wir verabredet, uns danach zu treffen.

Diesmal nehme ich die Straßenbahn, riskiere nicht mehr, über den Fluß zu balancieren. Wieder einmal September, einst die Zeit leidenschaftlicher Begeisterung. Die großen Ereignisse des Herbstes. Die Klavierwettbewerbe. Die Debütkonzerte. Erwartungen anderer, die erfüllt werden mußten. Pläne von anderen. Jetzt habe ich meine eigenen. Niemand darf davon erfahren. Nicht Selma Lynge und nicht W. Gude. Ich muß sie auf meine raffinierte Art überlisten. Ich werde mich aus dem Staub machen, ohne daß sie es merken. Ich werde meine Verpflichtungen einhalten. Ich muß dazu stehen, ohne mein eigenes Projekt aus den Augen zu verlieren. Ich muß langfristig denken und mich nicht beirren lassen. Ich werde eine völlig neue Arena für mein Leben finden. Es wird mir gelingen. Weil ich Zeit habe. Weil ich alle Zeit der Welt habe. Weil die Trauer eines Tages aufhört. Weil ich niemandem von meinem Plan erzählen werde. Sie würden mich sonst für verrückt halten. Aber ich bin nicht verrückt. Der Zufall hat sein Spiel mit mir getrieben. Aber dann war es doch kein Zufall. Es war nur konsequent. Präzise. Unvermeidlich.

Wie gewöhnlich empfängt mich Torfinn Lynge. Der weltberühmte Professor, der über alles Tragische kichert und lacht, empfängt mich jetzt wie einen engen Freund, fast wie einen Blutsbruder, so wie er mich umarmt und mir kräftig auf die Schulter klopft.

»Mein Junge«, sagt er. »Schön, dich gesund und munter zu sehen, nach allem, was passiert ist.«

Ich murmle etwas.

»Als hättest du in einer Katastrophen-Tombola gewonnen«, sagt er und bittet mich in den Flur. »Du hast den ersten Preis bekommen. Fragt sich nur, was du damit machen willst. Hast du darüber nachgedacht?«

»Ich habe nichts anderes gemacht«, sage ich. »Und jetzt habe ich einen Plan.«

»Gut. Sicher wirst du darüber mit Selma reden wollen.«

Ich nicke, und der Professor schiebt mich ins Wohnzimmer. Ich habe Torfinn Lynge noch nie gefragt, wie es *ihm* geht. Vielleicht ist es besser so.

Selma Lynge steht sofort auf, als sie mich sieht. Die Katze liegt wie immer an ihrem Platz. Alles könnte sein wie immer. Aber Selma Lynge spürt den Ernst, als sie mich umarmt und danach mit beiden Händen von sich weg hält, um so rasch wie möglich herauszufinden, in welcher Verfassung ich bin.

»Wie geht es dir?« sagt sie und bedeutet mir, mich zu setzen.

»Das Leben geht weiter«, sage ich und spüre, wie die Übelkeit in mir aufsteigt.

Sie schüttelt irritiert den Kopf. »Erspare mir derartige Floskeln. Sie passen nicht zu dir.«

»Entschuldigung«, sage ich und denke: Ich muß ihr etwas Glaubhaftes anbieten. Mir bleibt nichts anderes übrig.

»Du mußt dich auch nicht entschuldigen«, sagt sie mit einer abwehrenden Handbewegung.

»Was willst du hören?«

»Daß es eine Hölle gewesen ist. Daß du noch nicht begriffen hast, wie labil du bist. Daß du in bestimmten Augenblicken überlegt hast, dich umzubringen. Daß du es nicht gemacht hast. Daß du bei mir bist, weil du trotz allem dein Leben wieder in Gang bringen mußt.«

Ich muß lachen.

»Das stimmt«, sage ich. »Deshalb komme ich zu dir.«

»Was willst du von mir?« sagt sie angespannt. »Du solltest schon wieder in Wien sein. So war es doch geplant? Daß ich dich bis zu deinem Debüt begleite, das du auf hervorragende Weise gemeistert hast, trotz allem, was geschehen ist. Du solltest hinaus in die Welt, solltest studieren an der Hochschule für Musik. Ist es nicht das, was du sagen willst?«

»Ich weiß nicht. Ich komme in erster Linie, um mit dir zu reden.«

»Aber ich bin nicht länger deine Klavierlehrerin. Es ist meine Pflicht, dich zu verstoßen, wie eine Katzenmutter ihre Jungen verstoßen muß, wenn sie groß genug sind. Ich beziehe inzwischen meine Honorare vom Land Bayern. Aber trotzdem ...«

Ich nicke, unterbreche sie. »Weil du eigentlich an einer Forschungsarbeit über den Einfluß der süddeutschen Volksmusik auf Richard Strauss sitzt.«

»Ja, das habe ich gemeint.«

Sie schaut aus dem Fenster, kann nicht ruhig sitzen. Es ist so offensichtlich, was sie von mir hören will. Ich soll sie anflehen, daß ich doch bei ihr weitermachen darf, hier oder in München, daß wir einen neuen und stärkeren Pakt schließen, daß sie mich völlig vereinnahmen soll, mich bis zu ihrem Tod begleiten soll, Repertoires auswählen, Tempi bestimmen, schließlich vielleicht sogar den Anzug auswählen, den ich auf dem Podium anziehe. Mir fallen die Trainer beim Eiskunstlauf ein, wenn sie von der Fernsehkamera eingeblendet werden. Sie sind nervöser als die Sportler selbst. Sie heulen in aller Öffentlichkeit oder schlagen wild um sich. Als ginge es nur um sie. Aber ich merke, daß ich ihr nicht länger entgegenkommen kann. Als hätte mich Marianne durch ihren Tod weit hinausgeschleudert in tiefes Wasser. Es liegt jetzt allein an *mir*, festzustellen, ob ich schwimmen kann, ohne sie und Anja. Sie vergaß Sigrun.

»Du warst eine außerordentlich begabte Pianistin«, sage ich.

Sie nickt, unzufrieden, weil ich nicht auf den Köder reagiert habe, den sie mir hinwarf. »Ich dachte, ich hätte eine glänzende Karriere vor mir. Du wirst es selbst noch merken, daß vieles, was als wichtig erschien, mit einemmal unwichtig werden kann.«

»Diese Erfahrung habe ich bereits gemacht.«

»Ja, das hast du wohl.«

Sie wendet mir wieder ihr Gesicht zu, schaut mich plötzlich bittend an.

»Du bist nicht hergekommen, um mir zu sagen, daß du nicht mehr bei mir spielen willst? Du fährst jetzt nicht zu

Seidlhofer? Oder nach London? Oder Paris? Du weißt, daß du von *mir* viel mehr lernen kannst?«

»Ich fahre nach Kirkenes«, sage ich.

»Kirkenes?« Sie spuckt das Wort förmlich aus, daß mich kleine Tröpfchen direkt im Gesicht treffen.

»Die Stadt oben an der Eismeerküste. An der Grenze zur Sowjetunion.«

»Ach die.« Selma Lynge lacht ein lautes, gellendes Lachen. Aber dann sieht sie an meinem Blick, daß ich nicht spaße. »Das Ende der Welt? Was willst du dort?«

»Mich wiederfinden. Ein Jahr Auszeit nehmen. Nachdenken.«

Sie starrt mich spöttisch, fast ungläubig an.

»Ist dir der Erfolg zu Kopf gestiegen? Du hältst dich wohl für einen reifen, fertigen Künstler, nur weil du debütiert hast? Du bist nicht ganz gescheit. W. Gude wird dir das nicht erlauben. Er hat bereits eine Tournee für dich vorbereitet. Du wirst nächstes Frühjahr, am 13. Mai, mit der Philharmonie das B-Dur-Konzert von Brahms spielen.«

»Das habt ihr festgelegt, ohne mich zu fragen?«

»Ja, weil du selbst gesagt hast, es sei dein größter Wunsch, dieses Konzert zu spielen. Bevor du debütiert hast, dachte ich, es sei zu schwer für dich. Es ist ein Konzert für einen erwachsenen Mann. Der noch stark genug ist, aber auch Erfahrung hat. Ich kenne keinen in deinem Alter, der sich schon so früh daran gewagt hätte. Aber wenn du Beethovens op. 110 spielen kannst, schaffst du auch Brahms. Du hast die Kraft und beherrschst die Oktavtechnik. Und nun hast du vielleicht, brutal ausgedrückt, auch die Erfahrung.«

»Ja«, stimme ich zu und verliere mich für einen Moment in Erinnerungen. Brahms war meine Welt. Und die Welt meiner Mutter. Groß und hell und voller Zukunft. Das Konzert in B-Dur. Eine Sinfonie für Klavier und Orchester. Der erste, zweite und dritte Satz sind Romane, ›Brüder Karamasow‹ als Musik. Aber dann folgt am Schluß das unverständliche Rondo, das mir trotz des sentimentalen, slawischen Nebenthemas momentan allzu hell und fast fröhlich erscheint. Ich kann nach allem, was geschehen ist, nicht auf dem Podium sitzen und lustig auf die Tasten klopfen. Die Trauer wird noch dasein. Ich habe Rondos noch nie gemocht.

»Rachmaninow«, sage ich.

»Brahms«, erwidert sie bestimmt, als wolle sie nicht hören, was ich gesagt habe. »Das war wie gesagt dein Wunsch. Ich und W. Gude, wir haben uns für dich stark gemacht. Wir haben uns gegen die Programmacher der Philharmonie durchgesetzt. Du warst eigentlich für das Konzert Neue Talente vorgesehen. Aber da wäre das Konzert von Brahms zu lang gewesen. Es ist über zehn Minuten länger als die üblichen Klavierkonzerte. Du weißt, daß es ein Monstrum ist. Aber du hast es selbst gewählt. Und was haben wir erreicht? Daß du ein *eigenes* Konzert gibst, mit de Burgos persönlich als Dirigenten. Mein guter Freund mit dem wundervollen After-shave. Vorgesehen sind außerdem Borodins ›Steppenskizzen aus Mittelasien‹ und die fünfte Sinfonie von Sibelius. Das kann man mit Fug und Recht als großartiges Programm bezeichnen.«

»Da paßt Rachmaninow besonders gut dazu.«

Sie schaut mich verwirrt an, weiß offensichtlich nicht mehr, welche Strategie sie wählen soll.

»Was soll denn dieser verrückte Einfall?« sagt sie schließlich. »Von welchem der Rachmaninow-Konzerte sprichst du eigentlich?«

»Nummer zwei.«

»Nummer zwei?« sagt sie entrüstet. »Das ist viel zu bekannt. Zu Tode gespielt. Wenn, dann das dritte.«

»Nein, das ist eine andere Geschichte.«

»Welche Geschichte?«

»Frag mich nicht. Du würdest es ohnehin nicht verstehen.«

Da erhebt sie sich, kommt langsam auf mich zu, fordernd und furchteinflößend. Ich werde verlegen, weiß nicht, wohin ich schauen soll. Mit Daumen und Zeigefinger nimmt sie mein Kinn, drückt kräftig zu, wie ein zorniger Vater seine vierjährige, ungehorsame Tochter anfaßt, um sie zu rügen.

»Wir haben etwas vor mit dir, W. Gude und ich«, sagt sie. »Du wirst uns jetzt nicht enttäuschen. Du bist selbst daran interessiert, wieder auf die Beine zu kommen. Wir haben dir den Sommer gelassen. Das muß genügen. Kirkenes? Was für ein Unsinn. Rachmaninow? Genauso daneben. Du wirst der jüngste Pianist in der Geschichte sein, der Brahms' B-Dur interpretiert, den Kaiser unter den Konzerten. Deine Interpretation wird in jedem Fall neue Maßstäbe setzen. Ich weiß, wozu du imstande bist, was du leisten kannst. Glaubst du, ich könnte dich freiwillig aufgeben? Du bist nach wie vor *mein* Aksel Vinding, kapiert? W. Gude und ich haben gemeinsam eine Konzertfolge zusammengestellt, von der du als Neunzehnjähriger nur träumen kannst. Du wirst im Herkules-Saal in München spielen, im Châtelet in Paris, in der Wigmore Hall in London. Da setzt du dich nicht ins Flugzeug nach Kirkenes, wenn es da oben überhaupt Flugplätze gibt. Du setzt dich in den Zug nach Wien oder nach Paris.«

»Ich *muß* nach Kirkenes«, sage ich trotzig und schiebe ihre Hand weg. »Und du wirst mich nicht daran hindern.«

Sie möchte mich schlagen, wie vor einem Jahr schon einmal. Im letzten Augenblick besinnt sie sich. Sie steht mitten im Zimmer und zeigt auf mich.

»Du gehst jetzt nicht«, sagt sie warnend.

»Ich gehe, wann ich will«, sage ich.

Ich erhebe mich. Sie glaubt nicht, daß ich es tun werde. Aber ich tue es.

Da hält sie mich auf, faßt meine Hand, legt sie auf ihre Brust.

»So kann es zwischen uns werden«, sagt sie bestimmt.

Ich schiebe die Hand weg, habe Angst, sie zu sehr zu verletzen.

In ihren Augen ist Haß.

»Deine Aussichten sind glänzend.«

»Welche Aussichten?«

»Du gehörst zu den Besten. Die richtigen Personen glauben an dich. Begreifst du denn nicht, was geschehen wird, wenn du uns im Stich läßt?«

»Dann muß ich sehen, wie ich selbst am besten klarkomme.«

»Eben.«

»Darauf bin ich vorbereitet«, sage ich.

Ich gehe hinaus in den Flur, wo Torfinn Lynge von der Tür zurückspringt und seine Brille putzt.

»Um Himmels willen«, sagt er. »Ist die Stunde schon vorbei?«

»Ja«, sage ich.

»Sei nachsichtig mit ihr«, sagt er leise. »Selma ist heute etwas aus dem Konzept.«

»Sie ist genau wie immer«, sage ich.

Draußen auf der Straße spüre ich ihre Blicke im Rükken. Da winke ich, ihr zuliebe. Sie war so sicher, daß sie mich hat, daß ich vor ihr in die Knie gehe und sie anflehe, weitermachen zu dürfen. Etwas in der Richtung muß sie erwartet haben. Wir waren wie ein altes Ehepaar. Wir hatten uns gute und schlechte Tage versprochen. Jetzt winke ich, verabschiede mich von dem düsteren Haus, von den Examina und den Linealen, dem Wissen, das sie mir einbläuen wollte, damit ich letztlich Beethoven und Chopin genau so spielen kann, wie sie es selbst gespielt hätte. Ich weiß, daß sie mir fehlen wird. Die Gemeinschaft, die wir hatten, die Sicherheit, die sie mir gab, weil sie die erste war, die meine Schwachpunkte hörte und die mich liebte, wenn ich stark war.

Ich sehe sie im Fenster. Reglos steht sie da, ein schwarzer Schatten.

Ich weine. Ich winke immer noch.

2. Teil

Garnelenschnittchen mit W. Gude

Im Blom mit W. Gude. Mineralwasser, Kaffee und Garnelen auf Toast. Diese seltsame Kombination im Norden. Ein Volk, das zu allem Kaffee trinkt. Er trägt ein weißes Hemd und Krawatte. Der Kopf ragt senkrecht nach oben, und sein Straußenblick hinter der Brille huscht ruckartig nach allen Seiten. Der alte Sprinter. Er will immer vor allen andern ins Ziel kommen.

»Du mußt mir eine Tournee in Nordnorwegen zusammenstellen«, sage ich.

»London, München und Paris«, sagt W. Gude.

»Mehamn, Kirkenes und Pasvik«, sage ich.

Jetzt horcht er auf. »Du nimmst mich auf den Arm?«

»Nein, es ist mein voller Ernst.«

»Du weißt, daß du in der neuen Saison mit der Philharmonie Brahms spielst.«

»Nein, Rachmaninow.«

»Von Rachmaninow war nie die Rede. Selma und ich, wir haben es besprochen. Wir wissen, was für dich am besten ist.«

»Nordnorwegen«, sage ich. »Vielleicht kann ich da oben bleiben. Vielleicht finde ich Ruhe zum Üben.«

W. Gude schaut mich bekümmert an.

»Was geht hier vor?« sagt er.

»Ich habe mich von Selma Lynge getrennt«, sage ich.

»Du weißt nicht, was du tust«, heult er mit schielenden Pupillen.

»Sie weiß, daß sie mir nichts mehr beibringen kann.

Trotzdem wollte sie mich auf ihre raffinierte Art halten.«

W. Gude zuckt die Schultern. »Was soll ich dazu sagen«, murmelt er.

»Vertraust du mir nun oder nicht?« frage ich. »In einem Traum erzähltest du mir, ich solle Rachmaninow spielen. Ich glaube an Träume.«

»Wir haben alles für dich vorbereitet«, sagt er beleidigt. »Mit Brahms, das wäre *die* Sensation geworden, mein Junge.«

»Ihr habt nur vergessen, mich zu fragen.«

In W. Gudes Augen zeigt sich ein Anflug von Trauer. Er weiß nichts von Sigrun Liljerot. Er hat keine Ahnung, worauf ich mich einlassen will.

»Was erwartest du von mir?« sagt er und zwinkert hinter den Brillengläsern hilflos mit den Augen.

»Daß du mir zuhörst und mich ernst nimmst«, sage ich. »Ist das zuviel verlangt?«

»Ich verstehe dich nicht«, sagt er.

»Hast du den Lunch vor einem Jahr vergessen? Anja war dabei. Du hast von Rubinstein erzählt, von seiner Warnung an uns junge Virtuosen. Daß wir nicht zuviel üben dürften. Daß das Leben aus mehr bestünde als nur Musik. Daß es Frauen, Wein und Bücher gebe.«

»Ich dachte nicht, daß du momentan so etwas im Kopf hast?«

»Ich soll mich in Trauer ersäufen und Brahms üben?«

»Du hast selbst gesagt, daß Brahms für dich der Größte ist. Das B-Dur-Konzert. Für mich bist du im Moment der talentierteste Springer. Die Holmenkollenschanze steht zu deiner Verfügung. Aber du stehst oben und verzichtest auf den Sprung. Nicht aus Angst, denn die Schanze meisterst du. Sondern weil es dich nicht interessiert.

Weil du lieber einen Spaziergang im Wald machen möchtest.«

Ich denke nach über das, was er sagt. Ich verstehe, was er meint.

»Halte mich nicht für undankbar«, sage ich. »Wir lieben beide die Musik, jeder aus seiner Sicht. Du verdienst Geld damit. Ich werde vielleicht auch Geld damit verdienen. Möglicherweise befinden wir uns letztlich auf der gleichen Seite, aber das ist noch nicht soweit.«

»Ich bin nicht so zynisch«, sagt W. Gude fast zornig.

»Das weiß ich«, sage ich. »Aber es ist trotzdem eine Tatsache. Du bist der Profi, ich bin der Anfänger. Brahms' B-Dur ist der weiteste Sprung. Aber ich will nicht fliegen. Nicht so. Ich kann nicht am Flügel sitzen und mit einem fröhlichen und schelmischen Rondo enden, das dahinhüpft, als sei nichts geschehen.«

»Ich dachte, du liebtest das Konzert.«

»Ja, ich liebte es.«

»Aber Rachmaninow«, sagt W. Gude nach einer Denkpause. »Das ist doch beinahe banal?«

»Demnach ist die Trauer banal.«

Er schüttelt den Kopf. »Hier läuft etwas ganz verkehrt. Aber ich glaube an dich. Und ich habe keine Wahl. Ich werde tun, was du sagst.«

»Es handelt sich nicht nur um eine Tournee. Ich gedenke, dort oben zu bleiben.«

»Warum?« Er starrt mich erschrocken an.

»Um das Russische zu verstehen.«

»Totaler Quatsch. Rachmaninows Seele bei den Rentierzüchtern?«

»Nein, aber dieses gewaltige Land erfassen, seinen Atem spüren.«

»Den Atem des kalten Krieges? Den Atem von Nikel? Einer der schmutzigsten Städte der Welt? Und in die Sowjetunion kommst du nicht ohne weiteres hinein.«

»Spielt keine Rolle. Du verstehst es nicht.«

»Daß du die Gemeindesäle an der Eismeerküste dem Herkules-Saal in München vorziehst? Nein, das kann ich nicht verstehen. Aber ich werde diese Konzerte für dich organisieren, wenn du absolut darauf bestehst.«

Ich spüre seinen Blick. Das erinnert mich an die Augen von Gudvin Säffle. W. Gude hält mich zweifellos für verrückt. Aber viele Pianisten sind verrückt gewesen. Auch mit verrückten Menschen kann man Geld verdiene. Deshalb wird er tun, was ich sage.

Ein wichtiges Gespräch im Musikverlag

Ich bin mir keineswegs sicher bei dem, was ich tue. Es ist, als würde ich mich in einen Gefühlszustand hineindenken. Ich denke an Sigrun. Wenn es mir gelingt, mir ihr Bild zu vergegenwärtigen, sind Anja und Marianne wieder bei mir. Der Entschluß ist gefaßt. Ich *muß* nach Nordnorwegen. Aber was zum Teufel *will* ich dort?

Da fällt mir Mutters Methode ein. Bewußt impulsiv handeln. Dem Einfall vertrauen, egal, welche Schwierigkeiten damit verbunden sind. »Lebensgefährliche Jugend«, sagte sie immer. Eine Anspielung auf die Ehe mit Vater. So vieles im Leben beruht auf Einfällen. Daß ich Anja im Wald nachspionierte, daß ich nach ihrem Tod bei ihrer Mutter einzog. Einem Einfall folgend, fahre ich auch jetzt mit der Straßenbahn in die Stadt und besuche Kjell Hillveg im Musikverlag. Er war in meinem Debütkonzert. Ich weiß, daß es ihm gefällt, was ich mache. Er steht hinter der

Ladentheke und verkauft wie immer Schallplatten. Unterhält sich mit jedem, besorgt sich immer als erster die neuesten Einspielungen. Ich lehne an seiner Theke und versuche, den alten Plauderton zwischen uns zu finden, aber er weiß von Marianne.

»Ich haue ab«, sage ich.

»Warum das?«

»Ich muß in den Norden.«

Er runzelt wie all die andern die Augenbrauen.

»Was willst du dort?«

»Innere Ruhe und Frieden. Das Gleichgewicht wiederfinden. Rachmaninow einüben. Sein zweites.«

»Warum ausgerechnet Nummer zwei? Muß das denn sein? Nach Richter meine ich?«

»Hast du einen anderen Vorschlag?«

»Warum fragst du?«

»Eigentlich sollte ich Brahms spielen, das B-Dur-Konzert.«

»Wahnsinn. Bei deinem ersten Konzert mit Orchester? Sie ist wohl nicht mehr ganz bei Trost, deine deutsche Primadonna?«

»Ich habe mich von ihr getrennt«, sage ich. »Vielleicht bin ich selbst schuld. Es war ein verrückter Gedanke, dieses B-Dur-Konzert von Brahms spielen zu wollen, als jüngster Pianist der Welt.«

»Ben Hur? Siebzig Millimeter? Die Antwort des Pianisten auf Charlton Heston?« Er zuckt die Schultern. »Meinetwegen. Aber Musik ist doch noch keine olympische Disziplin?«

Ich mag seine Arroganz, weil er gleichzeitig ein so großer Enthusiast ist.

»Das ist jetzt nicht mehr so wichtig«, sage ich. »Brahms kann warten. Aber W. Gude hat immerhin diese Vereinbarung mit der Philharmonie. Ich überspringe die Neuen Talente. Ich werde Solist in einem richtigen Abonnementskonzert. Sogar ein A-Abonnement, mit sämtlichen Honoratioren im Saal.«

»Gratulation.«

»Das wollte ich gerade nicht von dir hören«, sage ich. »Du sollst mir sagen, daß es richtig war, Rachmaninow zu wählen.«

»Was bekomme ich dafür«, grinst er. »Auf seine Weise ist Rachmaninow wohl technisch ein ebenso großer Alptraum wie Brahms?«

Ich nicke. »Das hat aber nichts mit der Sache zu tun. Rachmaninow ist schlichtweg richtiger.«

»Na ja«, sagt Hillveg und verdreht die Augen. »Das weibliche Publikum wird in Ohnmacht fallen, und mit deinem Alter und Aussehen werden sich die großen Plattenfirmen um dich reißen. Und was dann?«

»Was meinst du?«

»Tja, was willst du eigentlich ausdrücken?«

»Verzweiflung.«

»Und das willst du einüben? Verzweiflung? Monatelang? Das klingt nicht gut.«

»Was würdest du statt dessen vorschlagen?«

»Versöhnung.«

»Und was ist Versöhnung?«

»Mozart.«

»Was von Mozart?«

»Sein A-Dur-Konzert. Das berühmte. A-Dur war eine phantastische Tonart für Mozart.«

»Stimmt. A-Dur ist dunkelrot, wie italienische Ziegelsteinhäuser oder wie Selma Lynges geschminkter Mund.«

Kjell Hillveg schaut mich erschrocken an. »Was faselst du da?«

»Der Farbcode in meinem Kopf. Der Farbcode der Tonarten.«

»Aha«, sagt Hillveg skeptisch. »Aber im A-Dur-Konzert ist nicht viel Ziegelrot.«

»Vielleicht nicht«, gebe ich zu.

»Ich sehe überhaupt keine Farben in der Musik. Hör dir nur die Eröffnung an. Obwohl, in Dur sickert Mozarts sanfte Melancholie sofort durch. Dieselbe Figur verwendet er in der Eröffnung zum Klarinettenkonzert und auch beim Klarinettenquintett.«

»Wie würdest du das nennen?«

»Durch Tränen lächeln.«

Ich nicke. »Das hast du schön gesagt. Das Konzert ist nicht so hell und leicht, wie es aussieht.«

»Hörst du nicht das Wehmütige?« sagt Hillveg eifrig. »Der zweite Satz in fis-Moll zum Beispiel.«

»Fis-Moll ist vielfarbig, nicht wahr? Fast wie Schmetterlinge im Regen?«

»Verschone mich mit deinen Farben! Du entdeckst in diesem Satz genügend Trauer und Verzweiflung für ein ganzes Leben.«

»Aber auch Versöhnung?«

»Ja.«

»Ich werde darüber nachdenken«, sage ich.

»Natürlich wirst du das nicht«, sagt er. »Das sehe ich dir an. Du hast dich entschlossen. Spiele Rachmaninow. Er paßt zu deiner Stimmung. Später einmal wirst du verstehen, was ich dir klarmachen wollte. In jedem Leben findet sich einmal die Zeit für Mozart.«

»Heut nacht verduften wir«

Draußen auf der Straße bläst mir der Herbstwind direkt ins Gesicht. Eine rauhe Luft, sie kündigt Kälte und Winter an. Die neuen Musikstudenten stehen in kleinen Gruppen vor der Aula. Eine neue Saison mit Konzerten. Ich werde nicht dabeisein. Ein Gefühl, als würde ich sündigen. Jetzt mache ich mich aus dem Staub. Jetzt denke ich wie ein Verbrecher: Von jetzt an bestimme nur noch ich allein. Von jetzt an habe ich alles unter Kontrolle. Es klingt wie ein Echo aus einem alten Räuberroman: »Heut nacht verduften wir.«

Ich nehme die Straßenbahn hinauf nach Røa. Kein letzter Besuch im Club 7. Keine Gespräche mehr mit Gabriel Holst und seiner Freundin oder mit meiner Schwester Cathrine. Keine Ausflüge mehr mit Rebecca zum Brunkollen. Von jetzt an bin ich allein. Das ist meine Entscheidung. W. Gude hat mir das Geld für das Debütkonzert überwiesen. Das lief besser als erwartet. Mit einem ausverkauften Haus hatte niemand gerechnet. Dazu kommt jeden Monat die Miete von Rebecca. Vorläufig habe ich genügend Geld. Und ich werde bei den weiteren Konzerten Geld verdienen. Was Mariannes Mutter mit dem Erbe zu tun gedenkt, geht mich nichts an. Das Skoog-Haus wird während meiner Abwesenheit leer stehen. Ich hätte nett sein und Gabriel, Jeanette oder Cathrine anbieten können, dort zu wohnen, aber ich ertrage den Gedanken nicht. Noch nicht. Obwohl ich dieses Haus liebe, liegt darauf ein Fluch. Ich muß einen Code knacken. Ein einzelner Mensch kann alles erklären.

Und kein anderer kann es verstehen.

Ich packe meinen Koffer. Viel brauche ich nicht. Ich werde für die Freunde der Musik in Volkshochschulen spielen. W. Gude hat es so organisiert. Das sieht anstrengend aus auf dem Papier. Fast jeden Tag ein Konzert. Welche Befreiung.

Das Haus verhält sich abwartend, verfolgt mich mit den Augen. Sie sitzen in den Wänden, in den Fenstern, in den Lautsprechern. Ich greife mit der Hand unter den Deckel des Flügels und fische die Tabletten heraus. Dann bleibe ich still stehen und schaue mich im Zimmer um.

»Hallo«, sage ich. »Hallo?«

Endlich rufe ich ein Taxi.

Der Nachtflug nordwärts. Einer der letzten der Saison. Die Maschine ist zum Bersten voll mit Touristen und Jägern, dazu Soldaten in grünen Uniformen, vorne sitzen einige Manager und blättern in ihren Unterlagen. Im Handgepäck habe ich Rachmaninows zweites Klavierkonzert und einige ausgewählte Noten, Brahms op. 116, 117, 118 und 119, Balladen von Chopin und ein wenig Grieg. Und Mozarts A-Dur Klavierkonzert. Alles andere habe ich im Kopf. Alles ist im Kopf. Die Stimmung in der Maschine ist angeregt. Im Süden kündigt sich bereits das Herbstdunkel an, während es weiter im Norden noch heller ist. Wir fliegen zu einem gottverlassenen Ort am Ende der Welt. Keine Ahnung, was mich dort erwartet, ich war noch nie in Nordnorwegen. Ich bin noch kaum gereist, war nur in Wien, wo ich Marianne heiratete. Das ist erst ein halbes Jahr her.

Der Platz neben mir ist nicht besetzt, zum Glück, da muß ich mich nicht unterhalten. Worüber sollte ich schon reden? Im Grunde kann ich nur mit Menschen reden, die Marianne oder Anja kannten. Ich habe kein anderes Leben.

Beim Start der Maschine ist es stockdunkel. Irgendwo nach dem Polarkreis wird es heller. Zuerst ein schwacher roter Streifen, dann deutlicher. Als wir kurz nach Mitternacht in Tromsø landen, ist es dämmrig. Der Sommer ist vorbei. Auf dem Flugplatz ist viel Betrieb. Alle warten auf Transitverbindungen weiter hinauf nach Norden. Ich stelle mich an eines der großen Fenster in der Transithalle und zünde mir eine Zigarette an, inhaliere in tiefen Zügen. Ich sehe, wie die großen Maschinen am Terminal beladen werden. Schneescooter, Skier, Zelte, Angelausrüstungen, längliche Kisten, in denen sicher Gewehre sind. Das wirkt alles sehr fremd auf mich. So anders als mein vertrautes Erlengebüsch und die Straßenbahn. Wir befinden uns jetzt in der wilden Natur, und ich will noch weiter, bis zum Eismeer und dem kalten Krieg. Zum Point of no Return. Das Bodenpersonal der SAS öffnet die Tür hinaus zur Rollbahn. Ein eisiger Wind bläst mir ins Gesicht. Auf den Berggipfeln liegt Schnee. Es riecht nach Salzwasser und Schießpulver.

Ankunft in Kirkenes

Wir fliegen weiter nordwärts. Das erste Tageslicht betupft mein Gesicht. Es ist gegen drei Uhr nachts. Dann Kurswechsel nach Osten, über Gebirge und tiefe Fjorde. Fast alle in der Maschine rauchen selbstgedrehte Zigaretten, wir sitzen in einem Nebel aus Rauch. Ich bin zu müde, um zu schlafen. An meinem Sitzplatz fühle ich mich wie unsichtbar, niemand achtet auf mich. Sogar die Stewardeß, die im Mittelgang mit dem Kaffee kommt, übersieht mich. Ich bin der einzige im Flugzeug, den sie nicht angesprochen hat. Mir fällt ein, was Cathrine gesagt hat, das Leben hier und jetzt leben. Die Menschen um mich werden klarer, deutlicher, größer. Schräg vor mir sitzen zwei Samen, die sich lebhaft in einer Sprache unterhalten, die ich nicht verstehe. Vor ihnen sitzt ein älterer Mann in Anzug und Krawatte, der ein Zigarillo raucht und die Aftenposten liest. Sicher einer der Direktoren auf Sydvaranger. Ich sauge alle Eindrücke auf und frage mich, wie ich es anstellen soll, daß ich wieder hineinkomme in die Welt, daß ich an sie glaube, daß ich die Stewardeß veranlasse, stehenzubleiben und mir einen Kaffee zu servieren.

Dann fliegen wir in ein Unwetter, schnallen uns an und spüren, wie die Maschine rüttelt und zittert. Die Samen haben offensichtlich Angst. Das hätte ich nicht von ihnen gedacht. Ich fliege in den Norden voller Vorurteile und Unwissenheit. Ich bin aufgeregt wie ein Kind.

Wir landen mit einem Knall. Das Fahrgestell ist sicher eingeknickt, denke ich, aber wir sausen über die Rollbahn, und einige klatschen. Dann strömen wir aus der Maschine, und die Stewardeß verabschiedet sich von allen außer von mir. In dem kleinen Terminal stehe ich in der Gepäckausgabe wie ein ängstliches Hündchen und warte auf meinen Koffer. Der Mann im Anzug kommt zu mir und erkundigt sich, ob bei mir alles in Ordnung sei. Ich reiße mich zusammen und nicke. Doch ja, alles in Ordnung. Danke, sehr aufmerksam, aber ich bin nur etwas müde. Er riecht leicht nach Bier, Zigarre und After-shave.

»Ich weiß, wer du bist«, sagt er und reicht mir die Hand. »Gunnar Høegh. Direktor der A/S Sydvaranger. Erz. Pellets. Vielleicht Tana-Quarz, wenn wir Glück haben. Ich las in der Zeitung, daß du auf Tournee in der Finnmark bist?«

»Stimmt«, sage ich matt. »Die Finnmark steht jetzt auf dem Programm.«

»Wir in Sydvaranger würden auch gerne ein Privatkonzert haben, wenn sich das einrichten läßt. Aber dein Terminplan ist sicher dicht?«

»Nein, nein«, sage ich. »Ich habe genügend Zeit.«

Er gibt mir seine Karte.

»Ruf mich im Laufe der Woche an. Du wirst danach zu einem vorzüglichen Menü eingeladen. Das genügt sicher als Honorar, nehme ich an? Der Weinkeller im Club gehört zu den besten des Landes ...«

»Das läßt sich machen«, sage ich und sehe in diesem Moment, daß mein Koffer kommt.

»Wo wirst du übrigens wohnen?« fragt Gunnar Høegh freundlich.

»Im besten Hotel«, sage ich. »Wie heißt das beste Hotel hier in der Stadt?«

»Wir haben doch das beste Hotel, oben auf dem Hügel, mit Aussicht über die ganze Stadt.«

»Dann werde ich in dem andern wohnen«, sage ich.

»Das ist unten im Zentrum«, sagt er und zuckt die Schultern.

Als ich eine halbe Stunde später mein Hotelzimmer betrete, falle ich sofort auf das Bett und schlafe ein, ohne mich auszuziehen. Mir träumt, daß ich Rachmaninows zweites Klavierkonzert spiele. Ich habe es eingeübt, und sogar die Partien, die ich noch nie geübt habe, sitzen einwandfrei. Aber dann merke ich, daß mich der Dirigent so seltsam mustert. Er schaut auf meine Finger, die mit großer Geschwindigkeit über die Tasten laufen. Da verstehe ich. Es kommt kein Ton. Ich habe keine Kraft! Ich bin nicht einmal imstande, die Töne anzuschlagen, die Tasten zu drükken. Ich spiele in der Luft. Keiner kann hören, wie gut ich bin. Niemand versteht, wie perfekt mein Spiel ist.

Ich laufe rot an.

Ich erröte so, daß die Haut brennt.

Im Zuschauerraum sitzen Anja und Marianne.

Ich starre sie verzweifelt an, aber sie tun so, als würden sie mich nicht kennen. Ihr Augenmerk ist ganz auf den Dirigenten gerichtet.

Bald wird der Raum zu warm. Die rote Notbeleuchtung über dem Eingang des Saales beginnt zu blinken. Da geht etwas schrecklich schief.

Ich kann es nicht länger verbergen. Mit *mir* ist etwas nicht in Ordnung!

Die Röte tropft wie Blut vom Gesicht und färbt das weiße Hemd.

Dinner im Hotel

Es ist spätabends, als ich erwache. Zuerst bin ich desorientiert, starre auf all den Speichel auf dem Deckbett. Ich bin ohne Zeitgefühl, merke nur, daß mein Gesicht geschwollen ist. Es ist viel zu warm im Zimmer, der elektrische Heizkörper unter dem Fenster läuft auf höchster Stufe. Ich stehe auf und stelle fest, daß ich den Mantel anhabe und nach Schweiß rieche. Ja genau, denke ich, der Traum hat eine wahre Aussage. Ich bin ein Leichtgewicht. Ein stinkender Tagedieb, der vorhat, für ein Essen zu spielen, der den übriggelassenen Wein trinkt, vielleicht auch Tafelmusik spielt zur Unterhaltung. Warum nicht? Sogar Marianne, die so weit unten war, ertrug es nicht, mit mir zu leben. War der Gedanke an mich und das Kind, das sie austrug, so schrecklich, daß der Tod die bessere Alternative darstellte? Ich stehe vor dem Spiegel im Bad und sehe, wie schrecklich ich ausschaue. All diese Monate des Alleinseins haben ihre Spuren hinterlassen. Das macht nichts, denke ich. Ich wollte immer älter sein, als ich bin. Die Falten lassen mich nur maskuliner erscheinen, wie Marianne einmal sagte. Ich verspüre eine Sehnsucht nach Alkohol. Ja, heute abend werde ich mich betrinken! Aber vorher werde ich mich für die Flaschen schmücken, werde duschen und mich feinmachen. Während die warmen Strahlen der Dusche meine Nervenbahnen treffen und sie entwirren, so daß ich jede einzeln spüre, denke ich an die rosa Tablette, die ich als erstes nehmen werde, danach kommen die Flaschen und Gläser, die ich trinken will. Weißwein, Rotwein, Kognak. Ich werde allein im Restaurant sitzen und still trinken, bis zur körperlichen Ohnmacht. Ich werde lange Gespräche mit Rachmaninow führen und ihn fragen, warum die russische Seele einen so gewaltigen Ausdruck hat. Und ich werde ihm sagen, wie traurig ich bin, daß sich Puschkin auf ein Duell eingelassen hat.

Danach werde ich drei Tage und Nächte ununterbrochen schlafen.

Ich habe meinen besten Anzug angezogen. Feierlich und schwarz und bestens geeignet für Klavierkonzerte und Begräbnisse. Niemand soll denken, ich sei ein gewöhnlicher Alkoholiker oder Drogenabhängiger. Direktor Gunnar Høegh hat bereits einen Standard vorgegeben. Die besten Weine. Wenn man schon kein Geld hat, muß man wenigsten gut essen und trinken.

Ich fahre mit dem Aufzug hinunter zur Rezeption, nicke freundlich der blassen Frau hinter dem Tresen zu mit ihren süßen, kleinen Pickeln, der Synthetikbluse und dem cremefarbenen Haar. Ihre einfache Schlichtheit wirkt sofort angenehm auf mich.

»Ich vermute, daß sich das beste Restaurant der Stadt in diesem Gebäude befindet?« sage ich freundlich.

Sie fängt zu kichern an. Ich höre nun selbst, wie dumm das klang. Sie ist etwa so alt wie ich.

»Doch ja, wir sind bekannt für gutes Essen«, sagt sie mit einem Lächeln.

Ich betrete erwartungsvoll das Restaurant, als würde ich den Konzertsaal des Musikvereins betreten, um zu erleben, wie Karajan Brahms dirigiert. Ein junger und eifriger Ober eilt mit der Speisekarte in der Hand auf mich zu.

»Wie viele Personen?« fragt er unterwürfig. Der dunkle Anzug und die lächerliche Krawatte, ein Aufzug, den mir Marianne immer verbot, zeigen ihre Wirkung.

»Ich bin allein«, sage ich.

Er führt mich ins Lokal. Auf allen Tischen brennen Kerzen, aber kein Mensch ist zu sehen. Ich spüre Freude in mir aufsteigen.

»Ich nehme den Ecktisch am Fenster«, sage ich.

»Ganz wie Sie wünschen«, sagt der junge Ober in singendem Finnmarksdialekt.

Ich setze mich, festlich gestimmt. Mache ich jetzt etwas Falsches? denke ich. Würde Marianne mich kritisieren? Nein, sie wußte nur zu genau, daß sie zuviel trank. Sie kam auch nicht ohne Alkohol zurecht.

»Wir beginnen mit den Getränken«, sage ich und spüre einen starken Sog.

»Bitte schön, die Weinkarte«, sagt der Ober höflich.

Ich werfe einen Blick auf all die süßen, deutschen Weine. Dann sehe ich einen brauchbaren, knochentrockenen Muscadet. Ein guter Einstieg, denke ich. Das habe ich von Marianne gelernt. Les Mesnils. Ich deute.

»*Les Mesnilis*«, sagt er.

»Richtig«, sage ich. »›Le Menill‹«.

Er nickt, jetzt etwas nervös.

»Eine ganze Flasche?« fragt er vorsichtig.

»Natürlich«, sage ich mit meinem heitersten Lächeln. Es ärgert mich, daß ich ihn korrigiert habe. Er kann nicht viel älter sein als ich. Vielleicht sind er und die Kleine an der Rezeption miteinander verlobt, denke ich. Zwei glückliche Täubchen, die bereits ihren Platz im Leben gefunden haben.

»Und was möchten der Herr speisen?« fragt der Ober.

Ich mag nicht, daß er mich so anredet. Dieser katzbukkelnde Ton paßt nicht zu ihm. Aber da sehe ich, daß sechs vornehm gekleidete Herren das Lokal betreten, und ich verstehe, wen er zu bedienen gewohnt ist. Er wird noch nervöser und will die Bestellung hinter sich bringen.

»Chateaubriand?« schlägt er vor. »Tournedos? Filet Mignon?«

»Norwegisches Rentier«, sage ich.

»Finnenbeefsteak, bitte schön«, sagt er mit hochgezogenen Augenbrauen.

»Und bei diesem Gang gehen wir zu Rotwein über. Was ist euer bester?«

»Patriarch, mein Herr.«

»Natürlich nehmen wir Patriarch«, nicke ich. »Und denken Sie daran, eine ganze Flasche.«

Der Ober notiert alles auf seinem Block. Dann eilt er der Gruppe entgegen. Sie setzen sich zum Glück an einen Tisch am anderen Ende des Raumes. Trotzdem kann ich verstehen, daß jeder einen Aperitif bestellt. Manhattan, Gin Tonic und Bloody Mary. Ich rufe sofort dem Ober auf dem Weg zur Küche hinterher.

»Auch für mich eine Bloody Mary!«

»Sehr gerne, mein Herr!« ruft der Ober zurück.

Einer der Herren an dem Sechsertisch dreht sich um und mustert mich. Es ist Gunnar Høegh.

Als die Flasche Weißwein halb geleert ist und das Rentierbeefsteak noch nicht auf dem Tisch steht, denke ich, daß ich mich ärgere über diesen Høegh, der in mein Leben getreten ist und heute abend im gleichen Lokal speist. Er stört meine Gedanken. Früher oder später wird er zu mir kommen. Davon bin ich überzeugt. Natürlich, da ist er schon, geht mit der Zigarre in der Hand quer durch den Raum. Er hat seit seiner Ankunft kräftig dem Rotwein zugesprochen, aber er betrachtet besorgt meine Flaschen, die unübersehbar meinen Tisch beherrschen.

»Ich dachte, das andere Hotel sei das bessere?« sage ich so freundlich ich kann.

»Unser Klub ist am besten«, sagt er. »Wir gehen nur der Abwechslung halber hierher.«

»Abwechslung ist wichtig«, nicke ich. »Veränderung macht Freude.«

»Ich bin mit W. Gude befreundet«, sagt er mit einer traurigen Falte im Mundwinkel. »Mich verbindet außerdem eine jahrelange Freundschaft mit Selma Lynge. Ich war auf deinem Debütkonzert.«

»Und?«

»Meinst du, es ist richtig, was du gerade im Moment machst?« fragt er mit einem Blick auf die Flaschen.

»Im Moment trinke ich Wein«, sage ich.

Er setzt sich, ohne zu fragen. Ich bin zu jung, denke ich. Ich muß schnellstmöglich älter werden.

»Es gibt viele, die sich Sorgen machen deinetwegen«, sagt er.

»Dazu haben sie keinen Grund«, erwidere ich.

»Du hast heute abend kein Konzert?«

»Nein, erst morgen.«

»Wo?«

»In Pasvikdalen.«

»In der Internatsschule? Ein schöner Ort. Rektor Sørensen tut alles, was in seiner Macht steht, um die Musik zu pflegen.«

»Ja, was wären wir ohne die Rektoren«, sage ich.

»Warum bist du nicht direkt dorthin gefahren?«

»Ich will Kirkenes als Stützpunkt haben. Hier werde ich Rachmaninows zweites Klavierkonzert einüben.«

»*Hier?*« Gunnar Høegh schaut mich verständnislos an.

»Ja, ich dachte, Kirkenes könnte ein passender Ort sein.«

»Du solltest vielleicht nicht beide Flaschen heute abend austrinken?«

»Ach so. Les Mensnils und Patriarch. Und es ist noch mehr geplant.«

»Das ist sehr bedauerlich ...«

»Und ich freue mich auf die guten Weine, von denen Sie, Herr Høegh, gesprochen haben. Als besondere Zugabe Ihres großzügigen Honorars wird dieser Wein sicher vortrefflich munden. Ihr Klub hat vielleicht sogar noch einen exquisiten Kognak in Reserve?«

»Leider nicht«, sagt er und erhebt sich mit einem Ruck. »Ich hätte das vielleicht nicht vorschlagen sollen.«

»Doch, doch. Ich freue mich schon. Und vergessen Sie nicht, einige Flaschen alkoholhaltiger Getränke vor dem Konzert in der Künstlergarderobe bereitzustellen! Ich spiele am besten mit einigen Promille. Das war auch bei Charlie Parker so, das wissen Sie doch?«

Ich bin der böse Geist im Restaurant des Hotels. Ich sitze in einer Ecke und trinke mir gezielt einen Rausch an. Um die Anonymität, nach der ich mich sehnte, bin ich bereits betrogen worden. Aber das macht nichts, solange ich diese Haut um mich habe. Wenn Schriftsteller zu Alkoholikern werden können, warum dann nicht auch Pianisten? Rubinstein sprach viel vom Wein. Er trank ihn auch. Und man konnte es hören, wenn er spielte. Ein Patzer hier, einer dort. Was ist schon dabei? War es nicht Corot persönlich, der nicht jederzeit richtig spielen wollte? Direktor Høegh läßt mich jetzt in Ruhe. Er sitzt am Sechsertisch und ißt Chateaubriand, trinkt ausgezeichneten Rotwein in großen Schlucken und macht sich Sorgen über meinen Alkoholkonsum. Ich hätte etwas Besseres verdient, sagte er, bevor er verärgert zurück zu den andern ging.

Prügelei auf offener Straße

Als das Restaurant schließt, habe ich meine dritte Flasche schon ein Stück weit geleert. Wieder Les Mesnilis. Und diesmal sprach ich es aus, wie der Ober es kannte.

»Le Menill«, antwortete er mit zusammengekniffenen Lippen.

Die Gruppe der sechs ist gegangen, ohne ein Abschiedswort des Direktors Høegh. Ich habe mein Territorium zurückerobert. Ich werde mehr und mehr wach, bekomme mehr und mehr Einfälle. Bald ist die ganze Welt soweit, erobert zu werden. Zumindest das Zentrum von Kirkenes. Ich stehe auf und werfe einen Stuhl um.

Der Ober kommt angelaufen.

»Brauchen der Herr jemanden, der ihn in sein Zimmer bringt?« sagt er mit der belegten Samariterstimme, die er von seiner Mutter gelernt haben muß.

»Nein danke«, sage ich und fühle mich nüchtern und klar im Kopf. »Der Stuhl stand mir nur etwas im Weg.«

»Möchte der Herr die Rechnung unterschreiben?«

»Natürlich«, sage ich und zucke zusammen, als ich den

Betrag sehe. Ich dachte, Rentier sei Hausmannskost. Dieser Abend hat meine Barschaft deutlich dezimiert.

Mit unsicheren Schritten gehe ich zur Rezeption, um den Schlüssel zu holen. Die Kleine mit den süßen Pickeln ist immer noch da. Sie erfaßt meinen Zustand und überreicht mir wortlos den Schlüssel.

»Gibt es hier in der Nähe ein Klaviergeschäft?« frage ich freundlich.

Sie kichert. »Klaviergeschäft?« wiederholt sie.

»Ja einen Laden, in dem man Flügel oder Klaviere kaufen oder mieten kann?«

»Davon weiß ich nichts«, murmelt sie und fixiert den Ständer mit den Ansichtskarten. Mitternachtssonne und Eisbären.

»Verstehe«, sage ich und gehe zur Ausgangstür.

»Wohin wollen Sie?« fragt sie ängstlich.

»In die Stadt, Kirkenes erkunden«, sage ich.

Draußen regnet es, und es ist kalt. Ungewöhnlich kalt für September. Aber wenn es sein muß, dann muß es sein, wie sie hier oben sagen. Seit dem Essen habe ich nur den einen Gedanken im Kopf: so schnell wie möglich ein Klavier beschaffen. Warum habe ich nicht früher daran gedacht? Ich kann es nicht so machen wie im Traum und über den Tasten spielen. Ich brauche ein richtiges Klavier, und ich brauche einen Raum zum Üben.

Draußen auf der Straße riecht es nach Bratfett, und überall sind Jugendliche unterwegs. Wahrscheinlich ist Samstag, denke ich, während mir der Polarwind frontal ins Gesicht bläst. Vielleicht möchte ich mir nur ein wenig die Beine vertreten. Ich weiß es nicht genau. Ich vergesse, daß ich Anzug und Krawatte anhabe. Ich muß diese

Stadt kennenlernen. Dort ist eine Buchhandlung. Und da verkaufen sie Badezimmerzubehör. Dann einige Kleidergeschäfte. Alltagskleidung für Fischer. Baskenmützen für Damen. Krawatten in grellen Farben. Ich überhole eine Gruppe Teenager. Sie haben Bierflaschen in den Händen. Plötzlich fühle ich mich älter als sie.

»Weiß jemand, ob es in der Nähe ein Klaviergeschäft gibt?« sage ich.

Sie mustern mich, trinken demonstrativ aus den Flaschen, halten mich sicher für einen Leichtmatrosen, der gerade aus Yokohama zurückgekehrt ist.

»Klaviergeschäft?« sagt einer der Jungs, ein kleiner Teufel mit einem gefährlichen Glitzern in den Augen.

»Ja«, sage ich.

»Was willst du mit einem Klavier?« fährt der Junge fort.

»Darauf spielen.«

»Was willst du darauf spielen?«

Ich fange an, von Rachmaninow zu erzählen. Wir schlendern die Straße entlang, und ich bin so sehr in meinen Gedanken, daß ich nicht merke, wie sehr ich sie provoziere.

»Und für wen willst du hier oben spielen?«

»Für alle«, sage ich. »Ich traf heute im Flugzeug den Direktor für Sydvaranger. Man sollte mit ihm über den Bau einer Konzerthalle reden. Diese Stadt könnte doch ihr eigenes Sinfonieorchester haben.«

»Er verspottet uns!« Der kleine Bursche wirft einen prüfenden Blick in die Runde. Er findet etwas in den Gesichtern der nassen, zerzausten drei Mädchen und vier Jungs, die nicht wissen, was sie von mir halten sollen.

»Nein«, sage ich, begeistert von meiner Idee. Der Alkohol trägt das Seine dazu bei. »Wir könnten der Welt zeigen, daß Varanger nicht nur Eisenerz und Pellets ist! Nicht nur Eisbären und Torfkaten!«

»Idiot!« ruft plötzlich das hübscheste der Mädchen. In ihrem Blick ist etwas Hartes und Erfahrenes. »Kommt in den Norden und meint, er ist was Besseres.«

Der kleine Bursche ist blitzschnell neben mir. Das Mädchen hat ihn aufgestachelt.

»Dann spiel doch mal für uns!« sagt er und packt meine rechte Hand, biegt die Finger nach hinten.

»Paß auf!« rufe ich.

»Auf was?« Er packt mein Handgelenk und schlägt meine Hand auf seine Backe.

»Habt ihr gesehen?« brüllt er. »Er hat mich geschlagen!«

»Ja, wir haben es gesehen!« Eines der weniger hübschen Mädchen zieht den Lippenstift heraus und macht sich bereit.

»Arschficker!«

»Wichser!«

Jemand schlägt zu. Ich weiß nicht wer, spüre nur einen starken Schmerz am Hinterkopf und fliege nach vorne, schlage auf den Asphalt.

»Kirkenes Sinfonierorchester, so ein Quatsch!«

Eines der Mädchen versucht meine Stimme nachzumachen: »Weiß jemand ein Klaviergeschäft in der Nähe?!«

»Klar doch!« sagt der kleine Teufel lachend und fängt an zu laufen. »Gleich um die Ecke ist eins!«

Alles ist möglich. Ich spüre eine Leichtigkeit, wie ich sie seit der ersten und der letzten Woche mit Marianne nicht mehr empfunden habe. Ich liege auf dem Boden, und der Alkohol singt in meinen Adern. Der Kopf hämmert. Der Schmerz legt sich über alle Gedanken. Es tut gut, hier zu liegen. Der Schmerz ist in jedem Fall besser als die Gedanken. Hier kann ich Rachmaninow einüben, mit oder ohne Klavier, wenn das so schwierig sein sollte.

Ein Polizist mit dem kleinsten Gesicht und der größten Schirmmütze blickt auf mich herunter, als würde ich im Kinderwagen liegen, und sagt mitfühlend:

»Es regnet. Sie können nicht hier liegenbleiben.«

Aus seinem Blick und seiner Stimme entnehme ich, daß ich übel aussehe. Jetzt muß ich zeigen, wie nüchtern ich sein kann. Jetzt muß ich aufstehen und klar reden. Da erinnere ich mich plötzlich, was passiert ist.

»Sie haben mich zusammengeschlagen«, sage ich.

»Wer?«

»Eine Gruppe Jugendlicher.«

»Verdammtes Pack. In dieser Stadt kann man sich nicht mehr sicher fühlen. Im übrigen sind der Herr auch noch nicht sehr alt, nehme ich an.«

»Älter als Sie glauben.«

»Und das bedeutet?«

»Neunzehn. Bald zwanzig.«

»Ich bin fast zweiunddreißig«, sagt der Polizist mit einem Lächeln. »Ich muß Sie bitten, mitzukommen auf die Polizeistation.«

Ich stehe auf. Das Blut läuft mir von der Stirn.

»Nein, zum Krankenhaus«, sagt der Polizist erschrokken.

Die Frau im Tal

Als hätte ich es gewußt. Daß sie im Krankenhaus ist. Als hätte Sigrun Liljerot die Karten gemischt, und ich habe eine davon gezogen, ohne ihre Bedeutung oder ihren Wert zu kennen. Sie sieht mich zuerst.

»Aksel Vinding«, sagt sie mit Anjas tiefer Stimme.

Ich sehe, daß sie beunruhigt ist. Die Worte sprudeln nervös aus ihrem Mund. Sie weiß natürlich, daß ich morgen ein Konzert an der Volkshochschule geben werde, denke ich.

»Was ist denn mit dir passiert?«

Ich liege auf der Trage und weiß, daß ich nicht nüchtern bin, daß die Augen tränen, daß ich stinke und naß bin. Ich weiß, daß ich an der Stirn blute. Sie ist bereits dabei, die Wunde zu säubern.

»Sie haben mich zusammengeschlagen. Eine Gruppe Jugendlicher. Sie haben es nicht böse gemeint.«

»Nein, das sehe ich«, lacht sie. »Es ist nur eine Platzwunde seitlich am Kopf. Und am Hinterkopf wird es wohl eine Beule geben.«

Sie will ganz genau wissen, wie es passiert ist. Ich erzähle, woran ich mich erinnere, und mir wird klar, wie dumm ich mich benommen habe.

»Ich glaube nicht, daß der, der schlug, es ernst meinte«, sage ich.

»Schön, daß du es so auffaßt.«

»Au«, sage ich.

»Ja, das tut weh, aber es ist notwendig. Wirst du morgen für uns spielen können?«

»Ja, auf jeden Fall. Ich halte, was ich verspreche.«

»Eigentlich hätte ich das ganze Wochenende Dienst gehabt, habe aber getauscht, als ich hörte, daß du zu uns heraufkommst. Du bist trotz allem mein Schwager.«

»Dieser Gedanke ist mir auch schon gekommen.«

»Ich habe es erst beim Begräbnis erfahren. Daß wir verwandt sind, meine ich. Familie wurde bei uns nie großgeschrieben. Marianne ging immer ihre eigenen Wege.«

Sie schaut mich an mit dem Blick der Schwester. Ich

bin ganz oben in Norwegen, an der Grenze zur Wildnis, in einer völlig anderen Realität als der in der Vorstadt von Oslo. Ich habe etwas Altes und Vertrautes gefunden, das trotzdem völlig neu ist.

Ihre Hände streifen mein Gesicht. So vieles steigt in mir hoch. Sie ist gleichzeitig ein Gespenst und eine wirkliche Person.

»Warum wirst du die Frau im Tal genannt?« frage ich nach einer Weile.

Sie errötet. Ich wußte nicht, daß sie diese Eigenschaft hat.

»Wer hat das gesagt?«

»Eine Freundin. Du kennst sie nicht. Eine Medizinstudentin. Was sie noch sagte, das sage ich nicht.«

»Die Leute reden so vieles.«

»Trotzdem ein schöner Name«, sage ich.

Sie zuckt die Schultern.

»Weil ich nun mal in einem Tal wohne«, sagt sie mit einem Lächeln. »Du solltest im Moment dein Gehirn nicht mit so komplizierten Gedanken belasten.«

Ich stelle fest, daß sie etwas hat, was auch Anja und Marianne hatten, nämlich die Fähigkeit, beachtet zu werden, egal, wie wenig gesagt oder getan wird. Eine Energie, die die Räume, in denen sie sich bewegen, bestimmt. Die Fähigkeit, allein durch ihre Gegenwart wahrgenommen zu werden. Die Fähigkeit, konkret und geheimnisvoll zugleich sein zu können und dort, wo sie erscheinen, die Hauptperson zu sein, über die die Leute reden, sobald sie den Raum verlassen.

»Warum bist du eigentlich hierhergekommen?« fragt sie plötzlich.

»Weil ich eine Tournee habe«, sage ich.

»Das ist ein schlechter Start für eine Tournee.«

»Vielleicht muß ich doch noch absagen.«

»Wegen der Schürfwunde? Kaum. Aber solltest du nicht an viel größeren Orten spielen als in Internatsschulen und Dörfern in der Finnmark?«

»Niemand soll mir vorschreiben, wo ich spiele«, sage ich und merke, daß sich der Alkoholnebel auflöst. »Außerdem habt ihr mich eingeladen, du und dein Mann, als wir uns auf Mariannes Begräbnis trafen.«

»Das ist etwas anderes. Wir meinten es ehrlich. Aber wir dachten nicht, daß du deshalb deine Karrierepläne über den Haufen wirfst.«

»Ich habe keine Pläne. Nicht nach all dem, was geschehen ist.«

»In allen großen Zeitungen wurde über dich berichtet. Du warst eine Sensation. Dann kommst du hierher. Wir hier oben sind so etwas nicht gewohnt. Das überfordert uns ein bißchen.«

»Um so besser«, sage ich.

»Vielleicht sind sie deshalb etwas unsanft mit dir umgegangen. Aber ich kenne diese Jugendlichen. Im Grunde sind sie harmlos.«

Wir sprachen fast nicht über Marianne, denke ich danach, als nur noch ihr Geruch im Raum ist. Sie handelt professionell. Ich muß auch versuchen, professionell zu werden, denke ich, während ich in dem kleinen Krankenhaus liege und weiß, daß Sigrun Liljerot durch die Gänge läuft. Es gibt andere, die ihre Zuwendung dringender brauchen als ich. Habe ich das Recht, in ihr Leben einzudringen, wie ich es im Moment gerade tue? Ich habe zwei Ziele. Über das eine kann ich reden. Das andere muß ich für mich behalten. Sigrun Liljerot übernimmt also Nachtdienste im Krankenhaus, um auszuhelfen. Sie ist genauso alt wie der Polizist. Sie hat mich untersucht und festgestellt, was mir fehlt. Es ist nur eine Platzwunde. Trotzdem hat sie mich meinen Rausch ausschlafen lassen. Jedenfalls ein paar Stunden. Sie hat sogar mit dem Polizisten gesprochen, hat ihn überredet, mich in Ruhe zu lassen und nicht zu einem Verhör mitzunehmen. Das hätte sie nicht tun müssen.

Ich döse vor mich hin. Ich bin auf dem richtigen Weg.

Der Alkoholpegel sinkt. Der Kopf kommt über die Wolkendecke. Jetzt muß ich aktiv werden. Jetzt muß ich das Gleichgewicht finden. Ich bin hier oben an der Grenze zur Sowjetunion, um zu spielen, um einige Konzerte zu geben, um mich in Rachmaninow zu vertiefen. Das darf ich nicht vergessen. Daß ich weitermuß, nicht stehenbleiben. Daß ich vor allem Rachmaninow einstudieren will.

Ich muß geschlafen haben. Als sie wieder zu mir kommt, ist es draußen hell. Ich höre ihre Schritte. Sie bewegt sich langsam. Sie geht zum Fenster, zieht vorsichtig die Gardinen zur Seite. Nicht ganz, nur ein wenig. Die Morgensonne scheint mir ins Gesicht. Sie betrachtet mich einen Augenblick. Ich sehe, daß sie müde ist.

»Hei«, sagt sie.

»Hei«, sage ich.

»Hast du dich ein bißchen ausgeruht?«

»Ja. Und du?«

»Ach, ich bin diese Nachtdienste gewohnt. Und in dieser Nacht hat sich nichts Dramatisches ereignet. Nur ein leichterer Schlaganfall und ein junger Pianist mit einer Platzwunde an der Stirn.«

Wir lachen beide. In diesem grellen Licht wirkt sie älter als bei dem Begräbnis. Es muß auch in ihrem Leben lange

Nächte gegeben haben. Sie geht zu einem Schrank, holt Desinfektionsmittel und kommt an mein Bett. Setzt sich auf die Bettkante. Befeuchtet einen Wattebausch.

»Das tut vielleicht ein bißchen weh«, sagt sie.

Ich nicke. Dann legt sie den Wattebausch auf die Wunde an der Stirn, direkt am Haaransatz.

»Das tut nicht weh«, sage ich.

»Es ist nur eine oberflächliche Verletzung. Nichts Ernstes. Ich kann dich nicht länger hier im Krankenhaus behalten. Aber du kannst dich ein paar Stunden in meiner Wohnung ausruhen, bevor wir zur Internatsschule in Pasvikdalen fahren. Ich brauche in jedem Fall ein paar Stunden Schlaf, bevor ich mich ans Steuer setzen kann.«

»Deine Wohnung?«

»Ja, die Dienstwohnung des Distriktsarztes. Sie ist hier in Kirkenes. Ich kann sie benutzen, wenn ich hier arbeite.«

Der lange Ton

Die Wohnung hat drei Zimmer, zwei Schlafzimmer, ein Wohnzimmer und eine Küche. Sie liegt im oberen Stock über einem Geschäft für Eisenwaren. Alles weiß gestrichen. Sigrun steht neben mir und folgt meinem Blick. Mir gefällt die unpersönliche Einrichtung. Keine Bilder, fast keine Ziergegenstände. Ein Eßtisch in der Küche. In den Schlafzimmern je ein Doppelbett, in einem mit zerwühltem Bettzeug, das andere unbenutzt. Im Wohnzimmer eine Couch, zwei Sessel, ein Fernsehgerät und eine Stereoanlage.

»Fast wie im Skoog-Haus«, sage ich und werfe einen Blick auf die erstaunlich große Plattensammlung. Bernsteins Einspielung von Mahlers dritter Sinfonie liegt ganz oben.

»Warum hast du diese Platte?« frage ich.

Sie merkt, daß ich angespannt bin. »Ist das ungewöhnlich?« sagt sie. »Wer liebt Bernstein nicht?«

»Wer liebt Mahler nicht. Marianne hatte für uns Karten besorgt. In Wien. Als wir heirateten. Als Morgengabe. Mahlers dritte mit Abbado. Aber dann bekam sie eine Panikattacke.«

Sie nickt. »Ich glaube, ich weiß, was am Ende in ihr vorgegangen ist …«

Ich starre auf die zerwühlten Laken.

»Du nimmst das andere Zimmer«, sagt sie rasch. »Du kannst noch sechs Stunden schlafen. Dann fahren wir hinauf nach Pasvikdalen. Eirik und die anderen freuen sich, daß du kommst.«

Mein Blick fällt auf eine Geige. Sie liegt auf einem Bücherregal, mit dem Bogen sorgsam daneben. In einer Ecke lehnt der Geigenkasten. Jetzt sehe ich auch den Notenständer. Ich trete näher, Brahms' zweite Violinsonate ist aufgeschlagen.

»Du meine Güte! Spielst du Geige?« sage ich überrascht.

Sie macht eine verlegene Geste.

»Die A-Dur-Sonate gehört zum Schönsten, was Brahms geschrieben hat«, fahre ich fort.

»Ich bin nur eine Amateurin«, sagt sie. »Ich spiele für niemanden. Nur für mich.«

»Das tun wir doch letzten Endes alle. Wie lange spielst du schon?«

»Seit meiner Kindheit. Seit ich eines Tages im Radio David Oistrach hörte.«

Sie zögert.

»Erzähl«, sage ich.

»Ich weiß noch genau, wo ich stand. Ich erinnere mich an das Abendlicht. Ich erinnere mich, daß ein Star auf einem Zweig der großen Birke saß. Ich weiß noch, daß Marianne direkt hinter mir stand.«

»Was spielte er?«

»Das Violinkonzert von Tschaikowsky. Mit dem Moskauer Sinfonieorchester. Es war auf Mittelwelle und ständig gestört durch Rauschen und Pfeifen. Aber die Töne kamen an. In der Wiederholung ...«

»Ich weiß genau, wo du meinst! Direkt nach dem Nebenthema, nicht wahr? Wo sich die Musik durch mehrere Tonarten moduliert? Wo der Ton der Geige hoch und dünn wird?«

»Genau«, sagt sie freudestrahlend. »Woher weißt du das?«

»So etwas weiß man. Einer der großen, magischen Augenblicke. Manchen Geigern gelingt es, die Innigkeit so wiederzugeben, daß es nicht süßlich klingt.«

»Ja, und Oistrach spielte so fein, und dabei erreichte er diese Eindringlichkeit, die bis in die dünnsten Nervenbahnen vordringt. Er spielte fast ohne Vibrato. Und ich war zwölf Jahre alt und begriff, daß sich eine neue Welt für mich öffnete, eine erwachsene, erfahrene Welt. Das Besondere war die *Erfahrung* dieser Schönheit. Und damals erkannte ich, daß etwas fein Aufgebautes trotzdem eine große Kraft haben kann.«

»Aber es gibt noch eine andere Stelle!« sage ich und zeige auf die Noten.

»Ja«, sagt sie begeistert, »und das ist bei Brahms.«

»In der Violinsonate in A-Dur!«

»Im zweiten Satz!«

»Ganz genau.«

»Woher weißt du das?«

»Das ist doch so offensichtlich. Beim letzten Mal, wenn das Hauptthema kommt, nicht wahr?«

»Ja!«

»Der lange Ton.«

»Der nie enden will!«

Wir sind wie zwei Schulkinder auf dem Schulhof. Als hätten wir soeben entdeckt, daß wir den gleichen Schulweg haben, daß wir beinahe Nachbarn sind. Wir lächeln uns glücklich an. Dann setzen wir uns an den kleinen Tisch in der Küche, so wie ich mich vor einem Jahr bei Marianne hingesetzt hatte, bevor ich einzog. Sie zieht eine Packung Zigaretten heraus. Ich tue das gleiche.

»Wir sollten uns hinlegen und schlafen«, sagt sie.

»Müssen wir das?« sage ich. »Wir haben so vieles zu bereden. Unglaublich, daß du auch Musikerin bist!«

»Nein, nein, nicht so. Ich wollte Musikerin werden. Aber mir fehlte der Mut. Ich bin wie gesagt nur eine enthusiastische Amateurin.«

»Warum weißt du noch, daß Marianne damals hinter dir stand?«

»Weil sie immer hinter mir stand und überwachte, was ich tat. Sie war fast achtzehn. Sie war rastlos und suchend. Sie hat dir sicher erzählt, wie sie in der Zeit war.«

»Sie erzählte von der Abtreibung ...«

»Ja richtig. Sie entschied sich für das Extrovertierte. Für Feste und Leidenschaften. Für Jungs und Sex. Während mich die Musik introvertiert machte. Ich mußte lange weinen, bis ich eine Geige bekam. Und als ich sie hatte, legte ich sie nicht einmal weg, wenn ich schlief. Sie lag die ganze Nacht neben mir. Ich wollte nur immerzu spielen, und ich lernte schnell. Aber das war gegen den Willen meiner Eltern. Obwohl Vater und Mutter als Akademiker in einem sogenannten kulturellen Haushalt klug und fortschrittlich waren, galt die Kunst selbst als etwas Verdächtiges, und keine ihrer zwei Töchter sollte sich ernsthaft damit abgeben. Sie hatten Marianne dazu gebracht, Ärztin zu werden, da war sie erst vierzehn. Dasselbe wollten sie bei mir. Deshalb hatten sie eine Heidenangst, ich würde ernst machen, und es war für sie eine echte Bedrohung, daß ich Musikerin werden könnte.«

»Du wolltest es wirklich? Du auch?«

Sie nickt.

»Ich versuchte es. Ich begann am Barratt-Due-Institut, das große, rote Holzhaus unten in Fagerberg, du weißt schon. Musik in allen Ecken, sogar in der Besenkammer stand jemand und übte Geige. Ich trug morgens Zeitungen aus, um Geld für die Stunden zu haben. Ich hatte Stephan Barratt-Due als Lehrer. Einem jungen Mädchen erschien er genauso überragend und schön wie Menuhin. Mit seinem sanften Wesen ermutigte er mich, den Weg, den ich gewählt hatte, weiter zu gehen. Er sagte, ich sei eine große Begabung. Da zogen Mutter und Vater die Zügel straffer. Du hast das sicher selbst erlebt. Daß sogar die liebsten Menschen sich schrecklich benehmen können, ohne zu merken, was sie tun. Sie meinten, es sei zu meinem Besten, daß sie nie an meiner Kunst Anteil nahmen.«

»Waren sie auch nicht bei den abendlichen Schülerkonzerten?«

»Selten. Ich konnte es ihnen ansehen. Wenn ich eifrig über die Musik redete, die ich spielte, wurden ihre Gesichter ganz flach, und sie warfen sich Blicke zu. Wir dürfen nie vergessen, daß es Menschen gibt, die überhaupt nicht an Musik interessiert sind. Und weil es meine Eltern waren, gelang es ihnen, mir mein Selbstvertrauen zu nehmen. Ich war achtzehn, als ich aufgab. Da mochte ich nicht mehr. Ich war zu jung und wehrlos für einen solchen Kampf. All die kleinen Stolpersteine, die sie mir in den Weg legten. Der Erwartungsdruck, der ständig zunahm. Die schlecht verhehlten Vorwürfe. Ich begriff schließlich, daß ich keine Wahl hatte. Ich mußte Ärztin werden, auch ich.«

»Du bist sicher ziemlich böse auf sie«, sage ich. »Und auf Marianne auch.«

»Lassen wir das«, sagt sie entschieden.

Wir sitzen am Küchentisch in Sigrun Liljerots Wohnung und reden. Es ist das erste intensive Gespräch zwischen uns. Sowohl Anja wie Marianne waren psychisch labil. Sie steckten in ihren Problemen fest. Sigrun ist anders. Den Widerstand, der ihr entgegengebracht wurde, konnte sie mit einem gewissen Abstand betrachten. Sie drückt die Zigarette im übervollen Aschenbecher aus.

»Über all das müssen wir ein andermal weiterreden«, sagt sie. »Ich möchte mehr erfahren über dich und Marianne, dich und Anja. Noch erscheint es unwirklich, daß sie nicht mehr leben. Wenn ich dich so dasitzen sehe, mir direkt gegenüber, erscheint es ebenfalls unwirklich, daß du sie so gut kanntest. Ich will es einfach noch nicht wahrhaben, daß sie tatsächlich tot sind.«

Sie ist zum Umfallen müde und steht auf, sagt, daß sie duschen geht. Das macht sie immer nach dem Nachtdienst, sagt sie. Das ist gut für die Muskeln. Gut für die Nerven. Alte Erinnerungen melden sich. Die zwei Schlafzimmer nebeneinander. Der Bademantel, in dem sie plötzlich auftaucht. Die nackten Füße, die mir zeigen, daß sie immer noch jung ist. Ich bin der Schwager, von dessen Existenz sie erfahren hat. Als sie aus der Dusche kommt, lächelt sie mir zu.

»Du solltest auch duschen. Das Wasser beruhigt die Nerven. Deiner Wunde schadet es nicht. Du wirst dich gut fühlen danach.«

Ich tue, was sie sagt.

In der Dusche bleibe ich unter den Wasserstrahlen stehen, bis das Wasser kalt wird.

Sie ist nicht mehr da, als ich wieder herauskomme.

Ich gehe in das andere Schlafzimmer und lege mich ins Bett.

Aber ich kann nicht einschlafen. Sie ist auf der anderen Seite der Wand. Einige Zentimeter von mir entfernt. Ich denke nach über das, was sie erzählt hat. Ich denke an Rebecca, die weit unten in Oslo soviel über sie herausgefunden hat. Ich höre, wie sie hustet, und das erinnert mich an Marianne.

Ich blicke mich um in dem weißen Zimmer.

Vom Fenster kommt ein kalter Luftzug, Nordpolkälte. So weit nördlich bin ich jetzt. Marianne baumelt am Strick. Irgendwo in meinem Kopf wird sie immer hängen. Was würde Marianne zu meinem Zusammentreffen mit Sigrun sagen?

Dann schlafe ich doch ein. Und als ich wach werde, sitzt Sigrun auf der Bettkante, ganz still, und wartet, bis ich die Augen öffne.

»Bist du jetzt wach?« sagt sie mit einem Lächeln, als sie merkt, daß ich sie anschaue.

Ich nicke. Lächle zurück.

»Hast du einen schweren Kopf?« fragt sie. »Fühlst du dich zerschlagen?«

»Nicht mehr als gewöhnlich. Wieviel Uhr ist es?«

»Bald drei Uhr nachmittags. Du hast zum Glück sechs Stunden geschlafen, das hattest du nötig.«

»Und du hast Brahms geübt, ohne daß ich es hörte?«

»Nein. Ich habe deinetwegen darauf verzichtet. Aber es

ist schön, hier zu üben. Wenn das Geschäft unten schließt, ist niemand mehr im Gebäude. Manchmal habe ich bis zum frühen Morgen gespielt. Geht es dir auch manchmal so, daß du nicht aufhören kannst zu üben?«

»Ja. Das ist ein merkwürdiges Gefühl. Es erinnert mich an die Bedeutung, die die Musik in meinem Leben hat. Marianne sagte manchmal, ich würde älter wirken, wenn ich in der Musik bin.«

»Das hat sie gesagt? Das ist gut ausgedrückt. Du bist im übrigen nicht so jung, wie du aussiehst. Aber jetzt mußt du dich anziehen. In ein paar Stunden wirst du für uns spielen.«

Hinein in die Wildnis

Es ist Nachmittag, als wir im alten Lada des Distriktsarztes am Bjørnevann entlang nach oben fahren. Sigrun Liljerot trägt einen weißen Wollpullover und enge Jeans. Sie ist mit mir umgesprungen wie eine große Schwester. Sie hat auf die Uhr geschaut und mir gesagt, ich solle mich beeilen. Wir haben meinen schweren Koffer im Hotel geholt, und ich habe ausgecheckt.

»Fährst du den russischen Wagen wegen der guten Nachbarschaft?«

»Frag die Kommune«, lacht sie. Sie hat beide Hände am Lenkrad und schaut mich nicht an, wenn sie spricht.

Wir passieren Strand und fahren hinauf Richtung Pasvikdalen und Svanvik. Überall weiße Birkenwälder. Dann plötzlich auch Kiefern.

»Dieselben Bäume wie zu Hause«, sage ich. »Trotzdem ist alles anders.«

»In diesem Tal sind wir zwischen Finnland und Rußland

eingeschlossen«, sagt Sigrun. »Wir haben einen riesigen Kiefernurwald. Das könnte ein Paradies sein. Aber siehst du die hohen Schornsteine hinter der Anhöhe im Osten? Das ist Nikel. Die Grubenstadt. Die Lebenserwartung da drüben ist sehr niedrig. Die Bewohner gelten sogar nach sowjetischem Maßstab als arm.«

»Warum ist die Lebenserwartung so niedrig?«

»Wegen der Infektionen der Atemwege. All die Emissionen der Fabriken in der Stadt. Siehst du den Rauch, den die Schlote ausspeien? Außerhalb des Zentrums liegt das große Nickelwerk. Norilsk Nikel.«

»Und ich dachte, ich käme ans Ende der Welt«, sage ich, »Wo zumindest die Luft sauber ist. Wie sieht es mit der Lebenserwartung in Pasvik aus?«

»Die ist anders. Die Stadt liegt immerhin acht Kilometer von der Grenze entfernt.«

»Trotzdem sieht man die Schornsteine deutlich.«

»Ja, ist das nicht faszinierend? Und Nikel ist angebunden an das große sowjetische Schienennetz. Dort drüben fängt eine völlig andere Welt an, mit anderen Gesetzen und Regeln als bei uns. Interessierst du dich für die Sowjetunion?«

»Ich interessiere mich vor allem für Rachmaninow«, sage ich entschuldigend. »Ich möchte in diesem Winter sein c-Moll-Konzert einüben. Ich habe mir eigentlich vorgenommen, das hier oben zu tun.«

Sie nickt. »Die Nummer 2, sagst du? Die ist stark. Eine Kollegin von mir, auch Ärztin, erzählte einmal, der Komponist sei manisch-depressiv gewesen. Ich verstehe irgendwie, was sie meinte.«

»Ich auch. Der Komponist gab nicht auf. Er schlug sich ständig mit diesen heftigen Gefühlen herum, egal, ob er sich im tiefsten Süden aufhielt oder im höchsten Norden.

Rachmaninow hat die Nummer 2 seinem Psychiater gewidmet, Dr. Nicolai Dahl.«

»All das Russische«, sagt sie plötzlich, »bewirkt etwas in uns. Das Land liegt direkt auf der anderen Seite des Flusses. Trotzdem ist es sehr schwierig, dorthin zu kommen.«

»Bist du dort gewesen?«

»Ich war in Murmansk und Nikel. Aus ärztlicher Sicht ziemlich frustrierend. Das viele Elend. Oft die pure Not. Aber dann waren Eirik und ich einige Male zusammen mit der Schule in Moskau und Leningrad. Die Schule hat sich vorgenommen, daß die Kinder Rußland besser verstehen sollen als so manche norwegischen Generäle. Wir stimmen uns ein auf die russische Kultur. Puschkin, Dostojewski, Gorki und Gogol. Rimski-Korsakow und Mussorgski. Das Bolschoi und Kirow. Wir haben uns die großen Opern angeschaut. ›Eugen Onegin‹ und ›Das Mädchen von Pskoff‹. Und wir sahen ›Boris Godunow‹ im Kreml, im Kongreßpalast.«

Sie erzählt Einzelheiten der Reise, ein Restaurant in Arbat, in dem sie und Eirik waren. Sie erzählt von der norwegischen Botschaft und den phantastischen Räumen. Sie redet sich warm. Erinnert sich. Die Augen glänzen. Sie erzählt vom Newski-Prospekt und dem Heumarkt, all den Orten, die Dostojewski in *Schuld und Sühne* detailliert beschreibt. Sie spricht über Gogols Novellen und über den absurden Realismus.

»Aber am meisten erinnere ich mich an die Leningrad-Philharmonie und Arvid Jansons«, sagt sie. »Sie spielten Schostakowitsch. Die siebte Sinfonie, die die Belagerung von Leningrad zum Thema hat. Das werde ich nie vergessen. Die Fähigkeit des Komponisten, episch zu sein und eine schreckliche Geschichte zu erzählen, ohne zu vergessen, daß sich auch ein Himmel über das Schlachtfeld wölbte. Das können nur die Russen.«

Wir haben den alten militärischen Beobachtungsposten auf Höhe 96 passiert und nähern uns Melkefoss. Wir fahren weiterhin im Tal nach oben.

»Warum hast du dir etwas so Extremes vorgenommen«, fragt sie plötzlich. »Rachmaninow hier im hohen Norden einzuüben?«

»Du hast es eben gesagt«, sage ich. »Um eine schreckliche Geschichte zu erzählen, ohne die Schönheit zu vergessen. Besteht darin nicht die Hauptaufgabe der Kunst? Ich hatte instinktiv das Gefühl, ich müsse Rußlands Atem spüren, um Rachmaninow richtig verstehen zu können. Das ist gar nicht so romantisch, wie es sich anhört. Die Landschaft macht etwas mit uns, meinst du nicht?«

»Natürlich.«

»Kanada machte etwas mit Glenn Gould. Rußland machte etwas mit Rachmaninow.«

Sie mustert mich einen Moment mit dem Blick der Ärztin. Dann wendet sie sich ab und zündet sich eine Zigarette an. Ich taste nach der Zigarettenpackung und mache dasselbe. Sie raucht Filterzigaretten. Keine Selbstgedrehten, wie ich und Marianne es getan haben.

»Vielleicht kann die Finnmark etwas mit mir machen«, fahre ich fort. »In jedem Fall finde ich es richtig, hergekommen zu sein. Vielleicht kann ich meine Gedanken ordnen, meine Gefühle unter Kontrolle bekommen.«

»Die Gefühle unter Kontrolle bekommen, das ist wichtig«, sagt sie. »Als ich das erste Mal hier in den Norden kam, konnte ich wochenlang nicht schlafen. Alles war so neu und intensiv. Ich hatte gerade Eirik kennengelernt ...«

Ihre Gedanken schweifen weit ab. »Aber damals war Mai. Jetzt ist September. Die dunkle Zeit liegt vor uns.«

»Ich brauche kein Tageslicht«, sage ich.

»Weißt du eigentlich, wie kalt es hier wird? Schrecklich kalt. Deinen Pianistenfingern wird das nicht guttun. Letzten Winter hatten wir zwei Wochen lang um die 40 Grad unter Null. Die Haut wird ganz trocken. Wenn ich lange Geige übte, wurden meine Fingerkuppen wund.«

»Ich habe wollene Fingerhandschuhe.«

Sie kichert.

»Fingerhandschuhe? Wo glaubst du denn, daß du bist? Im Frognerpark? Du kannst dir von Eirik gute Polarhandschuhe leihen.«

Eirik. Ich weiß ja, daß es ihn gibt. Sie erwähnt ihn ständig. Aber es ist mir noch nicht gelungen, ihn für mich einzuordnen.

»Spielst du zusammen mit Eirik?« frage ich.

»Selbstverständlich. Sein Instrument ist die Gitarre. Aber wir haben in dem Blockhaus, in dem wir wohnen, auch ein altes Klavier. Er spielt gerne die rumänischen Tänze von Béla Bartók. Und ich glaube, er würde auch Brahms' Violinsonate in A-Dur schaffen, wenn er genügend Zeit zum Üben hätte. Alle wollen sie etwas von ihm. Er ist ein phantastischer Lehrer.«

Ich schaue sie an, während sie von ihrem Mann erzählt. Sehe die Begeisterung in ihren Augen. Sehe, wie sie und er eine gemeinsame Geschichte haben, von der sie mir ein bißchen etwas vermitteln möchte.

»Man hat ihm eine Stellung als Musikpädagoge am Konservatorium in Tromsø angeboten. Aber er entschied sich für Pasvik, für die Internatsschule, zog das Bekannte der Karriere vor.«

»Wie selbstlos von ihm.«

»Ganz recht«, sagt sie.

Wir fahren weiter zwischen Bäumen aufwärts.

»Es riecht nach Schnee«, stellt Sigrun fest.

»Ist das nicht zu früh?«

»Nicht hier oben. Du bist in dem Teil Norwegens, wo vieles unerwartet passiert.«

»Wie schön. Das mag ich.«

»Aber nicht alles, was passiert, muß auch schön sein. Wir haben Bären hier oben, wie du weißt. Es ist erst ein paar Jahre her, da mußte Eirik einen erschießen, aus Notwehr. Das ist nicht lustig.«

»Daran habe ich noch nicht gedacht«, sage ich, »daß an manchen Stellen dieser Welt die Menschen nur mit dem Gewehr in die Natur gehen können.«

»Nicht um Skogfoss natürlich. Aber wenn man tiefer in die Wälder geht, ist das unerläßlich. Pasvik hat die größte Bärenpopulation in Norwegen.«

»Hier oben gibt es zweifellos viele Extreme.«

»Du sagst es. Und das tröstet uns, wenn uns die Natur klein und unsicher macht.«

»Tut sie das?«

»Nicht mehr als eine Großstadt, die einen Menschen zerbrechen kann. Aber um zu überleben, müssen wir wissen, wo wir sind. Und das wissen nicht alle.«

»Und dann ist es dein Job, dich um die Kranken zu kümmern. Merkwürdig, daß ihr alle beide, du und deine Schwester, euch für den Arztberuf entschieden habt. Ihr seid euch ähnlich und doch so verschieden.«

»Bei mir war es wie gesagt Zwang. Ich habe das Studium ohne die geringste Freude absolviert. Jetzt denke ich anders darüber. Ich verzichtete zwar auf eine Karriere als

Berufsmusikerin, fand aber in der medizinischen Fakultät eine ganze Reihe begeisterter Musikliebhaber.«

»Wo hast du eigentlich Eirik kennengelernt?«

»Bei einem Kurs für Kammermusik an der Volkshochschule Sund. Er spielte die Klavierstimme in César Francks Klavierquintett. Die ist ziemlich schwierig.«

»Ihr habt euch also in der Musik gefunden?« sage ich.

»Nichts ist leichter, als einander in der Musik zu finden«, sagt sie.

Ankunft in Skogfoss

Es freut mich, daß ich so zwanglos mit ihr reden kann. Aber der Kopf schmerzt. Ich bin erschöpft und nervös, weiß nicht, worauf ich mich da einlasse. Meine Stimmung wechselt ständig. Sie bemerkt es, und als der Lada auf das Internatsgelände in Skogfoss einbiegt, spricht sie es an.

»Es ist schön gewesen, sich mit dir zu unterhalten, Aksel. Aber glaubst du wirklich, daß du dieses Konzert heute abend geben kannst?«

»Natürlich«, sage ich.

Aber kaum habe ich es gesagt, krampft sich der Magen zusammen. »Ich bin es nicht gewöhnt, vor Leuten zu spielen. Als ich das letzte Mal vor Publikum spielen sollte, saß ich in der Künstlergarderobe unter der Aula in Oslo auf der Toilette. Am meisten bin ich es gewöhnt, für Selma Lynge zu spielen. Wenn ich für ein Publikum gespielt habe, ist jedesmal etwas schiefgegangen. Um auftreten zu können, brauche ich ein Minimum an Selbstsicherheit. Ganz besonders jetzt. Verstehst du das?«

Sie nickt.

»Es ist noch nicht einmal drei Monate her«, sagt sie.

»Das ist eine kurze Zeit. Ich rede als Ärztin. Ich weiß, was du durchgemacht hast.«

»Im Moment empfinde ich die drei Monate als lang. Vielleicht, weil ich so weit weg von zu Hause bin.«

»Da kommt Eirik«, ruft sie, deutlich erleichtert über die Unterbrechung des Gesprächs.

Eirik Kjosen begrüßt mich wie einen alten Freund, legt die Arme um mich wie eine eiserne Klammer.

»Aksel! Willkommen! Wir hatten keine Ahnung, wo du dich herumtreibst, bis Sigrun aus Kirkenes anrief. Wir hatten nur W. Gudes Wort, daß du kommen würdest. Und hier bist du! Quicklebendig! Die Schüler freuen sich ja so!«

Er starrt besorgt auf die Wunde auf meiner Stirn, sagt aber nichts. Sigrun hat ihm sicher am Telefon von den Ereignissen des vorigen Abends erzählt.

Ich mag ihn. Er strahlt Stärke und Großzügigkeit aus und erinnert mich an Vater in seinen besten Augenblicken. Mein Gott, Vater. Er hängte sein Leben an eine andere Frau und verschwand für die Welt. Ich darf nicht so werden, denke ich. Darf mich nicht für das Falsche entscheiden. Jetzt habe ich mich für die Finnmark entschieden. Skogfoss im Pasvikdalen. Jetzt muß ich mich der Aufgabe würdig erweisen.

Ich begrüße Rektor Sørensen und die anderen Lehrer. Sie sind herzlich und offen. Ich mag Sørensen. Ich sehe an seinem Blick, daß er mich akzeptiert, bevor ich einen Ton gespielt habe. Dann werde ich in den Internatsflügel geführt. Dort wohnen 36 Schüler in Viererzimmern. Ich bekomme ein Zimmer für mich allein. Ich bin der Pianist aus Oslo. Die andern sind Gleichaltrige. Sie grüßen mich neugierig auf dem Flur. Wissen sie, daß ich bereits Witwer bin? Daß ich schon ein Stück oben bin auf der Karriereleiter, daß ich mein eigenes Geld verdienen kann, weil ich auf den Schulbesuch verzichtete, kein Abitur machte, weil ich von der Musik leben wollte?

Eirik Kjosen begleitet mich.

»Es ist nur noch eine Stunde bis zum Konzert. Willst du dich ausruhen? Willst du das Instrument ausprobieren?«

»Weder noch. Nur mich ein bißchen sammeln.«

»Fühl dich wie zu Hause«, sagt er.

Ich sehe seine blauen Augen. Sie sind freundlich. Ich spüre, daß ich ihm vertrauen kann.

»Ich brauche Alkohol«, sage ich.

»Jetzt?« sagt er erschrocken.

»Ja«, sage ich verlegen. »Anstelle von Tabletten.«

Er nickt. »Ich verstehe.« Dann überlegt er lange.

»Nur, wenn es keine Probleme macht«, sage ich.

»Im Internat besteht Alkoholverbot. Ich hoffe, du verstehst das ...«

Sigrun steht plötzlich neben ihrem Mann in der Tür. Sie streichelt ihm rasch über die Wange und schaut mich besorgt an. Was sieht sie? Ein Wrack von einem jungen Mann, der ohnehin scheitern wird?

»Ich weiß eine Lösung«, sagt sie. »Ich bin nicht an der Schule angestellt. In fünf Minuten bin ich wieder da.«

Sie verschwindet. Eirik Kjosen setzt sich neben mich aufs Bett.

»Muß das wirklich sein?« sagt er. Ich höre an seiner Stimme, daß er es versteht, mit seinen Schülern zu reden. Aber ich bin keiner seiner Schüler.

»Es muß sein. Ich brauche jetzt Kraft. Kraft und Mut.«

»Du willst dir Mut antrinken? Das ist das Dümmste, was du tun kannst.«

»Dann muß ich offenbar Dummheiten machen.«

Sigrun kommt mit einer Thermoskanne, die sie mir wortlos reicht.

»Hier hast du Kaffee«, sagt sie. »Kaffee des Hauses, der schmeckt gut.«

»Danke«, sage ich.

»Wir lassen ihn jetzt in Ruhe«, sagt sie zu ihrem Mann.

Sie schließen die Tür hinter sich. Ich sitze allein in dem kleinen Zimmer und trinke eiskalten Wodka mit Kaffeegeschmack.

Draußen vor den Fenstern sehe ich die Tannen. Das Licht ist blau, wie in den Sommernächten daheim.

Draußen im Korridor höre ich das muntere Lachen von Schülern.

Was in aller Welt soll ich für sie spielen? denke ich.

Klavierkonzert an der Grenze

Rektor Sørensen spricht die einleitenden Worte. Der kleine Allzweckraum ist brechend voll. Nach einem Brand ist hier alles provisorisch. Ist das hier ein Kaminzimmer oder ein Turnsaal? Das Gebäude in Skogfoss bleibt nur so lange, bis die neue Schule in Svanvik fertig ist. Sigrun und Eirik sitzen in der ersten Reihe, viel zu dicht an dem kleinen, braunen Klavier mit den Tasten aus Plastik. Ich habe keine Ahnung, ob es gestimmt ist.

Rektor Sørensen liest die Besprechungen meines Debüts in Oslo vor. Die lobenden Worte in Aftenposten und Dagbladet. Das ist mir jetzt fast peinlich. Was bedeutet mir dieses Konzert jetzt? Es war der Abend, an dem Marianne starb. Ich spüre die neugierigen Blicke, die offenen Gesichter der Schüler. Was erwarten sie? Die Beatles? Die Rolling Stones? Diese Art Musik kann ich nicht.

Dann richtet Rektor Sørensen den Blick auf mich.

»Es heißt, daß du hier in den hohen Norden gekommen bist, um zu üben und Ruhe zu finden?« sagt er.

»Das trifft zu«, sage ich.

»Was willst du einstudieren?« fragt er.

»Rachmaninows zweites Klavierkonzert«, sage ich.

»Das russische Genie«, sagt Sørensen begeistert. »Kannst du uns heute etwas aus diesem Konzert vorspielen?«

Genial, denke ich. Der Mann muß eine unglaubliche Intuition haben.

»Natürlich kann ich etwas aus dem Konzert spielen«, sage ich erleichtert. »Ich beherrsche es zwar noch nicht vollständig, aber ich kann die wichtigsten Themen spielen.«

Rektor Sørensen weiß nicht, wie sehr er mir geholfen hat. Ich bin nicht mehr in der Lage, etwas Perfektes vorzustellen. Vielleicht merkt es auch Sigrun. Von jetzt ab und vielleicht für immer wird es mein Los sein, das Unfertige zu vermitteln, das Bruchstückhafte, das Unvollendete. Ab jetzt wird es meine Aufgabe sein, falsch zu spielen. Selma Lynge würde mich umbringen, wenn sie wüßte, worauf ich mich einlasse: Teile aus einem Konzert spielen, das ich noch nicht beherrsche. Es ist das Gegenteil von meinem Traum: Im Traum spielte ich perfekt, aber niemand kann mich hören. Jetzt spiele ich mit steifen Fingern und Patzern am laufenden Band. Aber man hört mich! Die Themen überleben sogar in einer so unvollkommenen Darbietung! Es ist fürchterlich, an einem kleinen, braunen und ungestimmten Klavier zu sitzen, mit einem Gefühl völliger Gleichgültigkeit. Fürchterlich, mit Rachmaninows ornamentreicher Verrücktheit anzufangen und zu merken, daß ich technisch höchstens mittelmäßig bin. Natürlich ist es mangelhaft, schließlich ist es nicht ordentlich eingeübt.

Aber dann, als ich zu den berühmten Themen komme, packt mich eine Leidenschaft, eine Unbekümmertheit, wie ich sie bei Gabriel Holst gelernt habe: die Musik mit dem eigenen Willen formen und nur damit. Der Alkohol hat mich noch dünnhäutiger gemacht, hilft mir aber in diesem Moment. Ich habe das Gefühl, verdammt gut vorbereitet zu sein, ausgeschlafen und topfit. Der Wodka erzeugt ein Selbstvertrauen, so groß wie die Finnmarksvidda. In meinem Kopf sind Schneekristalle. Die Schüler der Internatsschule merken, daß es mir ernst ist, daß ich kämpfe da vorne, um ihnen etwas zu geben, etwas Mittelmäßiges, das nicht in die Musikgeschichte eingehen wird, aber das vielleicht, wenn ich Glück habe, in ihre individuelle Geschichte eingeht: der junge, heruntergekommene Pianist, der Melodien spielte, die sie noch nie gehört haben, die sich listig in ihr Unterbewußtsein schleichen, wie das nur Rachmaninow fertigbringt. Und weil ich weiß, daß diese Themen aus einer Depression heraus entstanden, aus einem Gefühl der Sinnlosigkeit, fällt es mir plötzlich leicht, sie zu spielen, zu formen und dort auszuruhen, wo die technischen Schwierigkeiten zurücktreten wie im berühmten Thema des letzten Satzes. Ich sitze an einem braunen, abgewetzten und ungestimmten Klavier, unter dessen Tastatur alter Kaugummi klebt. Ich bin so weit entfernt von der noblen Aula wie nur möglich, und trotzdem merke ich, daß ich konzentriert bin, ebenso konzentriert wie damals, als ich während des Debüts die Beethoven-Fuge aus op. 110 spielte. Die Fragmente bekommen einen Sinn. Die musikalische Idee, um die mich Rektor Sørensen bat, beginnt Form anzunehmen.

Hinterher kann ich nicht sagen, ob der Alkohol mich besiegt hat oder ich ihn besiegt habe. Die Stimmung in dem

Raum ist ekstatisch. Meine Altersgenossen, die Schüler der Internatsschule, zeigen mir lautstark ihre Begeisterung. Ich sehe mitten in der Menge ein hübsches Mädchen mit langem, schwarzem Haar. Sie erinnert mich ein bißchen an Anja, wirkt selbstsicher und verloren zugleich. Sie schaut mich unverwandt an, während sie klatscht. Die Augen drücken Dankbarkeit aus. Ich habe ihr offensichtlich etwas gegeben. Und als ich meinen Blick schweifen lasse, sehe ich überall in offene Gesichter, wir sind zu einer Gemeinschaft geworden, einer Gemeinschaft, die Rachmaninow erzeugt hat. Nur drei Jungs in der hintersten Reihe treiben ihre Späße, wie es üblich ist in diesem Alter.

»Zugabe«, rufen die andern. »Zugabe!«

Sigrun und Eirik klatschen auch, lächeln zustimmend. Habe ich sie in Erstaunen versetzt? Dachten sie etwa, daß ich es nicht schaffen würde, einigermaßen gut zu spielen? Dachten sie, der Wodka heute und der Alkoholkonsum des letzten Tages würden dazu führen, daß ich vor ihren Augen zusammenklappe?

Jetzt fühle ich mich betrunken. Der Fußboden schwankt. »Zugabe! Zugabe!« rufen die Schüler.

»Ja, ihr sollt eine Zugabe bekommen«, sage ich. »Was wollt ihr hören?«

»Chopin?« ruft Rektor Sørensen enthusiastisch.

»Oder Grieg?« ruft Eirik pädagogisch. »Grieg würde, glaube ich, den Schülern gefallen.«

»Ihr sollt beides bekommen«, sage ich und höre zu meinem Schrecken, daß ich nuschle. Egal. Es geht um die Musik.

»Zuerst Chopin«, sage ich. Die g-Moll-Ballade. Die ist bekannt. Die sitzt wie im Schlaf. Aber ich habe sie lange nicht mehr geübt. Ich wage es trotzdem. Der Anfang ist nicht schwierig. Die Probleme kommen erst später. Im verspielten Mittelteil drohe ich fast zu scheitern. Höre nur ich die kleinen Patzer in der Es-Dur-Partie? Aber als sich die Ballade der großen A-Dur-Partie nähert, reiße ich mich zusammen, sammle wieder Kraft, starre auf die Tasten und stelle zu meiner Überraschung fest, daß ich in den Oktavläufen nicht daneben greife. Ich merke, daß die Schüler gespannt die bravouröse Meisterung der technischen Passagen und den abrupten Wechsel zu den innigen, fast naiven Melodien verfolgen. Alle Melodien, die Chopin schrieb, sind in meinen Ohren wie Wiegenlieder. Sie erinnern mich an die Stimme meiner Mutter. Was das angeht, ist auch der polternde g-Moll-Schluß geeignet, mich besonders an Mutter zu erinnern, im Rotweinrausch, wenn sie anfing, mit dem Radio auf Reisen zu gehen, wie sie es nannte, um Brahms oder Tschaikowsky auf Mittelwelle zu empfangen. Aber vor allem der Schluß, das ist ein feuriger, slawischer Tanz, und ich habe an dieser Schule bereits festgestellt, daß sie, auch wenn der Krieg als kalt bezeichnet wird, ein gutes Verhältnis zu allem hat, was nicht norwegisch ist, und besonders zu dem Land östlich der Grenze. An den Wänden des Korridors habe ich Fotos gesehen von Schulfahrten nach Moskau und Leningrad. Und es ist eine beinahe russische Begeisterung und Emotion, als sich Rektor Sørensen erhebt und Bravo ruft und ich gleichzeitig verwundert merke, daß ich auch bei der g-Moll-Ballade mit heiler Haut davongekommen bin. Was macht der Alkohol bloß mit mir? Ich würde es nicht einmal wagen, die Ballade privat für Selma Lynge zu spielen, so wenig, wie ich sie geübt habe. Aber ich *konnte* sie, intuitiv. Und jetzt ist alles bereit für Grieg. Fast ein Triumphzug in meinem unkritischen Zustand, in dem ich unmittelbar Freude an der Musik habe, während ich spiele. Fast als hätte mir der Alkohol die nötige Distanz zu mir geschaffen, eine Distanz, die ich früher nie hatte, wodurch ich in der Lage bin, die lyrischen Stücke »Norwegischer Volkstanz«, »Notturno« sowie »Hochzeitstag auf Troldhaugen« so zu spielen, wie sie in diesem Moment von den Zuhörern im Raum empfunden werden. Der Alkohol ruft eine Begeisterung hervor, wo vorher Panik war. Die Panik, falsch zu spielen, die Noten zu vergessen. Ich spiele »Hochzeitstag auf Troldhaugen« mit derselben Präzision und Leidenschaft, mit der Anja das Stück spielte, als sie den Juniormeister Klavier gewann. Ich muß fast entzückt seufzen über meine eigene Ergriffenheit im lyrischen Teil.

Der Jubel will kein Ende nehmen. Sie stehen auf vor mir. Rektor Sørensen wirft mir Komplimente zu. Eirik Kjosen klatscht mit den Händen über dem Kopf, als wolle er seine Begeisterung besonders sichtbar machen.

Ich schaue zu Sigrun Liljerot. Mein Magen krampft sich zusammen. Was denkt sie wohl von mir? Besteht ein unsichtbares Band zwischen uns? Ist sie nach wie vor meine Schwägerin? Mag sie mich noch? Oder habe ich nur die Gerüchte bestätigt, die mir vorauseilten? Daß ich schuld war an Mariannes Labilität und daß ich auch Anja in den Tod trieb, indem ich sie übermäßig verehrte, daß ich ein gerissener junger Bursche bin, der sich das Erbe des Hauses im Elvefaret gesichert hat?

Nichts davon entspricht der Wahrheit, denke ich und sehe Mariannes Augen in ihrem Blick. Es besteht kein Zweifel. Die Musik hat auch auf sie gewirkt. Rachmaninow, Chopin und Grieg wußten genau, auf welchen Gefühlssaiten sie spielen konnten.

Ich sehe, daß beide ergriffen sind, sie und ihr Mann.

Ich verspüre einen Stich von verwirrtem Glück.

Wir bleiben noch lange in dem Raum sitzen, dessen eigentliche Funktion ich nicht kenne. Sie wollen mir etwas zurückgeben. Rektor Sørensen dankt mir dafür, daß ich bis hinauf nach Pasvik gekommen bin. Er sagt, daß Eirik Kjosen, der Lehrer für Sport und Musik, sicher ein paar Worte sagen möchte. Eirik erhebt sich und hält einen improvisierten Vortrag über die Macht der Musik. Er weiß sich ins rechte Licht zu rücken, ist es gewöhnt, zu Schülern zu sprechen. Er erzählt von dem ersten Instrument, das er gebastelt hat, einer Flöte, die er aus einem Ast schnitzte. Ich betrachte seinen Körper. Er ist noch durchtrainierter, als ich dachte. Was ihm an Größe fehlt, gleicht er durch Muskeln aus. Er hat die Figur eines Sportlers. Sigrun beobachtet ihn aufmerksam, während er spricht. Er fordert die Schüler auf, ihr Musikerlebnis in Worte zu kleiden.

Allmählich verwandelt sich der Raum in ein Kaminzimmer. Alle zünden sich Zigaretten an. Die Lehrer rauchen. Die Schüler rauchen. Sigrun raucht. Ich rauche ebenfalls. Bald liegt der Rauch wie ein dichter Nebel im Raum, wir können einander kaum noch sehen. Nur Eirik raucht nicht. Wir bekommen Kaffee und Kuchen. Mir ist mehr nach Wodka, und ich flüstere Sigrun zu, daß ich noch mehr von ihrem Kaffee vertragen könnte.

»Ich weiß nicht recht«, sagt sie.

»Wodka riecht nicht«, flüstere ich.

»Alkohol von gestern riecht immer«, sagt sie.

Ich nicke. Aber als sie sieht, daß ich resigniere, ändert sie ihre Meinung und holt einen eiskalten Wodka in einer Thermoskanne. Das rettet mich über den Abend.

Die Schüler wenden sich an mich. Sie stehen der Reihe nach auf. Zuerst ein kleines Mädchen mit samischen Zügen. Sie redet mit langsamer, monotoner Stimme. Sie erzählt von ihrem Vater, wie er für sie vor dem Einschlafen gesungen hat. Sie spricht von Geschichten, die sie in die Musik hineindichtet, schreckliche und schöne. Eirik Kjosen lächelt ihr aufmunternd zu, wenn sie redet. Als wolle er ihr helfen, Wort um Wort. Ja, denke ich, Eirik Kjosen ist sicher ein guter Begleiter hinein in die Welt der Erwachsenen. Einer, wie ich ihn gebraucht hätte in den letzten Jahren, in denen ich mich fast ausschließlich an Selma Lynge orientierte. Denn Marianne war mir gewissermaßen nie an Erfahrung voraus, wollte es jedenfalls nicht zeigen.

Ein Junge erhebt sich. Er sagt, daß er nichts von Musik versteht, aber daß es trotzdem toll war. Er habe dabei das gleiche Gefühl gehabt wie beim Skilaufen, sagt er.

Und da ist sie, das Mädchen mit den langen schwarzen Haaren. Ich wußte, daß sie sich früher oder später melden würde. Sie ist die erste, die mich direkt anschaut.

»Du hast mir neue Hoffnung gegeben«, sagt sie.

»Hoffnung?« sage ich verständnislos.

»Ja. Du bist nicht viel älter als ich, nicht wahr?«

»Nein«, sage ich. »Ich werde bald zwanzig.«

»Und ich bin achtzehn«, sagt sie.

»Was möchtest du mir denn mitteilen?«

»Daß Musik keine Sünde ist.«

Sie setzt sich wieder. Eirik Kjosen flüstert mir etwas ins Ohr.

»Sie stammt aus einem sehr pietistischen Elternhaus. Sie hat große psychische Probleme. Trotzdem ein phantastisches Mädchen.«

Mehr wagen es nicht, öffentlich zu reden. Stille breitet sich aus. Verlegene Teenager, wie ich auch. Sie drehen Däumchen. Eirik Kjosen erhebt sich ein zweites Mal.

»Da Aksel eine Weile in unserer Gegend bleiben wird, ist es nicht ausgeschlossen, daß ihr ihn noch mal sehen und hören könnt. Wollt ihr das?«

Ein einstimmiges Ja dröhnt durch den Raum.

»Natürlich werden wir ihn wiedersehen!« ruft Rektor Sørensen.

Die mit den langen Haaren fixiert mich.

Mir ist klar, daß wir noch nicht miteinander fertig sind.

Aber für sie ist im Moment kein Platz in meinem Leben, denke ich. Normalerweise würde ich alles tun, um mit ihr in näheren Kontakt zu kommen und herauszufinden, wer sie ist. Aber nicht sie ist es, die ich sehe. Ich sehe nur Sigrun. An der Art, wie sie mich ansieht, merke ich, daß sie mich nicht wirklich sieht. Jedenfalls nicht so, wie ich möchte, daß sie mich sieht. Deshalb sieht sie auch nicht, wie sehr es Fluch oder Segen jeder Familie ist, daß man verurteilt ist, einander ähnlich zu sein, manchmal sind es Äußerlichkeiten wie Nase oder Kinnpartie, manchmal ist es die Art zu lächeln.

»Wir können den Abend bei uns beschließen«, sagt sie mit einem prüfenden Blick auf Eirik.

»Einverstanden«, stimmt er zu, »ich wollte das auch gerade vorschlagen.«

»Aber du bist vielleicht zu müde?« Sigrun schaut mich direkt an.

Ich merke, daß sie recht hat. Mein Kopf fühlt sich halb verfault an, wie Fallobst. Aber das kann ich nicht zugeben. Ich muß jetzt stark erscheinen. Stärker, als ich bin. Sonst würde ich alles zerstören.

»Ich komme gerne auf einen Sprung mit zu euch«, sage ich.

Erster Abend im Blockhaus

Das Blockhaus steht einen Steinwurf oberhalb des Internatsgebäudes zwischen den Bäumen. Wir gehen durch die blau schimmernde Polarnacht, in einem Licht, das mich seltsamerweise an die schlaflosen Sommernächte der Kindheit im Melumveien erinnert. Ein Blau, das tief ins Gedächtnis drang und sich dort festsetzte.

»Und wenn hinter der Kiefer dort ein Bär steht und auf uns wartet«, sage ich im Spaß.

»Hier oben kann man sich nie sicher sein«, sagt Eirik Kjosen freundlich.

»Und trotzdem wollt ihr hier leben?«

»Ja, vielleicht gerade deshalb«, schaltet sich Sigrun ein.

Das Holzhaus ist größer, als es von außen aussieht. Eine Wohnstube mit einem riesigen, weiß verputzten Kamin. Eine Sofagruppe. Ein altes, schwarzes Schiedmayer-Klavier. Offene Küchenlösung. Ein kleiner Eßtisch. Nur ein geräumiges Schlafzimmer mit einem Doppelbett. Durch die Tür sehe ich, daß es nicht gemacht ist. So führt keiner der beiden ein ruhiges, geordnetes Leben, denke ich. Holzschnitte von Savio an den Wänden. Samen und Rentiere. In einer Ecke hängen die Familienfotos. Bilder von Eirik Kjosens Familie. Zwei gutaussehende Eltern und ein deutlich älterer Bruder. Bilder von Ida Marie Liljerot und ihrem verstorbenen Mann. Keine Bilder von Marianne oder Anja.

»Dir fehlen ein paar Gesichter?« fragt Sigrun ruhig.

»Du liest meine Gedanken?«

»Das ist doch offensichtlich.«

»Von dir hingen auch keine Bilder im Skoog-Haus.«

»Wir sind uns fremd geworden. Das ist nicht weiter verwunderlich. Marianne hat sich schon früh zurückgezogen.

Es gibt Geschwister, die sich das ganze Leben lang kaum sehen oder aneinander denken.«

»Hast du noch etwas ›Kaffee‹?« frage ich, als ich sehe, daß Eirik Kjosen zum Kühlschrank geht, um etwas zu trinken zu holen.

»Du hättest mich nie danach fragen sollen!« sagt sie ernst, aber nicht böse. »Begreifst du nicht, wie wichtig das Alkoholverbot auf dem Schulgelände ist?«

»Trotzdem hast du mir den Wodka gebracht.«

»In meinem Beruf fällt es schwer, Moralist zu sein. Ich habe einfach deine Lage respektiert, das verstehst du doch? Marianne würde es nicht gut finden.«

»Laß Marianne lieber aus dem Spiel. Sie war im übrigen keineswegs von der abstinenten Sorte.«

»Das weiß ich natürlich. Aber ihren Job hat sie immer gemacht.«

»Habe ich das etwa nicht?«

Ich sehe, daß sie zögert.

»Doch«, sagt sie. »Du hast schön gespielt. Aber schließlich beschäftigst du dich seit Jahren mit nichts anderem, als schön zu spielen. Du warst nicht so großartig, wie du glaubst. Ich habe alle deine Patzer gehört. Du hattest ein gutmütiges Publikum, das dir vieles durchgehen ließ.«

»Sigrun!« sagt Eirik Kjosen unwillig.

»Laß sie reden«, sage ich.

Sie zuckt die Schultern. »Ich bin nur eine mittelmäßige Amateurin«, sagt sie. »Aber ich kann nicht lügen.«

»Es ist schön, daß du die Wahrheit sagst«, erkläre ich.

Aber sie darf mir gegenüber keine Mutterrolle einnehmen. Ich will nicht ihr Sohn sein. Und in Eirik Kjosens Augen bin ich sicher nur ein Jüngelchen. Ich merke das an der Art, wie er sich an mich wendet, daß das Konzert mehr die beachtliche Leistung eines Schülers war als die Darbietung eines erwachsenen Künstlers. Er ist es gewöhnt, mit Schülern zu reden, die in meinem Alter sind. Seine Aufgabe ist es, sie in Sport und Musik zu unterrichten. An der Wand neben dem Klavier hängt eine Gitarre. Er singt sicher bekannte und beliebte Songs für diese Jugendlichen, die völlig verrückt sind nach Popmusik. Jetzt macht er Tee für uns. Mir wird schnell klar, daß er für das Praktische im Haushalt zuständig ist, daß er kocht, wenn seine Frau im Distrikt Sør-Varanger herumkurvt, um sich der Kranken anzunehmen, fast immer in Bereitschaft und voller Adrenalin. Und ihr Mann ist gleichfalls voller Energie, redet von früh bis spät mit den Schülern und zeigt ihnen den Weg zum großen, schwierigen, erwachsenen Leben. Teetassen kommen auf den Tisch, ein Schokoladenkuchen, den Eirik aus dem Tiefkühlfach holt und auftaut. Es wird immer später, aber es ist der erste Abend, an dem wir zusammen sind, zu dritt, und vielleicht sind sie neugieriger auf mich, als ich zuerst dachte, vielleicht wollen sie wissen, warum mich Marianne hineinließ in ihr Leben, ihr erwachsenes, schwieriges Leben. Sigrun und Eirik haben sich auf die Couch gesetzt. Er legt ihr mit dem Besitzerstolz des Ehemanns den Arm um die Schulter. Ich kann nicht erkennen, ob sie das mag. Ich beobachte sie aufmerksam, meine zu bemerken, daß sie angestrengt wirkt, daß sie sich nicht entspannt. Vielleicht ist das nur, weil sie sich meinetwegen Sorgen macht. Daß sie ihr Familienglück nicht vor einem demonstrieren will, der gerade Witwer geworden ist. Oder ist es Verlegenheit? Meint sie, daß wir in Kirkenes zu vertraulich miteinander waren? Bin ich zu rasch in ihr Leben getreten?

Wir reden freundlich miteinander. Ich möchte es ihnen nicht schwermachen. Ich merke, daß mich beide respektvoll behandeln wollen. Eirik kann nicht verbergen, daß er gerne mehr über meine Pläne erfahren würde. Aber was soll ich dazu schon sagen, ich, der ungesunde und alkoholabhängige Typ aus der Hauptstadt.

»Du hast also vor, dir hier in der Gegend eine Bleibe zu suchen?«

»Ja«, sage ich. »Jedenfalls für einige Monate. Ich mußte einfach weg.«

»Das kann ich verstehen«, sagt Sigrun rasch.

»Warum nimmst du dir kein Zimmer hier im Internat?« sagt Eirik plötzlich. »Du brauchst nicht einmal etwas zahlen. Das Zimmer, in dem du heute nacht schlafen wirst, kann nicht als Vierbettzimmer genutzt werden, und es wäre ungerecht, es einem einzelnen Schüler zu geben. Rektor Sørensen hat mir bereits ins Ohr geflüstert, daß du es haben kannst, solange du es brauchst, wenn du nur für uns spielst und vielleicht etwas am Musikunterricht mitwirkst.«

»Hast du dir das genau überlegt?« sagt Sigrun vorsichtig und drückt seine Hand.

»Ja. Ich muß doch im Herbst und im Winter mit verschiedenen Gruppen Ausflüge mit Übernachtungen machen. Da wäre es eine große Hilfe, Aksel hier zu haben! Wir können das Klavier in dein Zimmer schaffen lassen. Tagsüber sind die Schüler ohnehin in dem anderen Gebäude. Und wenn du für uns spielen willst, können sechs starke Jungs das Klavier über den Hof transportieren.«

»Aber glaubst du denn, daß das Instrument gut genug ist für Aksel?« sagt Sigrun besorgt. »Er ist immerhin ein professioneller Pianist mit einer glänzenden Karriere vor sich ...«

»Natürlich will ich hier bleiben«, sage ich begeistert. »Und das Klavier ist gut genug. Da sage ich gerne die Konzerte in der Finnmark ab.«

»Das darfst du nicht!« sagt Sigrun entsetzt. »Diese abgelegenen Ortschaften brauchen es wirklich, daß du sie besuchst. Außerdem hast du versprochen, zu kommen.«

»Du redest wie meine Mutter. Marianne hat nie so mit mir geredet, und sie war sieben Jahre älter als du!«

Sigrun errötet.

»Verzeihung«, sagt sie.

Wir versuchen beide, darüber zu lachen.

Im Kiefernwald

Es ist lang nach Mitternacht, als ich wieder draußen vor dem Bungalow stehe, als sie die Tür geschlossen haben und die Nerven verrückt spielen, weil ich dem Körper seit Stunden keinen Alkohol gegeben habe. Ich ziehe mich zwischen die Bäume zurück und bleibe reglos in dem graublauen Licht stehen. Hier kann mich niemand sehen. Hier fühle ich mich fast wie im Erlengebüsch. Hier bin ich der Beobachter, der Zuschauer, ohne für meine Wahrnehmungen zur Verantwortung gezogen zu werden. Die andern handeln, nicht ich. Sie meinen, ich sei gegangen und würde längst im Bett liegen. Sie meinen, ich würde meinen Rausch ausschlafen.

Aber ich stehe da und schaue den Mond an. Er kommt über die Hügel in Rußland, südlich der Fabrikschornsteine von Nikel. Er beleuchtet den Pasvikfluß, der unterhalb des Internats fließt.

Noch brennt in einigen Zimmern der Schüler Licht, und ein Junge und ein Mädchen sind zum Flußufer hinuntergegangen, wo sie nebeneinander stehen und den Mond anschauen, der sich im Wasser spiegelt, wie auf einem Bild von Edvard Munch.

Aber die beiden interessieren mich nicht. Mich interessiert der Bungalow zwischen den Bäumen. Mich interessiert, ob im Schlafzimmer noch Licht brennt. Ich will ungesehen Sigrun beobachten, so wie ich einmal zu Hause im Erlengebüsch stand und Anja beobachtete, die vorbeiging und sich von mir erschrecken ließ, ohne zu wissen, daß ich noch mehr erschrak. Der Taschenlampenmann war hinter mir her. Hätten sie Hunde gehabt, sie hätten mich gefunden. Sie suchten nach einem Verbrecher.

Ich nähere mich dem Bungalow, Schritt für Schritt, von Baumstamm zu Baumstamm, aber jetzt nicht mehr so sicher. Dieses Dämmerlicht verbirgt mich nicht. Und ich spüre, daß etwas in mir gefährlicher ist als ich selbst. Ich habe es schon gestern im Hotel gespürt und heute, als ich vor den Schülern spielte. Ein Sog. Das Bedürfnis, mehr zu trinken. Mehr zu vergessen. Die einen enttäuschen in ihren Erwartungen. Die andern animieren. Der Wunsch, aufs Ganze zu gehen. Grenzen zu überschreiten.

Jetzt sehe ich sie plötzlich im Fenster. Sie zieht sich aus und dreht mir den Rücken zu. Eirik taucht neben ihr auf, umfaßt sie, vergräbt sein Gesicht in ihrer Halsgrube. Er ist noch angezogen. Dann hebt er plötzlich den Kopf und schaut aus dem Fenster. Er starrt mich an, ohne mich zu sehen. Ich stehe mäuschenstill, wage es nicht, mich hinter den Kiefern zu verstecken.

Sie wendet sich ebenfalls um, ohne zu wissen, was ich sehen kann, was ich früher schon gesehen habe in einer anderen Form. Eine Erinnerung, die die Trauer heilen kann.

Dann zieht sie die Gardinen vor.

Als wüßte sie, daß ich da stehe.

Als würde sie bereits merken, daß ich versuche, mich in die Liebe zwischen ihnen zu drängen.

Tanja

Ich lausche noch eine Weile auf die flüsternden Geräusche der Dunkelheit, dann gehe ich leise hinunter zum Internat. Das Pärchen, das am Fluß stand, ist verschwunden. Die Nacht ebenfalls. Der Morgen graut. Ich sehe am Fluß zwei Vögel mit langen Hälsen auffliegen. Als hätten meine entfernten Schritte sie aufgeschreckt. In einem Fenster wird ein Licht gelöscht. Ich nähere mich der Eingangstür des großen, länglichen Gebäudes und sehe dort eine Gestalt stehen, die mich erwartet. Sie ist mit Wollpullover und Jeans bekleidet und hat schwarzes Haar. Sie raucht eine selbstgedrehte Zigarette. Sie reagiert ängstlich, als ich sie wiedererkenne.

»Ich stehe nur hier und rauche«, murmelt sie leise.

»Das wird ja wohl erlaubt sein«, sage ich und will die Tür öffnen. Aber sie hat sich davorgestellt.

»Reist du morgen früh wieder ab?« fragt sie.

»Nein«, sage ich und krame meinen Tabak aus der Jackettasche. Erst jetzt wird mir bewußt, daß ich seit meinem Restaurantbesuch in Kirkenes meinen Konzert- und Begräbnisanzug anhabe. Er ist zerknittert und schmutzig. Flecken sogar auf dem Revers. Komisch, daß Sigrun nichts gesagt hat.

»Wie meinst du das?« fragt sie.

»Ich werde bleiben. Jedenfalls für einige Zeit.«

»Wie?« sagt sie. »Bleiben? Hier? Bei *uns*?«

»Ja. Einfach hierbleiben«, sage ich. »Das Klavierkonzert üben, von dem ihr Ausschnitte gehört habt. Weit weg sein von einem andern Ort. Verstehst du?«

Sie nickt. »Damit kenne ich mich aus. Von welchem Ort willst du weit weg sein?«

»Oslo. Elternhaus. Elvefaret«, sage ich. »Und du?«

»Skiippagurra«, sagt sie.

»Bist du da zu Hause?« sage ich.

Sie nickt. »Aber wir können nicht hier stehenbleiben und reden«, sagt sie. »Der Lehrer, der Dienst hat, könnte uns hören. Wir Schüler dürfen so spät nachts nicht draußen sein. Und ich wohne in einem Viererzimmer.«

»Du kannst mit zu mir kommen«, sage ich.

»Du siehst schrecklich müde aus.«

»Wie heißt du?«

»Tanja«, sagt sie. »Tanja Iversen.«

»Fast wie Anja«, sage ich.

»Ich kenne eine Anja«, sagt sie.

»Ich auch«, sage ich.

Sie öffnet die Tür und läßt mich rein. Wir gehen über den Flur zu meinem Zimmer. Es ist nicht still. Hinter geschlossenen Türen hört man flüsternde Laute. Vereinzeltes Lachen.

»Schlaft ihr nie?« frage ich.

»Fast nie. Wir sind nicht in die Internatsschule von Svanvik gegangen, um zu schlafen. Wir kommen aus kleinen Ortschaften. Und großen Landschaften.«

»Schön ausgedrückt.«

»Wirklich?« Zum erstenmal lächelt sie. »Daheim war ich nicht dafür bekannt, etwas Schönes zu sagen.«

Wir betreten mein Zimmer. Es ist kleiner als die Viererzimmer, aber groß genug für zwei. Ein Bett. Ein Stuhl. Ein Waschbecken. Ich sitze auf dem Bett. Tanja sitzt auf dem

Stuhl. Ich habe ein verzweifeltes Bedürfnis nach Alkohol.

»Skiippagurra«, sage ich.

»Ja.«

Sie zieht ihren Tabak heraus. Tiedemanns rot. Der stärkste. Ich hole Petterøes blau heraus.

»Merkwürdiger Name«, sage ich.

»Auch ein merkwürdiger Ort«, sagt sie. »Ein Punkt, wo die LKW-Fahrer gewöhnlich anhalten, um dann die Richtung zu ändern.«

»Die meisten Orte sind merkwürdig«, sage ich. »Wir erkennen das erst, wenn wir sie verlassen haben.«

Aber darüber will sie nicht reden.

»Wie kann mir die traurige Musik, die du vorhin gespielt hast, soviel Hoffnung geben?« fragt sie und bläst Rauchkringel in das kleine Zimmer.

Ich zucke die Schultern. »In der Welt der Musik ist es meistens das Leiden, das Glück hervorruft«, sage ich.

»Veralberst du mich?«

Ich schaue sie an. Das plötzliche Lächeln. Ein bißchen wie Anja.

»Etwas geschwollen ausgedrückt. Ich meine nur, daß Rachmaninow unglücklich war, als er dieses Konzert schrieb. Chopin ging es auch nicht so gut. Und Grieg quälte sich ebenfalls. Verstanden?«

»Jeder quält sich mit etwas.«

»Womit quält man sich in Skiippagurra?«

»Mit der Sünde. Die überall lauert. Die Alten mögen das nicht. Sie glauben, wir fangen an zu vögeln, sobald wir vierzehn Jahre alt sind.«

»Ist das so?«

»Bei manchen. Was sollen wir sonst tun?«

Sie schaut mich direkt an.

»Aber niemand spricht darüber«, fährt sie fort. »Darüber redet man nicht. Die meisten von uns, die jung sind, reden eigentlich über gar nichts. Ich gehörte dazu.«

Wir lachen beide. Ich merke, daß mir der Rauch in den Kopf steigt. Ich habe fast nichts gegessen. Das Herz schlägt schneller.

»Was macht man dann?«

»Man ... findet Alternativen, wenn du verstehst, was ich meine. Oder man spricht über das Wetter, wenn man schon völlig schwachsinnig ist. Sollen wir übers Wetter reden? Mich kotzt es an, übers Wetter zu reden.«

»Worüber willst du reden?«

»Musik.«

»Gerne.«

»Mit der Musik ist es seltsam«, sagt sie.

»Wie meinst du das?« frage ich vorsichtig. Ich sehe, daß sie angespannt ist, wie sie da sitzt.

Sie wartet lange. Dreht sich eine neue Zigarette. Zündet sie an. Macht ein paar tiefe Züge. Die Augen werden leer. Plötzlich wird mir klar, daß das, was sie raucht, nicht Tiedemanns rot ist.

»Sie hing ganz oben im Baum.«

»Wie bitte?«

»Die Musik ist die verbotene Frucht«, sagt sie. »Noch mehr verboten als alle anderen.«

»Was waren die anderen?«

»Kennst du nicht die Geschichte mit dem Apfel? Hast du nichts von Adam und Eva gehört?«

»Redest du vom Vögeln?«

Sie lächelt. »Davon auch.«

Sie erzählt mir von ihrer Kindheit. Während sie redet, wird es draußen vor dem Fenster langsam heller. Ich sehe, daß ich eine Aussicht zum Fluß habe. Auf der anderen Seite ist die Sowjetunion. Tanja spricht den singenden Finnmarkdialekt. Aber ihre Stimme ist monoton. Sie hütet sich vor unnötigen Gefühlen.

»Wir hatten kein Radio«, sagt sie. »Radio war Sünde. Radio war ein Werk des Teufels. Mein ältester Bruder hat sich trotzdem ein Radio beschafft. Wir hörten immer nachts. Vielleicht habe ich mir deshalb das Schlafen abgewöhnt.«

»Was habt ihr gehört?«

»Beethoven. Sibelius. Und den, den du heute abend gespielt hast. Ratsch ...?«

»Rachmaninow.«

»Ja genau. Wir fanden russische Sender. Auf den norwegischen gab es nur Fischereimeldungen.«

»Du hast klassische Musik gehört?«

»Besonders Klaviermusik. Ich liebe den Ton des Pianos.«

Sie wirft ebenfalls einen Blick zum Fenster. Bald ist helllichter Tag.

»Willst du mir das Klavierspielen beibringen?« fragt sie plötzlich. In ihren Augen ist etwas zugleich Bittendes und Berechnendes.

»Gerne«, sage ich.

»Glaubst du, ich schaffe das?« sagt sie. »Glaubst du, daß ich eines Tages solche Melodien, wie du sie heute abend gespielt hast, spielen kann?«

»Wenn du übst, wirst du es schaffen«, sage ich. »Jeder kann das schaffen.«

»Wie nett, daß du das sagst«, sagt sie befriedigt.

Ich weiß nicht, wie lange wir so saßen. Wir starrten beide aus dem Fenster. Hin zum kalten Krieg. Hin zur Sonne, die sich noch ein paar Tage am Himmel zeigen wird.

»Macht es einen nicht verrückt, mit diesen Gegensätzen zu leben?« sage ich. »Übergangslos vom Licht zur Dunkelheit?«

»Die Polarnacht kommt immer pünktlich«, sagt sie.

Jetzt merke ich, wie high sie ist. Sie muß schon viel gekifft haben.

»Du mußt schlafen gehen«, sage ich.

»Was ist mit Sigrun?« sagt sie.

»Was meinst du?«

»Daß sich jeder in sie verliebt. Obwohl sie über dreißig ist. Jedesmal, wenn sie sich in der Schule zeigt, müssen die Jungs aufs Klo. Das ist fast lächerlich. Sie erfinden Krankheiten, um von ihr untersucht zu werden. Sie ist ja unsere Ärztin.«

»Manche Frauen sind so«, sage ich. »Ihre Schwester war auch so. Und ihre Nichte.«

»*War*? Sind sie tot?«

»Ja.«

»Wie schrecklich.«

»Das ist eine lange Geschichte. Wir reden ein andermal darüber.«

»Wie du willst.«

»Du glaubst, ich bin verliebt in Sigrun?«

»Ja.«

»Wie kommst du darauf?«

»Die Blicke, die du ihr zugeworfen hast.«

»*Blicke*?«

»Ja«, sagt sie eifrig. »Hast du es nicht gemerkt? Es war so offensichtlich. Du warst betrunken. Und hast sie ständig angestarrt. Trotzdem spieltest du so wunderbar auf dem Klavier. Weil du für *sie* gespielt hast. Weil du glaubtest, nüchtern zu sein.«

»Der Glaube kann Berge versetzen«, sage ich beklommen.

»Kann er? Deine Musik war so traurig.«

»Die meisten Komponisten haben wie gesagt etwas Trauriges an sich.«

»Kann sein.«

»Und trotzdem lieben wir sie so.«

Sie sitzt still da und blickt starr vor sich hin. Nickt, ohne gehört zu haben, was ich sagte.

»Wenn ich mich jetzt nicht schlafen lege, werde ich verrückt«, sage ich.

»Dann gehe ich«, sagt sie entschlossen und steht auf.

Wir bleiben an der geöffneten Tür stehen. Jetzt sind keine Laute hinter den Türen der Zimmer. Als seien wir jetzt die einzigen, die wach sind.

»Faß mich an«, sagt sie und zieht meine Hand unter ihren Pullover.

Ich tue, was sie will.

»Du bist ziemlich angetörnt«, sagt sie. »Das habe ich dir angesehen, als du spieltest. Was hat dich so angetörnt?«

Ich antworte nicht.

Sie ist wie ein Vögelchen in meiner Hand.

Der Traum. Das Erwachen.

Ich schlafe lange in den Tag hinein. Ich erwache nicht einmal, als sie das Klavier in mein Zimmer bringen. Ich bin in einem Traum. Ich bin im Sprechzimmer der Distriktsärztin. Sigrun sitzt im weißen Kittel vor mir. Sie hat ihr Haar in einem Knoten im Nacken zusammengebunden. Sie studiert die Ergebnisse der letzten Blutprobe.

»Ich befürchte, daß dir etwas Ernstes fehlt«, sagt sie.

»Sag so etwas nicht«, sage ich.

»Das muß ich«, sagt sie. »Ich bin Ärztin. Ich hätte das schon viel früher feststellen müssen.«

»Wann früher?«

»Vor Anja. Vor Marianne. Dann hätten wir dich vielleicht retten können.«

»Du meinst ... du kannst nichts ...?«

»Nein, es ist zu spät. Du bist total auf Sex fixiert. Du siehst überall nackte Frauen. Du vergißt sogar, daß du in Trauer bist. Aber es gibt zum Glück ein Mittel. Wir können Salzlösung anwenden.«

»Salzlösung?«

»Ja. Salzlösung ist gut. Salzlösung wirkt in Fällen wie deinem. Ich habe es bereits bei einigen der Jungs in der Schule angewendet.«

»Aber das ist doch ätzend?«

»Richtig. Sie ist wie ein Brand. Sie verbrennt die Vergangenheit.«

»Wie funktioniert das?«

»Wir wenden es in den Augen an.«

»In den Augen?«

»Ja, warte nur, du wirst es gleich sehen.«

Sie zieht sich Gummihandschuhe an und geht zu einem Regal, wo sie einen roten Behälter holt.

»Jetzt mußt du genau zuschauen«, sagt sie und mischt in einem großen Bierglas die Lösung. Das Wasser fängt sofort zu sieden und zu kochen an.

»Ich wollte das doch nicht«, sage ich.

»Das sagen alle«, sagt sie und blickt mich verächtlich an.

»Aber damit werden wir dich heilen«, sagt sie.

»Augen auf. Weit auf, daß man die Pupillen und all das Weiße sieht.«

Sie zeigt mir, wie ich es machen soll.

Plötzlich wird mir klar, daß sie mir weh tun will.

»Ich muß gehen!« sage ich und will aufstehen. Aber die Beine sind gelähmt.

»Herschauen«, befiehlt sie und schüttet das kochende Wasser direkt in meine Augen.

Der Schrei weckt mich.

Kehrtwendung

Sigrun steht an meinem Bett in dem Internatszimmer und lächelt. Das Haar hat sie in einem Knoten im Nacken zusammengebunden.

»Was hast du geträumt?« sagt sie.

Ich denke nach, versuche den Traum zu erhaschen, bevor er weg ist.

»Es ist schwierig, Träume festzuhalten«, sage ich.

»Besonders, wenn sie wichtig sind. Wenn sie dir etwas erzählen wollen«, sagt sie.

»Mir träumte, daß du mich erschreckt hast. Daß du mir Angst einjagen wolltest.«

Sie setzt sich auf die Bettkante.

»Warum wollte ich dir Angst einjagen?«

»Das will ich nicht sagen. Du warst über etwas wütend.«

»Ich bin normalerweise nicht wütend«, sagt sie. »Aber vielleicht bist du wütend, weil ich dein gestriges Konzert kritisiert habe.«

»Nein, da hattest du völlig recht«, sage ich.

»Du mußt keine Angst vor mir haben«, sagt sie und drückt vorsichtig meine Hand. »Ich habe übrigens heute nacht auch geträumt. Von Marianne. Es war ein seltsamer Traum.«

»Was träumtest du?«

»Daß sie mich zu deinem Debütkonzert eingeladen hat. Daß ich nicht kam. Im Traum hatte ich ein schlechtes Gewissen. Wenn ich gekommen wäre, hätte sie sich vielleicht nicht das Leben genommen. Als ich erwachte, fiel mir ein, daß der Traum seine Richtigkeit hatte. Marianne lud mich wirklich zu deinem Debütkonzert ein.«

»Tatsächlich?«

»Ja. Sie fragte, ob ich nicht auf einen Trip nach Oslo Lust hätte. Ich könnte im Elvefaret wohnen.«

»Erzählte sie, daß sie geheiratet hatte?«

»Nein, das war das seltsame. Sie sprach von dir nur als ihrem Freund. Sei nicht böse deshalb. Vielleicht hatte sie einen Grund.«

»Und welcher sollte das sein?«

Darauf antwortet sie nicht.

»Ich habe nie gemacht, was Marianne wollte«, sagt Sigrun nach einer Weile. »Vielleicht der Komplex der kleinen Schwester. Aber es war untypisch für sie, mich einzuladen. Ich begriff, daß es ihr wichtig war. Daß *du* ihr wichtig warst.«

»Was erzählte sie über mich?«

»Daß du dumm und häßlich und träge bist, was sonst. Daß du sie ausnützt, daß ...«

»Meinst du, ich bin schon stark genug für derartige Späße?« Ich versuche zu lächeln.

»Sie hat nicht viel erzählt«, sagt sie wieder ernst. »Aber ich verstand, daß du eine zentrale Rolle in ihrem Leben spielst. Daß da etwas war, was sie mir zeigen wollte.«

»Vielleicht wollte sie dir nur zeigen, wie sie an der Decke hängt.«

»Sag so etwas nicht«, sagt sie.

»Warum bist du eigentlich hier?« frage ich. »Müßtest du nicht arbeiten?«

»Doch ja, aber ich habe heute morgen lange mit Eirik gesprochen. Wir sollten dir Gelegenheit geben, noch mal gründlich zu überlegen, was du tun willst. Eirik befürchtete, daß er dich mit seinem Vorschlag überfallen hat.«

»Keine Sorge, hat er nicht.«

»Aber ist es wirklich klug von dir, all diese Konzerte abzusagen?«

»Ach, *darum* geht es«, sage ich erleichtert. »Ich dachte schon, er hat es sich anders überlegt und will mich nicht hier haben.«

»Natürlich will er dich hier haben. Aber er will nicht, daß du deshalb auf dumme Gedanken kommst.«

Ich liege im Bett und höre ihre Stimme. Sie hat recht. Aber ich ertrage den Gedanken nicht, jetzt von hier wegzufahren, neue Menschen zu treffen, all das Destruktive in mir auflodern zu lassen.

»Ich verstehe, was du meinst«, sage ich.

»Du sagtest, daß du gewöhnlich hältst, was du versprichst.«

»Aber momentan schaffe ich es allein einfach nicht. Du mußt mich krank schreiben.«

»Ich bin nicht dein Hausarzt.«

»Solange ich hier wohne, bist du es.«

Sie lacht. »Ja, da hast du recht. Da muß ich allerdings mit deinem bisherigen Arzt sprechen. Wer war dein Arzt in Oslo?«

»Gudvin Säffle. Der Psychiater.«

»Warum Psychiater?«

Ich will nicht darüber reden. Will nicht, daß sie von meinem Selbstmordversuch im Fluß erfährt.

»Sie hatten wohl nach Mariannes Tod Angst um mich«,

sage ich. »Ich war sehr dünnhäutig. Ich bin jetzt sehr dünnhäutig. Am liebsten würde ich mit dir Brahms spielen.«

»Du wirst Brahms mit mir spielen«, lacht sie und gibt nach. »Du stellst alles auf den Kopf. Aber es handelt sich um die vierzehntägige Tournee. Danach kommst du hierher. Dann wirst du merken, wie lange ein Winter in Pasvik sein kann.«

Ich nicke. Sie meint es nur gut mit mir. Ich bin ihr dankbar. Aber ich habe Angst vor der Tournee. Habe Angst davor, immer wieder zur Flasche greifen zu müssen. Habe Angst vor den Hotelzimmern.

»Ich sehe, daß dich etwas quält«, sagt sie.

»Ja. Der Gedanke an all die Tage des Alleinseins quält mich. Ich bin noch nie auf Tournee gewesen.«

»Wenn es dir ernst ist mit deiner Karriere als Pianist, dürfte es nicht das sein, was dir am meisten Angst macht!« sagt sie fast wütend. »Herrgott, es sind nur ein paar Konzerte!«

Ich weiß nicht, was ich antworten soll.

»Du erinnerst mich jetzt an meine Mutter«, sage ich.

»Das klingt nicht nach einer besonders netten Erinnerung. Ich bin im übrigen zu jung, um deine Mutter zu sein. Ich kann dir höchstens eine Freundin sein.«

»Wunderbar. Dann sei das. Sag das Richtige.«

»Die Menschen warten auf dich. Komm jetzt mit mir nach Kirkenes. Ich habe im Krankenhaus Dienst. Dann kannst du weiterfahren auf deine Tournee. Du ahnst gar nicht, was für eine phantastische Tour dich erwartet. Die Menschen werden so dankbar sein.«

»Ich werde einen Tag zu spät kommen.«

»Hier oben im hohen Norden macht das nicht soviel. Dein Manager wird dir sicher behilflich sein, die Veranstalter zu benachrichtigen. Du wirst ein paar Wochen unterwegs sein und für Menschen spielen, denen deine Musik Freude macht. Anschließend kommst du hierher zurück, gestärkt von der Begegnung mit anderen Menschen. *Dann* können wir zusammen Brahms spielen.«

Die Worte wirken. Allein der Gedanke, mit ihr Brahms spielen zu dürfen, wirkt. Es gelingt ihr, mich zu überreden. Ich habe fünfzehn Minuten, um zu duschen und in die Klamotten zu kommen. Der Lada steht abfahrbereit draußen auf dem Hof.

Im Auto nach Kirkenes wirkt sie erleichtert. Ich denke daran, was Tanja sagte, daß alle in sie verliebt sind, daß alle ihre Patienten sein wollen.

»Kennst du Tanja Iversen näher?« frage ich.

Sie nickt. »Tanja ist nett«, sagt sie. »Ich kenne sie nicht sehr gut. Warum fragst du?«

»Sie hat mich gefragt, ob ich ihr Klavierlehrer sein will.«

»Das halte ich für eine gute Idee«, sagt Sigrun, nachdem sie eine Weile nachgedacht hat. »Aber da ist etwas anderes, worüber ich mit dir reden möchte.«

»Ja?«

»Gunnar Høegh.«

»Aha?« sage ich vorsichtig.

»Du bist ihm im Flugzeug begegnet, nicht wahr?«

»Ja.«

»Was hältst du von ihm?«

»Was möchtest du hören? Er war der einzige, der in der Maschine Zigarillos geraucht hat.«

Sie lacht. »Typisch für ihn.«

»Ich habe ihn am selben Abend im Restaurant des Hotels getroffen. Er ist mit W. Gude befreundet, meinem Agenten. Mir gefiel es nicht, gerade da von ihm beobachtet zu werden, denn ich hatte vor, mich zu betrinken. Kennst du ihn?«

Auf diese Frage antwortet sie nicht.

»Er möchte, daß du für die Geschäftsleitung von A/S Sydvaranger ein Konzert gibst. Er hat mich gebeten, dich daran zu erinnern.«

»Hat er das?« sage ich. »Er wollte, daß ich für ein Essen spiele. Ich fühlte mich geehrt.«

»Wie dumm von ihm. Du solltest es trotzdem machen. Er kennt viele Leute. Er kann dir nützlich sein, langfristig gesehen.«

»Woher weißt du das? Bist du seine Sekretärin?«

»Nein«, sagt sie kurz.

Ich muß einen wunden Punkt berührt haben. Das ist mir unangenehm. Ihr ist es auch unangenehm. Den Rest der Strecke nach Kirkenes legen wir schweigend zurück. Wir passieren die Höhe 96. Mich erfaßt eine große Trostlosigkeit.

Wiedersehen mit Kirkenes

Sie setzt mich vor dem Hotel ab. Sie hilft mir mit dem Koffer. Dann verabschieden wir uns voneinander.

»Du bist so jung«, sagt sie. »Und stehst bereits mitten im Leben. Versuche, das zu genießen, trotz all der Trauer. Du hast noch so viele Möglichkeiten.«

»Ich mag keine Abschiede«, sage ich.

»Ich auch nicht«, sagt sie und kneift mich kurz in die Wange, als wolle sie mir sagen, ich solle mich ordentlich benehmen. »Mach jetzt keine Dummheiten. Keine Prügeleien mit kleinen, frechen Jungs. Beim Wechsel von Mitternachtssonne zur Polarnacht geht es hier oben oft heiß her. Aber in vierzehn Tagen bist du wieder in Svanvik. Dann werden wir zusammen Brahms spielen.«

»Jetzt hast du es versprochen.«

»Das habe ich. Dann muß ich wohl üben.«

»Nicht zuviel üben. Das sagte Rubinstein.«

»Rubinstein war ein kluger Mann«, sagt sie und küßt mich rasch auf die Wange.

In dem Augenblick passiert es. Ich fange ihren Blick, zwinge sie, mich anzuschauen. Das wird zu intensiv. Sie möchte den Kopf abwenden. Aber ich halte ihren Blick fest, und auf einmal beantwortet sie ihn.

Was sieht sie jetzt in mir? denke ich. Sieht sie Marianne? Sieht sie Anja. Sieht sie all das, was uns verbindet und weshalb ich hierherkam?

»Wie schön du bist«, sage ich verlegen. Ich fasse sie am Arm. Bin hilflos.

»Nicht!« sagt sie und greift nach meiner Hand.

»Jetzt erinnerst du mich an Anja«, sage ich.

Sie schüttelt den Kopf. Sie hat Tränen in den Augen.

Dann setzt sie sich in den Lada und fährt weg.

Wieder allein. Ich bin wie benommen, werde rot vor Scham. Was habe ich getan? Sie ist eine verheiratete Frau. Ich bin eben Witwer geworden. Was kann sie verstehen? Ab jetzt bin ich auf Tournee entlang der Eismeerküste, denke ich, stelle den Koffer in der Rezeption ab und gehe geradewegs ins Vinmonopol. Mit drei Plastiktüten voll Alkohol komme ich zurück. Russischer Wodka. Wie es mir Sigrun gezeigt hat. Wodka zum Trost. Die reine Medizin. Ich weiß jetzt, daß er den Organismus in Schwung bringt und mir die Energie gibt, die mir fehlt. Den ersten Schluck genehmige ich mir bereits im nächsten Hauseingang. Er wirkt wie eine Explosion. Sofort fühle ich mich wieder nüchtern. Dann checke ich im Hotel ein. Die Frau an der Rezeption fängt zu lachen an, als sie mich sieht. »*Dieser* junge Herr kommt also wieder?« sagt sie und gibt mir den Schlüssel zum selben Zimmer wie beim letztenmal. Als hätte sie nur auf mich gewartet.

Die Wände stürzen mir entgegen, als ich eintrete. Der Kellerraum im Skoog-Haus, denke ich. Es ist kalt hier. In diesem Raum muß jemand gestorben sein. Ich fühle es. Ich setze mich auf das Bett und schaue mich um. Außer mir ist noch jemand da. »Hallo?« rufe ich. Aber niemand antwortet. Ein kalter Luftzug streift mich. Fremde Leben, das nicht gemachte Bett im Nebenzimmer. Vielleicht liege ich heute nacht Wand an Wand neben diesem Fremden. Vielleicht hören wir einander, wenn sich einer herumwälzt, wenn sich einer umdreht. Vielleicht sind zwei da drüben. Vielleicht lieben sie sich. Vielleicht bin ich unfreiwillig Zeuge persönlichster Intimitäten, während ich in meinem eigenen Leben eingesperrt bin.

Wieviel Wodka kann ich im Laufe eines Tages trinken? Es muß eine Grenze geben. Sigrun kannte diese Grenze, als sie mir die Thermosflasche gab. Sie hielt mich im Gleichgewicht. Nicht zuwenig. Nicht zuviel. Ich muß dieses Gleichgewicht ohne sie finden. Ich muß künftig lernen, welches Quantum das richtige ist. Niemand darf etwas merken. Nur ich. Ich muß mich ruhigstellen. Die Klarheit mit dem ersten Schluck. Was den Alkoholikern nicht gelingt. Ich muß es schaffen.

Ich setze mich ans Telefon. Ich muß W. Gude anrufen.

Er nimmt sofort ab. Die vertraute, wiehernde Stimme.

»Bist du es, mein Junge?« sagt er sofort, als er meine Stimme hört. »Ist es gestern gut gelaufen?«

»Phantastisch«, sage ich. »Die Internatsschule von Svanvik hat alles, was der Herkulessaal nicht hat.«

»Und das wäre?«

»Direktheit. Menschlichkeit.«

Er lacht amüsiert, meine Ausdrucksweise hat ihm immer gefallen. »Weil du für Gleichaltrige spielst«, sagt er. »Paß nur auf, daß du mit den hübschen Mädchen nicht zu viele Kinder bekommst. Es wird anstrengend, die vielen Geburtstage zu feiern. Ganz zu schweigen von den Konfirmationen. Diese Vaterschaften haben schon manchen Rockstar das Leben gekostet. Solche Geschichten gibt es neuerdings auch im Bereich der klassischen Musik. Ein amerikanischer Geiger, den ich kenne, hat mit drei verschiedenen Müttern Töchter und alle sind am selben Tag geboren!«

»Tatsächlich?« lache ich. »Dann hast du mein Motiv, warum ich in den Norden gegangen bin, bereits durchschaut?«

W. Gude heult entzückt. »Längst«, sagt er. »Und jetzt bist du in Vadsø, und Zahnarzt Henriksen hat dich herzlich empfangen? Er ist übrigens der größte Haydn-Spezialist, den wir hierzulande haben.«

»Nein«, sage ich. »Das ist das Problem. Ich bin in Kirkenes hängengeblieben. Habe das Schiff verpaßt.«

»Das Schiff verpaßt?« W. Gudes Stimme ist schneidend wie eine Stahlplatte. »Katastrophe. Warum hast du das nicht früher gesagt? Das Konzert soll ja in Kürze beginnen!«

»Das ist schwierig zu erklären. Die Eismeerküste ist kein Vorort von Oslo. Da gibt es nicht so viele Verkehrsverbindungen und ...«

»Spar dir deine Ausreden! Komm *nie wieder* damit!«

»Ich dachte, ich könnte die Tournee um einen Tag verschieben. Ist das nicht möglich? Wenn ich statt dessen morgen in Vadsø spiele?«

W. Gude wird ganz still. Dann explodiert er.

»Mein Bester. Was glaubst du wohl, wer diese Leute sind? Sind sie weniger wert, weil sie dort oben leben? Glaubst du, du könntest dir das auf einer Tournee in Europa erlauben? Im Concertgebouw in Amsterdam anrufen und sagen, daß du leider einen Tag später kommst? Das konnte nicht einmal Ole Bull! Das war jedenfalls die totale Ausnahme und nur, weil damals die Straßen so schlecht waren.«

»Es tut mir außerordentlich leid ...«

»Dazu hast du allen Grund! Du führst dich auf wie ein Lümmel vom Land. Was denkst du dir eigentlich? Einen Tag später? Auf der gesamten Tournee? Vadsø ist gestrichen. Mir graut davor, Henriksen anzurufen. Jetzt geht es darum, schnellstmöglich nach Båtsfjord zu kommen. Wie sollen wir das hinkriegen?«

»Morgen erreiche ich natürlich die Hurtigrute. Sie verläßt Kirkenes um Viertel nach eins und ist um halb neun abends in Båtsfjord.«

»Das ist doch zu spät!« schreit W. Gude so laut, daß ich förmlich den Geruch seiner Zigarre zu riechen meine.

»Eine knappe Stunde werden sie warten können«, sage ich schwach.

»Weil sie auf einen großen Künstler warten? Paß auf, Aksel Vinding. Du befindest dich auf dem Holzweg. Es hilft nichts, hier private Tragödien als Vorwand zu nehmen. Du bist auf einer Tournee. Da hast du die gleichen Verpflichtungen wie der Ministerpräsident des Landes.«

»Ich verstehe«, sage ich leise.

»Ich muß sofort in Båtsfjord anrufen«, bellt er. »Das ist das erste und das letzte Mal. Hörst du? Es gibt für mich nichts Schlimmeres als zu früh die Primadonna zu spielen.«

»Ich schäme mich«, sage ich.

»Das solltest du auch«, sagt er.

Der Traum

In der Nacht melden sich die alten Gedanken. Ich muß an Sigrun denken, daß sie existiert, daß sie es gut mit mir meint, daß ich eine dritte Chance bekommen habe. Was dachte sie, als ich sie anstarrte? Verstand sie, was ich mit dem Blick zum Ausdruck bringen wollte? Begriff sie, warum ich mich gerade jetzt hier im hohen Norden befinde? Erfaßt sie den Ernst? Dann versinke ich in einem Traum. Sigrun hat den weißen Arztkittel an. Ihr Gesichtsausdruck wirkt entschlossen, als sie sich Gummihandschuhe überstreift.

»Wir müssen das abschließen«, sagt sie.

»Was abschließen?« sage ich.

»Deine Vergangenheit. Was geschehen ist, ist geschehen. Schade, daß die Salzlösung nicht funktioniert hat.«

»Was willst du jetzt versuchen?«

»Frag nicht so viel. Ich muß mich konzentrieren, um es auszuführen.«

Sie greift nach einem altmodischen Drillbohrer, der bei den anderen medizinischen Instrumenten liegt. Dann kommt sie zu mir. Da fällt mir auf, daß ich am Stuhl festgebunden bin. Ich kann mich nicht bewegen.

»Hilfe!« rufe ich.

Aber in Sigruns Gesicht ist keine Gnade. »Still«, sagt sie streng. »Du störst die anderen Patienten.« Sie setzt den Bohrer auf meiner Schläfe an. Dann beginnt sie zu drehen.

Das schmerzt auf eine seltsame, juckende Art, als befände sich der Schmerz an einer anderen Stelle als der, an der er verspürt wird. Ich denke an die Überraschung in den Augen eines Stiers, wenn der Gnadenstoß kommt, wenn der Speer ganz hineingestoßen wird. Aber es geht nicht darum, mich zu töten. Sigrun hat etwas anderes mit mir vor.

»Ganz ruhig«, sagt sie, während ein Blutstrahl sie mitten ins Gesicht trifft.

»Ihh«, sagt sie verärgert. Aber sie bohrt weiter. Bald ist sie durch die Schädeldecke. Ich habe Angst, daß sie nicht aufhört. Ein Stoß, und sie ist durch.

»Perfekt«, sagt sie befriedigt.

Das Blut spritzt immer noch ins Zimmer, als Sigrun zum Waschbecken geht, den Bohrer ablegt und sich das Blut vom Gesicht wäscht. Mir ist das peinlich. Es ist schließlich mein Blut.

Dann kommt sie mit einer Pinzette zurück.

»Ich werde sie jetzt ein für allemal aus deinem Gehirn entfernen«, sagt sie.

»Wen entfernen?«

»Marianne und Anja natürlich. Sie nehmen da drinnen zuviel Platz ein.«

»Nein!« rufe ich. »Tu das nicht! Ich brauche sie. Ich kann nicht leben ohne sie!«

»Das werden wir schon sehen«, sagt sie hart. Sie preßt einen Wattebausch in das Loch im Kopf. Dann steckt sie die Pinzette hinein. Ich werde fast ohnmächtig vor Schmerz. Aber dann zieht sie etwas heraus, und sofort stellt sich das körperliche Gefühl von Erleichterung ein.

»Schau mal!« sagt sie begeistert. »Hier sind sie, die beiden!«

Voller Schrecken sehe ich, was sie mir vor die Augen hält. Anja und Marianne zappeln an ihrer Pinzette. Sie sind winzig klein, wie Gummibärchen. Aber ich kann sie trotzdem genau erkennen. Anja trägt wie beim ersten Mal, als sie mir das Skoog-Haus zeigte, den lila Baumwollpulli und die schwarze Hose. Marianne hat wie gewohnt ein weißes T-Shirt an und Jeans.

»Laß es nicht zu«, ruft Marianne bittend.

»Die große Schwester«, sagt Sigrun lakonisch. »Will immer bestimmen. Hör nicht auf sie.«

Anja sagt nichts. Ich sehe, daß sie noch dünner ist als je zuvor. Sie ist ganz weiß im Gesicht.

»Jetzt müßt ihr weg«, sagt Sigrun entschlossen.

Sie geht mit raschen Schritten zum Waschbecken. Ich kann mich nicht bewegen. Ich sitze auf dem Stuhl und höre, daß sie schreien. Kleine, dünne Schreie. Wie Fledermäuse.

Sigrun dreht das warme Wasser auf.

»Neiiiin!« höre ich sie rufen.

»Das reicht jetzt«, sagt Sigrun ruhig, öffnet die Pinzette und läßt die beiden ins Waschbecken plumpsen. »Wie dumm, sie sind zu groß«, sagt sie. »Verdammt, ich muß sie durch die Löcher im Ausguß drücken.« Sie dreht das Wasser für einen Moment ab und versucht, die beiden mit dem Daumen ins Abflußrohr zu schieben. Ein Seufzer ertönt. Dann sind sie weg. Sie dreht wieder das heiße Wasser auf und läßt es ein paar Minuten laufen.

Dann streift sie die Handschuhe ab und wäscht sorgfältig die Hände und das Gesicht.

Dann kommt sie zu mir und löst die Fesseln.

»Spürst du etwas?« fragt sie. »Ist das nicht eine Erleichterung?«

Sie beugt sich über mich, wie es auch Marianne oft tat. Ich darf ihre Brüste in beide Hände nehmen. Zwischen uns steigt eine große Zärtlichkeit auf.

»Kein anderer kann in diese Welt eindringen«, sagt sie. »Kein anderer würde uns verstehen.«

»Anja und Marianne würden es verstehen«, sage ich.

»Vielleicht. Aber wir brauchen sie nicht mehr. Spürst du nicht, daß die Trauer losgelassen hat? Verstehst du nicht, daß sie froh sind, sie auch? Jetzt können sie endlich in Frieden ruhen.«

Dann setzt sie sich auf mich. Alles ist sehr wirklich. Sie hat Mariannes Körper. Aber sie ist kräftiger und wilder.

»Komm«, sagt sie.

Outward Bound

Ich denke an den Traum, als ich am nächsten Tag auf Deck des Hurtigrutenschiffs »Birger Jarl« stehe und hinüberschaue zur Skogerøya, zu den kahlen Klippen, die abfallen ins Meer, zu den herbstlich gelben Gräsern. Das große Schiff erzittert. Ich höre das Geräusch der Wellen gegen den Schiffsrumpf. Ich möchte den ersten Teil des Traumes abschütteln und den letzten behalten. Ich will sie nicht verlieren, denke ich. Sie schrien so erbärmlich. Das erinnerte mich an ein Gefühl, das ich in letzter Zeit häufig gehabt habe. Daß sie alle beide alles verfolgen, was ich mache. Sie wollen in meinem Gehirn sein. Solange ich mich an sie erinnere, sind sie nicht tot. Sie wissen, was ich jetzt vorhabe. Sie wissen sogar, was ich denke. Mutter und Tochter in enger Gemeinschaft.

Ein schwarzgekleideter Mann taucht neben mir auf. Er stellt sich weit genug weg, so daß ich nicht mit ihm reden muß. Aber er weiß genau, daß er mich mit seiner Anwesenheit stört. Wir starren beide nach Norden. Ich habe keine Handschuhe an und spüre, wie mir der eisige Wind in die Knochen fährt. Es ist ein unwirklicher Gedanke, daß ich heute abend ein Konzert geben soll. Daß ich für andere Menschen spielen soll. Etwas Gutes und Schönes vermitteln soll, das sie im besten Fall begeistert und im schlimmsten Fall Wunden aufreißt. Die aschgrauen Linien der Landschaft entsprechen der Stimmung, die sich in mir aufgebaut hat. Es ist, als würde ich im wachen Zustand schlafen, während ich so stehe und zum Nordpol starre. Es gelingt mir nicht, den ersten Teil des Traumes abzuschütteln. Ich denke an die winzigen Körper, die in Sigruns Waschbecken weggespült wurden. Diese Frauen habe ich geliebt, tief und ehrlich. Für sie wollte ich mein Leben hingeben. Inzwischen weiß ich nicht einmal, ob sie erkannten, mit welchem Ernst ich sie anbetete. Vielleicht interessierten sie ganz andere Dinge.

Der schwarzgekleidete Mann wendet sich an mich. Er ist um die sechzig Jahre, hat ein Leben gelebt. Tiefe Falten im Gesicht. Säcke unter den Augen. Spuren des Alkohols. Im Westen klart der Himmel auf. In diesem grellen Licht sieht er bleich aus, fast wie ein Toter.

»Ist alles in Ordnung mit dir, junger Mann?« fragt er plötzlich.

Ich nicke. »Alles in Ordnung, danke. Und selbst?«

Er schaut mich an. Stutzt. Dann lächelt er.

»Auch alles in Ordnung«, sagt er. »Wohin geht die Reise?«

»Nach Båtsfjord«, sage ich.

»Das ist nicht weit.«

»Nein. Aber für mich weit genug. Und wohin müssen Sie?«

»Ich muß zurück nach Bergen«, sagt er plötzlich in eindeutigem Westlanddialekt. »Es ist meine letzte Reise. Ich bekam letzten Dienstag die Diagnose. Krebs. Unheilbar. Da kaufte ich Tickets und flog nach Kirkenes. Die Heimfahrt mache ich mit der Hurtigrute. Ich bin Maler. Mein größter Wunsch ist es, zu *sehen*. Dort, woher ich komme, transportiert man die Särge auf Schiffen zur Kirche auf dem Festland. Ich möchte auch mit dem Schiff ankommen. Aber ich möchte auch die Küste *sehen*, die mich geformt hat, die ich mir nicht ausgesucht habe, die dennoch zu meiner Landschaft wurde. Wenn man so lange gelebt hat wie ich, dann hat man vieles zum Nachdenken. Du bist so jung, hast dieses Bedürfnis nicht. Trotzdem war etwas in deinem Blick. Ich wollte dich nicht stören. Möchtest du jetzt deine Ruhe haben?«

Ich zucke die Schultern.

»Du willst deine Ruhe haben«, stellt er fest. »Ich werde den Nachmittag in der Bar verbringen, wenn du jemanden zum Reden brauchst.«

Aber ich werde ihn nicht treffen. Ich werde den Nachmittag nicht in der Bar sitzen und seine sicher interessante Lebensgeschichte anhören. Er bereitet sich auf den Tod vor. Ich versuche, mich auf das Leben vorzubereiten. Ein ganz anderes Leben, als ich dachte. Was brachte mich hierher? Eine einzige Hoffnung? Ein einziger Mensch? Im Moment habe ich das Gefühl, als wäre ich meinen Träumen voraus. Alles war geschehen, bevor ich begriff, daß es geschehen würde. Ich konnte nicht einmal über Anja trauern, da stand schon ihre Mutter quicklebendig vor mir, begehrenswerter als jede andere. Jetzt bin ich auf der letzen Etappe. Auf der sich alles entscheidet. Noch eine Chance bekomme ich nicht.

War es das, was mir der Traum sagen wollte?

Ich gehe hinunter in meine Kabine und nehme einen Schluck aus der Wodkaflasche, bevor ich mich aufs Bett lege. Was denkt sie jetzt von mir? Schämt sie sich für mich? Ist sie wütend? War ich zu aufdringlich? War mein Begehren zu unverhohlen? Bin ich ihr zu nahe getreten? Wenn ich nur schlafen könnte, bis hinunter nach Bergen. Aber ich habe ein Konzert in Båtsfjord. Da liege ich und denke, daß ich immer mehr der einen Karte gleiche, die von einem Kartenspiel liegenblieb, das jemand verloren hat. Eine Karte, die niemand brauchen konnte, weil sich niemand an das Spiel erinnerte und niemand den Wert der verlorenen Karte kannte. Man konnte sie bestenfalls einem Kind schenken, das sie bald zerreißen würde. Oder man konnte sie an die Wand pinnen, zur Erinnerung an eine Zeit, von der niemand etwas weiß. Das ist mein Schicksal, denke ich, daß niemand von der Zeit weiß, die ich mit Anja und Marianne teilte. In der alles heimlich und versteckt war. Nicht einmal Mariannes Mutter wußte, daß wir geheiratet hatten. Ich liege in der Kabine der »Birger Jarl« und weiß, daß ich die Geschichte mit niemandem teilen kann als denen, die bereits tot sind. Die einzige, die Teile der Geschichte verstehen könnte, ist Sigrun. Sie weiß, wie sie redeten. Sie erinnert sich an die Farbe ihrer Augen. Sie wuchs zusammen mit Marianne auf, packte mit ihr Weihnachtsgeschenke aus, ging mit ihr zum Turnen. Die Marianne, die ich liebte, war der Stachel in Sigruns Kindheit, ewig die große Schwester, die alles bestimmte. Während ich, noch keine zwanzig Jahre alt, mich nicht einmal daran erinnere, ob und wie Marianne über mich bestimmte.

Lange liege ich so in Gedanken versunken und von den Wellen hin und her geschaukelt zwischen Wachen und Schlafen. Ich denke an die zwei schrecklichen Träume, an die große Freundlichkeit und an das Vertrauen, das mir Sigrun in der kurzen Zeit, die wir zusammen waren, entgegengebracht hat. Würde ich mich auch für Cathrines Geliebte so einsetzen? Würde ich versuchen, sie zu verstehen, ihr ebenso zu helfen, wie Sigrun mir zu helfen versucht hat?

Eine Woge aus Nordost erfaßt das Schiff. Es neigt sich. Ich bekomme Angst. Das Schiff darf jetzt nicht sinken. Ich möchte nicht sterben. Noch nicht.

Da wird mir klar, daß die Gleichgültigkeit nicht gewonnen hat. Trotzdem öffne ich die Wodkaflasche und trinke weiter. Bald soll ich in Båtsfjord am Flügel sitzen. Im Frühjahr soll ich mit der Osloer Philharmonie Rachmaninow spielen. Vielleicht ist es möglich, denke ich. Vielleicht ist es noch nicht zu spät.

3. Teil

Wiedersehen mit Sigrun

Vierzehn Tage später läuft an einem stürmischen Oktobertag das Hurtigrutenschiff »Lofoten« frühmorgens in den Fjord von Kirkenes ein. Schnee bedeckt die kahlen, grauen Klippen. Eine kleine Gruppe amerikanischer Touristen steht an Deck und weint beinahe bei dem Gedanken, daß die Reise zu Ende ist, die lange Reise von Bergen bis hierher. Ich war seit Tromsø mit ihnen zusammen. Ich habe mit ihnen geredet und gelacht, habe sogar auf dem ramponierten Klavier im Salon Rachmaninow für sie gespielt. Ja, ich bin jetzt ein Barpianist. Ich bin spätnachts auf der Bühne von Dorfgemeinschaftshäusern gesessen und habe Chopin gespielt, ich habe einen Zahnarzt in seiner Villa mit Panoramafenster zum Meer erfreut, indem ich auf seinem weißlackierten Baldwin-Flügel ein spezielles Intermezzo von Brahms vortrug. Ich habe selbstgemachten Johannisbeerwein getrunken und aus Nepal importierten Tee. Ich habe Erstausgaben von Ibsens »Volksfeind« bewundert und Mozarts Alla-turka-Sonate auf einem altersschwachen Rönisch-Klavier in einem kleinen Bootshaus draußen auf der Nordkinnhalbinsel gespielt. In Havøysund habe ich Beethoven gehört, aus großen ELAC-Lautsprechern in Kirschholz, bei deren Anblick Bror Skoog grün vor Neid geworden wäre. Ich habe ein französisches Pärchen kennengelernt, das in Honningsvåg einen Schoner restaurierte, um damit im nächsten Sommer nach Spitzbergen schippern zu können. Ich habe Trawlerfischer getroffen und Stockfischverkäufer, Trotzkisten, Wahrsagerinnen,

Schamanen, Spezialisten für Röhrenverstärker, Besitzer von Hasch-Plantagen, Konstrukteure von Holzbooten und Klavierstimmer. Solchen Menschen wäre ich niemals im provinziellen Oslo begegnet. Intensive, unverbildete Menschen in gewaltigen Landschaften.

Und ich war die ganze Zeit betrunken.

Niemand hat etwas gemerkt. Oder sie ließen sich nichts anmerken. Sogar, als ich in Mehamn Chopins g-Moll-Ballade verpatzte, kam mir aus dem Saal nur rückhaltlose Begeisterung entgegen. Der Rausch war ein Geschenk, eine Freude. Ich dachte an Mutter und ihre Rotweinflaschen. Der Alkohol brachte ihre Gefühle nach außen. Ja, dort gehören sie hin, denke ich, während ich an Deck stehe und erwartungsvoll bin wie ein kleiner Junge bei der Vorstellung, sie bald wiederzusehen. Ich sehne mich nach dem Ende des Traums. Ich sehne mich nach Zärtlichkeit und Befreiung. So möchte ich Rachmaninow spielen, denke ich, erfüllt von all den Menschen, die ich unterwegs getroffen habe. Mir ist aufgefallen, daß die meisten an dieser Eismeerküste ein gutes Verhältnis zu den Russen haben. Ich traf Menschen, die sich im Winter 1945 beim Rückzug der Deutschen vor der Roten Armee, bei dem sie ein Gebiet so groß wie Dänemark in Brand steckten, in Höhlen verstekken mußten. Sie erzählten mir schreckliche Geschichten, als 60000 Menschen zwangsevakuiert wurden. Die meisten waren damals noch Kinder, aber die Erinnerung war geblieben. Nicht verwunderlich, daß sie zu den Russen ein gutes Verhältnis haben, denke ich und sehe von meinem Platz ganz vorne an Deck unten am Kai eine Gestalt, die wie Sigrun aussieht. Wartet sie wirklich auf mich? Holt sie mich ab? Ich winke vorsichtig. Sie winkt zurück.

Ich gehe mit meinem großen Koffer die Landungsbrücke

hinunter. Sie lächelt mir entgegen, steht da in hohen Stiefeln und einem grünen Dufflecoat. Es ist Oktober, und es riecht nach Schnee. Ich bin gerührt von ihrem Anblick. Daß sie sich tatsächlich Zeit genommen hat, um mich abzuholen. Wir fallen uns um den Hals.

»Wie geht es deiner Wunde«, sagt sie.

»Die ist weg«, sage ich.

»War die Reise schön?«

»Du hast mir gefehlt«, sage ich.

Sie sagt nichts.

»Ich verstehe nicht, was bei meiner Abreise in mich gefahren war«, fahre ich fort und versuche, das Zittern meiner Stimme zu beherrschen.

»Kein Wort mehr«, sagt sie und legt mir einen Finger auf den Mund.

Sie möchte etwas sagen, wird aber unterbrochen. Jemand grüßt sie. Man kennt sie hier. Sigrun grüßt zurück.

»So ist das, wenn man Distriktsärztin ist«, sagt sie entschuldigend.

»Mir gefällt das«, sage ich. »Alle brauchen dich.«

Sie lacht und drückt meine Hand. »Quatschkopf!« Wir gehen zum Auto. Sie hilft mir mit dem Gepäck. »Aber gut, dann kann ich meine Autorität einsetzen und dich fragen, ob du dir vorstellen kannst, in Kirkenes zu übernachten? Mich hat nämlich Gunnar Høegh angerufen. Er hat prominenten Besuch. Großes Essen bei A/S Sydvaranger. Er hat versucht, dich zu erreichen. Kannst du spielen?«

»Natürlich spiele ich, wenn *du* da bist.«

»Gewiß bin *ich* da.«

»Und wo ist Eirik?«

»Mit einigen Schülern des Internats in einem Lappenzelt unterwegs.«

»Lange?«

»Das ganze Wochenende.«

»Ich weiß nicht einmal, welcher Tag heute ist«, sage ich.

»Freitag«, sagt sie.

»Dann nehme ich mir wohl ein Zimmer im Hotel?«

»Nein, du schläfst natürlich in meiner Wohnung. Aber stelle dich darauf ein, daß es spät wird. Ich habe zu einem Nachspiel eingeladen.«

Demnach geht sie davon aus, daß ich ja sage, denke ich.

»Ich muß eigentlich arbeiten«, sagt sie nervös. »Ich weiß, wie müde man ist nach einer Schiffsreise. Du kannst dich ein paar Stunden ausruhen. Sobald mein Dienst beendet ist, komme ich und hole dich.«

Sie gibt mir einen Schlüssel.

»Du findest den Weg.«

Wir sind vor der Eisenwarenhandlung stehengeblieben. Ich fasse sie um den Hals und ziehe sie an mich.

Sie reißt sich los.

»Ich will das nicht«, sagt sie mit bebender Stimme.

»Ich kann auch im Hotel schlafen.«

»Nicht nötig, die Wohnung hat ja ein Gästezimmer. Wenn du wüßtest, wie viele Leute im Laufe eines Jahres dort übernachten.«

Sie nimmt meine Hand.

»Begreifst du denn nicht, daß Eirik mir *vertraut*?«

Ich weiß nicht, was ich sagen soll. Ich lasse sie reden.

»Ich habe an dich gedacht«, sagt sie. »Mehr als ich sollte. Sind daran Anja und Marianne schuld? Spuken sie jetzt für uns?«

»Ich hatte einen verrückten Traum«, sage ich. »Mir träumte, daß du die beiden mit einer Pinzette aus meinem Kopf entfernt hast.«

»Habe ich das?« Sie fängt an zu lachen. »Entschuldigung. Wie schrecklich.«

»Ja. Sie waren winzig klein. Wie Gummibärchen. Du hast sie mit kochendheißem Wasser in den Ausguß gespült.«

»Warum mußte das Wasser heiß sein?«

»Frag den Traum«, sage ich. »Und danach ...«

»Du darfst mir keine solchen Träume erzählen«, sagt sie.

Sie begleitet mich doch hinauf in die Wohnung. Wir stehen eng beieinander, unsere Mäntel berühren sich.

»So kann das nicht weitergehen«, sagt sie.

»Dann ist es besser, ich schlafe im Hotel«, sage ich.

»Nein. Da würde Eirik erst recht mißtrauisch werden. Er weiß, daß eine Menge Leute in dieser Wohnung aus und ein gehen. Außerdem möchte ich dich in der Nähe haben.«

Wir setzen uns. Sie sinkt zusammen, schüttelt den Kopf und sieht resigniert aus.

»Was würde Marianne dazu sagen«, sagt sie. »Ganz zu schweigen von Anja.«

»Wir wissen noch so wenig voneinander«, sage ich. »Haben uns noch so vieles zu erzählen.«

»Ja, damit wollen wir beginnen«, sagt sie erleichtert. »Mit den Gesprächen. Mit der Musik. Du hast doch nicht vergessen, daß wir zusammen spielen wollten?«

»Wie könnte ich das?«

»Ich versuche zu verstehen, warum ich soviel an dich denke«, sagt sie nervös. »Hat das mit gemeinsamen Erfahrungen zu tun? Daß wir beide mit Anja und Marianne geliebte Menschen verloren haben? Oder ist es deine Stärke? Du bist so jung. Strahlst eine solche Energie aus. Bei dir habe ich das Gefühl, wahrgenommen zu werden. Ich spüre, wer ich bin. Du gibst mir eine Perspektive. Einen Standpunkt. Ein Bewußtsein von dem, was um mich ist. Als würde ich langsam anfangen, mich selbst zu verstehen und die Situation, in der ich bin. Und dazu brauche ich nicht Ärztin zu sein. Außerdem weißt du, woher ich komme. Wir haben ein gemeinsames Geheimnis.«

»Haben wir das?«

Sie nickt. »Wir wissen beide, wer Marianne war.«

»Ich weiß gar nichts«, sage ich. »Nach Anjas Tod verschwand meine alte, vertraute Welt. Es gab nur noch das Skoog-Haus. Alles, was dort geschehen war. Alles, was sich dort noch ereignen würde.«

»Hast du nie andere Freundinnen gehabt?«

»Nein. Nicht so. Ich bin zu schüchtern für einen Flirt. Wirke ich etwa, als hätte ich sehr viel Selbstbewußtsein? Ich kann nicht einmal tanzen. Ja, es gab zwei andere. Aber das war eine halbe Sache. Ein hilfloses Suchen. Anja kam dazwischen. Marianne kam dazwischen.«

Sie sieht mich ernst an. Versucht zu verstehen, was ich sage.

»Was ist denn an uns Besonderes?« sagt sie schließlich. »Anja, Marianne, ich, wir sind ganz gewöhnliche Frauen. Davon gibt es Millionen.«

»Nein. Es gibt nur euch. In meinem Kopf seid ihr einzigartig. Das ist das Problem.«

»Du bist süß«, sagt sie rasch und drückt meine Hand.

Dann entzieht sie sich energisch meinem Griff, meinen Worten, die ich ihr ins Ohr flüstere. Sie schützt sich vor den Gefühlen, mit denen ich sie auf der Couch überfiel, ohne an Eirik zu denken. Sie weiß, daß ich merke, wie sie nachgibt. Wie sie schwach wird. Vielleicht sollte ich es wie ein Raubtier machen, die Beute verschlingen und danach treuherzig aussehen wie ein Hund.

»Du mußt wissen, daß Eirik und ich eine sehr enge Bindung haben«, sagt sie bestimmt und schaut gedankenvoll aus dem Fenster.

»Das habe ich begriffen«, sage ich.

»Ohne Eirik wäre ich nicht hier«, sagt sie. »Wäre nicht die, die ich bin. Eirik hat mir etwas Wichtiges beigebracht über das Leben. Anwesend zu sein. Und sich nicht in Träumen zu verlieren.«

»Wir werden nichts übereilen«, sage ich.

»Ich bin zwölf Jahre älter als du«, sagt sie.

»Ja. Du bist fünf Jahre jünger als Marianne«, sage ich.

»Warst du denn *glücklich* mit Marianne?«

Ich nicke. »Ohne Marianne wäre ich nicht hier.«

»Keine Wortspiele. Ich hasse Wortspiele«, sagt sie zornig.

»Ich meinte es ernst.«

»Dann meinen wir es beide ernst«, sagt sie. »Und deshalb müssen wir uns zusammennehmen. Ich habe alles darauf gesetzt, hier im Norden zu wohnen und ein sinnvolles Leben mit Eirik zu führen.«

»Lebst du dieses Leben jetzt?«

»Ja.«

Nachdem sie gegangen ist, lege ich mich aufs Bett, spüre, daß noch alles schwankt nach den vielen Stunden auf See. Ich denke an all das, was eben passiert ist, an den Ernst der Sache und daß uns eine Wahl bevorsteht. Ich weiß, daß ich diese Wahl provoziere, daß ich es vom ersten Augenblick an so wollte und im Grunde eingefädelt habe. Es erschreckt mich, daß ich schon so weit gekommen bin, so schnell. Ich überlege, wieviel weiter ich kommen kann, wieviel diese Gefühle aushalten. Was seinerzeit mit Anja begann, war so oft zum Scheitern verurteilt gewesen und brennt doch immer noch wie eine versengende Flamme. Bin ich verrückt? denke ich. Habe ich schlicht und einfach nicht genug Phantasie, den Blick in eine andere Richtung zu lenken, Alternativen zu prüfen? In Gegenwart von Sigrun wird die Vergangenheit sofort wieder lebendig. Ich wälze mich auf dem Gästebett hin und her, weiß, daß ich nicht schlafen kann. Ich sehne mich nach ihr, will nicht akzeptieren, daß sie klare Prämissen hat, als würde ich ihren Gefühlen viel weniger trauen als meinen eigenen. Ich muß ihr noch näher kommen können. Sehr viel näher. Sie hat die Tür einen Spalt geöffnet.

Sie hat mir eine Hoffnung gegeben, die sie mir nicht hätte geben brauchen.

Ich stehe vom Bett auf und gehe in das andere Schlafzimmer. Ihr Schlafzimmer. Mit wie vielen war sie schon in diesem Zimmer? Etwa nur mit Eirik? Sie ist viel kontaktfreudiger, als es Anja und Marianne waren. Sie kennt viel mehr Menschen. Sie liebt das gesellige Nachspiel ebenso wie die Einsamkeit in der Wildmark. Ist Ärztin für alle und allein mit ihrer Violine.

Ich lege mich in ihr Bett. Bohre das Gesicht in das Kissen. Rieche ihr Parfüm. Hier hat sie gelegen. In diesen Laken. Auf dieser Matratze. Ihr Morgenmantel hängt am Haken an der Wand. Eine Jeans und ein zerknüllter Schlüpfer liegen achtlos auf einem Stuhl.

Dann will ich nichts mehr sehen. Ich schließe die Augen. Ich träume den letzten Teil des Traumes wieder und immer wieder.

Als mich Sigrun einige Stunden später weckt, stelle ich erschrocken fest, daß ich eingeschlafen sein muß. Daß ich nicht zurück in mein Bett gegangen bin. Sie lächelt, als sie meinen Schreck bemerkt.

»Ich muß das falsche Zimmer erwischt haben«, sage ich entschuldigend.

»Das macht nichts«, sagt sie.

Sie steht im Dufflecoat am Bett. Sie hat einen grünkarierten Schal um den Hals. Schwarze Hose und hohe Stiefel. Sie kleidet sich mit mehr Sorgfalt als Marianne. Außerdem legt sie mehr Wert auf Make-up.

Ich bin nackt unter der Decke. Die Kleider liegen als Bündel am Fußende. Sie läßt sich nichts anmerken.

»Du willst sicher duschen«, sagt sie auf ihre bestimmende Art. »Hast du deinen Anzug im Koffer?«

»Ja«, sage ich.

»Dieser Abend ist eine Festveranstaltung für die hier lebenden Politiker und Unternehmer. Es kommen alle, vom Reeder der Hurtigrute bis zum reichen Rentierzüchter. Der Gouverneur von Spitzbergen wird auch anwesend sein. Du bist der einzige Künstler. Für dich sind dreißig Minuten gleich nach dem Essen vorgesehen.«

»Was wäre passiert, wenn der Künstler nein gesagt hätte?«

»Dann wäre der Programmpunkt weggefallen. Gunnar macht das, weil du dich gerade hier aufhältst und weil er eine aufrichtige Bewunderung für Musiker hegt, die so erfolgreich sind wie du.«

»Was, meinst du, soll ich spielen?« frage ich.

Sie setzt sich auf die Bettkante, beugt sich vor und legt einen Finger unter mein Kinn.

»Du wirst sicher die richtige Musik aussuchen«, sagt sie mit einem Lächeln.

Dann steht sie wieder auf.

Flirtet sie bewußt mit mir? denke ich verwirrt. Möchte sie die Spannung zwischen uns erhalten, trotz ihrer gegenteiligen Aussage? Spielt sie mit mir? Sind ihr die widersprüchlichen Signale, die sie aussendet, nicht bewußt? Mir fällt ein, was Tanja Iversen sagte, daß alle in Sigrun verliebt sind. Sogar im weit entfernten Oslo hatte Rebecca das Gerücht von der Distriktsärztin in Pasvik gehört. So, wie sie jetzt im Zimmer steht und sagt, sie wolle ins Wohnzimmer gehen und Zeitung lesen, während ich mich fertigmache, verstehe ich es.

»Mußt du dich nicht auch feinmachen?« frage ich.

»Ja, nach dir«, sagt sie.

In der Dusche empfinde ich eine große Traurigkeit. Sie wirkte so fremd auf mich.

Ich verbrenne mir fast die Haut mit dem heißen Wasser. Danach trockne ich mich sorgfältig mit einem gebrauchten Handtuch ab und ziehe den Anzug an, werfe einen Blick auf die Frisur, überlege, ob ich das After-shave nehmen soll, das da steht, lasse es aber bleiben.

Als ich herauskomme, sieht sie mich anerkennend an.

»Keine neuen Eierflecken auf dem Revers«, lächelt sie.

Ich erröte. »Ich lerne wohl allmählich, wie man sich benimmt«, sage ich entschuldigend.

Sie braucht nicht soviel Zeit im Bad, wie Marianne gebraucht hätte. Genauso lange, wie Samuel Barbers »Adagio für Streicher« dauert, das ich mir anhöre. Und als sie ins Wohnzimmer kommt, hat sie ein glänzendes, rotes Kleid an, das russisch wirkt. Es ist kurz, es endet eine Handbreit über den Knien. Ihr Körper wird sichtbar. Die langen Beine. Die Kniekehlen und die Füße. Nacktheit trotz der Kleidung. Sie folgt meinem Blick.

»Ich will nicht, daß du in mir Anja oder Marianne siehst«, sagt sie bestimmt. »Ich will kein Wort hören, daß ich ihnen ähnlich bin.«

»Niemand kann die Liebe eines andern wiederholen«, sage ich.

»Aber wir können vergleichen. So wie du Anja mit Marianne verglichen hast und mich mit Marianne. Eigentlich eine sehr spezielle Erfahrung für einen jungen Mann. Alle Liljerot-Frauen in einer Reihe.«

»So habe ich nie gedacht«, sage ich.

Sie geht zum Kühlschrank, holt eine Flasche Weißwein heraus.

»Die habe ich für uns aufgehoben«, sagt sie.

»Du hast gewußt, daß ich heute dasein würde?«

»Ich habe es gehofft.«

»Du verfügst über ein hohes Maß an Selbstsicherheit.«

»Nein, das verstehst du falsch.«

»Tanja Iversen sagte jedenfalls, daß alle Jungs der Internatsschule in dich verliebt seien.«

»Mach nicht etwas aus mir, was ich nicht bin. Ich bin eine ganz gewöhnliche Ärztin in der Finnmark. Ich bin eine passable Amateurviolinistin. Außerdem bin ich glücklich verheiratet.«

Ich kann nicht anders, ich muß sie in den Arm nehmen. Sie protestiert nicht, als ich ihren nackten Hals küsse.

»Es ist so schwer, das alles zu unterdrücken«, sagt sie. »Aber das müssen wir.«

»Und wie?«

»Am besten nicht daran denken. Wir haben einen langen Winter vor uns. Wir dürfen nichts zerstören. Eirik hat sich so gefreut, als du zusagtest, bei uns zu bleiben. Er braucht wirklich jemanden, mit dem er reden kann, jemanden, der sein Interesse für Musik versteht. Und mir geht es genauso. Er war so glücklich, daß er dich getroffen hat.«

Das Verbotene, das geschieht, ist wie Benzin ins Feuer. Wir trinken, reden, berühren uns kurz und wie zufällig. Ich frage mich, ob sie schon viele Männer hatte. Etwas sagt mir, daß das nicht der Fall ist. Daß sie deshalb so direkt ist, daß die Spannung, die zwischen uns entsteht, ein Zustand ist, den sie sucht und der sie zurückbringt in ein Zusammenleben mit Eirik.

»Wie schön, daß du Barber aufgelegt hast«, sagt sie. »Wir sind sicher auf derselben Wellenlänge, wir beide.«

»Ich glaube schon«, sage ich.

»Ich möchte vor allem, daß du mein bester Freund wirst«, sagt sie. »Ich hatte nie einen besten Freund.«

Sie hat mehr Wein getrunken als ich. Plötzlich zeigt sich ein fremder Zug auf ihrem Gesicht.

»Ich hätte vielleicht nicht trinken sollen, ich muß ja spielen«, sage ich pflichtschuldigst und stelle mein Glas ins Spülbecken.

»Entschuldige«, sagt sie, und es tut ihr wirklich leid. »Das war meine Schuld. Ich hätte natürlich daran denken sollen.«

»Mach dir keine Sorgen«, sage ich. »Das geht schon. Der Wodka, den du mir gegeben hast, war eine gute Übung.«

»Erinnere mich nicht daran«, sagt sie streng. »Und gib mir nicht die Schuld. Ich habe es getan, weil ich für niemanden der Richter sein will. Ich merkte, daß du ihn brauchst.«

»So wie Sterbende die erlösende Spritze brauchen?«
Sie wirft mir einen erschrockenen Blick zu.

Wiedersehen mit Rebecca

Wir erreichen den großen Festsaal von A/S Sydvaranger in einem schwarzen Volvo mit Chauffeur, der über eine halbe Stunde vor Sigruns Wohnung gewartet hat.

»So ist Gunnar«, sagt sie fast entschuldigend.

»Woher kennst du Gunnar Høegh?« sage ich.

»Ich war die erste, die einmal erkannte, wie krank er damals war.«

»Du hast ihn gerettet?«

»So kann man es vielleicht sagen. Seine Frau war gerade an Krebs gestorben. Alles sah danach aus, als würde nun er an der Reihe sein, aber es kam anders. Später hat er sich für mich eingesetzt. Er unterstützte ein Kinderheim in Murmansk, für das ich Geld sammelte. Er überlegt ständig, was er für mich tun kann.«

»Schon gut«, sage ich. »Hauptsache, du weißt, was er *nicht* tun soll.

Wir lachen beide.

Gunnar Høegh empfängt uns am Eingang. Høegh trägt den blauen Anzug. Jetzt sehe ich die Reste der Krankheit in seinem Gesicht. Aber ich sehe auch, mit welcher Vertrautheit er und Sigrun sich begrüßen. Der rasche Kuß auf den Mund, der alles und nichts bedeuten kann. Seine glatten Komplimente, über die sie lacht, die sie aber trotzdem annimmt.

Er begrüßt mich nicht sofort. Er mustert mich zuerst.

»Wir konnten dich nicht erreichen«, sagt er beinahe vorwurfsvoll. »Aber wir hatten schließlich eine Abmachung, nicht wahr? Ich habe bei allen Hotels auf deiner Reiseroute angerufen. W. Gude half mir. Hat man dir nichts ausgerichtet?«

»Doch«, nicke ich. »Aber ich hatte nie Zeit, zurückzurufen. Ich dachte nicht, daß es so wichtig ist.«

Er zuckt die Schultern, mag nicht, was ich sage. Er ist wichtiger als ich. In seinem Szenario bin ich ein Lakai, den er mit einer Gratismahlzeit abspeisen kann und der ihm trotzdem jederzeit zu Diensten steht. Ich hätte das am liebsten gesagt, unterlasse es aber wegen Sigrun. Ich spüre, daß ich heute abend trinken muß. Erst beim Essen. Bei all den Toasts. Ich muß das Repertoire sorgfältig auswählen, denke ich. Keine technischen Finessen diesmal. Er geht mit mir aufs Podium. Will kontrollieren, daß alles in Ordnung ist, so kurz vor dem Eintreffen der anderen Gäste. Er sagt, daß wir uns beeilen müssen.

Es ist ein kleiner, schwarzer Flügel. Ein Schimmel. Ich spiele einige Takte aus der »Suite Bergamasque«.

»Das Instrument ist ja noch nicht einmal eingespielt«, murmele ich überrascht.

»Nein, es ist ganz neu«, antwortet Gunnar Høegh stolz. »Die meiste Zeit steht es in einem Abstellraum, damit niemand es beschädigt.«

»Das ist ein großer Fehler«, sage ich. »Alle Instrumente müssen gespielt werden, um schön zu klingen.«

»Deshalb bist du hier«, sagt er mit einem entwaffnenden Blick auf Sigrun, die zuhört. Er meint, seine Antwort sei souverän. So ein Idiot, denke ich.

Mehr Zeit bleibt uns nicht. Die Flügeltüren öffnen sich. Die Gäste kommen. Sie strömen zu den Buffets, wo der Champagner steht. Ich verlasse Sigrun und Gunnar Høegh, die stehenbleiben und sich unterhalten. Ich will Champagner haben, rede mir ein, daß ich mich nicht warmspielen brauche, fühle mich wie ein Jazzmusiker. So habe ich das jetzt vierzehn Tage gemacht. Manchmal mußte ich direkt von der Hurtigrute aufs Podium.

Da erblicke ich Rebecca Frost. Mein Gott, da kommt sie, feierlich gekleidet, im burgunderroten Kleid, zusammen mit ihrem Gatten Christian Langballe. Und da sind doch tatsächlich auch ihre Eltern, Desiré und Fabian Frost, Teilhaber an der Hurtigrute. Sie treten auf wie eine glückliche Familie, zwei Generationen, jeweils Hand in Hand. Aber Rebecca läßt sofort, als sie mich sieht, Christians Hand los. Ich habe Christian Langballe nicht mehr gesehen seit der üppigen Hochzeit, auf der er mich mit bloßen Fäusten niederschlagen wollte. Er sieht genauso aus wie damals, nur noch kindischer. In seinem Gesicht ist ein Zug von naiver Brutalität. Jeder, der ihn sieht, muß denken: Er entwickelt sich zum Negativen.

Aber dann kommen sie auf mich zu, alle vier. Ich stehe mitten im Strom, bin nicht zu übersehen.

»Du hier?« ruft Rebecca aus. Ich sehe, daß sie zögert, daß sie überlegt, ob sie mich berühren soll. Ich lasse mir nichts anmerken. Wir umarmen uns kurz, als würden wir uns kaum kennen. So will es Christian haben. Er gibt mir gleich darauf die Hand, grinst frech und stellt fest, daß es in der Tat eine Überraschung sei, mich zu sehen. Nur die Eltern grüßen herzlich und offen, fragen neugierig, was mich hierher verschlagen hat. Ich erzähle ihnen von meiner Tournee, daß ich für einige Monate Oslo den Rücken gekehrt habe, um in Ruhe Rachmaninows zweites Klavierkonzert einüben zu können, das ich mit der Philharmonie spielen werde. All das klingt vernünftig in ihren Ohren. Sie erzählen ihrerseits, daß sie an diesem Morgen von Oslo aus nach Nordnorwegen geflogen sind, um am folgenden Tag an Bord ihres neuen Schiffes in der Hurtigrutenflotte zu gehen und damit nach Bergen zu fahren. Überdies finde gerade heute abend der große Empfang von A/S Sydvaranger statt, an dem sie jedes Jahr teilnehmen würden.

»Und Christian und ich sind mitgekommen, eine willkommene Unterbrechung des Studiums«, sagt Rebecca pflichtschuldigst. Ihr Gesicht ist ein einziges Fragezeichen, drückt ihren Unmut aus, daß ich sie von meinem Hiersein nicht informiert habe. Als sich die Familie umdreht, um Gunnar Høegh zu begrüßen, flüstert sie verbissen:

»Wir müssen miteinander reden!«

»Kein Problem«, sage ich. »Wann immer du willst. *Ich* habe nichts zu verbergen.«

Ich werfe einen vielsagenden Blick auf Christian. Das macht sie noch wütender.

»Warum zum Teufel bist du hier.«

In dem Moment fällt ihr Blick auf Sigrun Liljerot. Sie hat neben Gunnar Høegh Aufstellung genommen und fungiert als die Gastgeberin. Ich begreife gar nichts. Wagt sie das wirklich nach all dem, was sie mir über ihre Beziehung zu Eirik erzählt hat? Es klingt mir noch im Ohr: *Ich möchte, daß du mein Freund bist. Mein bester Freund* ... Ja, denke ich, das ist eine tolle Formulierung. Freunde können so vieles verheimlichen. Haben nicht auch Rebecca und ich verheimlicht, was wir vorigen Sommer im Ferienhaus an der Südküste trieben? Hat Christian das nicht deshalb akzeptiert, weil wir *Freunde* waren? Er war zu der Zeit selbst bei *Freunden* in Frankreich. Jetzt stehen Sigrun Liljerot und Gunnar Høegh wie *Freunde* nebeneinander und begrüßen die prominenten Gäste. Niemand wird dahinter ein heimliches Verhältnis vermuten, denn Sigrun Liljerot ist verheiratet mit dem allseits geachteten Eirik Kjosen, der bedauerlicherweise heute nicht kommen konnte, so höre ich sie antworten, wenn jemand fragt, weil er mit Schülern der Internatsschule von Svanvik im Lappenzelt unterwegs ist.

In Rebeccas Gesicht sind jetzt noch mehr Fragezeichen, als sie mit dem Strom weiterzieht, weg von mir zu der langen Tafel mit den Tischkärtchen, wo man einige Stunden sitzen wird, wo Reden gehalten werden, wo anschließend Musik dargeboten wird.

Das Skandalkonzert

Es ist vorgesehen, daß ich in der Küche essen soll, wie üblicherweise die Musiker. Kurz bevor sich alle setzen, kommt Gunnar Høegh zu mir und sagt:

»Du möchtest sicher das Essen und den Wein, *nachdem* du gespielt hast?«

»Nein, jetzt«, sage ich.

Sigrun taucht neben ihm auf. Sie hat gehört, was gesagt wurde. Obwohl sie die ärztliche Vernunft vertritt, ist sie auf meiner Seite.

»Natürlich wird Aksel am Festessen teilnehmen!« sagt sie. »Besteht darin nicht sein Honorar?«

Sie wirft Gunnar Høegh einen spöttischen Blick zu, dem die Situation deutlich unangenehm ist.

»Ich werde sehen, ob ich noch einen Platz an der Tafel finde«, murmelt er.

Mein Platz ist an einem der Tische ganz hinten im Saal, zwischen einem Rentierzüchter und dem Stadtkämmerer von Tana. Das paßt mir gut. Von hier aus habe ich sowohl Sigrun und Gunnar Høegh am vordersten Tisch wie auch die gesamte Familie Langballe/Frost am nächsten Tisch bestens im Blick. Meine beiden Tischnachbarn erweisen sich als wenig gesprächige Nordmänner, die kein Wort zuviel reden. Ich esse Eismeerkrabben und Lachstatar, Rentierfilet und Multekompott. Ich koste von den Weinen, viele kleine Schlucke, bei denen die Gedanken davonfliegen und nicht mehr wiederkehren. Gedanke um Gedanke. Ein wunderbarer, zu nichts verpflichtender Zustand, bei dem ich das Gefühl habe, in einer Strömung zu treiben. Ja, ich treibe auf etwas Großes und Unbekanntes zu, denke ich. Ich habe alle Möglichkeiten. Ich merke, daß mir sowohl Rebecca wie auch Sigrun kurze, prüfende Blicke zuwerfen. Ich sehe auch, mit welcher Aufmerksamkeit Rebecca alles verfolgt, was Sigrun tut, als würde sie die Distriktsärztin mit den Augen röntgen. Schöne, zornige, bestimmende und unsichere Rebecca, denke ich. Seit Anja mußte sie sich mit meinen Gefühlen zu Frauen einer speziellen Familie herumschlagen. Es ist, als würde Sigrun ihren Blick spüren, denn sie dreht sich mit einer plötzlichen Bewegung in ihre Richtung, als habe sie eine Eingebung, als verstünde sie, daß diese junge Frau, Rebecca Frost, vielleicht eine besondere Beziehung zu mir hat.

Sie wendet den Blick zu mir. Ich lächle sie an.

Sie lächelt zurück.

Dann bin ich an der Reihe. Jetzt muß Gunnar Høegh aufs Podium und um Aufmerksamkeit bitten. Es wurden bereits viele Reden gehalten, Reden, die fremd klangen in meinen Ohren, weil ich keine Ahnung habe, was dieses große Tier namens A/S Sydvaranger eigentlich ist. Aber die Worte haben im Saal Widerhall gefunden. Man hat genickt, geprostet und gelacht. Jetzt ist die Luft raus. Jetzt sind alle satt, zuviel gegessen und getrunken. Jetzt riecht es nach Schweiß, Alkohol und menschlichen Abgasen. Und so steht Gunnar Høegh jetzt neben dem ziemlich bescheidenen Flügel, auf den er so stolz ist, und präsentiert mich mit großen Worten dem Publikum. Ich bin das neue Klavierphantom, er bezeichnet mich tatsächlich als *Phantom*. Ich denke dabei an eine Figur im roten Trikot, die durch die Luft fliegt und übermenschliche Aufgaben löst. Und in diesem Augenblick, mit Sigrun Liljerot und Rebecca Frost im Saal, erscheint es unmöglich, etwas so Außergewöhnliches zu spielen, wie es Gunnar Høegh dem Publikum ankündigt, wenn er aus den Zeitungen der Hauptstadt die Besprechungen meines Debütkonzertes zitiert. Musikalisch gesehen bin ich ein Mann, der die Welt retten soll. »Und ihr werdet gleich hören, mit welch magischer Kraft er unseren phantastischen neuen Flügel, auf den wir so stolz sind, traktiert!«

Ich sinke zusammen an meinem Platz an der Tafel, habe noch keine Ahnung, welche Eröffnung ich wählen soll. Im übrigen habe ich noch nie einen Flügel traktiert, denke ich verärgert. Ich habe nur darauf gespielt.

Aber ich erhebe mich, als der Applaus ertönt, und mir fällt plötzlich Selma Lynges kleiner Vortrag ein über die Körpersprache des Pianisten auf dem Weg zum Podium. Was strahle ich jetzt aus, etwas unsicher auf den Beinen und widerwillig, wie habe ich mich nur in diese Situation bringen können, wie ein Soldat auf dem Weg in den Kampf, von dem er weiß, daß er ihn verliert. Aber ich habe ja nicht viel Zeit, darüber nachzudenken, denn ich muß für ein müdes, betrunkenes und doch halbwegs erwartungsvolles Publikum spielen. Nun gut. Ich bin selbst müde und betrunken. Ich habe die Körpersprache eines Nilpferdes. Ich starte mit Prokofjew, die kleine Sonate in C-Dur. Die dritte, die er schrieb, atonal genug um die Patzer zu vertuschen, abgesehen von dem bestechend schönen Nebenthema, eine Melodie, so lyrisch und klar, wie ich es jetzt gerne sein würde.

Ich verbeuge mich. Die Selbstsicherheit, die ich bis jetzt hatte, ist wie weggeblasen. Dort unten im Saal sitzen Sigrun und Rebecca. Keine von ihnen war auf meinem Debütkonzert. Keine von ihnen weiß, was ich leisten kann, wenn ich in Topform bin. Ich fange an und merke bereits bei der Eröffnung, daß der Flügel auf die erforderliche Schärfe der E-Dur-Dreiklänge nicht reagiert. Es klingt, als würde ich auf einer Wattedecke spielen. Daran ist nicht der Flügel schuld. Wenn niemand ihn einspielen durfte, klingt er so. Ich spiele hart, ohne daß es wirkt, und merke, daß die Muskeln steif werden, weil ich mich nicht aufgewärmt habe, weil mich der Wein kraftlos und gleichgültig gemacht hat. Und als ich zu dem an Rachmaninow erinnernden Nebenthema komme, bin ich erleichtert, weil ich eine technische Ruhepause bekomme. Aber die dauert nur eine Minute. Dann geht es wieder los. Es ist wie ein Alptraum. In dem Traum, den ich hatte, spiele ich perfekt, obwohl es niemand hören konnte. Diesmal kommen die Patzer. Nicht viele. Unhörbar für die, die die Sonate nicht kennen, aber hörbar für mich. Hörbar für Rebecca. Vielleicht auch für Sigrun.

Als ich fertig bin, erhebe ich mich, krebsrot im Gesicht, und wage kaum, ins Publikum zu schauen. Aber sie klatschen. Jemand ruft Bravo. Dann habe ich doch die richtige Wahl getroffen, so wie Anja seinerzeit richtig wählte, als sie bei dem Wettbewerb als Zugabe Griegs »Hochzeitstag auf Troldhaugen« spielte. Es hörte sich schwer an.

Ich fahre fort mit einigen bekannten Stücken. Die »Revolutionsetüde« von Chopin. Die Sturmwellen der linken Hand klingen kraftlos und ungenau. Instinktiv kaschiere ich es, indem ich das rechte Pedal trete. Das ist eine Notlösung, zu der im allgemeinen nur die schlechtesten Pianisten greifen. Die Situation ist nicht zu retten.

Aber das Publikum schreit, will mehr.

Ich weiß schließlich nicht mehr, was ich spielen soll.

Da spiele auch ich »Hochzeitstag auf Troldhaugen«.

Hilflos wie ich bin.

Kaum bin ich fertig, springt Gunnar Høegh aufs Podium. Hat er nicht gehört, wie schlecht das war? Nein, er hörte es nicht. »Ist er nicht phantastisch!« ruft er begeistert ins Publikum. »Ja!« antwortet das Publikum. »Und haben wir nicht einen phantastischen Flügel!« »Ja!« ruft das Publikum zurück.

Ich verschwinde wieder im Saal. Sofort kommt Sigrun auf mich zu und sagt ruhig:

»Ging doch gut? Den Umständen entsprechend?«

»Du weißt, daß ich es besser kann.«

»Laß dir nichts anmerken«, sagt sie.

Ich gehe zurück zu meinem Platz am Tisch. Rebecca folgt mir mit den Augen. Alle müssen jetzt aufs Klo. Christian auch. Kaum ist er im Gang verschwunden, erhebt sich Rebecca und kommt zu mir, steht über mir wie ein gereizter Oberlehrer, kann nur mühsam den Zorn in ihrer Stimme unterdrücken:

»Das war das Schlimmste, was ich je gehört habe, Aksel! Ich erlaube dir nicht, so schlecht zu spielen. Hast du es nicht selbst gehört?«

»Natürlich habe ich es gehört«, sage ich.

»Warum hast du es dann gemacht? Hat dich die hübsche Distriktsärztin völlig um den Finger gewickelt? Vielleicht auch um den Schwanz?«

»Rebecca!«

»Ich habe gesehen, wie ihr miteinander redet! Ich weiß, was da läuft. Aber noch schlimmer ist, wie schlecht du spielst. Du, das große, überragende Talent. Der Aufenthalt hier oben ist nicht gut für dich. Du mußt schnellstens wieder nach Oslo. Ohne dich ist Oslo hoffnungslos.«

»Sagst du. Wir sehen uns ja nie.«

»Nein«, sagt sie fast weinend. »Aber mir ist es wichtig, zu wissen, daß du in der Nähe bist, daß wir auf den Brunkollen gehen könnten. Die Möglichkeit, Aksel!«

»Dies hier ist meine Möglichkeit, wichtige Dinge für mich zu klären und gleichzeitig Rachmaninow einzustudieren.«

»Wenn du so weitermachst, ist es nur eine Frage der Zeit, und du versuchst erneut, dich umzubringen. Das jedenfalls hätte ich gemacht.« Sie schlägt sich auf den Mund. »Nein, so habe ich das nicht gemeint!«

Ich fange zu lachen an. »Es ist jedesmal amüsant, wenn du wütend bist«, sage ich.

Sie ist kurz davor, die Beherrschung zu verlieren und mit Fäusten auf mich einzuschlagen, aber in dem Moment kommt Christian. Sie schnellt zurück und ist im Nu verschwunden.

Peinliches Nachspiel

Es ist Zeit für Kaffee und Kognak. Hochprozentiges im Überfluß, der VSOP vom Vinmonopol. Etwas Besseres gibt es in ganz Norwegen nicht. Gunnar Høegh stellt eine große Kiste Zigarren auf den Tisch. Den Damen werden

Mentholzigaretten angeboten. Die Herren bekommen Havannas. So gehört es sich. Bald ist der Festsaal vom Rauch vernebelt, und die Männer lehnen sich zurück, lockern die Gürtel. Das darf man, wenn man Zigarre raucht. Männer, die Zigarren rauchen, haben keine Hemmungen. Sie sind sich selbst genug. Sie halten sich für unbesiegbar. Sie glauben, in dieser Welt machen zu können, was sie wollen. Sogar Fabian Frost grunzt voller Behagen, lehnt sich zurück und prostet seiner Desiré zu. Rebecca steht in einer Ecke und redet zornig auf Christian ein, der ebenfalls Zigarre raucht, aber andere Probleme hat. Das ist ein schlechtes Zeichen. Ich wende den Blick zu Gunnar Høegh. Er bewahrt Haltung, eine aufrechte, schlanke Gestalt, das vierschrötige Gesicht mit dem etwas blassen, kränklichen Zug, wodurch es feiner erscheint. Er ist in ein Gespräch mit dem Gouverneur von Spitzbergen vertieft. Sigrun steht neben ihm. Sie weiß stets, wo ich mich gerade befinde. Sie schickt mir rasche Blicke, als wolle sie mir signalisieren, daß sie weiß, daß sie gesehen wird, daß sie wie eine gute Freundin neben Gunnar Høegh steht, weil er, der Witwer, jemanden braucht zur Repräsentation. Ich verstehe das, verstehe, daß sie beliebt ist, daß das so sein muß. Sie winkt mich zu der prominenten Gesellschaft heran. Gunnar Høegh ist ein freundlicher Gastgeber, schlägt dem Gouverneur vor, mich nach Spitzbergen einzuladen. Der Gouverneur findet das interessant, besonders, als er erfährt, daß ich mich im hohen Norden aufhalte, um Rachmaninow einzustudieren.

»Mit den Russen haben wir ständig zu tun«, sagt er. »Hätte Präsident Nixon es geschafft, den verdammten Krieg zu beenden, den er von seinen Vorgängern geerbt hat und an dem er nicht interessiert war, würden wir hier oben mehr beachtet, und unser Militär wäre präsenter, und das kulturelle Leben würde blühen.«

Gunnar Høegh nickt, als habe der Gouverneur etwas Kluges gesagt. »Das kulturelle Leben, ja«, sagt er. »Das versuchen wir zu fördern, so gut wir können. Wir bereuen nicht, unseren Flügel angeschafft zu haben, nach allem, was wir heute gehört haben.«

»Aber wir brauchen ein besseres Verhältnis zwischen Russen und Norwegern. Könnte man sich beispielsweise ein Konzert in Barentsburg vorstellen, in dem dieses junge Talent neben Grieg auch russische Komponisten spielt?«

»Eine ausgezeichnete Idee!« sagt Gunnar Høegh. Sogar Sigrun nickt.

»Natürlich«, sage ich. »Ich kann überall spielen.«

Das ist mein Ernst. Es ist wahr. Ich bin jetzt zum Gelegenheitsmusiker geworden. Ich könnte den Rest meines Lebens auf diese Weise durch die Gegend fahren und für ein Essen und Trinkgeld spielen. Das wäre ganz leicht. Es gibt immer diese sparsamen und eitlen Unternehmer, die Unterhaltung brauchen. Es gibt immer ein Hotel, das einen Barpianisten beschäftigt. Ich könnte mich ständig in diesem anspruchslosen Schwebezustand bewegen, könnte Beethovens letzte Klaviersonaten vergessen, für die ohnehin kaum jemand auf dieser Erde die Voraussetzungen mitbringt. Nicht einmal Beethoven dürfte erwartet haben, daß der einfache arbeitende Mensch, der genug damit zu tun hat, sein Haus zu bauen und den Acker zu pflügen, ihm in die Welt der Fuge folgen könnte, wenn er abends nach Hause kommt. Dann lieber »Hochzeitstag auf Troldhaugen«, das auf seine Weise ebenso ernst gemeint ist.

»Darüber müssen wir noch weiterreden«, sagt der Gouverneur.

»Wir können die Veranstaltung bei mir ausklingen lassen«, sagt Sigrun.

»Sigruns Absacker sind ein Kulturprojekt für sich«, sagt

Gunnar Høegh. »Wie viele unvergeßliche Musikerlebnisse habe ich in diesen Stunden nach Mitternacht bei dir gehabt«, sagt er und legt den Arm um ihre Schultern.

Aber bevor der harte Kern aufbricht, spüre ich, wie jemand von hinten kommt. Und dann ein wütender Schlag in meinen Rücken. Ich drehe mich um. Es ist natürlich Christian Langballe. Er ist jetzt betrunken. Genauso betrunken wie auf der Hochzeit. Rebecca sehe ich nirgends. Ihre Eltern auch nicht.

»Wo ist Rebecca?« frage ich.

»Wir sind dabei, aufzubrechen«, sagt Christian. »Sie sind auf der Toilette. Ich möchte nur das eine wissen. Warum verfolgst du ständig Rebecca und mich?«

»Ich? Euch verfolgen?« sage ich.

»Rede nicht mit ihm«, sagt Sigrun warnend. »Er ist gefährlich.«

Der Gouverneur und Gunnar Høegh haben die Situation erfaßt.

»Warum bist du hierhergekommen? Das ist unsere Reise, und wir haben uns ein halbes Jahr darauf gefreut!« lallt Christian Langballe.

»Ich werde morgen ganz sicher nicht bei euch auf dem Schiff sein«, sage ich indigniert.

»Spielt keine Rolle. Für Rebecca und mich ist die Reise sowieso verdorben.«

»Rede nicht mit ihm«, wiederholt Sigrun. Christian Langballe wendet sich wütend zu ihr.

»Wer bist du? Stalin?« schreit er.

Gunnar Høegh winkt zwei Kellnern, die offensichtlich zu mehr fähig sind, als nur das Essen zu servieren.

»Behandelt ihn mit Respekt«, sagt er leise. »Er ist der Schwiegersohn von einem unserer größten Reeder.«

Aber Christian Langballe ist nur an mir interessiert.

»Du zerstörst unsere Ehe, ist dir das klar?«

»Wie kommst du denn darauf?« sage ich aufgebracht. »Ich sehe euch doch nie!«

»Aber wir wohnen in deiner verfluchten Wohnung! Und Rebecca besteht darauf. Du bist überall! Dein Flügel. Die verdammten Möbel. Und jetzt bist du hier. Du kotzt mich so an, du verweichlichter Flügelwichser!«

Er ist kurz davor, zuzuschlagen, aber die Kellner halten ihn fest. Er fängt jetzt fast an zu heulen. Sie schleppen ihn aus dem Saal, als Rebecca angelaufen kommt. Das habe ich schon einmal erlebt. Aber jetzt bin ich es, der wütend ist.

»Seine Frau zu verprügeln«, rufe ich ihm nach, »ist wahrlich das Letzte!«

Ich sehe an Rebeccas Augen, daß ich das nicht hätte sagen sollen, daß die Worte alles nur noch schlimmer machen.

Sie kommt zu mir, ihr Blick könnte mich töten.

»Das war nicht nötig, Aksel«, sagt sie wütend.

Dann packt sie mich an den Haaren, versetzt mir eine Ohrfeige und folgt ihrer Familie, die beim Hinausgehen versucht, den Vorfall zu bagatellisieren. Fabian Frost verabschiedet sich jedenfalls jovial von Gunnar Høegh:

»Die heutige Jugend«, sagt er entschuldigend.

»Natürlich«, sagt Gunnar Høegh mit einer unbestimmten Handbewegung.

Alles ist fast wie vorher.

»Wer war sie?« sagt Sigrun und schaut mich direkt an.

Absacker in der Wohnung der Distriktsärztin

Die Gesellschaft löst sich auf. Eine von Gunnar Høeghs Karossen steht vor dem Eingang, um den harten Kern zu Sigrun zu chauffieren. Es stellt sich heraus, daß nur noch Sigrun, Gunnar Høegh und ich übriggeblieben sind. Es schneit jetzt. Große Flocken. Unten liegt schwarz der Fjord. Es bläst von Nordwest. Die Stimmung zwischen Sigrun und Gunnar Høegh ist angeregt. Auch Sigrun wirkt froh, daß das Fest ein Erfolg war. Sie versuchen, mich ins Gespräch zu ziehen, behandeln mich wie ihr kleines Maskottchen, den netten Pianisten, der zu allem zu gebrauchen ist. In einer Plastiktüte liegen einige erlesene Flaschen vom Fest. Wir sitzen auf der Rückbank, alle drei, Sigrun in der Mitte.

»Du kannst gerne vorne sitzen, Aksel«, sagt Gunnar Høegh.

»Danke, es geht schon«, sage ich.

»Hast du heute abend frei?« sage ich mit einem Blick auf Sigrun.

»Wenn man Arzt ist, kann man nie wissen. Plötzlich passiert etwas Unerwartetes. Aber auch Menschen wie ich dürfen manchmal feiern.«

»Alles ist etwas anders hier oben im Norden«, mischt sich Gunnar Høegh ein.

»Wenige Menschen, weite Landschaften«, sage ich.

»Schön ausgedrückt«, sagt er.

Ich fühle mich müde, bin aber erwartungsvoll, als wir die Treppe zu Sigruns Wohnung hinaufsteigen. Gleichzeitig bin ich verwirrt. Das, was zwischen Sigrun und mir abläuft, erinnert mich an die ersten Tage mit Marianne im Skoog-Haus. Wir versuchten uns gegenseitig zu orten, auch wenn wir das nicht wollten. Und jetzt sehe ich sie zusammen mit Gunnar Høegh. Da wirkt sie anders, gehetzt.

Als sie aufschließen will, öffnet sich die Tür.

Es ist Eirik Kjosen, in Islandpullover und Jeans. Er benimmt sich wie zu Hause, lächelt uns entgegen.

»Hei!« sagt er.

»Eirik!« Sigrun zeigt kein Erschrecken über seine Anwesenheit, nur hektische Freude.

»Wie schön, dich zu sehen, Eirik!« sagt Gunnar Høegh aufrichtig. Die beiden Männer umarmen einander wie alte Freunde.

»Und Aksel ist zurück!« sagt Eirik und umarmt auch mich. »Willkommen daheim!«

»Danke«, sage ich.

Es herrscht eine angespannte Stimmung im Zimmer. Die Karte stimmt nicht mit dem Gelände überein. Nichts ist so, wie ich es erwartete. Sigrun, Eirik und Gunnar Høegh haben schon öfter zusammen gefeiert, das ist offensichtlich. Mit Gunnar Høegh vollzieht sich eine deutliche Veränderung, als er das Jackett ablegt, über einen Stuhl wirft und mit den mitgebrachten Flaschen zum Kühlschrank geht.

»Jetzt kann das eigentliche Fest steigen!« sagt er.

»Was war los?« fragt Sigrun mit Blick auf Eirik, während sie Gläser für uns holt.

»Zuviel Schnee«, sagt Eirik. Er tätschelt seiner Frau zärtlich die Schulter, als wolle er sie beruhigen. »Wir hatten keine Skier mitgenommen. Der Schnee kam überraschend. Ich habe die Tour abgebrochen und den Schülern für das Wochenende freigegeben. Sie fanden das in Ordnung, obwohl sie gerne im Lavvo übernachtet hätten. Das nächste Mal kommst du ja vielleicht mit, Aksel?«

»Gerne«, sage ich.

»Da dachte ich, wenn ich schon beim großen Fest nicht dabeisein konnte, reicht es wenigstens für die Nachfeier. Sigrun und ich haben uns in den letzten Wochen kaum gesehen.«

»Das ist praktisch mit dieser Wohnung in Kirkenes«, sagt Sigrun.

Gunnar Høegh steht mit einer Flasche Wein mitten im Zimmer, will uns einschenken.

»Nein danke«, sagt Eirik. »Ich bleibe heute beim Wasser.«

Sigrun steht bei den Schallplatten.

»Was wollen wir hören? Mozart? Rachmaninow? Die Beatles?«

»Wie schön, einander in der Musik zu finden«, sage ich.

»Ist das erstaunlich?« fragt Eirik.

»Vielleicht. In all den Jahren habe ich mich mit meiner Musik als Sonderling gefühlt, abseits von der Gesellschaft.«

»Das kann ich verstehen«, sagt Gunnar Høegh. »W. Gude hat mir einiges erzählt darüber, was er im Laufe seiner Zeit als Impresario erlebt hat. Nicht zuletzt über den Druck, den die Musik auf die jungen Künstler ausübt. Sigrun kennt das ja, mit einer Nichte, die ...«

»Kein Wort über Anja«, sagt Sigrun scharf.

»Entschuldige.«

»Ich wußte nicht, daß die Musik eine solche Reichweite hat«, sage ich aufrichtig. »Ich lebte ja ziemlich isoliert.«

»Hat die Begegnung mit unserem Landesteil deine Perspektive verändert?« fragt Gunnar Høegh interessiert.

»Ja. Hier wagt man, sich und seine Begeisterung offen zu zeigen. Das geschieht in Oslo nicht so leicht.«

»Ich fragte, was wir hören wollen«, sagt Sigrun und dreht die Augen gen Himmel.

»Aksel entscheidet«, sagt Gunnar Høegh freundlich.

O weh, denke ich. Was paßt zu dieser Séance? Ich komme mir vor wie in einem Theaterstück, als würde ich auf der Bühne stehen und müßte eine Rolle spielen, die ich noch nicht gelernt habe. Ich kenne nicht einmal den Schluß des Stückes. Ist es eine Komödie? Oder eine Tragödie? Ist es ein Aufklärungsstück? Sind wir mitten in einer modernen Version von Ibsens *Peer Gynt*? Oder spielen wir Strindbergs *Gespenstersonate*? Es sind Spannungen in der Luft. Unsichtbares Nordlicht. Flackernde Blicke, die einen festen Punkt suchen. Eirik sitzt scheinbar glücklich und entspannt auf der Couch. Er trinkt eifrig sein Wasser. Ich habe mich abwartend auf einen der Korbstühle gesetzt. Sigrun und Gunnar Høegh führen Regie. Die ist strenger, als Eirik und ich zugeben wollen.

»Spiel eine Musik, bei der man sich unterhalten kann«, sage ich.

Sie legt die Nocturnes von Chopin auf.

»Wie war das große Fest?« fragt Eirik Kjosen.

»Bestens«, sagt Gunnar Høegh. »Aber es strengt immer an, Gastgeber zu sein. Danke, daß du mir Sigrun überlassen hast. Sie macht sich hervorragend als First Lady.«

»Sie *ist* eine First Lady«, lächelt Eirik.

»Wer war die zornige, schöne junge Frau, die zu dir kam?« fragt Sigrun interessiert.

»Ach ja, die mit diesem Idioten von Mann?« sagt Gunnar Høegh.

»Das war Rebecca Frost«, sage ich. »Eine alte Freundin.«

»Eine alte Geliebte, würde ich meinen«, lacht Sigrun.

»Keine Frau würde dich so an den Haaren ziehen, wenn du nicht etwas mit ihr gehabt hättest.«

»Ich habe nichts mit ihr gehabt«, sage ich, krebsrot im Gesicht.

»Schaut nur, er wird rot!« spottet Eirik freundlich.

Warum will ich nicht zugeben, daß ich mit Rebecca intim war? Es sticht, wenn ich an all die heimlichen Vertraulichkeiten denke, die zu nichts führen durften, weil nichts stimmte, weil sie Christian Langballe hatte, weil ich mehr als genug mit den Frauen aus dem Skoog-Haus beschäftigt war.

»Dieser Ehemann ist nicht in Ordnung«, sagt Sigrun. »Du mußt sie vor ihm warnen. Ich habe genügend von diesen lebensgefährlichen Energiebündeln gesehen. Völlig gefangen in ihren Komplexen, ohne es zu merken. Eines Tages knallt es.«

»Es hat bereits geknallt«, sage ich. »Trotzdem geht alles weiter wie immer.«

»Dann ist es deine Pflicht, Aksel, einzugreifen, bevor es zu spät ist! Ihr wirkt ja wie geschaffen füreinander!«

Ich will nicht, daß sie das sagt. Sie dreht die Musik lauter.

Ich begreife nicht, daß Sigrun noch so wach ist. Es ist spät in der Nacht. In meinem Kopf ist nichts mehr, weder um zu reden noch um zu feiern. Ich möchte nur noch schlafen. Sie sieht es.

»Du bist jetzt müde, Aksel«, sagt sie.

Ich nicke.

»Dann geh doch und leg dich hin«, sagt sie und deutet auf das zweite Schlafzimmer.

Ich tue, was sie sagt. Die beiden Männer diskutieren eifrig über die Fischereipolitik an der Finnmarkküste.

Jetzt dröhnt auf einmal Oscar Peterson aus den Lautsprechern.

Sie begleitet mich ins Gästezimmer.

»Erwarte nicht zuviel«, sagt sie leise und richtet das Bett für mich.

»Ich erwarte gar nichts«, sage ich.

»Was war das bloß für ein merkwürdiger Tag«, sagt sie und streicht mir leicht über die Wange.

»Du siehst aber auch müde aus«, sage ich.

»Wir gehen alle bald schlafen«, sagt sie und gähnt. Dann lehnt sie den Kopf für einen Moment an meine Schulter. Ich lege den Arm um sie. Sie läßt es geschehen.

»Du bist ein guter Junge, Aksel«, sagt sie und windet sich aus meiner Umarmung.

Aber das Fest geht weiter. Ich höre es durch die Tür. Bald spielen sie Bellmann. Liebeslieder. »Ach seht meine Schäferin ...« Dann Mozart. Das Klavierkonzert in c-Moll. Werden sie nie müde? Worüber reden sie? Ich höre Gunnar Høeghs laute, enthusiastische Stimme. Eirik Kjosen lacht. Sigrun Liljerot lacht. Was gibt es um diese Zeit Wichtiges zu lachen? Was suchen sie, diese drei? Was treibt sie immer weiter und weiter? Sie müssen schon öfter so zusammengesessen haben. Ich liege im Bett und denke an den eigentlichen Grund, warum ich hier im Norden bin.

Ich weiß, daß ich am Scheideweg stehe.

Egal, welchen Weg ich einschlage, es wird komplizierter werden.

Er geht schleichend und etwas gebückt, so stelle ich mir das jedenfalls vor. In gewisser Weise wirkt er verängstigt, verhuscht und unsicher. Schmale Finger, Spinnenhände. Er kommt über die Hügel von Nikel und schaut hinüber zu den Wachtürmen. Ich rufe ihm zu, daß er nichts riskieren solle. Hier werde auf Menschen geschossen. Wir befänden uns im kalten Krieg. Aber es ist, als würde er mich nicht hören. Er setzt sich in einen altersschwachen Kahn und rudert auf den Pasvikfluß hinaus. Da fangen sie von sowjetischer Seite an zu schießen. Einschläge im Wasser und am Boot, auch Rachmaninow scheint getroffen zu sein. Sein Körper zuckt, aber er läßt sich nicht beirren. Er rudert einfach weiter. Da verstehe ich. Er ist ja tot. Was will er in Norwegen? denke ich. Zu wem will er? Ich stehe in einem Birkenwäldchen und entdecke, daß ich auf ihn warte. Und um mich zu treffen, kommt er! Ich erröte vor Verlegenheit.

Unverletzt steigt er aus dem Kahn. Mir graut davor, mit ihm zu reden. Es ist nie angenehm, mit den Toten zu reden. Er ist sehr blaß. Seinem Mund entströmt ein strenger, ekelerregender Leichengeruch. Die Kleidung ist alt, aber maßgeschneidert.

»Seien Sie gegrüßt, Sergej Rachmaninow«, sage ich. »Es ist mir eine Ehre.«

»Wußten Sie, daß wir beide an einem Fluß aufgewachsen sind?« sagt er höflich. Ich merke, daß die Sprache kein Problem ist. Russisch ist dem Norwegischen viel näher, als ich glaubte.

»Zwischen dem Oneg und der Lysaker ist ein Unterschied.«

»Aber Wasser ist Wasser. Und wenn Wasser in einem

Flußbett fließt, wird es zum Strom. Das wollte ich Ihnen mitteilen. Daß Sie sich für mein zweites Klavierkonzert entschieden, muß mit Ihrer besonderen Beziehung zu fließendem Wasser zu tun haben. Haben Sie nicht auch versucht, sich im Wasser das Leben zu nehmen?«

»Doch, das habe ich. Es war mir ernst damit. Weil ich an einem Scheideweg stand. Weil ich nicht wußte, welchen Weg ich einschlagen sollte.«

»Was ist passiert?«

»Dasselbe, was Ihnen passiert ist. Zuviel Gegenwind bekommen.«

»Aber Ihre Probleme waren doch wohl eher menschlicher Art? Bei meinen Schwierigkeiten ging es um das Musikalische. Man hat meine Musik angegriffen. In den Ohren der Rezensenten hatte sie kein Gewicht. Das erste Klavierkonzert wurde ebenso verrissen wie die erste Sinfonie. Sie verrissen alles, woran ich geglaubt und wofür ich gekämpft hatte. Die Reise nach London war ... katastrophal. Als Salonpianist wurde ich bezeichnet. Das blieb bis ans Ende meines Lebens an mir haften. Man hatte erwartet, Strawinsky zu hören. Statt dessen servierte ich ihnen eine Reihe von Melodien sozusagen auf dem Tablett.«

»Aber oft sind bei Ihnen die Melodien zwischen all dem Facettenreichtum kaum mehr zu hören.«

»Nun, das ist ja das Geheimnis! Das Klavier verträgt keine so einfachen Melodien in großem Format. Ich hätte natürlich weiterhin kleine Präludien schreiben können, aber das ist auf die Dauer unbefriedigend. Als würde man sein Leben lang nichts anderes tun als Wiesenblumen pflücken. Man sehnt sich nach mehr Herausforderung, oder nicht?«

»Doch ja. Aber was geschah? Was wollten Sie mir eigentlich erzählen?«

»Ach ja, der Scheideweg!« Rachmaninow zieht ein Etui mit Zigarillos aus der Tasche und bietet mir eines an. Ich nehme an und denke, daß es nur wenige gibt, die mit Rachmaninow Zigarillos geraucht haben. Er fährt fort:

»Ich hatte mich für einen Weg entschieden. Aber sie meinten, dieser Weg sei verkehrt. Und von allen Seiten wurde mir mein Selbstvertrauen genommen. Nach dem ungeschickten Selbstmordversuch ließ ich mich von dem Psychiater Nikolai Dahl behandeln. Das Wichtigste, was ich von ihm lernte, war, daß man sich selbst lieben muß, jedenfalls bis zu einem gewissen Grad, um etwas leisten zu können.«

»Sind Sie deshalb heute hierhergekommen?«

»Ja, mein Freund. Sie lieben sich nicht. Sie lieben nicht die Wahl, die Sie getroffen haben. Sie wissen außerdem, daß Sie jetzt schlechter spielen als vor einem halben Jahr, und das ist eine schreckliche Erfahrung.«

»Und meine persönlichen Probleme interessieren Sie nicht?«

»Natürlich tun sie das! Haben Sie vergessen, daß Sie im Frühling mit der Philharmonie in Oslo mein Klavierkonzert spielen wollen? Begreifen Sie nicht, daß Sie meinem Ruf schaden, wenn Sie schlecht spielen? Ich will nicht schon wieder Zielscheibe der Kritik sein.«

»Sie meinen also, ich sollte die Entscheidungen, die ich getroffen habe, noch mal überdenken?«

»Nicht unbedingt. Aber Sie müssen zumindest die Konsequenzen daraus ziehen. Wollen Sie Barpianist werden oder die begonnene Karriere fortsetzen? Die Frage ist ohne Wertung gemeint. Es gibt viele gute Gründe, Barpianist zu werden. Ich fühlte mich selber über einen längeren Zeitraum wie ein solcher. Es gibt viele Barpianisten, die weitaus tüchtigere Interpreten sind als wir.«

»Aber warum haben Sie diese ungeheuren technischen Schwierigkeiten in Ihre Musik eingebaut?«

»So schwierig, wie Sie vielleicht glauben, ist das gar nicht. Haben Sie mich nicht spielen gehört? Haben Sie nicht gehört, wie federleicht und spielerisch die Musik fließt?«

»Doch, ich habe einige alte Aufnahmen gehört«, gebe ich zu. »Sie spielen schnell, und Sie setzen wenig Kraft ein, als wagten Sie es nicht, Ihren Ausdruck ernst zu nehmen. Ihre Musik heute in der Weise zu spielen, das geht nicht.«

»Das geht nicht?« sagt Rachmaninow mit einem säuerlichen Lächeln. »Natürlich geht das. Wenn ich nun mal die Musik so geschrieben und gemeint habe.«

»Sie irren sich! Tut mir leid, das sagen zu müssen. Man wird sich von Ihrer Auffassung freimachen müssen! Sie werden merken, daß Ihre Musik mit viel mehr Gefühl zu spielen ist, mit viel mehr Pathos.«

»Da ist kein Platz für mehr Gefühle und schon gar nicht für mehr Pathos. Das ist es ja gerade, was man mir vorgeworfen hat!«

»Ja, das kann man als ungerecht empfinden«, sage ich aufrichtig. »Aber gleichzeitig ist es doch auch ein bißchen schön, nicht wahr? Daß die Nachwelt Ihre Musik anerkennt und dabei Ihre schlimmsten Kritiker niederwalzt, eben weil die heutigen Musiker genau das betonen, was die Kritiker seinerzeit ablehnten?«

»Man hat mich kritisiert, nicht schöpferisch genug zu sein«, sagt Rachmaninow verbittert.

»Weil alle Kritiker Neuland finden möchten, wo *sie* die Landvermesser sein können«, sage ich. »Das ist verständlich. Wir alle wollen unsere Spuren hinterlassen.«

»Jetzt hinterlasse ich Spuren mit einer Musik, die trotzdem nicht meine ist.«

»Sie werden es überleben.«

»Meine Musik muß man spielen, als wäre sie ein Traum«, sagt Rachmaninow ernst.

»Dies ist ein Traum«, sage ich und erwache.

Zurück nach Skogfoss

Es gibt viele Entscheidungen, die aufgeschoben werden können, denke ich, als ich aufstehe. Und ich bin willens, sie aufzuschieben. Sigrun und Eirik sind bereits in der Küche und frühstücken. Ich schleiche mich ins Bad und bleibe fast eine halbe Stunde unter der Dusche, bis das heiße Wasser aufgebraucht ist. Ich habe immer ein besonders flaues Gefühl, wenn ich in einem Traum mit berühmten Menschen gesprochen hatte.

Sigrun und Eirik sitzen eng beieinander. Sie sehen aus, als hätten sie eben ein vertrauliches Gespräch geführt. Sie können nicht lange geschlafen haben. Sigrun sieht übernächtigt aus, und schließlich hat sie in der Nacht nicht nur Wasser getrunken.

»Da bist du ja, mein Junge«, sagt sie auf diese mütterliche Art, die mich äußerst irritiert und die besonders jetzt, im Beisein von Eirik Kjosen, auffällig ist. »Hast du gut geschlafen? Das war gestern ein anstrengender Tag für dich.«

»Für euch muß es schlimmer gewesen sein«, sage ich aufrichtig. »Wo ist denn Gunnar Høegh geblieben?«

»Er ist um fünf Uhr früh nach Hause gegangen«, lacht Eirik Kjosen. »Er wollte erst alle Probleme der norwegischen Fischereigrenzen klären.«

»Wo wohnt er?«

»In der Direktorenwohnung.«

»Und warum lädt er nicht zum Absacker zu sich ein?« frage ich.

»Er hat sich in diese kleine Wohnung verliebt. Sie erinnere ihn an seine Studentenzeit, sagt er. Außerdem sind hier alle LPs von Sigrun.«

Sigrun nickt und läßt Eirik reden.

Er soll nicht für sie das Wort führen, denke ich. Aber sie läßt es zu. Ich betrachte sie unauffällig, wenn sie es nicht merkt. Sie wirkt irgendwie zerstreut, ist anders als gestern. Sie ist nicht mehr Mittelpunkt. Als habe sie sich einen Schritt zurückgezogen und wolle unsichtbar sein. Sie hält Eiriks Hand, als seien sie frisch verliebt. Er schmückt sich mit ihr. Er ist wie ein Sonnenstrahl. Er ist topfit, läßt sich eine Nacht fast ohne Schlaf nicht anmerken. Er ist stark und schnell, auch mit den Gedanken.

»Jetzt kommst du zurück zu uns«, stellt er befriedigt fest.

»Zurück in den Alltag«, sage ich.

»Hier oben gibt es keinen Alltag«, sagt Sigrun schnell.

Einige Stunden später fahren wir mit dem Lada hinauf nach Pasvik. Alles ist verschneit. Die Landschaft wirkt noch unwirklicher als in dem Traum heute nacht. Eirik sitzt am Steuer. Er fährt rasanter als Sigrun. Bei Melkefoss kommen wir ins Schleudern. Der Wagen schlingert von einer Straßenseite zur andern. Sigrun schreit.

»Keine Angst«, sagt Eirik ruhig und fängt den Wagen wieder.

Er fährt so schnell weiter wie vorher.

Gunnar Høegh geht mir nicht aus dem Kopf. Ich kann ihn nicht einordnen und frage nach ihm. Eirik antwortet. Er erzählt von dem Hausfreund, dem Direktor, dem Sigrun als Ärztin einmal sehr helfen konnte. Seine Dankbarkeit, als das Zellgift wirkte. Die Einladungen zu Banketts und Festlichkeiten. Eirik war natürlich auch eingeladen.

»Er hatte einen Narren an mir gefressen«, sagt Eirik stolz. »Er hatte wenig Ahnung vom Leben in der Wildnis der Finnmark. Aber es dauerte nur ein paar Wochen, und er war ein ausgezeichneter Jäger.«

»Eirik und Gunnar sind wie eine eigene Jagdgesellschaft«, sagt Sigrun mit einem zweideutigen Lächeln. »Wie die meisten Männer sind sie sehr kindisch. Wetteifern darum, wer die meisten Rebhühner erlegt hat und all so was. Wer liegt denn gerade in Führung, Eirik?«

»Gunnar«, lacht Eirik. »Er hat mehr geschossen als ich. Aber er übt ja auch, im Schießstand.«

»Obwohl er Witwer geworden ist, bleibt er weiterhin hier oben?«

»Ja«, sagt Eirik. »Aber auch wenn die Finnmark von jedem Neuankömmling viel fordert, ist es noch schwerer, sie zu verlassen. Außerdem hat er den Posten eines Direktors. Er hat Einfluß. Er kann etwas bewirken.«

»Und die Liebe?« frage ich.

»Er findet sicher eines Tages wieder eine Frau«, sagt Eirik. »Er ist ein richtiger Frauenheld. Er ist nicht dafür geschaffen, allein zu leben.«

Als Eirik auf den Hof des Internats einbiegt, habe ich nach meiner wilden Tournee das Gefühl, ins Kloster zu kommen. Tanja Iversen steht mit einigen Freundinnen an der Eingangstür und raucht. Ach ja, sie, denke ich. Meine Schülerin. Warum war ich so leichtsinnig und habe ihr Klavierunterricht versprochen? Als wollte ich mich bewußt ablenken.

Ich verabschiede mich von Sigrun und Eirik. Sie sitzt neben ihm auf dem Beifahrersitz, ebenso fehl am Platze wie eine richtige Ehefrau.

»Ruh dich jetzt aus, Aksel«, sagt sie müde. Ich merke, daß sie nicht mit mir reden will, wenn Eirik anwesend ist. Geht es ihr mit Gunnar Høegh genauso?

»Wann spielen wir zusammen?« frage ich.

»Bitte keinen Druck. Ich muß die ganze nächste Woche arbeiten.«

»Dann wohnst du in Kirkenes?«

»Ja.« Sie schaut Eirik an.

»Natürlich«, sagt er.

»Und die Woche darauf?«

»Da ist es leichter. Da bin ich hier. Da können wir zusammen spielen.«

»Ihr habt bereits etwas geplant?« sagt Eirik begeistert.

»Ja. Wir wollen Brahms spielen. Wenn ich mich traue.«

»Du traust dich, mein Schatz.« Eirik gibt Sigrun einen Kuß auf die Wange. »Das paßt ausgezeichnet. In der Woche muß ich mit einigen der sportlichsten Jungs im Lavvo übernachten. Dann habt ihr das Haus ganz für euch.«

Eirik hilft mir mit dem schweren Koffer. Er ist dreißig Zentimeter kleiner als ich, aber so kräftig, daß er den Koffer mit zwei Fingern in hohem Bogen über meinen Kopf schwingt. Er hat alles auf eine Karte gesetzt. Ich möchte nicht daran denken.

Ich blicke mich um. In diesem schneeweißen Tageslicht wirkt der Ort so fremd. Aber ich bin gerne wieder hier. Einige Schüler gehen vorbei und grüßen mich freundlich.

»Sie freuen sich, dich wiederzusehen, Aksel«, sagt Eirik.

»Und dort steht Tanja Iversen«, sagt Sigrun. Sie mustert die große, selbstbewußte Gestalt mit einem Lächeln.

Sigrun küßt mich kurz und freundschaftlich auf die Wange. Eirik drückt mich an sich, als seien wir alte Freunde. Dann fahren sie weiter, hinauf zu ihrem Haus.

Ich stehe vor dem Internat und begrüße etwas verlegen Tanja. Sie löst sich rasch von den andern Schülerinnen, signalisiert, daß sie mit mir allein sein will.

»Du hast mich also nicht vergessen?« sagt sie ernst. Sie zieht den Rauch tief in die Lunge.

»Kann ich eine von dir schnorren?« sage ich und spüre den Sog.

»Ich dreh dir eine.«

Sie leckt das Papier ab. »Diesmal eine normale«, grinst sie.

Ich mache einen tiefen Zug.

»Erste Klavierstunde ist morgen«, sage ich.

»Womit fangen wir an?«

»Das bestimmst du«, sage ich.

»Aber du bist doch mein Lehrer?«

»Ebendeshalb«, sage ich.

Abendstimmung mit den Schülern

Es ist ein Kloster, denke ich und verstaue alle Wodkaflaschen, die ich aus Kirkenes mitgebracht habe, ganz hinten im Kleiderschrank meines kleinen, bescheidenen Zimmers. Das braune Klavier steht da und wartet auf mich. Das Zimmer ähnelt einer Gefängniszelle. Ab jetzt Brot und Wasser, denke ich. Ich lege mich auf das Bett und starre an die weiße Decke. Hier werde ich nun Rachmaninow einstudieren. In einem Internat mit Jugendlichen als Nachbarn, mit Tanja als Schülerin und mit Sigrun als engster Vertrauten. Als sei der Traum Wirklichkeit geworden, denke ich. Als seien Anja und Marianne mit dem heißen Wasser weggespült worden.

Zusammen mit den Schülern esse ich zu Abend. Gelber Käse, brauner Käse, Leberpastete aus gelben Dosen, Mills Kaviar und eine Schüssel mit Heringen. Und dann dieser italienische Salat, wie wir in Norwegen sagen, geriebene Möhren und Fleischstücke in Mayonnaise. Knäckebrot und Margarine. Milch und Wasser in großen Krügen.

Die Schüler begrüßen mich, als sei ich einer von ihnen. Ich bin schnell ein Teil der Gemeinschaft. Sie erkundigen sich nach meiner Tournee. Ich sitze am selben Tisch wie Tanja Iversen. Sie sitzt mir direkt gegenüber und tut plötzlich so, als würde sie mich nicht kennen. Sie unterhält sich angeregt mit einem Jungen mit schulterlangem Haar und erstem Bart.

Ich unterhalte mich mit den anderen am Tisch. Ich wirke sicher etwas exotisch auf sie. Obwohl ich nicht aus dem Rock-'n'-Roll-Milieu komme, gibt es vieles, worüber wir reden können. Ich komme aus Oslo. Sie glauben, ich wüßte über alles Bescheid, was in der Welt geschieht. Sie fragen mich, ob ich den Woodstock-Film gesehen habe. »Den habe ich natürlich gesehen«, erwidere ich. Wieder Marianne. Als ich die Schüler am Tisch auf Nick Drake und Joni Mitchell hinweise, rede ich wie Marianne. Tanja Iversen spitzt die Ohren und schaut mich an.

»Joni Mitchell? Die, von der ›Both Sides Now‹ ist?«

Ich nicke.

»Tolle Melodie«, sagt sie. »Noch tollerer Text. Obwohl ich bislang nicht auf beiden Seiten gewesen bin.«

»Wo bist du gewesen?« frage ich vorsichtig.

Sie antwortet nicht.

Ich sehne mich nach meinem Zimmer und entschuldige mich damit, noch arbeiten zu müssen. Die andern treffen sich im Aufenthaltsraum. Sonntagabend in der Internatsschule von Svanvik. Einige sind am Wochenende zu Hause bei der Familie gewesen. Andere wie Tanja sind in der Schule geblieben, haben auf dem Bett gelegen und geraucht, Platten gehört oder gelesen. Jetzt wird zusammen gesungen, gequatscht und Gedichte gelesen. Tanja Iversen schaut mich fragend an.

»Wir sehen uns morgen«, sage ich.

Klavierstunde in der Klosterzelle

Sie kommt am Nachmittag, da habe ich den ersten Teil meines täglichen Pensums hinter mir. Die Schüler waren in ihren Unterrichtsräumen. Ich konnte ungestört üben. Aber der Anfang war bleischwer. Als ich mich nach vielen Monaten Pause an den Etüden von Chopin versuchte, betrachtete ich meine Finger und stellte fest, daß sie sich in kleine, eklige und kraftlose Fleischpolster verwandelt hatten, wie Selma Lynge sie einmal nannte. Unvorstellbar, in einigen Monaten mit der Philharmonie Rachmaninow zu spielen. Das braune Klavier ist bei weitem nicht so ausdrucksstark wie Anjas Steinway. Also muß ich mehr üben, härter und ausdauernder, um dieselben Ergebnisse zu erzielen. Sieben Stunden täglich, mindestens. Ich habe keine Wahl.

Tanja klopft kurz und tritt ein, bevor ich öffnen kann. Dann schließt sie die Tür hinter sich. Sie hat rote Wangen, ist frisch und lebendig wie ein Wiesel.

»Wo bist du gewesen?«

»Ski laufen.«

»Mit Eirik?«

»Ja, mit einer kleinen Gruppe sind wir weit hinein in die Wälder gelaufen. Du hättest dabeisein sollen! Die frische Luft macht dich am Ende high. Fast wie ein Joint. Oder ein besonders befriedigender …«

»Ich war so müde, daß ich nicht einmal zum Frühstück kam.«

»Selbst schuld«, sagt sie.

Sie steht dicht vor mir. Ich spüre ihren frischen Atem.

»Sollen wir …?« fragt sie leise mit einem Blick auf das Bett.

Ich drücke sie an mich. Ihr Körper erinnert mich an Anja, bevor sie krank wurde. Die Größe, die straffen Muskeln.

»Ich bin frisch geduscht«, sagt sie, als ich nicht antworte. »Merkst du nicht, wie gut ich rieche?«

»Wir können nicht an diesem Ende anfangen«, sage ich entschlossen. »Außerdem dachte ich, du meinst es ernst.«

»Vögeln ist ernst«, sagt sie, ohne zu zögern.

Ich nicke. »Aber wir müssen uns entscheiden.«

»Ja«, sagt sie mit einem Lächeln. »Zuerst lernen? Danach miteinander schlafen?«

Ich lache und schüttele den Kopf. Da wird sie böse.

»Es ist Sigrun, stimmt's? Du betest sie an, diese Frau? Und *sie* willst du haben?«

»Rede bitte nicht von ihr. Nicht so! Ich kann dir das später einmal erklären.«

»Dann bring mir das Klavierspielen bei«, sagt sie verdrossen und setzt sich an das Instrument.

Ich weiß nicht, was ich sagen soll. Was ich tun soll. Sie ist genau wie ich voller Sehnsucht. Das rührt mich. Ich betrachte sie, wie sie dasitzt. Sie ähnelt mehr und mehr Anja. Sigrun wird Marianne immer ähnlicher. Sind das Zerrbilder meines Gehirns? Aber dann weiß ich, daß es nicht so ist. Sigrun sieht ja wirklich ihrer Schwester ähnlich. Sigrun beruhigt. Tanja erzeugt Unruhe.

»Stimmt etwas nicht?« sagt Tanja ängstlich und den Tränen nahe.

»Alles in Ordnung«, versichere ich. »Entschuldige, ich war in Gedanken. Du erinnerst mich so sehr an jemanden.«

»Du schleppst wohl jede Menge schreckliche Vergangenheit mit dir herum«, sagt sie abweisend.

»Ich habe jemanden verloren.«

»Erinnere ich dich an jemanden, der tot ist?« Sie schaut mich neugierig an.

»Ja. Aber es handelt sich nicht nur um das Aussehen. Es handelt sich um die Situation, in der wir gerade sind.«

»Es war Anja?«

»Ja.«

»Der Name auch«, sagt sie.

»Denk nicht weiter darüber nach.«

»Das muß ich aber. Ich will nicht jemandem ähneln. Und schon gar nicht jemandem, der tot ist.«

Ich überlege lange.

»Anja hat sich danach gesehnt, von etwas wegzukommen«, sage ich schließlich. »Ich glaube jedenfalls, daß es so war. Sie haben zuviel von ihr erwartet, zu früh in ihrem Leben.«

»Wer sind *sie*?«

»Ihre Eltern, genauer ihr Vater. Und die Klavierlehrerin. Anja gewann den Juniormeister Klavier, bevor sie sechzehn war.«

»Hast du mit ihr gevögelt?«

»Ja. Nein, nicht so. Wir haben miteinander geschlafen,

aber sie war nicht richtig dabei, wenn du verstehst, was ich meine. Sie hatte keinen Spaß dabei. Die Musik war wie eine Wand zwischen ihr und dem Leben. Die Musik gab ihr die Freiheit, die man in einem Gefängnis empfindet. Nach einiger Zeit kann man nicht mehr ohne die Gitterstäbe existieren.«

Tanja Iversen nickt. »Ja, das verstehe ich. Freiheit, die erst besteht, wenn ein Rahmen da ist.«

»Genau.«

»Mama und Papa fühlen sich frei in ihrer Kirche. Die Kirche sagt ihnen tausend Dinge, die sie nicht tun dürfen. Deshalb lieben sie das wenige, das sie tun *können.*«

Ich mustere sie, während sie redet. Sie ist jetzt ernst und konzentriert. »Vielleicht beneide ich Anja«, sagt sie. »Weil sie das tun konnte, was ihre Eltern mochten. Ich dagegen war nur aufsässig und böse, weil ich weder mit ihrem Gott noch mit ihrer Kirche etwas zu tun haben wollte. Ich mußte meinen eigenen Weg gehen. Aber auf solchen Wegen gibt es leider keine Lehrer. Abgesehen von den Kerlen. Die waren immerhin für einfachere Aufgaben brauchbar.«

»Ist es dir egal, mit wem du ins Bett gehst?« frage ich.

»Nein. Aber womit sollen wir uns verdammt noch mal die Zeit vertreiben?« Sie schlägt ein vielsagendes Cluster ins Klavier.

»Weiter so!« sage ich. »Behalte deinen Trotz! Aber um auf das letzte zu antworten: Du könntest ja Bücher lesen. Du hättest Gitarre lernen können. Das kann auf Dauer ein sinnvoller Zeitvertreib sein.«

»Bücher und Musik waren doch verboten!« sagt sie wütend. »Zu Hause im Bücherregal durfte nur die Bibel stehen!«

»Wie kam es dann, daß sie dich auf diese Schule schickten?«

»Sie hatten keine andere Wahl. Das Jugendamt hat eingegriffen.«

»Was hast du angestellt?«

»Ich bin abgehauen, mit einem LKW-Fahrer nach Ivalo in Finnland. Er sagte, er sei Goldgräber. Er versprach mir pures Gold, wenn ich machte, was er wollte.«

»Was wollte er?«

»Blöde Frage.«

»Hat es dir gefallen?«

»Ich habe mich mit der Zeit daran gewöhnt. Aber es gibt keinen Grund, die Sache im Kalender rot anzustreichen, um es so auszudrücken.«

»Du dachtest an all das Gold?«

»Verspotte mich nicht. Natürlich glaubte ich nicht an diese Geschichten. Ich wollte nur einfach weg. Er war auf seine Weise nett. Wir wohnten in einem kleinen Hotel in Ivalo. Schon im Hotel leben war herrlich. Wir waren in Finnland. Einem anderen Land. Eine andere Sprache. Ich glaube nicht, daß du verstehst, was das heißt, wenn man noch nie weg war von daheim. Wenn man sich wie wahnsinnig danach gesehnt hat, weit fortzukommen.«

»Ich bin auch kaum von daheim weg gewesen.«

»Red keinen Quatsch. Du hast eine Tournee an der Finnmarkküste hinter dir. Außerdem bist du aus Oslo. Ich könnte es ohne weiteres das ganze Leben in Oslo aushalten.«

»Davon hast du keine Ahnung. Das ist anders, als du denkst. Alles nicht so aufregend. Vielleicht sind unsere Leben letztlich gar nicht so verschieden.«

»Na ja. Ich glaube ehrlich gesagt nicht, daß du schon so intensiv gevögelt wurdest wie ich. So siehst du einfach nicht aus.«

»Es gibt viele Arten, gevögelt zu werden, wenn du schon

das Wort benutzen mußt. Gehirnvögeln ist auch eine Methode.«

»Das ist das, was meine Eltern praktizieren! Du solltest sie erleben, wenn sie in ihrer Kirche sitzen und sich erregen. Wenn sie die Arme in die Höhe strecken und schreien. Da geht es ab bei ihnen, das schwöre ich. Hundertprozentig. Und dann ihre blöde, unerträgliche Musik. Mama kommt nach diesen Veranstaltungen immer mit einem Ausschlag am Hals nach Hause. Und Papa hat feuchte Lippen. Das kotzt mich an.«

»Was hat das Jugendamt unternommen?«

»Sie haben einen Bericht geschrieben. Daß ich schwer erziehbar sei. Und daß ich in ein Internat müsse.«

»Deshalb kamst du hierher?«

»Ja, zum Glück. Hier habe ich die Hoffnung noch nicht verloren, daß doch noch etwas Großes passieren wird.«

»Wir können also sagen, daß sich Anja danach gesehnt hat, aus etwas herauszukommen, während du dich danach sehnst, in etwas hineinzukommen. Einverstanden?«

»Sag, was du willst«, sagt Tanja und kaut auf ihren Nägeln herum.

»Die ewige Entsprechung von Disziplin und Chaos«, sage ich und höre, wie altklug das klingt. Ein Echo von Selma Lynges Stimme. Trotzdem kann ich nicht damit aufhören. »Wir brauchen die Disziplin, aber wir brauchen auch Chaos. Meine Mutter war ein Ordnungsmensch. Sie ging jeden Tag zur Arbeit. Sie putzte jeden Samstag vormittag das Haus. Der *Sonntag* gehörte ihr allein. Da trank sie. Da feierte sie die vergangene Woche. Da spielte sie Brahms in voller Lautstärke. Da warf sie Vater alles an den Kopf, was sich seit dem letzten Mal in ihr aufgestaut hatte. Als würde sie ganz bewußt alles dransetzen, die Kontrolle zu verlieren. Und wenn sie die Kontrolle nicht verlor, baute sich eine Spannung im Haus auf, die früher oder später zur Entladung kommen *mußte.*«

»Und was geschah dann?«

»Zum Beispiel ihr letzter Tag. Ja, was geschah da?«

Ich zögere. Dann versuche ich, Tanja Iversen zu erzählen, wie Mutter gestorben ist. Ich habe das schon oft anderen erzählt. Aber diesmal *verstehe* ich zum erstenmal selbst, was ich sage. Und diesmal wird die Geschichte fürchterlich. Die Wörter geraten durcheinander. Der Unglückssonntag taucht in meiner Erinnerung auf. Ich erinnere mich an das Licht am Morgen. Ich erinnere mich an Brahms' vierte Sinfonie im Radio. Ich erinnere mich, daß Cathrine *Früchte des Zorns* von Steinbeck las. Ich erinnere mich, wie wir zum Zigeunerfelsen im Fluß gingen, um zu baden. Ich erinnere mich, daß wir sahen, daß die Strömung zu stark war. Ich erinnere mich an die zwei Flaschen Rotwein und daß Mutter zu früh mit dem Trinken anfing. Ich erinnere mich an das Schwarze in ihren Augen, als sie darauf bestand, trotzdem im Fluß zu baden. Ich erinnere mich an Vaters Angst, als sie in die Strömung geriet, als sie versuchte, sich an den Steinen festzuklammern, als sie sich nicht halten konnte. Ich erinnere mich, wie sie auf den Wasserfall zutrieb, wie Vater sie mit einer Hand festhalten wollte, wie beinahe auch er von der Strömung erfaßt worden wäre, hätte ich ihn nicht gepackt und ihn gerettet, meinen Vater, zu dem ich keine engere Beziehung hatte, wodurch ich aber Mutter tötete, ohne die ich nicht leben konnte. Ich tötete sie, weil ich Vater zurückhielt, weil wir alle Panik hatten, weil Cathrine dastand und schrie.

»Und danach«, sagte ich, »war mein Leben untrennbar verbunden mit dieser Umgebung. Mit dem Tal und dem

Fluß. Als hätte ich nie einen Grund gehabt, woandershin zu gehen. Auch jetzt nicht. Und trotzdem bin ich hier.«

Ich rede zu Tanja Iversen, erzähle ihr eine Geschichte, die ich bis jetzt nie verstanden habe. Die gar keine Geschichte ist, die für andere eigentlich gar nicht faßbar ist. Und wie ich Tanja da auf dem Klavierhocker sitzen und warten sehe, daß ich ihr etwas Wichtiges beibringe, wird mir klar, daß ich nicht ihr Lehrer sein kann. Ich glaube ja nicht einmal selber an das, was ich einmal gelernt habe! Als sei ich durch Traumbilder gejagt worden, durch Motive, die mich an eine Umgebung fesselten, die zu verlassen mir unmöglich war. Fühlte ich mich deshalb zu Anja hingezogen? Nur weil sie im Elvefaret wohnte, in der Verlängerung des Melumveien, der Straße meiner Kindheit? Konnte ich mich deshalb nach ihrem Tod nicht von dieser Umgebung losreißen, als ich es mehr oder weniger unbewußt vorzog, ein Zimmer bei Anjas Mutter zu mieten, statt ungebunden in meiner eigenen Wohnung zu leben, die mir mein Klavierlehrer Synnestvedt vererbt hatte?

»Ich bezog mich in erster Linie auf Menschen, denen es gefiel, daß ich Klavier spielte«, sage ich zu Tanja. »Nur durch das Instrument wurde ich sichtbar. Und die intensivste Beziehung hatte ich zum Skoog-Haus, dessen Mittelpunkt der Steinway-Flügel war. *Dort* wurde ich sichtbar. Dort *war* ich jemand. Und das alles ist mir erst jetzt bewußt geworden, wie ich dich da am Klavier sitzen sehe, und du glaubst oder hoffst, ich könnte dir etwas beibringen.«

»Bring mir etwas bei«, sagt Tanja leise.

Sie sitzt mit krummem Rücken da und hört mir zu. Was von meiner Geschichte hat sie eigentlich begriffen, denke ich.

»Vielleicht kann ich dir etwas beibringen«, sage ich. »Aber ich weiß nicht, was.«

»Zeige mir einfach, wie du Klavier spielst«, sagt sie.

»Setz dich auf meinen Schoß«, sage ich.

»Gerne«, sagt sie und steht auf.

Ich setze mich auf den Klavierhocker. Sie setzt sich auf mich. Dann beginnt sie zu lachen.

»Kein schlechter Lehrer!« sagt sie munter.

»Konzentriere dich jetzt«, fauche ich und spüre die brennende Röte im Gesicht.

»Klar«, kichert sie.

»Bach«, sage ich. »Um ihn kommen wir nicht herum.«

Sie bewegt sich provozierend auf meinem Schoß hin und her.

»Hör auf!« rufe ich streng.

»Ich mach doch nichts.«

»Bach«, sage ich. »Konzentriere dich, habe ich gesagt!«

»Auf was soll ich mich konzentrieren?«

»Lege deine Finger auf meine. Ja, so.«

Sie tut, was ich sage. Ich beginne mit dem langsamen Präludium in cis-Moll aus dem zweiten Teil des »Wohltemperierten Klaviers«. Es ist ausdrucksstark und zugleich kontrolliert. Sie schmiegt sich fest an mich, spürt, wie sich meine Finger über die Tasten bewegen. Sie ist ganz Ohr. Ich möchte, daß sie versteht, welche Bewegungen nötig sind, um dieses Instrument zu spielen. Sie ist wie ein kleines Mädchen auf meinem Schoß. Aufmerksam und lernbegierig. Sie folgt genau den rhythmischen Bewegungen, mit ihren Fingern auf meinen, spielerisch und leicht, ohne mich zu behindern.

Da höre ich, wie sich etwas hineinmischt in die Musik. Es ist ihre Stimme. Tanja Iversen singt. Zuerst kaum hörbar. Dann wird der Gesang lauter, sicherer. Sie singt nicht die Melodie, denn die kennt sie nicht. Aber sie singt im Einklang mit den Harmonien. Sie singt eine Unterstimme in cis-Moll. Tanja Iversens Variationen über ein Thema von Bach. Ich kann kaum glauben, was ich da höre. Sie singt, ohne daß ihr bewußt ist, was sie tut. Sie öffnet kaum den Mund. Sie tut das nicht, um Aufmerksamkeit zu erregen. Sie tut es ausschließlich für sich.

Dann stoppt sie. Sie merkt, daß ich zuhöre.

»Sing weiter, Anja«, sage ich.

Sagte ich wirklich Anja? Hat sie es gemerkt? Sie tut jedenfalls so, als sei nichts gewesen.

Ich bin jetzt fertig mit dem Präludium.

Aber sie singt weiter, spinnt das Präludium fort, ohne die Stimmung zu ändern, ohne etwas bewußt zu wollen. Sie *ist* in der Musik. Sie hat die Augen geschlossen. Ich sitze ganz ruhig, weiß nicht wohin mit den Händen. Ich darf sie jetzt nicht stören. Sie hat sich von meiner Vorgabe frei gemacht. Sie wagt sich weiter auf eigene Faust. Sie wagt es, den Raum ganz und gar zu füllen. Als wisse sie intuitiv um meine Zustimmung zu dem, was sie tut. Es erklingt ein Gesang in der Klosterzelle. Ihre Stimme ist transparent und voll zugleich. Sie verfügt über ein großes Register, improvisiert plötzlich fast drei Oktavlagen. Ohne schrill zu klingen, geht sie vom Kopf- ins Brustregister und in die Altlage, was ihr kein Lehrer beibringen könnte.

Sie singt, um etwas zurückzugeben, denke ich. Ich benutzte Wörter, um ihr ein Ereignis zu schildern. Jetzt benutzt sie die Stimme für eine andere Geschichte. Sie sitzt auf meinem Schoß, und ich darf sie nicht festhalten, stören oder unterbrechen. Sie singt sich an einen anderen Ort ihres Lebens. Sie singt sich fort von etwas, das war. Sie singt, bewegt von ihrer eigenen Stimme, ihrem eigenen Ausdruck.

Sie singt überrascht, fast erschrocken über das, was sich in ihr findet, so viele Jahre unentdeckt. Sie singt sich hinein in andere Möglichkeiten, andere Gegenden als die, die sie bisher kennengelernt hat. Und mein einziger Gedanke ist, daß das einfach geschieht, daß es selbstverständlich ist wie eine Geburt. Sie weiß noch nicht, was sie da entdeckt hat. Sie weiß nicht, wie wichtig dieser Tag für sie ist. Und ich denke an all die Tage, die ich geübt und geübt habe, um etwas lebendig werden zu lassen von der Begeisterung, die ein längst verstorbener Komponist empfunden haben mußte, das Unmittelbare, wenn sich die Idee kristallisiert, wenn sich die Melodie konkretisiert, wenn alle Noten ihre Form finden. Durch einen Dschungel von Wissen und Theorie wurde die Musik auf das Notenpapier gebracht und danach von Menschen zum Leben erweckt, die den Komponisten nicht einmal kannten. Aber jetzt, in einem schlichten Zimmer der Internatsschule von Svanvik, an der Grenze zur Sowjetunion, verbindet die achtzehnjährige Tanja Iversen Komponieren und Interpretieren. Sie sitzt auf meinem Schoß und singt für mich. Aber es gibt keinen Grund, weiter auf meinem Schoß zu sitzen. Sie braucht nicht mehr spüren, wie sich meine Finger bewegen. Sie braucht nicht mehr das alte braune Klavier mit den unter die Tasten geklebten Kaugummis. Sie hat alles in sich. Sie kann getrost aufstehen und im Zimmer herumgehen, mit geschlossenen Augen wie in Trance. Aber sie bleibt sitzen, bricht plötzlich in Schluchzen aus und versucht zu verstehen, was gerade geschehen ist. Sie weiß nicht, daß die Unterrichtsstunde vorbei ist, daß ich nur dazu da bin, ihr zu gratulieren, sie zu trösten und ihr übers Haar zu streichen, daß ich ihr nichts, aber auch gar nichts beibringen kann.

Nachdem sie gegangen ist, bleibe ich in Gedanken versunken sitzen.

Was sie gemacht hat, hätte ich nie fertiggebracht. Ohne jede Vorbildung lehrte sie mich etwas, das ganz anders war, als wir beide geglaubt hatten. Gabriel Holsts Stimme ist wie ein Echo im Zimmer. Was er mir zu sagen versuchte. Was ich nie ganz verstand.

Ich erhebe mich und trete ans Fenster. Weiß bedeckt der Schnee das Tal. Ein intensiver, bläulicher Schein hat sich auf das Land gelegt. Ich weiß, daß ich mich ans Klavier setzen und Rachmaninow üben müßte. Ich habe keine Zeit für weitere Störungen.

Es klopft an der Tür.

»Wer da?« rufe ich unwillig.

»Eirik.«

Natürlich, denke ich. Er will mich jetzt einwickeln. Will mehr von mir wissen. Vielleicht hat Sigrun ihn beauftragt.

Da steht er. In Jeans und Holzfällerhemd. Das jungenhafte Lächeln. Der offene und zugleich etwas unruhige Blick. Es ist unmöglich, ihn nicht zu mögen. Nicht schwer zu erraten, was Sigrun an ihm fand. Er wird sie auf Händen durch den Rest ihres Lebens tragen, wenn sie es nur will.

»Alles in Ordnung mit dir?« fragt er besorgt.

Ich nicke. »Ist Sigrun schon gefahren?«

»Ja. Ich soll dich grüßen. Sie sagte, ich soll gut auf dich aufpassen.«

»Komm rein«, sage ich.

Sigrun ist nicht mehr hier, und sofort wird es seltsam leer. Die Energie ist jetzt an einem andern Ort. Pasvik ist nicht mehr Pasvik.

»Es ist jedesmal komisch, wenn sie fährt«, sagt er, als hätte er meine Gedanken gelesen. »Die Tage müssen immer neu ausgefüllt werden, wenn sie weg ist. Aber ich bin daran gewöhnt. Ich habe meine Schüler. Und ich habe die Natur. Ich dachte, du könntest mit hinaufkommen in den Bungalow?«

Ich zögere. Er merkt es.

»Vielleicht könnten wir miteinander reden«, sagt er. Lockt er jetzt mit kumpelhaften Vertraulichkeiten? Geständnissen oder Offenbarungen?

»Kann ich dort oben Wodka trinken?« frage ich.

»Wenn es unbedingt sein muß«, sagt er nervös und senkt den Blick. »Brauchst du das wirklich? Komm jetzt.«

Auf dem Weg hinauf durch das Kiefernwäldchen erzähle ich ihm von Tanja Iversen. Wie sie bei den Bach-Akkorden zu singen anfing. Zuerst zögernd. Dann sicherer. Und mit einem zutiefst befreiten Weinen endete. Eirik Kjosen hört aufmerksam zu.

»Das, was dir heute mit ihr gelungen ist, versuchen wir seit einem ganzen Jahr«, sagt er.

»Das war nicht ich«, sage ich. »Das einzige, was ich ihr anbot, war mein Schoß. Und meine Finger. Sie machte alles allein.«

»Du hast die richtigen Knöpfe gedrückt«, sagt er zufrieden.

Ich hätte ihm gerne erzählt, daß es nicht allein der Druck meiner Finger war, den sie spürte. Aber das wäre zu primitiv gewesen. Ich darf nicht vergessen, was für eine privilegierte Stellung ich hier an dieser Schule habe. Weil Eirik den Vorschlag machte, daß ich unterrichten soll, bin ich fast wie ein Teil des Lehrerkollegiums. Wenn ich will. Sie sind freundlich zu mir. Freundlicher, als ich es verdiene. Wie Eirik Kjosen neben mir durch den Schnee stapft, glücklich und zufrieden, weil er mich überredet hat, mitzugehen, kommt er mir vor wie einer aus meiner Jugendclique in Oslo, fremd und vertraut zugleich. Ich habe keine Ahnung von seiner Welt. Ich habe keine Ahnung von Sport. Trotzdem können wir miteinander reden, weil auch er Musik macht. Weil er einmal Francks Klavierquintett gespielt hat. Weil er mit Sigrun verheiratet ist.

Es ist seltsam, hier ohne sie zu sein. Ich sitze auf Sigruns Platz. Ich weiß noch nicht, wie nahe ich Eirik an mich heranlassen möchte. Ich sitze mit übereinandergeschlagenen Beinen und schaue zum Fenster und fühle mich verlegen. Als seien meine Empfindungen zu offensichtlich. Als könne er sie erkennen und entlarven, ohne daß ich ein Wort sage.

Aber vorerst läßt er sich nichts anmerken. Er steht in der Küche. Er holt eine Flasche Wodka und zwei Gläser, stellt sie auf den Couchtisch und schenkt uns beiden ein.

»Ich dachte, du trinkst nicht«, sage ich.

»Die Lehrer sollen natürlich nicht im Beisein der Schüler trinken. Wir haben auch kein Bedürfnis danach. Aber wir sind auch nur normale Sterbliche. Ich trinke nur, wenn Sigrun nicht hier ist.«

Er setzt sich. »Hast du es nicht gemerkt?«

»Was soll ich gemerkt haben?«

»Daß Sigrun ein Alkoholproblem hat.«

»Ich habe auch ein Alkoholproblem.«

»Nein. Du trinkst auf andere Art. Du trinkst in aller Offenheit, wenn du kannst. Es ist dir jedenfalls ziemlich egal, was die Leute von dir denken. Bei Sigrun ist das anders. Sie versteckt die Flaschen.«

»Wirkt sich das nicht negativ auf ihre Arbeit aus?«

»Nie. Fast nie. Obwohl, was weiß ich? Ich bin ja nicht dabei, wenn sie in Kirkenes ist.«

Nein, denke ich. Das ist er nicht. Dort kann er sie nicht kontrollieren. Ebensowenig wie ich Marianne kontrollieren konnte, wenn sie das Haus im Elvefaret verließ. Hat er von den Gerüchten gehört? Weiß er, daß sogar Rebecca Frost im fernen Oslo aufgeschnappt hat, daß Sigrun eine Distriktsärztin ist, über die man redet? Wir sitzen und schauen uns an. Jetzt ist er an der Reihe, denke ich. Er hat mich schließlich hierhergelockt.

»Wir könnten eine Platte auflegen«, sagt er.

»Keine Musik«, sage ich mit einem merkwürdigen Gefühl des Unbehagens. »Ausnahmsweise nicht.«

»Ich habe auch keine Lust auf Musik«, sagt er. »Absolut nicht.«

»Warum haben wir keine Lust auf Musik?« sage ich.

Er fängt an zu lachen. Er bemerkt ebenso schnell wie ich die Schwachsinnigkeit dieses Dialogs. Sein Lachen hat etwas Befreiendes. Ich fange ebenfalls zu lachen an.

»Ja, warum haben wir in diesem Moment keine Lust auf Musik?« Er lacht, bis er hustet. »Sollten wir nicht gerade heute abend ein dringendes Bedürfnis nach Musik haben?«

»Dort drüben stehen Schubert, Bach und Beethoven«, sage ich und schaue zu der Plattensammlung in dem Regal. »Die großen Meisterwerke.«

»Laß sie dort stehen«, sagt Eirik Kjosen ernst.

Dann lachen wir nicht mehr.

»Es gibt etwas, worüber du mit mir sprechen willst.«

Er läßt seinen Blick durchs Zimmer schweifen.

»Nichts Spezielles. Wirklich nicht. Ich mußte mich nur davon überzeugen, daß es dir gutgeht. Es ist doch erstaunlich, daß du wirklich zusammen mit uns hier oben im Grenzland sein willst.«

»Es ist ein schöner Ort«, sage ich. »Es muß phantastisch sein, hier als Familie zu leben. All die Möglichkeiten, die man hat. Außerdem muß es gut sein, hier aufzuwachsen.«

»Wir haben uns Kinder gewünscht«, sagt er ernst. »Wir haben uns das sehnlichst gewünscht. Von Anfang an. Aus irgendeinem Grund möchte ich, daß du das weißt. Sigrun war ja schwanger, wie sie dir beim Begräbnis erzählte. Ich glaube, du bist hierher in den Norden gekommen, weil du auch Sigrun verstehen willst. Wer sie ist, wie eng die familiäre Verbindung war, die sie mit Marianne hatte. Das trifft doch zu?«

Soll ich es ihm erzählen? Wie besessen ich von dieser Familie war, jahrelang? Wie ich nicht mehr weiterwußte. Wie ich mir ohne sie kein Leben vorstellen konnte. Soll ich ihm erzählen, wie es in meinen Gedanken aussieht? Daß zwei tot sind. Daß eine übrig ist. Daß Sigrun die letzte Hoffnung ist.

»Marianne und ich sollten ein Kind haben«, sage ich.

»Ich weiß. Vielleicht habe ich dir deshalb das mit Sigrun und mir erzählt.«

»Kanntest du Marianne? Habt ihr euch öfter getroffen?«

»Nein. Nicht oft. Das Verhältnis zwischen den beiden Schwestern war einfach hoffnungslos.«

»Wie das?«

»Ein ständiges Rivalisieren.«

»War es nicht merkwürdig, sie zusammen zu sehen? Fast wie Zwillinge?«

»Gerade die Ähnlichkeit hat sie so mißtrauisch gemacht. Sie bemerkten gegenseitig Charakterzüge, die sie nicht mochten. Sie waren nie Freundinnen. Sie trafen sich vornehmlich auf Familienfeiern. Sigrun graute es immer davor; schon beim Flug nach Oslo mußte sie Valium schlucken.«

»Aus welchem Grund?«

»Die Wurzeln liegen in der Kindheit. Sigrun hat dir sicher davon erzählt.«

»Ja, doch. Soviel ich verstanden habe, wurde sie von Marianne nicht unterstützt, als sie Musik studieren wollte.«

»Ein seltsamer Konflikt. In diesem Punkt konnte ich Sigrun nie folgen. Als wolle sie ihrer großen Schwester die Schuld dafür geben, daß sie es nicht selbst geschafft hat. Eine Verbitterung, die bis heute tief in ihr steckt. Sie hat Marianne gebraucht, hat diese Verbitterung gebraucht, wollte es aber vor anderen nicht zeigen. Sie blieb allein damit. Das hat sich aufgestaut. Deshalb ist es so unbegreiflich für sie, daß Marianne nicht mehr da ist, und besonders unbegreiflich ist, daß du plötzlich bei uns auftauchst, wie ein Schachtelteufel.«

Ich versuche, die brennende Röte, die mir ins Gesicht steigt, zu verbergen.

»Ist es ihr unangenehm, daß ich kam?«

»Nein, im Gegenteil!« sagt Eirik eifrig. »Es ist fast zu schön, um wahr zu sein, für uns beide! Seit wir im Juni die Nachricht von dem Selbstmord erhielten, war es uns schwergefallen, über diese Dinge zu reden. Sigrun reagiert schnell sehr emotional, aber es gibt niemanden, mit dem sie über ihre Schwester sprechen kann. Niemanden außer dir.«

»Was kann ich schon beitragen? Die Zeit, die ich mit Marianne hatte, war ja so kurz. Sie lebte viele verschiedene Leben. Das sonderbarste bei der Beerdigung war, daß keiner von Mariannes Freunden von mir wußte. Sie hatten keine Ahnung, daß ich existierte.«

»Was hätten sie denn wissen sollen?«

»Zumindest, daß wir verheiratet waren. Ist das zuviel verlangt?«

»Natürlich nicht. Ich finde das auch sonderbar.«

»Nicht einmal du und Sigrun wußten es.«

Er nickt. »Ich verstehe, daß das schwer zu akzeptieren ist.«

»Sie muß einen Grund gehabt haben. Mir schien sie ausgesprochen häuslich. Ich glaubte an diese Zweisamkeit. Ich glaubte an dieses Leben im Skoog-Haus. Die langen Abende, an denen wir füreinander Musik spielten. Die Nähe und die Fürsorglichkeit, die sie mir gegenüber in allen Situationen zeigte. Ich glaubte, ihre Freude sei echt, als sie sagte, sie sei schwanger. Und die Hochzeitstage in Wien ... Dieses Gefühl der Zusammengehörigkeit, das sie ausstrahlte. Marianne war nicht dumm. Aber jetzt ist sie tot. Und alle ihre Freunde lachen über mich, denke ich. Den Schwarzen Peter habe ich.«

Eirik Kjosen schüttelt den Kopf.

»Sie war nicht zynisch. Sigrun ist auch nicht zynisch. Aus dem, was Sigrun erzählte, mußte ich schließen, daß Marianne ein Vorbild für sie war. Aber das wagte sie weder vor sich noch vor mir zuzugeben. Marianne machte nichts halbherzig. Das macht Sigrun auch nicht.«

Ich weiß nicht, wie weit ich bei diesem Gespräch gehen will.

»Sie waren so ähnlich«, sagt Eirik Kjosen ernst.

»Ja. In gewisser Hinsicht.«

»Deshalb habe ich Angst, sie zu verlieren.«

»Wie solltest du sie verlieren?«

Er macht eine weite Handbewegung.

»So wie du Marianne verloren hast. Es ist schrecklich und unwiderruflich, wenn jemand freiwillig in den Tod geht. Und man erfährt nie, warum er sich für diesen Schritt entschieden hat, oder?«

Ich zucke die Schultern. Es fällt jetzt leichter, über Mariannes Selbstmord zu sprechen. Er hat sich mit meiner eigenen Geschichte verknüpft. Egal, wovor Marianne flüchtete oder wonach sie sich sehnte, sie wird für immer mit meinem Leben verknüpft sein. Dieser Gedanke gibt mir eine gewisse Kraft.

»Ich weiß, was du mich fragen willst. Du willst wissen, warum sich Marianne erhängt hat.«

»Nicht so direkt«, sagt er verlegen.

»Warum nicht? Was haben wir zu verbergen? Nein, ich weiß nicht, warum sich Marianne erhängt hat. Ich weiß nicht, wie es in diesen letzten Tagen in ihrem Kopf ausgesehen hat. Vielleicht ist etwas in mir, das sehr wütend auf sie ist, weil sie mir etwas vorgespielt hat, weil ich nie die Chance bekam, mit ihr über das zu reden, was sie sich vorgenommen hatte. Vielleicht hatte sie das Gefühl, vor niemandem Rechenschaft ablegen zu müssen. Nicht einmal vor dem Ungeborenen. Sie hatte gerade eine Tochter verloren. Und sie hatte ihren Mann verloren.«

»Ja, Bror Skoogs Tod ist unerklärlich, nicht wahr?« Eirik Kjosen schaut mich fragend an.

Ich schüttele den Kopf. »Ich glaube, ich weiß, warum er

sich das Leben nahm. Es war aus Liebeskummer. Oder aus akuter geistiger Verwirrung. Nur wenige Minuten nachdem er erfahren hatte, daß ihm Marianne untreu gewesen war, ging er in den Keller, um sich das Hirn aus dem Kopf zu pusten. Mariannes Worte.«

»Bist du sicher, daß es so einfach war?«

»Wie meinst du das?«

»Daß es die ganze Zeit etwas anderes war. Daß die Nachricht von der Untreue die Handlung nur auslöste, ohne die eigentliche Ursache zu sein?«

»Was soll dieses andere gewesen sein?«

»Die Beziehung zu Tochter Anja. Ein Schuldgefühl. Weil sie buchstäblich in seinen Händen verwelkte.«

»Das wissen wir nicht. Wie buchstäblich es war. Die Hände, meine ich. Kanntest du Bror Skoog gut?«

»Eigentlich nicht. Wir trafen uns nur bei diesen aufreibenden Familienfeiern. Er war der Perfekteste. Das edelste Auto. Die teuerste Hose aus Leder. Umgekehrt war er der Verkrampfteste. Erinnerst du dich an sein Lachen?«

Ich schüttle den Kopf. »Nein«, sage ich. »Ich habe ihn nie lachen gehört.«

»Er hatte das einsamste Lachen auf dieser Welt. Stell dir einen Menschen vor, der weint. Ein Mädchen in einem Flüchtlingslager. Ein vierjähriger Junge allein vor den Trümmern seines Elternhauses nach einem Erdbeben. Bilder der Trauer. Aber nicht zu vergleichen mit dem traurigen Lachen Bror Skoogs.«

Ich nicke. »Ästhetik und Qualität waren für ihn das Wichtigste. Die Möbel. Die Stereoanlage. Der Flügel. Die Frauen im Haus waren auch die schönsten. Er sprengte die Idylle in die Luft. Vielleicht wußte er um seine Macht. Daß er sich unentbehrlich gemacht hatte und daß die andern ihm rasch folgen würden ...«

»Ein fürchterlicher Gedanke!« sagt Eirik Kjosen schaudernd.

Er hat kein Licht angemacht. Wir sitzen im Stockdunkeln und reden.

»Bald gehen wir hinaus und schauen uns das Nordlicht an«, sagt er. »Hast du es schon einmal gesehen?«

»Nein«, sage ich. »Jemand wollte es mir zeigen. Ich glaube, es war in Berlevåg. Aber ich war zu betrunken.«

»Warum trinkst du soviel?«

»Muß ich darauf antworten? Warum trinkt Sigrun?«

»Das weiß ich eben nicht«, sagt er schließlich. »Es ist diese Distanziertheit an ihr, die dazu führt, daß man sie nicht für sich gewinnen kann. Hattest du dieses Gefühl bei Marianne auch?«

»Leg doch eine Platte auf«, sage ich unruhig.

Er erhebt sich sofort. »Was willst du hören?«

»Schubert. Irgendwas von Schubert.«

Er geht zum Plattenregal. Zögert kurz. Dann legt er »Der Tod und das Mädchen« auf.

»Um Himmels willen.«

»Wörtlich gemeint oder nicht?« sagt er lakonisch.

Wir sitzen da und hören die Musik. Aber ich merke, daß er eigentlich zu unruhig ist, um zuzuhören.

Er beugt sich zu mir.

»Verstehst du wirklich nicht, warum ich Angst habe, sie zu verlieren?«

Es ist, als warte er auf ein schwieriges Stichwort. Ich weiß nicht, ob ich es für ihn parat habe. Ich verstehe auf einmal seine Gastfreundschaft. Er möchte eine Karte anfertigen. Marianne und Sigrun sollen eingeordnet werden. Anja auch.

»Du mußt konkreter werden«, sage ich.

»Ich habe Angst um sie, seit sich Marianne das Leben nahm«, sagt er.

Nachtgestalten.

»Wir gehen jetzt nach draußen.« Er steht auf und geht zur Tür. »Hier sind Stiefel.«

Ich folge ihm. Er will mir seine Welt zeigen. Er will sich zwischen mich und Sigrun drängen. Das kleine, wacklige Gerüst, das wir gebaut haben, will er wieder einreißen und mir dafür seine Freundschaft bieten.

Ich habe das Gefühl, in eine Falle zu tappen.

Wir stehen in der gespenstischen Schneelandschaft und betrachten das gelbgrüne Licht. Der Himmel ist unruhig. Obwohl ich bisher noch kein Nordlicht gesehen habe, meine ich die plötzlichen Lichtbewegungen aus meinen Träumen zu kennen. Gewaltige Energiefelder, die sich nicht erklären lassen. Ich denke an das Radio aus der Kindheit. Das grüne Licht, auf das Mutter immer starrte, wenn sie auf Mittelwelle fieberhaft nach Musik suchte.

Das Nordlicht flackert, sprüht plötzlich und unvorhersehbar weit oben am Himmel.

»Ich fühle mich so klein«, sage ich.

»Das ist der Sinn«, sagt Eirik Kjosen.

Da nehme ich zwischen den Bäumen eine Gestalt wahr. Es ist ein Mann. Reglos steht er da und beobachtet uns zwischen ebenden Baumstämmen, hinter denen ich beim ersten Mal Sigrun und Eirik im Bungalow beobachtete.

Sieht Eirik ihn nicht? Ich weiß nicht, ob ich etwas sagen soll, ihn darauf aufmerksam machen soll, daß wir nicht mehr allein sind. Wie lange steht der Fremde schon da und beobachtet uns? Hat er die ganze Zeit, während wir miteinander redeten, vor dem Bungalow gestanden?

Die Gestalt bewegt sich, kommt auf uns zu. Jetzt bemerkt auch Eirik, daß wir nicht allein sind.

»Gunnar?« sagt Eirik erstaunt. »Du *hier*?«

»Ich mußte einfach kommen«, sagt Gunnar Høegh lächelnd. Er trägt eine russische Pelzmütze zu einem fußlangen, grünen Lodenmantel und ist leichenblaß in diesem Licht. »Ich wußte ja, was das für eine Nacht werden würde.«

Die beiden Freunde umarmen sich. Ich sehe, daß Eirik freudig überrascht ist. Dann begrüßt Gunnar Høegh auch mich, fast ebenso herzlich. Es fällt schwer, sich einer solchen Unmittelbarkeit zu entziehen.

»Schön dich zu treffen«, sagt er. »Was treibt ihr denn gerade?«

»Ich weise diesen jungen Menschen aus der Stadt in das Geheimnis des Nordlichts ein«, sagt Eirik Kjosen lachend.

»Na dann mal los«, sagt Gunnar Høegh gebieterisch.

Da stehen wir drei Männer also und starren hinauf zum Himmel. Keiner sagt ein Wort. Wir starren das Polarlicht an, die Elektronen und Protonen, die mehr als neunzig Kilometer über uns mit den Gasen in der Erdatmosphäre kollidieren. Wir sehen die Lichtwellen, die abwechselnd weiß, grün, blau und dann wieder tiefrot leuchten.

Aber es ist nicht das Nordlicht, das mich am meisten beschäftigt. Es sind die Männer, die, einander die Arme um die Schultern gelegt, zum Himmel schauen. Die Stimmung ist angespannt. Vielleicht bin ich daran schuld. Gunnar Høegh ist möglicherweise überrascht, Eirik Kjosen so spät abends in meiner Gesellschaft zu begegnen. Er ist zweifellos gekommen, um Eirik zu treffen.

»Das war überwältigend«, sage ich nach einer Weile. »Aber vielleicht sollte ich mich jetzt zurückziehen.«

»Du darfst nicht gehen!« sagt Gunnar Høegh. »Auf keinen Fall. Du bist jetzt einer von *uns*.«

Wie wird man einer von ihnen? denke ich und stapfe einige Schritte hinter ihnen hinunter zum Fluß. Bin ich einer von ihnen, weil wir alle drei eine Beziehung zu Sigrun haben, ein Stück von ihr haben, jeder auf seine Weise?

Gunnar Høegh hat aus der Innentasche des grünen Lodenmantels eine Flasche Schnaps herausgezogen. Er übernimmt heute abend das Kommando. Er ist es gewöhnt, der Chef zu sein. Er bleibt stehen und zieht den Korken heraus. Wollen wir? Eirik Kjosen setzt die Flasche an den Mund und hält sie hoch hinauf in die Luft. Ich höre, daß er schwer schluckt. Aber der Schnaps ist stark. Er hustet. Mit einer entschuldigenden Bewegung reicht er mir die Flasche. Ich trinke, bin durstig bis aufs Mark. Schmeckt nach Whisky. Schottischer Malt. Sicher ein Präsent für Gunnar Høegh von einem der anderen Direktoren. Jetzt vermischt sich meine Spucke mit der von Eirik Kjosen. Gleich wird Gunnar Høeghs Spucke dazukommen. Wir gehören zu einem exklusiven Club, und Sigrun Liljerot eint uns.

Ich spüre einen Sog im Zwerchfell, als Gunnar Høegh aus der Flasche trinkt. Warum ist er nicht in Kirkenes? Da ist Sigrun. Warum kommt er *hierher*? Er ist der General unseres kleinen Bataillons. Weder Eirik noch ich wagen aufzumucken. Ich bin mir sicher, daß er mit Sigrun ein Verhältnis hat. Er marschiert geradewegs auf den zum Teil vereisten Fluß zu.

»Gunnar!« ruft Eirik warnend. »Das darfst du nicht!«

Mir fällt mein Traum mit Rachmaninow ein. Wie er die Grenze aus dem Totenreich überschritt. Das war bitterer Ernst. Dies hier ist nur ein Spiel.

»Können wir sie nicht ein bißchen ärgern?« sagt Gunnar Høegh vergnügt. »Diese Grenzstreitigkeiten sind eigentlich nur komisch.«

»Warte!« sagt Eirik Kjosen bestimmt und packt Gunnar Høegh am Arm. »Das bringt uns nur alle in Schwierigkeiten.«

»Sind sie wirklich so streng?« sage ich.

»Weißt du denn nicht, daß hier sogar Fotografieren verboten ist?«

»Dann gibt es dieses Tal eigentlich nicht?«

»Nein.«

Mir läuft ein kalter Schauer über den Rücken. Ich sehe plötzlich auf der anderen Flußseite einen Menschen.

»Psst«, sage ich. »Seht ihr, was ich sehe?«

Sie stehen mäuschenstill. Sie sehen es auch. Eine Gestalt, die sich im Schutze der Dunkelheit am Ufer entlang auf einen Landungssteg weiter oben am Flußlauf zubewegt.

»Er versucht die Wachtürme zu umgehen«, sagt Eirik Kjosen mit mühsam unterdrücktem Zorn. »Er kann nicht von hier sein. Sonst wüßte er es besser.«

Plötzlich rennt die Gestalt hinaus aufs Eis.

»Das ist Wahnsinn!« flüstert Eirik Kjosen.

Ein Schuß kracht. Ich sehe das Mündungsfeuer im dichten Wald weiter nördlich. Die Gestalt fällt hin und zappelt. Jemand ruft. Vier Männer kommen hinter den Bäumen hervor, wo ich das Mündungsfeuer sah. In Sekundenschnelle sind sie bei dem Verletzten, ziehen ihn vom Eis und verschwinden mit ihm im Wald.

»Können wir denn nichts tun?« flüstert Gunnar Høegh.

»Nein, nichts.«

Ich stürze zum nächsten Baum und übergebe mich.

»Gehen wir zurück zum Bungalow«, sagt Eirik Kjosen.

Eirik Kjosen hat den Kamin angezündet. Unsere Gesichter sind gerötet von der plötzlichen Wärme und dem Whisky, den Gunnar Høegh kreisen läßt. Wir sind schockiert über das, was wir gesehen haben. Trafen die Schüsse seine Beine?

Eirik Kjosen steht am Telefon und spricht mit der Polizei, gibt einen Bericht des Vorfalls.

»Das hat für sie keine Bedeutung«, sagt er danach. »Auf dieser Seite der Grenze können wir wenig ausrichten.«

»Scheußlich.«

»Wir leben hier oben und nehmen das nicht so ernst, weil die Sonne scheint, weil Elche und Raubtiere die Grenze passieren, ohne um Erlaubnis zu fragen«, sagt Eirik Kjosen.

»Und wenn wir hinaus aufs Eis gegangen wären?« frage ich.

»Sie wären gekommen und hätten uns eingesperrt. Für einige Stunden oder auch Tage. Man hätte in der Zeitung über uns berichtet.«

»Sigrun hätte sich Sorgen gemacht«, nickt Gunnar Høegh.

»Das auch.«

Wir versuchen, das unangenehme Gefühl abzuschütteln. Der Anblick der zappelnden Gestalt will mir nicht aus dem Kopf. Alles ging so schnell.

»Dann kann ich also über Nacht bleiben?« sagt Gunnar Høegh mit fragendem Blick zu Eirik.

»Selbstverständlich. Wußtest du nicht, daß Sigrun nach Kirkenes gefahren ist?«

»Doch, sie rief mich an, um mir mitzuteilen, daß sie die

ganze Woche in Kirkenes sein wird. Aber ich wollte lieber hierher. Mußte einfach weg.«

»Ich bin immer weg«, lächelt Eirik Kjosen. »Du kannst bleiben, solange du willst.« Er steht am Herd, brät für alle Spiegeleier und Corned beef.

Gunnar Høegh begegnet meinem fragenden Blick.

»Wenn ich hierbleibe, schlafe ich gewöhnlich auf der Couch«, sagt er erklärend. »Ich logiere mich auch in der Turiststation ein, aber seit Vivian tot ist und ich selbst beinahe ins Gras gebissen hätte, hat das Wort *Zuhause* eine neue Bedeutung bekommen. Verstehst du, was ich meine?«

Ich nicke. Ich habe Schwierigkeiten, mir vorzustellen, daß dieser feine Herr Direktor auf einer abgewetzten Couch übernachtet. Eirik kommt mit den Tellern, stellt sie vor uns auf den kleinen Eßtisch, an dem wir sitzen. Gunnar Høegh hat auch jemanden verloren, denke ich. Fühle ich mich trotz aller Ablehnung deshalb zu ihm hingezogen? Er läßt mich nicht los, so wie auch ich ihn offenbar irgendwie nicht loslasse. Beide haben wir jemanden verloren. Keinen beliebigen Menschen, sondern den, der uns am nächsten stand. Außerdem haben wir uns beinahe selbst verloren. Was verbindet uns mit Eirik Kjosen? Daß er noch niemanden verloren hat, aber befürchtet, genau das könnte geschehen? Daß wir Mitspieler seiner Angst sind? Figuren, die von außen kommen und denen er in seiner Küche Spiegelei mit Corned beef serviert?

Gunnar Høegh mustert mich aufmerksam. Er ahnt meine Gedanken.

»Hier ist mein Zufluchtsort«, sagt er. »Ich weiß, was du durchgemacht hast. Wenn man beinahe alles aufgegeben hat, wenn nichts mehr eine Rolle spielt, erkennt man, was man hat und was man nicht hat.«

»Sigrun war Gunnars Ärztin, als er mit dem Schlimmsten rechnen mußte«, sagt Eirik. Er merkt nie, wie unpassend es ist, wenn er das Gespräch von anderen unterbricht.

»Sie rettete mein Leben.«

Ich verstehe plötzlich, was er mir zu erklären versucht. Eirik versteht es nicht. Das sehe ich ihm an. Für ihn ist Gunnar der Freund, der ihn aus seinem Alltag holt.

Wir essen. Eirik hat eine Flasche Milch auf den Tisch gestellt. Wir trinken aus den schäbigen Gläsern des Internats.

»Du mußt diesem jungen Talent deine Welt zeigen«, sagt Gunnar Høegh bestimmt.

»Nenn mich bitte nicht Talent.«

»Du bist talentiert.« Gunnar Høegh macht eine abwehrende Handbewegung, er will keinen Protest hören.

Ich blicke mich im Zimmer um, während er redet. Jemand ist hier. Marianne ist hier. Sie sitzt wieder neben mir. Nach mehrmonatiger Pause. Sie streichelt meine Hand. Sie möchte mir etwas erzählen. Ich genieße ihre Nähe, den Gedanken, daß es sie gibt. Ich gleite in eine andere Welt. Sie sehen es, lassen mich aber gewähren. Sie meinen, es habe mit dem Schock nach den Schüssen am Fluß zu tun. Sie meinen, ich hätte zuviel getrunken. Sie meinen, ich höre nicht, was sie reden. Sie meinen, ich säße mit geschlossenen Augen da und schliefe. Gunnar Høegh beugt sich über den Tisch und hat wieder dieses bleiche, kränkliche Gesicht, das ihn so attraktiv macht. Sogar in diesem Zustand spüre ich seine Ausstrahlung.

»Vielleicht bin ich deshalb heute abend hergekommen«, sagt er. »Um mit dir zu reden.«

»Mit mir reden? Worüber?« sagt Eirik ausweichend.

»Über Sigrun.«

»Wir können immer über Sigrun reden.«

»Sie braucht Hilfe. Merkst du das nicht? Daß sie ohne Halt ist?«

»Wie meinst du das?«

»Daß sie schwebt. Daß sie nicht mehr aus noch ein weiß. Daß irgend etwas passiert ist.«

»Es ist viel passiert. Sie hat unter anderem ihre Schwester verloren.«

»Hör zu«, sagt Gunnar ärgerlich. »Ich mag euch alle beide. Ihr habt mich gerettet. Jetzt entfernt ihr euch voneinander. Ich lasse nicht zu, daß das geschieht.«

»Was geschieht denn?«

»Ich weiß es nicht. Du kennst Sigrun besser als ich. Aber sie trinkt mehr denn je.«

»Sie hat immer viel getrunken.«

»Jetzt trinkt sie mehr als viel, sobald sie dir aus den Augen ist.«

»Ich mag nicht, daß du sie verpetzt.«

»Ich petze nicht. Ich tue nur meine Pflicht als Freund. Sie sehnt sich nach etwas. Was unternehmt ihr im übrigen, um ein Kind zu bekommen?«

»Das übliche. Wenn wir Zeit haben.«

»Du teilst das Bett mit der schönsten und wundervollsten Frau der Welt. Und du redest von *Zeit*? Du solltest dich schämen.«

»Wir sind überanstrengt, alle beide. Die letzten Monate waren kompliziert.«

»Sei vorsichtig«, sagt Gunnar Høegh. »Es droht Gefahr. Ich habe ein Gefühl dafür. Und jetzt fühle ich es.«

»Wo ist die Gefahr?«

Gunnar Høegh gibt keine Antwort.

Ich sitze mit geschlossenen Augen da. Sie beobachten mich jeder von seiner Seite. Da schaue ich sie plötzlich an, einen nach dem andern.

»Legen wir eine Platte auf«, sagt Gunnar Høegh nervös.

»Nein«, sage ich mit einem Blick auf die Uhr. »Obwohl, macht, was ihr wollt. Für mich ist es Zeit, mich zurückzuziehen.«

Beschränkungen

Hand in Hand verlasse ich mit Marianne den Bungalow. Dann verschwindet sie, verschmilzt mit dem Schnee und der schwarzen Nacht. Da stelle ich mir vor, daß Sigrun aus Kirkenes kommt, daß heute nacht eine Entscheidung fällt. Aber nichts geschieht. Ich habe gesagt, ich wolle zu Bett gehen. Sie haben mich zur Tür gebracht.

Ich stehe zwischen den Kiefern und blicke durch das erleuchtete Fenster. Eirik Kjosen und Gunnar Høegh sitzen und reden. Worüber unterhalten sie sich jetzt? Gunnar Høegh ist nun für mich kein Gespenst mehr. Er ist der Hausfreund. Wie in Ibsens Kammerspielen. Er taucht auf, wenn Gefahr im Verzug ist. Er versucht zu helfen. Dafür ist er da. Er ist Witwer. Natürlich ist er zu alt für sie. Er weiß, was sich gehört. Er wird seiner Frau treu bleiben, bis er stirbt. Ich mag ihn mehr und mehr. Er hat eine Neuigkeit gebracht. Zwischen Sigrun und Eirik steht es nicht so gut, wie es nach außen scheint. Ich werde unruhig. Marianne ist nicht mehr da.

Ich stapfe hinunter zu meiner Klosterzelle. Dorthin gehöre ich. Jäh kann das Leben unheimlich werden. Als wir das Nordlicht betrachteten, herrschte tiefer Friede. Den Anblick der zappelnden Gestalt auf dem Eis habe ich noch immer vor Augen. Vielleicht ein Wachsoldat, der einer Eingebung folgte. Wie ich der Eingebung folgte, hierher in den Norden zu fahren. Wie jeder Idiot einer Eingebung folgen kann und entweder als reichster Mann der Welt oder am Galgen baumelnd endet. War Mariannes Tod nur eine Eingebung? War es eine Eingebung, daß Rebecca Frost ja sagte und Christian heiratete? Daß Mutter in den reißenden Fluß ging? Daß Cathrine sich entschied, auszusteigen?

Tanja Iversen steht am Eingang und raucht. Sie wartet auf mich. Als habe sie den ganzen Abend da gestanden.

»Hast du es mitbekommen?«

»Was denn?«

»Die Soldaten schossen auf der sowjetischen Seite. Einer wurde getroffen.«

Das Knattern eines Hubschraubers plötzlich direkt über uns. Dann verschwindet er in südlicher Richtung.

»Suchen sie nach ihm?«

»Eirik sagt, wir hier in Norwegen können nichts tun.«

Sie nickt, ist aber gedanklich woanders.

»Ich wollte dir danken«, sagt sie

»Du mußt mir für nichts danken«, sage ich. »Das kam alles aus dir selbst.«

Da erscheint ein Junge aus dem Internat. Ich erkenne ihn wieder an dem Milchbärtchen. Mit jugendlichem Besitzerstolz legt er den Arm um sie. Sie läßt es zu.

Ich fühle ein Stechen.

Wie eine Reinigung, eine Beschränkung der Wahlmöglichkeiten.

Bleibt die eine, große Wahl.

»Kurt spielt Schlagzeug«, sagt Tanja Iversen.

Ich nicke. »Wie schön«, sage ich.

In der Nacht träume ich von Mutter. Ich träume, daß sie weint. Sie sitzt bei mir auf der Bettkante. Ich merke, daß ich krank bin. Aber es irritiert mich, daß sie mich bemitleidet. *Sie* ist schließlich tot.

»Es gibt so vieles, was ich dir hätte sagen wollen«, sagt sie.

»Können wir nicht jetzt reden?« sage ich.

»Es ist zu spät. Wir hatten nur diese eine Chance.«

»Du meinst, es sind alle Möglichkeiten aufgebraucht?«

»Nicht für dich, mein Junge. Noch nicht.«

Sie streicht mir zärtlich über den Kopf. Ich spüre es physisch, werde jäh wach und setze mich im Bett auf. Diese Zärtlichkeit war wirklich. Wer träumt diese Träume in mir? Wer läßt sie wiederauferstehen, so klar und deutlich, daß ich immer noch die Hand in die Luft halte?

»Marianne«, murmele ich. »Warst du es wirklich?«

Sigrun kommt

Dann, eines Tages, ist sie wieder da, steht plötzlich in meinem Zimmer, in Lammfelljacke und Jeans. Sie unterbricht mich mitten in dem schwierigen dritten Satz, der verzweifelten Gewißheit im Nebenthema, der plötzlichen Sehnsucht nach Versöhnung und Klarheit. Zurückgekehrt zu mir, denke ich. Wir umarmen uns, als seien wir seit langem ein Liebespaar. Aber eine Verlegenheit entsteht, obwohl ich Tränen in ihren Augen sehe.

»Ich habe dich sehr vermißt«, sage ich.

»Hast du etwas zu trinken«, murmelt sie.

Ich stelle die Wodkaflasche auf den Tisch. Zwei Milchgläser. Sie hat aufgehört, sich zu verstellen. Als wüßte sie, was mir Eirik über ihr Trinken erzählt hat.

Dann trinken wir. Vorsichtig, aber gezielt.

Der Rausch kommt wie ein Schuß.

»Ich habe einen seltsamen Gedanken«, sagt sie. »Als ob du meine ganze Familie bist. Die wirkliche. Als würdest du Seiten an mir kennen, die ich versucht habe zu vergessen.«

»Ist das schlecht?«

»Nein, das ist wie ein unerwartetes Geschenk.«

Ich habe eine Woche lang geübt. Ich habe den Umgang mit Eirik möglichst vermieden. Ich will ihn nicht als besten Freund. So eine Verbindung zu ihr will ich nicht. Endlich richtet sich meine ganze Aufmerksamkeit auf die Noten. Die anderen haben mich in Ruhe gelassen. Als verstünden sie, daß ich jetzt die volle Konzentration brauche.

»Ich habe gehört, daß am ersten Abend etwas Schreckliches passiert ist?«

»Ja. Weißt du Näheres?«

»Soviel ich weiß, ist er nicht tot. Der norwegische Nachrichtendienst hätte das herausgekriegt. Wir hätten es erfahren. Kirkenes ist immer voller Gerüchte. Sie schossen ihm in die Beine.«

»Gunnar Høegh war mit uns zusammen.«

Sie nickt. »Er und Eirik sind sehr gute Freunde.«

»Aber dann fuhr er zurück nach Kirkenes?«

»Er ist schließlich Direktor von A/S Sydvaranger«, sagt sie kurz.

Ich merke, daß sie nicht weiter über Gunnar Høegh reden will. Das macht nichts. Er ist nicht mehr gefährlich. Ein alternder, krebskranker Mann, der Sigrun bei einem Kinderheimprojekt in Rußland unterstützt. Das ist in Ordnung. Das ist, wie es ist, denke ich.

Wir sitzen auf der Bettkante, sind verlegen und wissen nicht, was wir reden sollen. Wir streicheln unsere Hände. Ihre Wangen sind rot vom Alkohol.

Dann schaut sie mich ernst an. Dieser Blick hat mich jedesmal gebannt. Anjas Blick. Mariannes grüne Augen. Wenn diese Frauen für mich verschmelzen, dann deshalb, weil sie etwas gemeinsam haben, nicht nur äußerlich, auch psychologisch gesehen. Eine Stärke, die unüberwindlich wirken kann, um im nächsten Moment zu Staub zu zerfallen. In diesen Augen tanzen Dämonen. Sie will sich zurückziehen, aber es ist eine Sekunde zu spät. Wir kippen rückwärts aufs Bett. Jetzt spürt sie, wie sehr ich sie erobern will, wieviel ich ihr geben möchte. Was ich Anja nie gab, weil ich zu jung und unsicher war. Was ich Marianne nicht zu geben wagte, weil sie zu erwachsen war. Aber zwischen mir und Sigrun sind nicht so viele Jahre. Ich will bis an die Grenze des Möglichen gehen, ohne daran zu denken, was zwischen mir und den andern in ihrer Familie geschehen ist. Und ich bin überrascht von der Heftigkeit dessen, was geschieht. Alles liegt versteckt in dieser gemeinsamen Trauer, die wir haben, denke ich, erregt davon, daß sie so nahe ist, daß sie noch unerreichbar wirkt, daß sie sich nicht beherrschen kann, daß sie mich sowohl abweist wie ermuntert. Ich liebe jedes Detail. Die kleinen Sommersprossen, die ich jetzt entdecke, der Geschmack ihrer Lippen, die fordernden und erfahrenen Bewegungen, mit denen sie mir entgegenkommt, ihre Art, mich zu umfassen, all das entfacht den Wunsch, gut zu ihr zu sein. Ich will mit ihr schlafen, mit ihr träumen und mit ihr erwachen. Möchte sie von mir abhängig machen. Möchte sie dazu bringen, auch mich zu lieben.

»Bald wirst du zwanzig«, sagt sie, um mich daran zu erinnern, wie unmöglich das ist. Trotzdem weist sie mich nicht zurück. Noch ist es, als genieße sie, wie sehr ich sie begehre, daß ich voller Anspannung bin, daß ich bis in den hohen Norden gekommen bin, um sie zu finden, daß ich ihr Wörter ins Ohr flüstere.

Sie läßt zu, daß ich sie streichle. Sie ist warm und verschwitzt. Ich taste nach ihrem Hosenknopf, da stoppt sie mich. Aber ich gebe nicht auf, will unter ihre Kleider. Das hat mir Tanja Iversen beigebracht. Ich dachte nicht, daß sie es mögen. Daß sie langsam geweckt werden müßten. Und plötzlich läßt es Sigrun zu. Und ich schicke einen dankbaren Gedanken an Tanja Iversen, daß sie auch mir etwas beigebracht hat, obwohl sie von mir kaum etwas gelernt hat. Zum erstenmal offenbart eine Frau ihr eigenes Begehren, ohne es unter meinem zu verbergen. Das ist ein triumphales Gefühl und doch geheimnisvoll. Als gebe es bei aller Liebe einen Wunsch nach Kontrolle. Einen Wunsch, den ich immer noch spüre, so viele Jahre nachdem das zwischen mir und Sigrun passiert ist. Sie läßt mich die intimsten Dinge machen. Sie versteckt nicht einmal das Gesicht, als es geschieht. Aber als es vorüber ist, weint sie wie Marianne. Und ich muß sie trösten, als sei eine große Trauer zwischen uns gekommen.

Intermezzo im Bett

Sie unternimmt nichts, liegt nur da und streicht mir abwesend und mechanisch über den Kopf. Sie ist in einer anderen Welt.

»Du darfst das Eirik nicht erzählen, verstehst du?«

»Ich verstehe.«

Aber es ist geschehen, denke ich.

Als wäre ich in diesem Moment zum Mann geworden.

Als sei all das andere, das viel mehr war, nur Knabenstreiche gewesen.

Wir bleiben angekleidet liegen. Als sei nichts geschehen. Ihre Nacktheit habe ich nur durchs Fenster gesehen, eines Nachts vor vielen Tagen.

»Ich werde das wiedergutmachen«, sagt sie. »Aber du mußt mir Zeit geben. Ich dachte nicht, daß dies geschehen würde. Das hat mit der Situation zu tun, in der ich und Eirik sind.«

»Es hat keine Eile«, sage ich.

»Bist du böse auf mich?«

»Warum sollte ich böse sein?«

Sie erwidert nichts.

»Es wäre eine Tragödie für mich, wenn es zwischen mir und Eirik zum Bruch käme«, sagt sie.

»Das weiß ich. Das vergesse ich nicht«, sage ich.

»Und dann darfst du auch nicht vergessen, daß wir zusammen spielen wollen. Das ist das wichtigste.«

»Morgen«, sage ich. »Da werden wir Brahms spielen.«

»Ja«, sagt sie. »Oben im Bungalow.« Sie küßt mich rasch auf den Mund.

Dann trinkt sie ihr Glas leer.

Als sie gegangen ist, habe ich sie ganz für mich. Ich kann mit geschlossenen Augen daliegen und nacherleben, was geschehen ist. Das müssen noch andere mit ihr gemacht haben, denke ich. Ihre Ausstrahlung. Die Gerüchte, die ihr vorausgingen. Woran versucht sie sich zu klammern? Welches Leben möchte sie leben? Als ginge sie mit dem Rücken zum Wind und habe nicht den Mut, sich ihm entgegenzustellen.

In dieser Nacht träume ich von Marianne. Wir sind beide im Skoog-Haus. Wir sitzen wie gewohnt still nebeneinander im Wohnzimmer und hören Musik. Ich erkenne die Musik, eine merkwürdige Mischung aus Mahler und Joni Mitchell. Sie nimmt meine Hand. Ich spüre, daß sie verärgert ist. Sie weiß, was zwischen mir und Sigrun war. Sie weiß, daß ich meine Gefühle von den Toten auf die Lebenden übertragen habe, so wie einst die Gefühle von Anja auf Marianne.

»Du bist tot«, sage ich. »Deshalb suche ich nach dir in allem, was lebt.«

»Aber warum gerade Sigrun?«

»Weil sie dir am meisten gleicht.«

Marianne schüttelt traurig den Kopf. »Wir sind immer sehr verschieden gewesen. Sie wird dich nie glücklich machen.«

»Warum habt ihr euch verfeindet?«

»Nicht verfeindet. Voneinander entfernt. Sie wollte zuviel. Verstehst du denn nicht, daß du wegkommen mußt von unserer Familie? Daß sie dein Unglück bedeutet.«

»Du und Anja, ihr wart nie ein Unglück für mich.«

»Doch, das waren wir. Du hast es nicht erkannt. Ich wollte dir die Freiheit geben. Und jetzt sitzt du wieder hier.«

»Welche Freiheit?« sage ich. Ich wage es fast nicht, weiterzusprechen. Es ist so phantastisch, wieder hier mit ihr zu sitzen und zu reden. Mit niemandem konnte ich besser reden.

»Du darfst nicht von mir weggehen«, sage ich mit dem Kopf in ihrem Schoß. Die Tränen rinnen.

»Ich gehe niemals weg von dir«, sagt Marianne. Sie lächelt traurig.

Da merke ich, daß jemand bei der Stereoanlage steht und die Platte behutsam wieder in die Hülle steckt.

Es ist Bror Skoog.

Der Kopf ist wieder an seinem Platz. Nur an der Stelle, wo die Schrotladung traf, fehlen Haare. Und eine deutliche Narbe ist zu sehen. Marianne läßt meine Hand los, als sie ihn erblickt, aber Bror Skoog schüttelt nur beruhigend den Kopf.

»Bleibt sitzen«, sagt er. »Ihr paßt gut zusammen.«

»Was willst du?« fragt Marianne ängstlich.

Bror Skoog legt geheimnisvoll den Zeigefinger auf die Lippen.

»Hört jetzt«, flüstert er.

Wir zucken beide zusammen. Anja sitzt bereits am Flügel. Sie trägt den lila Pullover, den ich so liebte. Sie dreht sich nicht zu uns um. Sie begrüßt uns nicht. Sie ist in ihrer eigenen Welt. Marianne streckt die Hand nach der Tochter aus, wagt aber nicht, aufzustehen. Jetzt bestimmen Anja und ihr Vater.

»Ihr sollt etwas ganz Außergewöhnliches hören«, sagt Bror Skoog stolz und lächelt der Tochter zu. Er kann nicht verbergen, wie freudig erregt er ist.

Ich sehe, daß Anja nicht mehr so dünn ist wie bei ihrem Tod. Sie wirkt willensstark und beinahe triumphierend, als sie zu spielen beginnt.

Der erste f-Moll-Akkord.

Herrgott. Das ist Rachmaninows zweite Sinfonie, denke ich auf meiner Couch mit Marianne, verunsichert durch Bror Skoogs freundlichen Blick. Er hatte sich schließlich erschossen, weil ihm Marianne untreu geworden war. Wie kann er das jetzt so leichtnehmen?

Aber er sieht nur seine Tochter.

Anja Skoog spielt wieder. Sie spielt das Konzert, das ich

einstudiere. Ich höre ihren kräftigen Anschlag. Die Akkordsäulen, die zu einem Crescendo werden, bevor das Orchester einsetzt.

Da spielt sie auch noch das Orchester!

Bror Skoog schaut mich beinahe mitleidig an. Ich werde ganz klein auf der Couch. Marianne merkt es und drückt meine Hand. Anja spielt das Unmögliche, vermittelt das dunkle, intensive, jagende Streicherthema zu Beginn des ersten Satzes und nimmt die schnellen, ornamentreichen Stellen, die für Rachmaninows Pianostimme charakteristisch sind, mit dazu.

»Aber das ist unmöglich«, rufe ich fast empört von der Couch her.

»Für Anja ist nichts unmöglich!« ruft Bror Skoog triumphierend zurück. »*Dafür* war es wert zu sterben. *Ihr* habt euch geirrt! Keiner von euch glaubte an sie!«

»Wir glaubten zu sehr an sie!« protestiere ich, während Anja fortfährt, in rasender Geschwindigkeit sowohl die Klavier- wie die Orchesterstimme zu spielen. »Sie brach unter dem Gewicht unserer Erwartungen zusammen!«

»Sei still«, schnaubte Bror Skoog. »Hör jetzt zu!«

Anja Skoog spielt Rachmaninows c-Moll-Konzert. Wir sitzen im Haus des Todes. Das Skoog-Haus am untersten Ende des Elvefaret außerhalb von Oslo. In dem Haus, das ich am meisten liebe. In dem Haus, zu dem ich die Schlüssel habe, sowohl im Traum wie im Wachzustand. Bror Skoog hat sich auf einen der Corbusier-Stühle gesetzt. Er wirkt froh und erleichtert. Marianne sitzt neben mir und zeigt keine Gefühle. Als ich auf ihren Bauch schiele, sehe ich, daß sie immer noch schwanger ist. Weiß Anja, daß sie bald eine Schwester oder einen Bruder bekommt? Während Anja spielt, wird mir klar, daß wir in diesem

Haus wohnen, alle zusammen, obwohl ich der einzige Lebende bin. Bror Skoog kann nicht stillsitzen, während die Tochter spielt. Er steht auf und fängt an, im Wohnzimmer Ordnung zu machen, rückt Bilder gerade, überprüft die in alphabetischer Reihenfolge stehenden Schallplatten im Regal. Dann geht er in eine Ecke hinter dem Flügel. Dort steht die Schrotflinte, mit der er sich erschoß. Dort liegt der Strick, mit dem sich Marianne erhängte. Er beginnt, den Strick aufzurollen. Er ist ein Ordnungsmensch. Er nimmt den Strick und die Schrotflinte und huscht auf Zehenspitzen durchs Zimmer, um Anja beim Spielen nicht zu stören. Wir hören, daß er die Tür zur Kellertreppe öffnet, aber das macht nichts. Er ist ja schon tot. Es kann nichts Schlimmes mehr passieren.

Und Anja sitzt am Flügel und spielt mit all den heftigen Gefühlen, die sie nicht hat. Das ist beeindruckend und bewegend. Sie bringt das Orchester dazu, gewaltig und machtvoll zu klingen, und spielt die Solostimme punktgenau, ohne Fehler.

Bror Skoog kommt wieder aus dem Keller. Jetzt beginnt er, im Speisezimmer zu decken. Ich sehe das Besteck, das er bringt. Die erlesenen Kristallgläser aus Orrefors. Er deckt für uns vier. Ich gehöre jetzt zur Familie, obwohl ich noch am Leben bin. Es soll ein Festessen werden. Heute abend feiern wir Anjas großen Triumph. Ihr ungeheurer und trotzdem so erwarteter Fortschritt.

Mit Brahms im Bungalow

Eirik empfängt mich. Damit hatte ich nicht gerechnet. Es ist strahlende Sonne. Früher Nachmittag. Ich bin nach zwei Schlucken Wodka leicht angetrunken. Ein paar Schüler haben am Berghang eine Rodelbahn gebaut. Sie schreien und johlen. Tanja Iversen steht mit ein paar Jungs unten auf dem Hof und schaut herauf zu mir oben vor der Eingangstür zum Bungalow. Ich starre in das offene und interessierte Gesicht von Eirik Kjosen. Ich lasse den Mut sinken, aber bevor ich ein Wort sagen kann, versichert er:

»Ihr sollt natürlich für euch sein. Ich mache eine Wanderung mit einigen der Jungs.«

Gut, denke ich erleichtert. Sigrun kann es doch nicht *so* schwer für uns machen.

Als ich in das dunkle Wohnzimmer komme, sehe ich, daß Sigrun bereits die Geige in der Hand hält. Ein dunkel lackiertes Instrument, das ziemlich wertvoll aussieht. Sie steht in der Ecke beim Klavier und stimmt die Geige. Sie trägt einen altmodischen, grünkarierten Tweedrock und eine hellbeige Strickjacke. Ich sehe, daß sie nervös ist. Ich bin selber nervös. Es ist etwas anderes, sich in der Musik zu begegnen als draußen im Leben. Sie begrüßt mich, als sei nichts geschehen.

»Du willst also tatsächlich mit einer alten Schachtel wie mir spielen«, sagt sie munter.

»Eine Ehre«, sage ich ernst.

»Vielleicht darf ich ja das nächste Mal, wenn ihr übt, zuhören«, sagt Eirik freundlich.

»Klar«, sage ich. »Jederzeit.«

»Wir wollen zuerst sehen, wie es läuft«, sagt Sigrun und stimmt mit springendem Bogen.

»Dann verschwinde ich«, sagt Eirik munter. »Macht's gut, ihr beiden.«

Sie läuft zu ihm. Gibt ihm einen Kuß auf die Wange.

»Viel Vergnügen«, sagt sie. »Und sei vorsichtig.«

Als wir allein sind, macht sie keine Anstalten, reden zu wollen. Als könnten wir nicht schnell genug mit dem Spielen beginnen. Sie ist Anjas Tante, denke ich. Da ist viel Musik in ihr.

»Du hast die Noten?« sage ich.

Sie nickt und gibt mir die Klavierstimme. Die Violinsonate in A-Dur von Brahms.

»Du hast sie oft gespielt?«

»Nicht mit jemandem zusammen«, sage ich. »Aber Mutter hatte sie auf Schallplatte.«

»Welche Aufnahme?«

»Mit Isaak Stern und Alexander Zakin. Aufgenommen im CBS-Studio in New York. Wir mochten sie beide besonders gern.«

»Eine vollkommene Aufnahme«, sagt sie. »Ich weiß noch, daß ich mir die LP von dem Geld kaufte, das ich mit dem Austragen der Aftenposten verdiente.«

»Warum ist die Aufnahme vollkommen?« frage ich. »Stern ist technisch doch gar nicht vollkommen?«

»Ist er nicht ...?«

Sie senkt plötzlich den Kopf, zeigt mir eine andere Art von Verlegenheit, die sie mir bis jetzt nicht gezeigt hat.

»Natürlich ist er gut«, sage ich. »Aber nicht makellos. Nur das habe ich gemeint.«

»Nun machst du mich noch nervöser. Muß ich jetzt Stern sein und du Zakin?«

»Beruhige dich. Wir werden Liljerot und Vinding sein. Niemand ist für die Vollkommenheit geschaffen. Ich habe das nicht so gemeint.«

Ich sehe, daß ich es noch schwerer für sie gemacht habe. Ich bereue, was ich sagte. Aber genauso meine ich es.

»So stimmt es also, was nach deiner Aussage Marianne von dir gesagt hat«, sagt Sigrun nachdenklich.

»Was denn?«

»Daß du in der Musik älter bist als sonst.«

Aber was ist Alter, denke ich, als ich Brahms' A-Dur-Sonate vom Blatt spiele. Vom Blatt spielen kann ich gut. Der Alkohol ist kein Hindernis. Nicht zwei Schlucke. Obwohl sie mich etwas unsicherer machen, als wenn ich nüchtern wäre. Aber ich habe jetzt jahrelang mit den unterschiedlichsten Noten gearbeitet. Außerdem kenne ich die Musik. Sigrun steht dicht neben mir, so nah, daß ich nur die Hand auszustrecken brauche, um sie zu berühren. Vom ersten Takt an klappt es. Bevor das Hauptthema fertig moduliert ist, höre ich, daß sie auf einem höheren technischen Niveau ist, als ich erwartet hatte. Der Ton ist warm und rund. Sie phrasiert mit einer beinahe kühlen Eleganz, ohne sich in Sentimentalität zu verlieren, die größte Gefahr für jeden Brahms-Interpreten. Vielleicht lieben wir deshalb Stern und Zakin. Sie haben etwas Trockenes und Analytisches im Ausdruck. Das ist das Geheimnis, wenn man an die Romantik herangeht, sagte Selma Lynge immer. Nicht die eigenen Gefühle über das musikalische Werk stülpen. Nicht auf dem Podium stehen und hemmungslos weinen, wenn man Mahlers langsame Sätze dirigiert. Die Musik der Romantik hat genug Gefühle für ein langes Leben. Aber ein romantischer Ausdruck höhlt die Gefühle aus. Die Meister der Romantik werden lebendig in einem Gleichgewicht zwischen einer skeptischen Zurückhaltung und der tiefen Empfindung, die aus der Erfahrung entspringt. Trotzdem spüre ich, daß das Herz heftig klopft. Ich bin es nicht gewohnt, mit jemandem zusammen zu spielen. Seit ich mit Tibor und Melina Trios von Brahms spielte, habe ich nicht mehr mit anderen musiziert. Da war alles Chaos in meinem Kopf. Ist es jetzt besser? Zum erstenmal spiele ich im

Duo. An sich absurd, daß ich immer für mich geblieben bin. Sigruns Violintöne sind intensiv und voll. Wer da neben mir steht und spielt, das ist ein Vollblutmusiker. Ich kann hören, daß sie geübt hat. Rein technisch ist sie auf einem professionellen Niveau. Es ist unbegreiflich, daß eine Frau, die mit solcher Selbstsicherheit und Schönheit spielen kann, nicht Berufsmusikerin wurde. Und in dem Augenblick wird mir klar, daß sie mir genau das zeigen will, daß sie diese Seite von sich niemandem mehr gezeigt hat, seit sie den Kampf mit der Familie aufgegeben und Medizin studiert hatte. Mit Ausnahme von Eirik, der sich als ihr fester musikalischer Begleiter höflich zurückgezogen und mir den Platz überlassen hat.

Es ist ein merkwürdiges Gefühl, an diesem alten Schiedmayer-Piano zu sitzen und diese Musik zu spielen, an der Grenze zur Sowjetunion in dieser rücksichtslosen Natur, in dieser brutalen Schönheit. Wir spielen die A-Dur-Sonate, eine Lieblingssonate von uns beiden. Das ist kein Zufall. Die Sonaten in G-Dur und in d-Moll sind wesentlich publikumsfreundlicher. Die G-Dur-Sonate hat die Melodien und die d-Moll Sonate hat das Leidenschaftliche und Dramatische. Und was hat die A-Dur-Sonate? Sie hat das Undefinierbare, in dem Sigrun und ich uns in dem Moment finden, in dem wir hörend zu ein und demselben Ausdruck gelangen. Zwei Menschen, die dasselbe wollen, die sich unterordnen, um etwas zu schaffen, das größer ist als sie selbst. Ich schiele hinüber zu ihr, während sie spielt. Es ist rührend zu beobachten, welche Hingabe sie nicht nur in die Musik legt, sondern in diese Situation, ihr Lieblingswerk spielen zu dürfen, das in seiner zurückhaltenden Melancholie bei uns beiden die innersten Gefühle trifft. Sie schließt die Augen, ist äußerst konzentriert. Sie spielt nicht, um zu imponieren. Sie will einzig und allein zeigen, daß sie in die Musik gehört. Der sie ihr Leben weihen wollte. Eine unglückliche Liebe, die trotzdem nicht verloren ist. Wir beenden den ersten Satz ohne Fehler.

»Bravo«, sage ich. Aber dann merke ich, daß sie keine Pause will. Sie schüttelt den Kopf. Sie will fortfahren. Wir sind schnell soweit. Der einzigartige zweite Satz »Andante tranquillo-Vivace di piú«. Ich denke plötzlich an Kjell Hillvegs Worte vom Lächeln durch Tränen. Diese Musik hat die Trauer als Ausgangpunkt, verliert sich aber nicht in der Verzweiflung. Das war Mariannes Dilemma, im Unterschied zu Nietzsche, der statt der Trauer das Wollen, die Sehnsucht betonte. Sehnsucht, Lust, sie wollen »tiefe, tiefe Ewigkeit«. Sind wir jetzt in der Ewigkeit? In der Ewigkeit, die Nietzsche meinte, daß sie Sehnsucht und Lust will? Sind wir in Sigruns Sehnsucht nach der Musik, nach einem Kind, nach allem, was sich in ihrem Leben noch nicht erfüllte? Sind wir in meiner Sehnsucht nach den Toten, nach Sigrun, nach einer Erklärung für all diese Ereignisse, die meine Jugend so dramatisch prägten, ohne daß ich mich deshalb erwachsener fühle?

Wir spielen, als würden wir uns seit Jahren kennen, als hätten wir eben diese Sonate in den Konzertsälen Europas gespielt oder als arme Studenten in einer Dachkammer in Paris oder Wien geübt. Wir nähern uns der letzten Tranquillo-Sequenz, die von F-Dur nach D-Dur hinübergleitet. Eine der hellen Tonarten. Ja, denke ich, jetzt völlig in sie verliebt, überwältigt von den Facetten ihrer Persönlichkeit, dem Ernst und der Verspieltheit; von der Fähigkeit, eine nüchterne, praktische Distriktsärztin zu sein und zugleich eine Musikerin von höchstem Format, die als Amateurin nie die Aufmerksamkeit bekommt, die sie verdient.

Nun setzt sie zum Quint-Ton an, dem hohen, magischen A, der so lange klingen muß, sich ausbreitet, dem Sinn und

Schwerpunkt der ganzen Sonate. Sigrun Liljerot hat die volle Kontrolle. Sie formt den Ton, ohne daß er zu intensiv wird. Ihr gelingt dieser dünne, flageolettartige Klang, den ebendieser Ton haben muß, um hypnotisch zu werden. Sie beginnt im Pianissimo. Der Bogen springt nicht einmal. Der Ton, den sie formt, nähert sich der Vollendung.

Da reißt die Saite.

Es ertönt ein Knall. Sie wird im Gesicht getroffen. Ein feiner, dünner Streifen Blut läuft die linke Wange hinunter. Ich höre zu spielen auf. Aber sie versucht, weiterzumachen, geht mit dem Ton auf eine andere Saite über, möchte die Melodie beenden. Es sind nur noch einige Takte. Sie ist krebsrot im Gesicht, als würde sie vor einem großen und anspruchsvollen Publikum stehen. Aber da bin nur ich. Und mich stört es nicht, daß die Saite riß. Wir können den Satz noch einmal spielen, aber sie will so tun, als sei nichts geschehen. Sie will eine Oktave tiefer zum Ende kommen. Aber da ist viel von dem Zauber verschwunden.

Ich beginne wieder zu spielen, vor allem, um ihr zu helfen, um es ihr leichter zu machen. Aber die gerissene Saite ragt senkrecht in die Luft. Jeder andere Geiger hätte aufgehört und erklärt, daß etwas Fatales passiert sei. Nicht so Sigrun Liljerot. Sie spielt die letzten Vivace-Takte, beendet mit Bravour. Ich helfe ihr, so gut ich kann, wir schließen gemeinsam mit dem Schlußakkord ab. Aber kaum ist die Musik im Raum verklungen, wirft sie Instrument und Bogen in den Geigenkasten und geht zum Fenster, ohne ein Wort zu sagen.

Ich stehe vom Klavier auf, folge ihr, stelle mich direkt hinter sie und schaue in dieselbe Richtung, hinunter zu Tanja Iversen und den andern Schülern, die vor dem Internat herumstehen. Ich wage nicht, sie anzufassen, zwinge mich dann doch dazu, lege meine Hände sanft auf ihre Schultern, massiere die steifen Muskeln mit Daumen und Zeigefinger. Sie läßt es zu.

»Es war nicht wegen der Saite, die riß«, sagt sie.

»Was war es dann?«

»Daß sie genau bei dem Ton riß.«

»Irgendwann mußte sie wohl reißen.«

»Im Pianissimo? An der intimsten Stelle? Bei diesem Ton? Seit Wochen freue ich mich darauf, ihn zu spielen!«

Ich weiß keine Antwort. Wären wir im Krankenhaus gewesen, wäre ich ihr Patient und sie meine Ärztin, wüßte sie, was zu tun ist. Jetzt sinkt sie hilflos auf die Couch, den Kopf in die Hände gelegt.

Ich stehe ratlos da.

»Glaubst du, es war der böse Wille von dunklen Mächten am Werk?« sage ich schließlich.

Sie schaut auf zu mir, ein bleiches, verweintes Gesicht.

»Keine Mächte von außen«, sagt sie mit einem hilflosen Lächeln und wischt sich das Blut im Gesicht weg. »Das Scheitern, diese Fähigkeit, immer wieder Fehler zu machen, sitzt nur in mir selbst.«

Mich schaudert.

»Du weißt nicht, wie wundervoll du spielst«, sage ich und setze mich neben sie. »All das andere ...«

»Ja, das war schon in Ordnung«, sagt sie und zuckt die Schultern, nicht daran interessiert, was ich sage.

»Mehr als in Ordnung. Du bist eine Vollblutmusikerin. Ich begreife nicht, wie du es geschafft hast, in all den Jahren, in denen du soviel anderes zu tun hattest, dieses Niveau zu halten.«

»Vielleicht nur deshalb, weil ich so eigensinnig bin«, sagt sie mit dem Kopf in den Händen.

»In welcher Hinsicht?«

»Ich wollte nicht aufgeben. Die Musik sollte mein Geheimnis sein. Ich konnte ohnehin nicht mit Marianne konkurrieren. Sie war diejenige, mit der alle zusammensein wollten. Als sie und meine Eltern versuchten, mir die Musik wegzunehmen, raubten sie mir auch mein Selbstvertrauen. Ich gewann es erst wieder, als ich hier herauf in die Finnmark kam. Da begriff ich allmählich, daß ich eine eigene Identität habe. Da war ich nicht mehr nur die anonyme kleine Schwester von Marianne. Und das war das schlimmste zwischen Marianne und mir: Ich habe immer gedacht, sie hätte mich deshalb nicht unterstützt, weil sie befürchtete, meine Musikerkarriere würde dazu führen, daß die Aufmerksamkeit, die sie bekam, auf mich gelenkt würde.«

»Hatte sie wirklich ein so starkes Bedürfnis, beachtet zu werden?«

»Ja. Hast du das nicht gemerkt?«

»Nein, nicht so.«

»Vielleicht, weil sich da, als du ihr begegnet bist, zuviel in ihrem Leben ereignete. Aber damals, als sie jung war ... Sie strahlte, und ich fühlte mich immer in ihrem Schatten. Sogar in der schlimmen Zeit mit der Abtreibung und alldem verlangte sie auf ihre scheinbar bescheidene Weise alle Aufmerksamkeit.«

»Du hast dich also hier im hohen Norden niedergelassen, um der Rolle der ewigen kleinen Schwester zu entfliehen?«

Sie antwortet nicht. Ich habe einen wunden Punkt berührt, der nur mit ihr und Eirik zu tun hat.

Sie sitzt neben mir, den Kopf in den Händen. Sie ist zutiefst enttäuscht. Sie ist über ihr ganzes Leben enttäuscht. Ich ziehe sie zu mir. Sie liegt neben mir. Es ist unpassend, aber ich tue es, kann es nicht seinlassen. Sie schließt die Augen, tut so, als ob nichts geschehe. Ich mag auch nicht, was geschieht. Vielleicht bin auch ich enttäuscht. Vielleicht bin ich über mein eigenes Leben ebenso enttäuscht. Dieses Gefühl, sich abzumühen, nie ans Ziel zu kommen, im Leben von einer Art Wahnsinn vorwärtsgetrieben zu werden. Gedanken und Wünsche, die ich beginne abzulehnen, auch deshalb, weil ich nie mehr das Gefühl habe, ein anständiges Tagewerk vollbracht zu haben. Nie genug geübt, gedacht, studiert, nie mich so entwickelt zu haben, wie man es von einem Jugendlichen eigentlich erwartet. Statt dessen liege ich neben Sigrun und denke, daß ich noch nie vorher einem Glück, das vielleicht dauern könnte, so nahe gewesen bin. Völlig benommen, merke ich, daß ich sie erregen kann, daß sie mich auch diesmal nicht stoppt, daß ich sie in meiner Hand halte wie ein kleines Vögelchen, das sie jetzt ist und auf das ich mich konzentriere.

»Aksel …« sagt sie. Aber dann überlegt sie es sich anders. Als habe sie keine Zeit mehr für das, was sie sagen will.

Sie dreht sich zu mir. Kommt mir entgegen. Ein beinahe lautloser, heimlicher Seufzer.

Danach bleiben wir mäuschenstill liegen, alle beide.

»Du wolltest gar nicht mich«, sagt sie schließlich. »Sondern Marianne.«

»Warum sagst du das?« frage ich empört.

»Weil Marianne für dich immer am wichtigsten sein wird. Weil du das Schönste mit ihr erlebt hast. Das wiederholt sich mit keiner anderen. Man kann das Schönste nicht zweimal erleben. Dann ist es nicht mehr das Schönste.«

»Müssen wir jetzt wirklich von Marianne reden?«

»Ja. Weil sie der Grund ist, warum du hier bist. Begreifst

du das nicht? Warum, glaubst du, lasse ich zu, was du mit mir machst? Weil ich Mariannes kleine Schwester bin. Weil ich immer Mariannes kleine Schwester sein werde.«

Die Grenze

In dieser Nacht träume ich, daß ich unten am Pasvikfluß stehe, auf norwegischer Seite, und weiß, daß ich gleich hinausmuß auf das Eis, daß ich die Grenze überschreiten muß. Rachmaninow steht auf der anderen Seite und schaut mir erwartungsvoll entgegen. Er hat den langen Mantel an und die russische Pelzmütze. Er raucht eine Zigarre. Ich weiß, daß er der beste Pianist der Welt ist. Aber ich weiß auch, daß er tot und nicht mehr zeitgemäß ist. Die Art, wie er spielt, ist passé. So etwas mag heute niemand mehr hören. Die, die jetzt seine Musik vermitteln, verstehen ihn also nicht. Als würde man die »Mona Lisa« übermalen, die Farben auffrischen, das Gesicht schlanker machen, wie es heute Mode ist, und das Ganze trotzdem als einen da Vinci ausgeben.

Warum steht er da? denke ich. Was will Rachmaninow von mir?

Da merke ich, daß ich nicht allein bin. Andere Menschen sind da, stehen wie reglose Schatten zwischen den Baumstämmen. Ich spreche sie an, aber sie antworten nicht. Da wird mir klar, daß sie mich bewachen. Sie wollen, daß ich etwas tue. Oder sein lasse. Eines von beidem, das wird erwartet. Aber *was*? Ich möchte alle zufriedenstellen. Alle, die da stehen, alle meine alten Bekannten! Selma Lynge, W. Gude, meinen Vater, Cathrine, Rebecca, Anja, Marianne und Sigrun. Sogar mein alter Lehrer Synnestvedt ist dabei. Und dann noch Mutter, sie steht etwas für sich. Ich kann nicht erkennen, ob sie bewaffnet sind. Ich weiß nicht, ob sie Grenzwächter sind oder ob sie wollen, daß ich mit heiler Haut hinüberkomme. Bei diesem schlechten Licht ist es außerdem unmöglich, Blickkontakt aufzunehmen. Ich muß die Entscheidung allein treffen.

Rachmaninow steht immer noch da und wartet.

Rußland, denke ich. Sowjetunion. Vielleicht erwartet mich eine glänzende Karriere auf der anderen Seite? Sie zählen alle zu meinen Helden, Richter, Gilels, Oistrach. Und Gogol, Dostojewski, Puschkin und Tolstoj. Tschaikowsky und Borodin. Rachmaninow ist das Bindeglied. Er ist sowohl die Zukunft als auch die Vergangenheit.

Natürlich muß ich mich für ihn entscheiden!

Ich renne hinaus auf das Eis. Ich merke, daß mich meine Füße tragen. Was für eine Befreiung! Als würde ich fliegen! Niemand hält mich zurück. Rachmaninow steht am andern Flußufer, mit weitausgebreiteten Armen wie in den großen russischen Romanen. Freundschaft zwischen Männern.

Ich bin fast drüben auf der anderen Seite. Noch zwanzig Meter, fünfzehn, zehn ...

Da schießt jemand.

Der Schuß kommt von norwegischer Seite, aus dem Wald hinter mir.

Ich drehe mich um, möchte sehen, wer es war. Aber fast alle Schatten sind verschwunden. Nur einer steht noch da.

Es ist Mutter.

Ich liege hilflos zappelnd auf dem Eis. Ich merke, daß ich gelähmt bin. Ich weiß, daß ich nie mehr werde gehen können. Und wenn der Frühling kommt, schmilzt das Eis. Da werde ich ertrinken.

Ich werde zwanzig Jahre alt. Keiner in der Internatsschule weiß von meinem Geburtstag. Es ist ein ganz gewöhnlicher Dienstag im diffusen Licht der Polarnacht. Ich sage es niemand.

Aber am Nachmittag gehe ich hinauf zum Blockhaus. Eirik hat drei Stunden Sport mit den Jungs. Da haben Sigrun und ich Zeit für uns. Mariannes kleine Schwester. Sie weiß nicht, wie sehr sie mich verletzt hat mit dem, was sie sagte. *Warum, glaubst du, lasse ich zu, was du mit mir machst.* Als verhalte sie sich nur um meinetwillen so. Der Satz schuf einen Abstand zwischen uns. Ich wage nicht mehr, in Gedanken weiterzugehen. Wir finden einander in der Musik. Wir verschieben unsere Gefühle und Leidenschaften in den abstrakten Raum, in dem die Töne lebendig sind. Wir gehen höflich miteinander um, respektieren gegenseitig unsere Sehnsucht. Wir spielen Brahms. Jetzt spielen wir alle drei Sonaten. Wir spielen Franck. Wir spielen Beethoven. Wir brauchen keine Worte. Die Musik genügt uns völlig. Wir offenbaren uns in der Musik. Wir können unsere ganze Persönlichkeit hineinlegen. Wir können vortreten oder uns zurückziehen.

Sigrun erkennt mehr und mehr, wie gut sie ist. Sie ist für die Musik geschaffen, ist auserwählt. Es ist noch nicht zu spät. Sie kann jederzeit Berufsmusikerin werden. Und wenn sie sich keine Solistenkarriere erkämpfen will, könnte sie in einem Orchester unterkommen.

Ich habe viel gelernt, seit ich mit ihr zusammen spiele. Allein am Flügel habe ich aufgehört, mir zuzuhören. Jetzt werde ich gezwungen, alles anzuhören, was ich mache. Wenn sie ritardando ankündigt, muß ich ihr folgen. Dasselbe gilt bei den Stärkegraden. Und ich höre, daß sie besser ist als ich. Ihre Lösungen sind überzeugender als die, die ich gewählt hätte.

Danach ist es wie ein Ritual. Wir gehen hinüber zur Couch. Ein eiskalter Schluck Wodka aus der Thermosflasche. Unser gemeinsames Laster, danach haben wir rote Wangen und glänzende Augen.

Ich küsse sie in der Gewißheit, daß uns an dieser Stelle von außen niemand sehen kann. Nun taste ich mich vor zu ihr. Eirik kann jeden Moment kommen. Aber wir haben keine Angst. Es dauert nur eine halbe Sekunde, das zu vertuschen, was wir tun. Sie ist genauso besessen von diesem Ritual wie ich. Und sie erwartet, daß es stattfindet. Wir brauchen dazu nicht einmal zu liegen. Ich weiß genau, wohin ich will. Was ich tun muß. Sie läßt es zu.

Dieses Geheimnis gehört uns allein.

Und Geheimnisse verbinden Menschen. Wir kosten etwas aus, ohne nach dem Preis zu fragen. Ich kenne den kürzesten Weg hin zu ihr. Fünfzehn Minuten in meinem Zimmer, mehr brauchen wir nicht. Als würde es ihre Erregung steigern, daß sie von sich aus nichts bringen muß. Das Rollenmuster ist auf den Kopf gestellt. Ich bin der perfekte Liebhaber. Ich verlange keinerlei Einsatz von ihr. Ich verlange nicht einmal, sie nackt zu sehen.

Aber diese Art von Verhältnis führt nicht zu einer größeren Vertrautheit zwischen uns. Als habe sie sich einfach an die Situation gewöhnt. Als würde ich durch das, was ich treibe, ihr Zusammenleben mit Eirik leichter machen.

So vergeht ein Winter.

Wir feiern zusammen Weihnachten im Blockhaus, Eirik, Sigrun und ich. Gunnar Høegh ist auch da, aber er wirkt abwesend und erschöpft und geht früh zu Bett. Er wohnt während der Feiertage in der Turiststation und kommt spät zum Frühstück. Wir spielen das »Weihnachtsoratorium« von Bach auf der Stereoanlage. Sigrun möchte nicht, daß sie und ich für Eirik und Gunnar spielen. Sie sagt, wir benötigten mehr Zeit, wir übten noch und seien noch nicht auf ein Debüt vorbereitet. Eirik und Gunnar diskutieren über den kalten Krieg und die Grenzpolitik. Sigrun und mich ermüdet das, und jeder geht in sein Bett.

Im Januar werden wir vom Alltag mitgerissen. Es ist fast so, als sei ich zum festen Inventar im Blockhaus geworden. Ständig frage ich mich: Weiß Eirik etwas? Durchschaut er, was Sigrun und ich treiben?

Sigrun hat angedeutet, daß sie und Eirik nicht allzu viele intime Momente haben. Ich glaube ihr nicht. Ich denke, sie sagt das, um mich zu trösten, weil das Sexuelle zwischen uns so intensiv ist und trotzdem einseitig. Das kann nicht anders sein, solange sie sagt, daß sie mit Eirik leben wolle, daß sie mit Eirik ein Kind haben wolle.

Wer bin ich dabei? denke ich. Bin ich ihre Vergangenheit? Ihre Jugend? Erlebt sie mit mir, wie sie sein könnte, aber nicht ist und trotzdem gerne wäre? Genießt sie den Gedanken, daß ich es mit ihr mache und nicht mit Marianne? Oder bin ich schlicht und einfach *der perfekte Begleiter*? Sowohl in der Musik wie im Privaten? So privat, daß sie das weder mit mir noch mit Eirik teilen kann. Vielleicht bin ich nur ein beliebiger Lustknabe, der sich jederzeit telefonisch ordern läßt.

Eingekreist

Mitte Januar 1972 steht auf einmal Tanja Iversen in meinem Zimmer und bringt mir das Winter- und Frühjahrsprogramm des Jazzclubs in Kirkenes.

»Ich dachte, es würde dich vielleicht interessieren«, sagt sie.

Tanja und ich sind uns nicht gerade hinterhergelaufen seit der sogenannten Klavierstunde. Sie ist stolzer als alle anderen Mädchen, denen ich begegnet bin. Sie ist die einzige, die ahnt, was zwischen mir und Sigrun läuft. Trotzdem will ich ihr gerne helfen, sie anregen, tiefer in die Musik und das Improvisieren einzudringen. Aber da blockt sie ab. Vielleicht, weil sie intuitiv weiß, daß ich nicht über die Freiheit verfüge, die sie sich eroberte, als sie sang. Sie weiß, daß mein Bezug zur Musik darin besteht, Noten zu pauken. So will sie es nicht. Außerdem hat sie den Milchbart, mit dem sie eine Band gründen und ins Bett gehen kann. Tanja hat in letzter Zeit angefangen, sich anders zu kleiden. Schwarz und locker hängen die Sachen an dem langen Körper. Sie hat das Zeug zu einem Star, denke ich, sieht bereits aus wie die jungen Dinger auf den Pop-Zeitschriften. Marianne Faithful. Christine McVie. Patti Smith. Marianne schwärmte für sie, sagte, daß Frauen wie Männer neue, emanzipierte Idole brauchen, um die Gesellschaft zu verändern.

Ich lese die Liste der Musiker, die im Jazzclub von Kirkenes auftreten werden. Beeindruckend. Calle Neumanns Quartett. Svein Finnerud Trio. Knut Riisnæs und Arild Andersen. Jon Balke.

»Sieh mal an. Gabriel Holst kommt!« sage ich. »Das Njål Berger Trio. Urban Schiødt am Schlagzeug. Die alte Zusammensetzung.«

»Wer ist Gabriel Holst?«

»Ein Freund von mir«, sage ich.

»Na so was, du kennst Jazzmusiker?«

»Na ja, kennen. Wir liefen uns zufällig über den Weg. Gabriel ist ein sehr geselliger Typ. Wir könnten zusammen hingehen. Wenn ich ein gutes Wort für dich einlege, ist es nicht unmöglich, daß er dich am Ende des Konzerts auf die Bühne holt.«

»Was soll ich singen?«

»Was du willst. Das ist Free Jazz.«

»Wirst du spielen?«

»Vielleicht«, sage ich und merke, daß mir diese Vorstellung seltsam und etwas fremd ist. Gabriel wollte ja, daß ich frei werde, selbständig werde. In tiefster Seele war das meine Motivation, in den Norden zu reisen. Doch jetzt fühle ich mich unfreier als je zuvor. Außerdem spiele ich besser Klavier, als ich es noch vor kurzem für möglich gehalten hätte. Abgesehen von den intensiven Momenten mit Sigrun lenkt mich nichts ab, und auch wenn wir zusammen sind, ist die meiste Zeit die Musik das wesentliche. Ich habe zwar einige Skitouren mit Eirik unternommen und manchmal auch mit Gunnar Høegh, wenn er an den Wochenenden auftaucht. Ich habe die Konzerte gegeben, die ich den Schülern versprach. Jeden Dienstag und Donnerstag wird das Klavier von sechs kräftigen und nach Schweiß riechenden Jungs in den Allzweckraum getragen. Diese Konzerte locken auch Leute von der Turiststation und andere Bewohner des Tals an. Ich spiele Grieg, spiele alle lyrischen Stücke und Volksweisen vom Blatt. Dann verbinde ich sie mit Präludien von Rachmaninow. Das hat eine kolossale Wirkung. Das Russische und das Norwegische in heftigen Gefühlen vereint. Rektor Sørensen ist besonders begeistert, weil er diese Auswahl des Repertoires als Protest sieht gegen die politische Stimmung hier im hohen Norden, gegen die Unversöhnlichkeit von Nato und Warschauer Pakt, gegen die Unmenschlichkeit des kalten Krieges. Und all das, zusätzlich zu meinen Übungsstunden, hat mich technisch sicherer gemacht, als ich es für möglich hielt. Dazu kommt ein reiferer Ausdruck, weil mich Sigrun zwingt, zuzuhören und die Wirkung jedes Tons, den ich anschlage, zu bedenken.

Aber frei zu spielen im Jazzclub von Kirkenes? Improvisieren mit Tanja?

Eher nicht, denke ich.

Sigrun und Eirik wollen auch mitkommen. Ich sitze eines Abends bei ihnen und erzähle von Gabriel Holst, sage, daß er für mich ein besonderer Mensch ist, bin aber nicht in der Lage, zu erzählen, woher wir uns kennen. Statt dessen frage ich Sigrun, ob sie sich nicht vorstellen könne, etwas zu spielen. Sie schüttelt den Kopf. Eirik sitzt, den Arm um sie gelegt, auf der Couch. Wenn ich sie so sehe, ergreift mich eine große Hoffnungslosigkeit. Sie sind dann wie füreinander geschaffen. Ich würde nie ein vollwertiger Partner für Sigrun sein können, ich, der kleine Taschendieb. Alles, was sie mich machen läßt, ist wie Benzin ins Feuer. Ich habe eine Todesangst, Eirik könnte etwas merken. Sie ist genauso gebunden wie ich.

»Für mich ist es mehr als genug Herausforderung, mit Aksel ohne Zuhörer zu spielen«, sagt sie und richtet ihren Blick so direkt auf mich, daß ich erröte.

»Aber wann wollt ihr öffentlich auftreten?« fragt Eirik und schaut uns fragend an.

»Wenn ich den Mut dazu habe«, lacht Sigrun.

»Du gehst doch kein Risiko ein?« sagt Eirik auf seine stets verständnisvolle Art.

Sie streicht ihm zärtlich übers Haar.

»Die Musik ist ein Risiko«, sagt Sigrun mit einem Lächeln.

Dann fahren wir nach Kirkenes, alle zusammen. Draußen ist Polarnacht. Um zwei Uhr nachmittags ist es kaum noch hell. Ein intensives Gelb, das in Rot übergeht, zieht sich bis hinauf in die Finnmarksvidda. Rektor Sørensen hat Tanja Iversen und dem Milchbart erlaubt, in Kirkenes zu übernachten. Der Junge hat angeblich dort eine Großmutter wohnen. Wir quetschen uns in Sigruns Lada. Eirik fährt. Schnell und riskant wie gewohnt. Und wenn wir jetzt tödlich verunglücken, denke ich, an Tanja Iversens Oberschenkel gedrückt. Der Milchbart sitzt auf ihrer anderen Seite. Seine Hand liegt frech auf der Innenseite ihres Oberschenkels, ganz weit oben. Das ärgert mich.

Mit einem Gefühl, nicht hierherzugehören, weder in das Auto noch in mein Leben, sitze ich auf dem Rücksitz und sehe mit ängstlicher Freude der Wiederbegegnung mit Gabriel entgegen. Menschen erlangen schnell Macht über mich, denke ich. Natürlich besitzt Gabriel Macht über mich, weil er mir das Leben rettete.

Wir rauchen. Alle außer Eirik. Das ganze Auto ist voller Rauch. Wir sehen kaum etwas, als wir Höhe 96 passieren.

»Deine Freundin ist auch in der Stadt«, sagt Sigrun plötzlich von vorne.

»Welche Freundin?«

»Die schicke Dame, die so wütend war.«

»Mein Gott, meinst du etwa Rebecca Frost?«

»Ja, sie rief mich gestern an. Ich vergaß, dir davon zu erzählen. Wir sind beide in dem Kammermusikzirkel für Amateure, von dem ich dir erzählte.«

Ich weiß nicht, was ich sagen soll. Das ist schlau, daß sie

das jetzt sagt, während Eirik es hört. Sie erinnert ihn daran, daß es noch eine andere Frau in meinem Leben gibt. So deckt sie uns beide, denke ich erfreut.

»Wollt ihr denn zusammen spielen?« frage ich scheinbar interessiert.

Sigrun dreht sich zu mir um.

»Dazu ist keine Zeit. Sie ist auf einer Exkursion mit einigen Medizinstudenten. Sie muß morgen mit der Hurtigrute wieder abreisen.«

»Du hast ihr von dem Konzert heute abend erzählt?«

»Ja, sie sagte, sie würde kommen.«

»Und ihr verrückter Ehemann, ist er auch da?«

»Vermutlich nicht. Aber das kannst du sie ja selbst fragen«, sagt Sigrun ruhig.

Natürlich kommt sie, denke ich. Rebecca hat das eingefädelt, um herauszufinden, was ich treibe. Der einzige Kontakt, den ich seit dem unangenehmen Zusammenstoß mit Christian Langballe auf dem Fest von A/S Sydvaranger mit ihr hatte, sind die Kontoauszüge der Bank über die monatliche Zahlung der Miete für meine Wohnung in der Sorgenfrigata. Nachdem ich das Geld für das Debüt und die Tournee in der Finnmark aufgebraucht habe, lebe ich jetzt von diesen Einnahmen.

Es sind ziemlich gemischte Gefühle, mit denen ich Sigruns Wohnung in Kirkenes betrete, in der Eirik Kjosen offensichtlich ebenso zu Hause ist wie sie und wo immer Alkohol im Kühlschrank steht. Sigrun geht auch sofort dorthin. Tanja und der Milchbart sind direkt zum Jazzclub gefahren.

»Du hast morgen Bereitschaftsdienst«, sagt Eirik besorgt.

»Erst am Nachmittag«, sagt Sigrun lässig.

Sie gießt ein Glas für sich und eines für mich ein. Diesmal Weißwein. Eirik weiß vielleicht gar nicht, wieviel Wodka wir im Blockhaus getrunken haben. Eirik trinkt Wasser.

»Ihr bleibt über Nacht?« sagt sie mit einem fragenden Blick auf uns beide.

Ich werfe einen prüfenden Blick auf Eirik, möchte der Freund sein, wie er es zu sein versucht.

»Wahrscheinlich nicht«, sagt Eirik. »Jedenfalls was mich betrifft. Ich habe morgen früh Sport mit den Jungs.«

»Ich fahre mit dir«, sage ich zu Eirik, ohne zu wissen, warum. Ich merke, daß Sigrun unsicher wird, als ich es sage. Will ich mich etwa an ihr rächen? Aber rächen weshalb? Daß wir mit unserer Beziehung nicht weiterkommen?

Zum erstenmal weise ich sie zurück.

Als sei mir bewußt, daß ich es bereuen würde.

»Höchste Zeit, ins Konzert zu gehen«, sagt Eirik mit deutlichem Unbehagen über die plötzliche Stille zwischen uns.

Paradox der Freiheit

Der Jazzclub von Kirkenes. Eine Gruppe Enthusiasten und Musikliebhaber steht am Eingang und kassiert das Geld für die Eintrittskarten. Und da kommt Gunnar Høegh. Er umarmt Sigrun und Eirik. Er umarmt mich. Er sieht kränker aus als sonst. Etwas an diesem gequälten Gesicht beeindruckt mich. Ich sehe mich selbst irgendwo in diesem Blick. Vielleicht, weil wir beide Witwer sind? Kann man trotz verschiedener Lebensstadien dasselbe empfinden? Sollten er und ich uns vielleicht zusammensetzen und über das reden, was wir verloren haben, über das, was es uns trotzdem möglich macht, weiterzuleben? Hat seine Krankheit mit seiner Trauer zu tun? Könnte ich dieselbe Krankheit bekommen? Ist Trauer gefährlich? Sollte ich ihm von meinem Selbstmordversuch erzählen? Bei der Art, wie er mir väterlich den Arm um die Schultern legt, bei der Zuneigung, die er immer für mich gezeigt hat, erwacht die Sehnsucht nach meinem leiblichen Vater. Herrgott, ich habe ja einen Vater! Aber wo ist er? Weit weg bei seiner Freundin Ingeborg.

Ich befreie mich aus Gunnar Høeghs gutgemeinter Umarmung. Drinnen im Lokal sitzt Gabriel Holst und ißt zusammen mit Njål Berger und Urban Schiødt Fleischpfanne mit Reis auf Kosten des Jazzclubs. Wie halten sie es nur miteinander aus, denke ich, als ich sie reden und dann wieder in die Luft starren sehe. Dann dreht sich Gabriel Holst um. Er merkt, daß ich im Raum bin. Er grinst, als er mich sieht.

»Aksel!« ruft er, steht auf, breitet die Arme aus und läßt Bier und Aquavit stehen. »Ich wußte doch, daß du dich irgendwo hier oben verkrochen hast!«

Wir umarmen uns wie uralte Freunde.

Ich stelle ihn den andern vor. Zuerst Sigrun. Er begreift sofort, wer sie ist. Er mustert sie neugierig. Noch neugieriger wirkt er, als er Eirik begrüßt. Erst bei Gunnar Høegh wirkt er wieder normal. Das übliche Phlegma.

»Ich verdinge mich gerne als Hofmusiker von Sydvaranger«, grinst er.

»Schick mir ein Angebot«, sagt Gunnar Høegh.

Dann richtet Gabriel Holst den Blick auf Tanja Iversen.

Sie saugt ihn förmlich an. Das Magnetfeld ist so stark, daß der arme Milchbart instinktiv einen Schritt zur Seite macht.

»Sie ist eine äußerst begabte Sängerin«, sage ich. »Du solltest sie einmal im Laufe des Abends auf die Bühne holen.«

Gabriel hört zu, wendet aber den Blick nicht von Tanja. Arme Jeanette Wiggen, denke ich.

»Ach so«, sage ich und stelle auch den Milchbart vor. »Kurt«, sage ich. »Ein phantastischer Schlagzeuger.«

Der Milchbart grinst verlegen.

»Ich zweifle nicht daran«, sagt Gabriel Holst ernst.

»Ich auch nicht«, sage ich und versetze dem Milchbart einen aufmunternden Klaps auf die Schulter.

»Das schaffst du mit links«, flüstere ich ihm zu.

Und da ist Rebecca.

Sie sitzt ganz hinten in dem dunklen Raum mit großen, blauen Telleraugen.

»Eine echte Klassefrau«, sagt Sigrun und sticht mir den Zeigefinger in die Nieren. Ich weiß nicht, was ich sagen soll.

»Rebecca«, sage ich. Denn gerade jetzt fordert sie meine ganze Aufmerksamkeit.

»Nicht einmal eine kleine Postkarte!« sagt sie vorwurfsvoll, als sie aufsteht und mich umarmt. Ein kurzer Wollrock, grüner Pullover und dünne Lederjacke. Alles an Rebecca wirkt teuer. Es ist unbegreiflich, daß sie und Christian ausgerechnet meine Wohnung mieten wollten.

»Wie hätte ich das wagen sollen?« sage ich. »Er hätte dich krankenhausreif geschlagen.«

»Sag das nie mehr!« sagt sie wütend und kneift mich in die Hand, daß es schmerzt.

Rebecca Frost. Die Reederstochter. Die Frau mit Verbindungen. Sie begrüßt Gunnar und Sigrun wie alte Bekannte.

Sie fordert sie auf, sich zu ihr zu setzen. Sie bestellt beim Kellner Wein und Bier. Unbegrenzte Mengen. Rebecca, denke ich, und mir wird innerlich warm. Rebecca, die auf dem Podium über ihr Kleid stolperte. Rebecca, die trotzdem opus 109 von Beethoven spielte. Rebecca, die ihre Karriere als Pianistin abbrach, um Ärztin zu werden. Rebecca, die glaubte, mit Christian Langballe ihr Glück zu finden. Rebecca, die dabei war, als wir Marianne aus dem Wasser zogen.

»Schön, dich zu sehen«, sage ich.

Sie küßt mich demonstrativ auf den Mund.

»Ganz meinerseits«, sagt sie.

Sigrun fängt an zu lachen. Dieses Lachen habe ich noch nicht gehört. Nervös und unsicher. Es erfüllt mich mit stiller Freude. Es ist ungewohnt, mit ihr zusammenzusein, wenn andere zugegen sind. Aber sie verhält sich mir gegenüber, als sei nie etwas gewesen. Sie ist sehr reserviert.

Mit Rebecca im Arm ist es, als spürte ich eine andere Sigrun. Sie mustert uns aufmerksam. Eirik sieht ihre Unruhe und legt seinen starken Arm um ihre Schultern.

Aber sie hat mich im Auge.

Winzige Signale, denke ich viele Jahre später. Genau in diesem Jazzclub spürte ich zum erstenmal, daß mir Sigrun etwas sagen möchte. Spürte zum erstenmal eine Bestätigung, daß das, was sich in diesen Wochen und Monaten zwischen uns abspielte, auch für sie eine Bedeutung hatte. Unsere zugeteilten Stunden. Ein einziges Mal war ich zusammen mit ihr auf einer Skitour. Und da waren auch Eirik und Gunnar dabei. Es war so kalt, daß wir die Kapuzen tief ins Gesicht gezogen hatten. Wir konnten kaum unsere Gesichter erkennen. Das paßte uns gut. Meistens haben wir die Gesellschaft anderer Menschen vermieden.

Das Konzert beginnt. Njål Berger Trio. Der Pianist ist betrunken. Betrunkener, als ich selbst es je war, wenn ich für andere spielte. Der Schlagzeuger ist auch nicht mehr nüchtern. Urban Schiødt hat einen Bund Bananen dabei. So wie ich ihn kenne, hat er vor, sie als Trommelstöcke zu verwenden. Das verspricht nichts Gutes.

Sie trinken, *bevor* sie spielen, denke ich. Sigrun hat mich immerhin dazu gebracht, möglichst bis nachher zu warten. Die eiskalten Schlucke aus der Thermoskanne, wenn wir aufhörten zu musizieren, waren der Höhepunkt des Rausches. In dem Moment waren wir glücklich. In dem Moment gehörte uns die Welt. Und das war gar nicht so selten. Jetzt ist es, als wolle sie mich mit ihren forschenden Blicken, die sie mir zuwirft, daran erinnern.

Aber sie sitzt zwischen Eirik, der den Arm um sie gelegt hat, und Gunnar Høegh. Auf der anderen Seite sitzen Tanja Iversen und der Milchbart. Rebecca setzt sich auf den freien Stuhl neben mir. Das Njål Berger Trio beginnt zu spielen. Einige Flageoletts von Gabriel, vereinzelte Beckenschläge von Urban Schiødt, ein offener Maj-Akkord des Pianisten. Jetzt wird drauflosmusiziert.

Aber Rebecca will nicht zuhören. Sie will reden.

»Das ist schlimmer, als ich dachte«, faucht sie.

»Was denn?« flüstere ich zurück.

»Diese Menschen haben dich ja völlig vereinnahmt«, sagt sie.

»Rede nicht schlecht von meinen besten Freunden«, sage ich. »Sie sind alles, was ich habe.«

»*Ich* bin alles, was du hast!« flüstert sie wütend. »Aber das begreifst du noch nicht. Was willst du mit Sigrun? Eine glückliche Ehe zerstören?«

»Wie ich hörte, wolltest du mit ihr spielen?«

»Stimmt. Aber sie hatte keine Zeit. Und warum? Was macht sie? Habt ihr schon was miteinander? Bist du wirklich so verrückt?«

»Psst!« sage ich nervös wegen der zunehmenden Lautstärke ihrer Stimme. »Ich lebe im Zölibat.«

»Im Zölibat? Frage einen katholischen Priester, was das Wort bedeutet!«

»Benimm dich jetzt. Sollten wir nicht der Musik zuhören?«

Sie gehorcht, faltet sich zusammen wie eine Nonne. Ich möchte sie in den Arm nehmen.

Njål Berger Trio. Sie spielen wie der Teufel. Ich schließe die Augen und versuche, mich darauf zu konzentrieren, was sie vermitteln wollen. Es klingt nüchtern, fast weich, aber es packt mich nicht. Es gelingt mir nicht, den Kapriolen des Pianisten zu folgen. Da ist weder ein Gewicht noch eine Leichtigkeit zu spüren.

Rebecca beugt sich zu mir, als eine halbe Stunde vergangen ist.

»Das ist halbe Musik«, sagt sie.

Ich überlege, was sie wohl damit meint. Halbe Musik? Dann werfe ich einen Blick hinüber zu Sigrun. Sofort erwidert sie meinen Blick, als hätte sie nur darauf gewartet. Ihr Gesicht ist ernst. Sie will mir etwas mitteilen. Aber ich weiß nicht, was es ist, und ich mag keine Ratespiele.

Halbe Musik? Ja vielleicht, denke ich. Weil sie nirgendwohin führt. Diese Musik kokettiert mit sich selbst, und dabei bleibt es. Sie wird nicht zu einem Thema, das sich entwickelt. Sie begnügt sich mit Andeutungen. Halbe Themen. Halbe Akkordreihen. Vielleicht ist das die Form der Jazzmusik, denke ich. Daß sie kokettiert. Rachmaninow kokettiert nicht. Bei ihm ist alles todernst. Ich höre dem

Njål Berger Trio zu, sehne mich aber nach der Musik vom Notenblatt, die ich mit Sigrun spiele. Das verwirrt mich.

»Halbe Musik«, wiederholt Rebecca.

Ich nehme ihre Hand. Sie spürt mich. Ich merke, wie es mich rührt, daß sie so nahe ist. Ich habe sie vermißt, ohne daß es mir bewußt gewesen wäre.

Das Trio auf dem Podium spielt weiter. Jeder Einfall versetzt die drei in ekstatische Begeisterung. Njål Berger fängt an, die unstrukturierten Melodien, die er spielt, mitzusummen. Das klingt wie Vogelgeschrei. Oder als würde er sich selbst befriedigen. Das mag ich nicht. Diese gutturalen Laute haben etwas Peinliches. Als würde er die Musik eher zufällig entdecken, ohne zu wissen, wie er sie vermitteln soll. Als würde er daheim in seinem Kinderzimmer sitzen und nicht merken, daß ihm andere zuhören.

»Selbstverliebt«, flüstert mir Rebecca Frost ins Ohr.

»Vielleicht«, flüstere ich zurück. Ich bin unsicher, bin immer unsicher gewesen. Ich beobachte das Publikum in dem halbleeren Lokal. Was haben sie erwartet? Was berührt sie an dieser unstrukturierten Musik mit all ihren unvorhersehbaren Einfällen? Vielleicht spielt Njål Berger ganz bewußt so. Dann wäre es noch schlimmer, ihm zuzuhören. Exhibitionismus hat wenig mit Musik zu tun, denke ich. Aber Gabriel Holst hat sich jetzt mit seinem Baß ganz zurückgelehnt. Er läßt sich von den Einfällen der beiden andern nicht stören. Er ist tief drinnen in gregorianischen Tonreihen.

Da entsteht die Faszination. Gerade das Nicht-Zusammenspielen wird zu einem eigenen Ausdruck. Die Musik findet ihre Form gerade durch die *fehlende* Kommunikation zwischen den Interpreten. Urban Schiødt ist mit seinen Becken tief in Asien. Njål Berger versucht, mehr hip zu sein als die hippesten Pianisten von New York. Und

Gabriel Holst ist tief im Mittelalter. Das ist absurd und zugleich ganz selbstverständlich. Der Druck steigt. Die Musik findet ihre Form gerade dadurch, daß die drei Musiker jeder einen eigenen Weg zu gehen versuchen.

Es geschieht am Ende des zweiten Satzes.

Es entsteht eine Pause. Die Musiker wissen nicht, wohin sie wollen.

Da fängt Gabriel Holst an, eine Melodie zu spielen. Herrgott, denke ich. Das ist ja »Elven«. Die einzige Melodie, die ich bisher komponiert habe. Gabriel spielt sie einfühlsam und respektvoll. Die anderen Musiker nehmen sie behutsam auf. Sigrun lehnt sich über den Tisch zu mir:

»Das ist doch deine Melodie? Die du bei Mariannes Begräbnis gespielt hast?«

Ich nicke. Habe nichts zu sagen, während ich mich selbst wiedererkenne. Meine tastenden Töne. Und das Gefühl, daß es lang vorbei ist. Trotzdem höre ich, wie überraschend intensiv die einfache Melodie wirkt, wenn dieses Trio sie spielt.

Auch Sigrun ist erstaunt. Aber ich schaue sie nicht an. Rebecca drückt meine Hand und flüstert:

»Wie schön diese Melodie ist.«

Gabriel Holst bringt »Elven« in die Öffentlichkeit. Ich spüre, daß ich genügend Rotwein getrunken habe. Ich höre nur mit halbem Ohr zu, was er sagt. Er spricht von meinem Debüt. Er spricht von Prokofjew. Er spricht von Löffelködern. Er steht auf dem Podium und fragt mich freundlich, ob ich nicht mit ihnen zusammen etwas spielen wolle?

Obwohl ich keine Lust habe, kann ich nicht nein sagen. Ich schaue zu Tanja hinüber, die erwartungsvoll dasitzt.

Bald ist sie an der Reihe. Aber zuerst ich. Ich habe eine Idee. Eine Melodielinie, die sich von A-Dur zu F-Dur zu d-Moll und a-Moll entwickelt. Damit werde ich improvisieren. Ich steige hinauf aufs Podium. Njål Berger ist eindeutig betrunken und drückt mich an sich.

»Danke für das Vertrauen«, sage ich.

»Das klappt schon«, flüstert er mir ins Ohr. Ich sehe, daß er froh ist, daß das Konzert vorbei ist. Jetzt kann er sich hinsetzen und sich den Rest des Abends seinem Rausch hingeben. Er muß nichts mehr leisten.

Dafür sitze ich nun vor den Klaviertasten. Urban Schiødt lächelt mir aufmunternd zu. Gabriel Holst ebenfalls. Sie warten, daß ich anfange. Sie brauchen einen Ton, einen Akkord.

Ich schlage einen C-Dur-Dreiklang an.

Okay. Gabriel nickt. C-Dur ist für vieles brauchbar. Gabriel Holst spielt relativ frei um den Akkord. Urban Schiødt schlägt lose auf das Becken. Halbe Musik, denke ich. Ich muß vermeiden, in die Falle zu gehen. Aber was soll ich spielen? Ich habe zwölf Töne zur Verfügung. Zwölf Töne in verschiedenen Höhen und Tiefen. Zusammen sieben Tonleitern. Achtundachtzig Klaviertasten. Ich spiele eine Quinte, versuche zu verzieren, werde aber unsicher, als eine plötzliche Dissonanz mir die Möglichkeit nimmt, die Melodie, die ich im Kopf habe, einzubringen. Aber Sigrun hat mich gelehrt, zuzuhören. Plötzlich höre ich, daß Gabriel ein Motiv anbietet, das ich leicht im Diskant weiterführen kann. Trotzdem finde ich es schwieriger, frei zu spielen, als ich dachte. Als sei auch die Freiheit etwas, das man lernen muß. Die Fähigkeit zur Wahl. Der Mut, hinaus ins Unbekannte zu gehen. Besteht darin mein Problem, denke ich, während ich spiele – daß ich mich nicht lösen kann, daß ich ständig versuche, etwas wiederzugeben, was verloren ist? Ich habe Tanjas Begabung für das Unmittelbare nicht, denke ich. All diese Stunden allein am Klavier haben mich geformt, haben mich zu einem Grübler gemacht, zu einer Person, die nichts schnell machen kann, die nicht in Sekunden entscheiden kann. Alles, was ich mache, ist langsam.

Und die Ziele, die ich verfolge, liegen weit vor mir.

Oder hinter mir, dort, wo bereits etwas geschehen ist.

Nach wenigen Minuten ist die Improvisation vorbei. Die Leute klatschen wohlwollend. Gunnar Høegh ruft sogar Bravo, aber dazu besteht kein Grund. Nichts von dem, was ich eben präsentierte, war genial. Ich wiederhole meine Gedanken für Gabriel.

»Freiheit ist etwas, was man lernen muß«, sage ich beim Verlassen des Podiums entschuldigend.

Er klopft mir auf die Schultern. »Du und deine klassische Musik mit dem Zwang zur Perfektion. Aber Perfektion ist nicht unsere Sache. Denke lieber: Jetzt habe ich das Beste gegeben, was ich heute leisten konnte. An einem andern Tag bin ich vielleicht besser, vielleicht schlechter.«

»Manche sind dazu geschaffen«, sage ich. »Manchen wurde die Freiheit in die Wiege gelegt, aber sie merken es erst, wenn es fast zu spät ist.«

»An wen denkst du?« fragt er.

»An Tanja Iversen«, sage ich. »Sie sollte jetzt ihre Chance bekommen.«

Gabriel Holst steht wieder auf dem Podium und späht in den Saal, winkt Njål Berger, seine Weinflasche zu verlassen und zum Klavier zu kommen.

»Da sitzt eine Sängerin im Saal«, sagt Gabriel. »Aksel hat sie entdeckt. Sie heißt Tanja Iversen. Sie ist eine außergewöhnliche Begabung. Tanja, möchtest du zu uns aufs Podium kommen?«

Tanja befreit sich aus dem unerbittlich zärtlichen Arm des Milchbarts, der neben ihr sitzt. Ein rascher Kuß, und sie hat entschieden, ohne ihn aufzutreten. Sie hat sich entsprechend gekleidet, ganz in Schwarz, sie weiß, was die Situation verlangt. Sie ist auf diesen Augenblick vorbereitet, viel eindeutiger, als ich es war.

Sie steigt hinauf auf das Podium, und ich beobachte Sigrun und Rebecca, die zuerst das Mädchen und dann mich forschend mustern, als wollten sie herausfinden, welche Art von Begeisterung mich mit Tanja verbindet. Ja, könnte ich ihnen antworten, ich bin begeistert von ihr, aber nicht so, wie ihr vielleicht glaubt. Ich bin stolz wie ein Bruder, als ich sie auf dem Podium stehen sehe, als ich sehe, wie es zwischen ihr und Gabriel funkt. Ich weiß, daß sie bereits ihre Form gefunden hat, im Gegensatz zu mir, obwohl ich nichts anderes tue, als meine Form zu finden. Das ist eigentlich ungerecht, aber so ist das Leben. Tanja Iversen hat sich emanzipiert. Die schlimme Zeit liegt hinter ihr. Jetzt geht sie zum Mikrophon, und alle im Saal ahnen, daß etwas Großes bevorsteht. Tanja, eine Schülerin der Internatsschule von Svanvik, von der noch niemand etwas gehört hat. Sie steht auf dem Podium des Jazzclubs und zittert vor Aufregung. Gabriel Holst und die beiden andern Musiker beobachten sie gespannt. Wer fängt an?

Ich habe auf einmal Angst. Habe ich ihr zuviel zugetraut? Wenn sie heute abend nicht überzeugt, wird sie diese Niederlage in die Frustration zurückwerfen.

Rebecca setzt sich neben mich. Sigrun verfolgt genau, was geschieht. Sie sieht, daß Rebecca meine Hand nimmt. Sie sieht, daß ich es zulasse.

Dann singt Tanja Iversen.

Sie singt »Somewhere over the Rainbow«. Ich wußte gar nicht, daß sie den Song kennt. Aber sie singt die ersten Takte unbegleitet. Die Intonation ist sicher. Die Stimme im Mezzosopran. Ihr Englisch ist schlecht. Aber als die andern Musiker diskret und vorsichtig einfallen, merkt man, was sie kann.

Das Zusammenspiel in dieser Form dauert nur die erste Strophe und den Refrain an. Unmittelbar danach löst sie sich, nimmt den Text beim Wort. Jetzt will auch sie *über* den Regenbogen, und ich erkenne die Strophen wieder, die sie sang, als sie auf meinem Schoß saß. Sie singt mit einer solchen Sehnsucht, daß mich Rebecca schmerzhaft in die Hautfalte zwischen Daumen und Zeigefinger kneift.

»Einfach Klasse, diese Frau!« flüstert sie.

Es ist die Sehnsucht, Grenzen überschreiten zu wollen, und das kennen Rebecca und ich nur zu gut, ich aber starre Sigrun an, als Tanja zurückfindet zu diesen Tönen, die mir durch Mark und Bein gehen. Und sie starrt zurück, als verstünde sie, warum ich sie in diesem Augenblick anschaue. Als ginge es um eine Befreiung, nach der wir uns beide sehnen und die Tanja gefunden hat. Eine Befreiung, die eine völlig neue Landschaft entstehen läßt. Tanja Iversen hat diese Kraft. Sie überzeugt uns mit der Sicherheit ihrer Wahl. Jeder einzelne Ton findet seine Form und kommt an. Und ich schaue zu Sigrun und empfinde ein schmerzhaftes Stechen. Ich sehe uns von außen, wie wir im Blockhaus Brahms spielen, sie stehend mit der Geige und ich sitzend am Klavier. Wir haben diesen Rahmen akzeptiert. Es sind andere, die für uns gefühlt haben. Unser größter Wunsch ist es, diese Gefühle lebendig werden zu lassen. Und während wir alles dransetzen, diese Gefühle so korrekt wie möglich im Sinne des Komponisten wiederzugeben, verzichten wir auf das lebendige Leben, sind klein und zweifelnd bezogen auf das, was sich tatsächlich zwischen uns abspielt. Daran denke ich, während Rebecca meine Hand wie in einem Schraubstock festhält und ich Blicke mit Sigrun wechsle, die niemand bemerkt. Da verstehe ich, daß wir uns trotzdem nähergekommen sind. Sie weiß, daß etwas geschehen ist, daß nichts mehr sein wird wie vorher.

Und irgendwo über dem Regenbogen ist ein Platz für uns alle. Dorthin lädt uns Tanja Iversen ein. Sie singt sich direkt hinauf zum Himmel und noch höher, wo es keine Zurückhaltung mehr gibt, wo alles selbstverständlich wird.

Das Njål Berger Trio begleitet sie ein Stück auf diesem Weg.

Intermezzo im Grenzland

Tanja Iversen und Gabriel Holst sind ins Hotel gefahren. Der Milchbart ist etwas frustriert abgezogen zu seiner Oma. Rebecca Frost hat mich, während die Bedienungen die Tische abräumen, in eine Ecke gedrängt. Mit beiden Händen hält sie meinen Kopf fest und redet auf mich ein:

»Du darfst nicht für immer und ewig hier oben bleiben«, sagt sie. »Kapierst du das?«

»Ich übe Rachmaninows zweite Sinfonie«, sage ich abwehrend.

»Kein Pianist deines Formats braucht einen ganzen Winter in der Wildnis, um dieses Konzert einzustudieren. Das Ganze hat nichts mit Rachmaninow zu tun.«

»Vielleicht irrst du dich«, sage ich vorsichtig und bin glücklich über die kleinste Zärtlichkeit, über die warmen Hände an meinen Wangen. Die klaren blauen Augen, die man auch im Halbdunkel sieht. »Vielleicht muß man Umwege gehen, um die einfachsten Dinge zu verstehen. Wußtest du zum Beispiel, daß Rachmaninow seine Konzerte so spielte, wie sie heute kein Pianist, der auf sich hält, mehr spielen würde?«

»Nein, das wußte ich nicht«, sagt Rebecca und läßt ihre Hände sinken. »Was willst du mir damit sagen?«

»Daß er es anders wollte. Daß wir nicht einmal die Toten respektieren.«

»Das ist Schwachsinn. Ist dir das klar?«

»Nein«, sage ich. »Das ist ernst. Ich habe den Atem Rußlands gespürt. Ich habe etwas empfunden, was ich nie verstanden hätte, wenn ich zu Hause in Oslo geblieben wäre.«

Sie schaut mich an. Traurig. Aber auch eindringlich, als würde sie verstehen.

»Du wählst immer den schwierigsten Weg«, sagt sie.

»Nein, den leichtesten«, sage ich.

Sie schüttelt den Kopf. »Vom ersten Moment an hast du dich für die schwierigsten Menschen entschieden. Anja, an der du beinahe zugrunde gegangen bist. Dann Marianne, noch hoffnungsloser. Jetzt Sigrun. Ich sehe doch die Ausstrahlung, die sie hat. Jede Frau sieht das. Ihre Männer träumen davon, eines Tages zu ihr zu gehören, das glückliche Paar oben auf der Hochzeitstorte zu sein. Aber sie ist kompliziert. Genauso kompliziert wie ihre Schwester und ihre Nichte. Sie raubt dir den Schlaf. Du kannst nicht mehr klar sehen. Ich kann nichts für dich tun. Manchmal ist es grausam, Freunde zu haben.«

Die anderen kommen zu uns. Ich merke, daß Sigrun getrunken hat. Der Glanz in ihren Augen. Sie hat erst morgen nachmittag Dienst. Sie könnte zusammen mit Eirik heimfahren und die Nacht im Blockhaus verbringen. Das versetzt mir einen Stich. Sigrun und Rebecca reden miteinander in der internen Sprache, die nur Mediziner untereinander verstehen. Aber plötzlich reden sie über Musik. Sie reden über das H-Dur-Trio von Brahms, das sie hätten spielen können, wenn Zeit gewesen wäre. In Kirkenes hätte man sicher einen guten Cellisten gefunden. Der Gedanke, daß Rebecca immer noch Klavier spielt, daß sie Mitglied in einem weltweiten Netzwerk von Kammermusikern ist, rührt mich. Jetzt benutzt sie den diskreten und zugleich sezierenden Blick, mit dem sich Frauen einschätzen, wenn sie herausfinden wollen, wer mit wem befreundet beziehungsweise verfeindet ist, wer geliebt und wer gehaßt werden muß. Sigrun bemerkt nicht, daß in diesem Moment die Scheinwerfer auf sie gerichtet sind. Rebecca sitzt im Saal, und der Saal ist voll besetzt. Rebecca ist alle Zuschauer zugleich. Sie sitzt auf dem Balkon und im Parkett, sie mustert Sigrun von allen Seiten und versucht herauszufinden, warum das Gerücht, daß ausgerechnet diese Distriktsärztin und Amateurmusikerin »Die Frau im Tal« genannt wird, bis nach Oslo dringt.

Und ich merke, daß es mich verwirrt, sie zusammen zu sehen, so wie es mich verwirrte, wie Rebecca mit Marianne sprach, damals, als ich dort einzog. Ich spüre, daß ich beiden so nahe gewesen bin. Und ich fühle mich schuldig. Ich habe mich zu keiner korrekt verhalten. Ich habe mich ihnen aufgedrängt, habe sie auf meine halbherzige Weise verführt, ließ es halbherzig bleiben, wie auch jetzt mit Sigrun, die mir die Tür geöffnet hat, mich in ihre Wohnung eingeladen hat. Rachsüchtig und unsicher, habe ich es vorgezogen, nach Svanvik in die Schule zurückzufahren, mit Eirik im Auto Unverbindlichkeiten auszutauschen, mit jedem Wort zu lügen, weil ich nicht bereit bin, ihm zu erzählen, was ich mit seiner Frau mache, liegend, sitzend, stehend sie befummele, ihre Leidenschaft stehle, ohne mehr zu fordern, ja ohne mehr zu wollen.

Sie umarmen sich, die beiden Frauen. Ich habe nicht mitbekommen, worüber sie sich unterhielten, war zu tief in meine Gedanken versunken. Eirik schaut auf die Uhr. Bereits nach Mitternacht.

»Ich glaube, ich muß los«, sagt er mit einem Blick auf mich. »Morgen ist auch ein Tag.«

»Ja«, sage ich. »Fahren wir.«

Rebecca, Sigrun und Gunnar bleiben stehen. Ich hätte es anders machen können. Alles wäre anders geworden. Aber ich mache es nicht. Nicht, weil ich nicht mag, sondern weil ich merke, daß Eirik angespannt ist, daß er offenbar etwas mitbekommen hat. Es ist zu spät, sich umzuentscheiden. Das wäre zu verdächtig.

Rebecca hat mich in eine Ecke gezogen, küßt mich demonstrativ auf den Mund und strahlt mich an mit ihren blauen Augen.

»Mein dummer Junge. Paß auf dich auf. Es ist schlimm genug, daß ich allein ins Hotelzimmer gehen muß, aber was tut man nicht, um der Welt eine weitere Version von

Rachmaninows zweitem Klavierkonzert zu sichern. Versprich mir, morgen früh aufzustehen. Und acht Stunden üben, mindestens.«

Sie weiß, wie sie mich ärgern kann. Zu allem Überfluß steckt sie vor aller Augen ihre Hände tief in meine Taschen.

»Es reicht jetzt«, murmele ich und ziehe ihre Hände wieder heraus.

Ich wage erst wieder, Sigrun anzuschauen, als wir alle auf der Straße stehen. Sie lacht und redet mit Gunnar Høegh. Sie hat einen fremden Zug im Gesicht.

Mit Eirik Kjosen in Gunnar Høegs Auto

Ich sitze neben Eirik Kjosen, der sich Gunnar Høeghs BMW geliehen hat. Der Lada der Distriktsärztin blieb vor Sigruns Wohnung stehen. Es riecht schwach nach Zigarre und Herrenparfüm, das Armaturenbrett ist aus Teakholz. Ich fühle mich unwohl.

Auch Eirik wirkt düster und nachdenklich. Wir fahren viele Kilometer, ohne etwas zu sagen.

»Ist irgend etwas mit dir?« frage ich schließlich. »Ich dachte, du würdest nach so einem Abend glücklich sein. Zu erleben, wie eine deiner Schülerinnen buchstäblich aufblüht?«

»Ich denke gar nicht an Tanja«, sagt er, während ich mir eine Zigarette anzünde und die rote Glut in dem dunklen Wagen anstarre. Im grünen Licht des Armaturenbretts fühle ich mich fast wie in einem kleinen Flugzeug. Es schneit etwas. Große Flocken legen sich auf die Straße. Eirik fährt schneller als gewöhnlich.

»Ist es Sigrun?«

Er nickt. »Sie ist zur Zeit nicht sie selber. Gunnar hat recht. Sie schlägt sich mit etwas herum. Ich müßte etwas tun, aber was? Sie schiebt es auf ihre Arbeit. Sie ist scheinbar wie immer. Trotzdem stimmt etwas nicht. Merkst du nichts, wenn du mit ihr spielst?«

Der Liebhaber weiß mehr, denke ich. Auch wenn ich kein vollwertiger Liebhaber bin. Aber mir erzählt sie Dinge, die sie Eirik nicht erzählen kann. Sie hat mich zu ihrem Vertrauten gemacht, als sie von ihrem Zusammenleben mit ihm erzählte. Und Eirik ist ahnungslos. Er ist der Gehörnte. Jedesmal, wenn ich Sigrun treffe, denke ich, daß sie denkt: »Mit diesem jungen Kerl könnte ich vielleicht Kinder bekommen.« Und ich denke, daß sie denkt: »Dieser junge Kerl war mit meiner Schwester verheiratet.« Ich bilde mir nicht ein, daß sie mich so, wie ich bin, für attraktiv hält. Ich weiß, welche Rolle ich spiele. Ich fühle mich wie der schwarze Sklave mit den weitgeöffneten Augen hinter Manets nackter »Olympia«. Marianne war die wichtigste Person in ihrem Leben und die wichtigeste negative Kraft. Ich bin wie ein Abgesandter des Feindes, obwohl Marianne tot ist. Und gleichzeitig kann dieser Abgesandte Klavier spielen, kann sie aufmuntern und in ihr eine Selbstsicherheit wecken, die sie nicht für möglich gehalten hatte.

All diese Gedanken gehen mir durch den Kopf, bevor ich meine Antwort formuliere:

»Ich kannte ja Sigrun früher nicht«, sage ich. »Wenn wir zusammen spielen, ist sie hundertprozentig auf die Musik konzentriert.«

»Ja ja, ich weiß«, sagt Eirik ungeduldig. »Aber wenn es wie früher wäre, würde sie nicht so geheimnisvoll tun. Da würde sie mit dir ein Konzert im Allzweckraum geben. Verstehst du?«

Ich hasse dieses Gespräch, fahre aber fort:

»Ihr ist der Gedanke unangenehm, daß ich mit Marianne zusammen war«, sage ich. »Wir haben beide ein ungeklärtes Verhältnis zur Vergangenheit. Vielleicht können wir deshalb zusammen spielen.«

Er antwortet nicht auf das, was ich sage. Ich habe das Gefühl, daß er uns entlarvt hat, aber es nicht sagen will. Fährt er deshalb so schnell? Eirik, der stocknüchtern ist, scheint mehr aus dem Gleichgewicht zu sein als wir alle.

Wir fahren schweigend weiter.

»Eines Tages müssen wir über all das reden«, sagt er, als wir die Höhe 96 passieren.

Der letzte Traum

Die vertrauten Stunden mit Sigrun gibt es kaum noch. Sie arbeitet mehr als je zuvor. Doch eines Tages sind wir beide im Blockhaus und spielen wieder die A-Dur-Sonate von Brahms. Und diesmal reißt keine Saite. Es entsteht eine solche Intensität zwischen uns, als würden wir die Musik zum erstenmal entdecken. Ich begreife nicht, wie sie das macht. Wann übt sie? Sie sieht müde aus, obwohl sie nicht mehr soviel Wodka trinkt wie früher. Nach dem Spielen nimmt sie nur einen Schluck, während ich fünf, sechs, sieben brauche. Wir sitzen nebeneinander und reden.

»Es ist Brahms, der uns verbindet«, sage ich traurig.

»Ich habe die gesamte Kammermusik von Brahms. Das ist eine wahre Entdeckungsreise. Was ich alles nicht kannte! Das Trio in H-Dur, die Sextette, ganz zu schweigen von den Quartetten.«

Ich nicke. »Fängt man erst einmal an, Brahms zu hören, muß man den Becher bis zur Neige leeren. Vielleicht war es kein Zufall, daß ich es ablehnte, das B-Dur-Konzert von Brahms zu spielen, daß ich statt dessen Rachmaninow wählte. Vielleicht war Brahms für uns beide bestimmt?«

»Was verband dich und Marianne?« fragt sie.

»Joni Mitchell«, sage ich.

Sie nickt. »Aber Marianne hat die Lieder nicht gesungen?«

»Nein.«

»Sie hatte nur die Schallplatten?«

»Ja.«

Ich möchte ihren Gedankengang stoppen. Ich streichle sie. Küsse sie. Sie läßt es zu, ist aber zurückhaltend. Ich beginne unser übliches Ritual. Es ist nicht wie früher. Marianne, denke ich. Sie steht zwischen uns, von Anfang an.

Sigrun liegt steif auf der Couch.

Sie küßt mich, als ich gehe, versichert, daß alles in Ordnung sei, daß sie nur müde sei. Sie habe zuviel gearbeitet in den letzten Wochen.

»Wir dürfen nie aufhören, zusammen zu spielen«, sagt sie.

»Nein«, sage ich.

Wieder im Internat, lege ich mich mit einer Flasche Wodka aufs Bett. Doch schon nach wenigen Schlucken schlafe ich ein. Mir träumt, daß ich im Skoog-Haus bin. Ich glaubte, allein zu sein, höre aber plötzlich Geräusche. Marianne kommt die Treppe vom Keller herauf, Anja direkt hinter ihr. Beide haben sie meine Lieblingssachen an. Anja den lila Pullover, die schwarze Hose und die Filzpantinen. Marianne den grünen Anorak, die abgewetzte Jeans und die braunen, altmodischen Gummistiefel. Obwohl Marianne für draußen angezogen ist, geht sie ins Wohnzimmer und setzt sich neben mich auf die Couch, während Anja still zum Flügel geht, sich setzt und gedämpft zu spielen beginnt. Es klingt sehr schön. Was spielt sie da? Ich drehe mich erstaunt zu ihrer Mutter um. Das ist ja Joni Mitchells »Blue« aus dem Album, das Marianne nie hören wollte. Aber sie spielt frei, läßt die Finger über die Klaviertasten laufen, formt die Tonleitern und Intervalle, die nur Tanja Iversen singen kann.

»Anja hat sich befreit«, sagt Marianne lächelnd und drückt meine Hand.

Ich sehe, daß sie mit dem Stolz der Mutter zur Tochter hinüberschaut. Anja spielt weiter. Ich habe mich noch nie so weit weg von ihr gefühlt.

»Du mußt nicht traurig sein«, sagt Marianne. »Du hast ja mich.«

Und es tut gut, einfach neben Marianne Skoog zu sitzen und ihre Hand zu halten.

Wir hören Anja zu. Sie spielt zu Ende. Dann steht sie auf und verneigt sich vor uns.

»Geh jetzt schlafen, mein tüchtiges, kleines Mädchen«, sagt Marianne. Anja gehorcht. Ich höre, wie sie die Treppe hinauf in ihr Zimmer geht. Ich stelle mir vor, daß sie sich gleich in das Bett legen wird, in dem Marianne und ich gewöhnlich schlafen.

»Wo sollen *wir* schlafen?« frage ich Marianne verwirrt.

»Hier, auf der Couch«, sagt sie.

Einen Augenblick meine ich, Sigruns Hand zu halten. Aber dann spüre ich Mariannes Zärtlichkeiten, ihre suchenden Hände. Es tut gut, so gestreichelt zu werden.

»Aber das ist der letzte Traum«, sagt sie. »Von jetzt an wird alles Wirklichkeit sein.«

Konzert mit Margrethe Irene

Ende Februar kommt Sigrun hinunter zu mir ins Internat und zeigt mir eine Ankündigung in der örtlichen Zeitung: »Margrethe Irene Floed auf Rikskonsert-Tournee in Nordnorwegen. Norwegens begabteste Pianistin. Schülerin bei Dr. Seidlhofer in Wien. Kommt am nächsten Montag nach Kirkenes. Spielt Beethoven etc ...«

»Gunnar hat mich darauf aufmerksam gemacht. Er kennt doch deinen Impresario. Aber dann ist mir eingefallen, daß du und diese Floed vielleicht zur gleichen Zeit studiert habt?«

Ich nicke. Das Licht hier im Norden ist nicht für Lügen geeignet. Die Polarnacht ist vorbei. Die Helligkeitsphase wird jeden Tag länger. Ich spiele bereits seit Wochen für die Schüler lebensbejahende Musik. Die »Holberg-Suite« von Grieg. Beethovens »Bagatellen«. Chopins »Balladen«.

»Margrethe Irene war meine erste Freundin«, sage ich. »Mit ihr war ich zusammen.«

»Und das sagst du jetzt?« Sigrun schaut mich ärgerlich an.

»Ich wußte schon damals, daß ich nie mit ihr zusammenbleiben würde.«

»Aber du warst doch mit ihr zusammen!«

»Das versuche ich dir ja zu sagen«, sage ich genervt, »daß man mit Menschen zusammensein kann und weiß, daß man nie zusammenbleiben wird.«

»Unsinniges Gerede!« sagt Sigrun zornig.

Sie wirkt betroffen. Als würde sie sich plötzlich erinnern und ihr Leben von dem Standpunkt aus betrachten, wie ich ihn damals hatte, als alles möglich war.

»Gehen wir«, sage ich.

Sie nickt kaum sichtbar, ist einverstanden.

An diesem Montag im Februar fahren wir allein nach Kirkenes. Ich hatte gedacht, Eirik würde mitkommen. Aber er hat an diesem Abend Chorprobe mit den Schülern. Sie wollen Mendelssohns »Höre meine Gebete« einüben. Jetzt sitze ich in dem alten Lada neben der Distriktsärztin. Sigrun Liljerot raucht wie ein Schlot.

»Warum sollte Tanja Iversen nicht mitkommen?« fragt sie.

»Sie ist auf ihrem eigenen Trip«, sage ich. »Ist das nicht das Privileg der Jugend?«

»Du redest wie ein alter Mann. Ihr seid gleichaltrig. Ihr könntet heiraten!«

»Bitte keine Witze«, sage ich.

»Weil du deine Rebecca mit den großen blauen Augen in der Hinterhand hast«, fährt Sigrun unbeirrt fort und raucht mit tiefen Zügen. »Du hast an jedem Finger eine Frau. Wie konnte ich mich nur ernsthaft auf dich einlassen?«

Ernsthaft auf mich einlassen, denke ich. Wie viele Wörter sind nötig, damit sie in mir etwas anderes sieht als einen Eindringling oder den viel zu jungen Ehemann ihrer Schwester? Wenn wir so reden, ist es, als hätten wir nie nebeneinander gelegen.

Denn sie hat sich nie entblößt.

Es gibt so vieles, worüber wir reden sollten. Aber wir finden die passenden Worte nicht. Erst als wir uns Kirkenes nähern, fragt sie:

»War es ernst zwischen euch? Hast du sie geliebt? Richtig geliebt?«

Etwas in ihrer Stimme läßt mich aufhorchen, und ich drehe mich zu ihr. Ich sehe ihr Profil. Ich kann sehen, daß sie aufgebracht ist. Ich empfinde eine Art Freude. Ist sie wirklich eifersüchtig? Auf Margrethe Irene? Die ich so schlecht behandelt habe? Die die erste war? Die nur ein erster Schritt auf dem Weg war?

»Mußt du das wirklich alles wissen?« sage ich. »Sie war die, mit der ich am wenigsten zusammensein wollte und trotzdem zusammenkam. Sie war die, von der ich wegwollte, selbst wenn wir uns am nächsten waren.«

Wir fahren einige Kilometer schweigend.

»Warum wolltest du das?« fragt Sigrun schließlich.

»Was denn?«

»Von ihr weg, was sonst!«

»Weil wir nicht zueinander paßten. Vielleicht paßte ich für sie, aber sie paßte nicht für mich.«

Sie überlegt lange.

»Hast du das von Anfang an so empfunden?«

Ich nicke.

»Was war das für ein Gefühl?«

Ich fasse sie mit einer kurzen Handbewegung an der Schulter. Sie wirkt so kindlich und hilflos, wenn sie so fragt.

»Daß es ein Mißverständnis war«, sage ich. »Zu der Zeit war sie wie eine ... Klette. Das ist vielleicht nicht nett ausgedrückt, aber für mich war sie jemand, den ich abschütteln mußte.«

Sie blickt starr vor sich hin. Ich merke, daß sie langsamer fährt. Wir kommen kaum noch vorwärts.

»Mir ist es mit Eirik auch so gegangen«, sagt sie.

»Was meinst du?«

»Daß er mir zu schnell zu nahe war. Daß er entschied, daß wir zusammengehören. Daß ich nie eine wirkliche Wahl hatte.«

An der Höhe 96 stehen wir beinahe.

Ich wage nichts mehr zu sagen. Das ist nicht nötig. Sie will auch nichts sagen. Wir wissen sehr viel voneinander, denke ich, als wir beim Konzertsaal parken. Diesmal haben wir keinen Alkohol im Körper. Sigrun wird zurückfahren. Gunnar Høegh steht da und wartet auf uns, aber die Stimmung ist anders als beim letzten Mal. Heute abend kein Absacker. Er sieht immer noch krank aus. Er küßt Sigrun leicht auf die Wange, begrüßt mich freundlich, aber matt. Dies ist Margrethe Irenes Abend. Eine junge, begabte Pianistin, die wir gerne hören wollen. Weiß sie, daß ich hier bin? denke ich. Möchte sie mich ärgern? Oder halte ich meine Rolle in ihrem Leben für zu wichtig, wenn ich so denke? Bin ich nur ein Narr, der meint, alles auf dieser Welt drehe sich nur um ihn?

Nein. Das glaube ich nicht. Durch Tanja Iversen habe ich das Gefühl kennengelernt, vom Zentrum des Geschehens ausgeschlossen zu werden. Ich sah, daß sie an jenem Abend zusammen mit Gabriel Holst ins Hotel ging. Sie wollte danach nie mehr mit mir sprechen. Gabriel muß ihr etwas erzählt haben. Wieder bekomme ich das Gefühl, das ich im Krankenhaus hatte: auf der anderen Seite zu stehen, bei denen, die es versucht haben, die es beinahe geschafft hätten, zu sterben, die aber immer noch am Leben sind. Und wie ich hier im Konzertsaal neben Sigrun sitze, die Gunnar Høegh an ihrer anderen Seite hat, fühle ich plötzlich, daß auch sie zu denen gehört, die es versucht haben. Daß wir beide es wissen, aber nie darüber reden werden.

Margrethe Irene Floed.

Sie betritt die Bühne in einem grauen Hosenanzug, der ihre schlanke Taille und die wohlgeformten Brüste hervorhebt. Das Haar hat sie hochgesteckt, wodurch ihr langer

Nacken betont wird. Wie erwachsen sie geworden ist, denke ich. Wie elegant. Es ist lange her, daß ich auf ihrem Bett lag, daheim in ihrem Mädchenzimmer, lange her, daß sie mich wie in einem Schraubstock festhielt und nicht loslassen wollte, lange her, daß sie völlig davon überzeugt war, daß wir zusammengehören. Aber es kam anders. Und dabei wird sie immer Margrethe Irene Floed bleiben. Bescheiden und ehrgeizig zugleich. Meine beste und loyalste Freundin, ohne daß ich das begriffen hätte.

Sie verbeugt sich. Dann richtet sie ihren Blick direkt auf mich, als hätte sie schon vorher gewußt, daß ich anwesend sein würde, und sie winkt.

Als müsse sie mir extra auf die Nase binden, daß sie heute abend für mich spielt.

»Du mußt zurückwinken!« flüstert Sigrun.

Ich tue, was sie sagt. Widerwillig. Denn in meiner Welt war Winken immer verhängnisvoll. Aber es ist glücklicherweise zu spät. Margrethe Irene sieht es nicht. Sie hat sich bereits an den Flügel gesetzt. Im Saal sitzen die Bildungsbürger der kleinen Grenzstadt. Es versetzt mir einen Stich. Tanja hatte keine Lust, mitzukommen. Es sind Leute von A/S Sydvaranger, Offiziere, Ärzte und Zahnärzte da und der eine oder andere Liebhaber klassischer Musik.

Ich werfe einen Blick auf das Programm.

Ich kann einen leisen Ausruf nicht unterdrücken.

Sie hat vor, mein Debütprogramm zu spielen.

Das Debütprogramm! Das ich im vergangenen Jahr spielte, an dem schrecklichen Abend, an dem sich Marianne erhängte. Das mein großer künstlerischer Erfolg wurde.

Als habe sie ständig hinter mir her spioniert. An mich gedacht. Alles verfolgt, was ich machte, obwohl sie in Wien war.

Als sei zwischen uns ein kalter Krieg gewesen, ohne daß mir das bewußt war.

All meine dummen Fehler, die ich mir in Margrethe Irenes Mädchenzimmer geleistet habe.

Als wolle sie mich daran erinnern.

Als sei sie nie darüber hinweggekommen.

Sie beginnt mit den Präludien von Fartein Valen. Zuerst bin ich wütend. Entweder hat mich W. Gude zum besten gehalten oder er hat nicht gemerkt, was Margrethe Irene vorhat. Niemand kann von einem Impresario erwarten, daß er die Konzertprogramme aller seiner Künstler im Kopf hat. Besonders nicht die der Anfänger.

Aber die Wut ist schnell vorbei. Margrethe Irene spielt für mich. Ich höre, was sie gelernt hat. Sie drückt Gefühle aus, die ich ihr nicht zugetraut hätte. Im hohen Norden, im Konzertsaal von Kirkenes, spielt sie mein Debütkonzert. Und schon nach wenigen Minuten erkenne ich, daß sie gut spielt, sehr gut, vielleicht besser als ich. Obwohl ich zu einem klaren Urteil nicht in der Lage bin, denn beim Hören dieser Musik werden die letzten Monate und Wochen mit Marianne lebendig. *Diese* Musik übte ich ein, während Marianne in aller Stille ihren Selbstmord vorbereitete. *Diese* Töne erklangen im Skoog-Haus, während Marianne im Büro im ersten Stock saß und an weiß Gott was dachte. Aber warum spielt Margrethe Irene *jetzt* Valen, Prokofjew, Chopin, Beethoven und Bach? Ist das trotz allem meine Welt, um die sich alles dreht? Oder bin ich auf einmal paranoid? Oder ist es Margrethe Irenes Rache, weil ich sie verschmäht habe? Daß sie nie zeigen konnte, was in ihr steckt, daß sie abgeschnitten war von ihren Ambitionen. Wie muß sie das gehaßt haben.

Aber Rache ist etwas, wozu man die Musik niemals einsetzen kann, denke ich empört, während Margrethe

Irene die Musik weit über diese kleinliche Sichtweise erhebt. Vielleicht wurden uns diese Kompositionen fast zur gleichen Zeit von unseren Lehrern aufgedrängt. Und Margrethe Irene hat sie analysiert, hat sie tiefer und komplexer verstanden, als mir das je gelungen ist. Ich höre den Kontrapunkt deutlich, was das Erlebnis verstärkt. Eigentlich bin ich ihr völlig egal, denke ich. Aber warum spielt sie dann ausgerechnet dieses Programm? Weil es ein tolles Programm ist, das Selma Lynge und ihre Freunde zusammengestellt haben?

Nach der Pause wird sie überwältigend. Da wächst sie mit jedem Ton. Sie präsentiert Beethovens Opus 110 auf eine Weise, wie ich es noch nie gehört habe. Ein perfektes Gleichgewicht zwischen Gefühl und Nüchternheit. Das fleißige und unbekannte Mädchen aus Bislett wird zu einer Interpretin von Weltklasse. Auch bei der Fuge behält sie die volle Kontrolle. Und als sie am Ende zu Bach kommt, ist der Saal völlig verzaubert.

Ich höre nicht mit meinen Ohren. Ich höre mit den Ohren von Sigrun. Sie sitzt dicht neben mir. Ich denke etwas verbittert, daß sie dieses Konzert auch hätte erleben können, wenn sie damals auf ihre Schwester gehört hätte und nach Oslo gekommen wäre. Aber was spielt das jetzt für eine Rolle.

Dann ist es vorbei. Das Publikum erhebt sich und ruft begeistert. Ich stehe ebenfalls und rufe mit Gunnar Høegh um die Wette. Sigrun ruft nicht, aber ich sehe, daß sie bewegt ist. Daß sie erschöpft ist. Daß sie weint. Daß sie kurz davor ist, die Kontrolle zu verlieren. Ich will nicht, daß es so weit kommt. Ich will, daß sie stark ist. Stärker als ich. Ich möchte den Arm um sie legen und ihre bösen Gedanken vertreiben. Aber ich wage es nicht, wenn so viele Arztkollegen im Saal sind und Gunnar Høegh so nahe neben ihr steht.

Als Margrethe Irene für die Zugabe zurückkommt, macht sie eine Handbewegung, daß wir uns setzen sollen. Bereits jetzt sehr weltgewandt, denke ich. Sie liebt es, da oben zu stehen.

»Erlauben Sie mir, daß ich die kleine Komposition meines lieben Freundes Aksel Vinding spiele, der, wie ich sehe, heute abend anwesend ist. Das Stück heißt ›Elven‹.«

Dann spielt sie »Elven«. Und eigentlich kann ihr nur Gabriel Holst die Melodie und deren Harmonie gegeben haben. Sie muß ihn in Oslo getroffen haben. Sie spielt die Melodie einfühlsam und mit souveräner Verzierung, besser, als ich selbst es könnte. Und anders. Sie spielt zorniger, fast aggressiv, will absichtlich das etwas zu liebliche Hauptthema dramatisieren. Erst als sie improvisiert, merke ich, daß sie außerhalb des Stückes steht, daß das meiste schön ausgedacht, aber nicht empfunden ist. Das macht nichts. Sie spielt »Elven«. Und ich weiß nicht, ob ich das als Ehre oder als Liquidierung betrachten soll.

Als der Applaus endlich verstummt, beharrt Gunnar Høegh darauf daß wir alle drei nach hinten gehen und »diese begnadete Pianistin«, wie er sie nennt, begrüßen. Sigrun begreift mein Dilemma und nimmt meine Hand.

»Willst du?« fragt sie.

»Natürlich«, sage ich.

Sie erwartet uns in einem viel zu hellen Raum. Ihre Haut ist weiß, die Kleidung schwarz, und als sie mich sieht, wirft sie sich mir an den Hals. Wir sind beide gerührt von dem

Wiedersehen. Ich habe sie seit meiner Hochzeit mit Marianne in Wien nicht gesehen.

»Entschuldigung«, sagt sie. »Aber das mußte einfach sein. Bist du mir sehr böse?«

»Du bist phantastisch«, sage ich.

»Übertreib nicht«, sagt sie.

»Aber wie kamst du zu ›Elven‹?«

Sie lacht. »Gabriel Holst. Schnellkursus in Jazz. Aber jetzt mußt du meinen Mann begrüßen. Heino Bubach. Wir haben im Herbst geheiratet. Er ist auch mein Impresario.«

Sie stellt mir einen dunkelhaarigen und elegant gekleideten Mann um die dreißig vor, den ich bereits im Saal bemerkt hatte. Es ist zum Glück nicht dieser Carlos, mit dem sie in Wien zusammen war. Er grüßt höflich.

Die ganze Zeit, während wir reden, spüre ich Sigruns Blick. Sie bewacht mich. Sogar wenn Margrethe Irene mit anderen spricht, hat sie mich im Blick.

»Sie hättest du heiraten sollen«, flüstert sie mir ins Ohr, als wir plötzlich etwas abseits stehen.

»Wir waren viel zu jung«, flüstere ich zurück.

»Zu jung wozu?« flüstert sie.

Ich zucke die Schultern.

»Dann heirate die Blauäugige«, sagt sie laut und schmollend.

»Wir könnten im Hotel noch ein Glas Wein miteinander trinken«, sagt Margrethe Irene und schaut mich unsicher an.

»Meine Wohnung steht dir gerne zur Verfügung, wenn du übernachten willst«, sagt Sigrun mit einem Blick auf mich. »Aber ich muß zurück nach Skogfoss. Ich habe morgen einige Patienten unten im Tal von Pasvik.«

»Man nennt dich die Frau im Tal, stimmt das?« Margrethe Irene schaut Sigrun neugierig an.

»Woher in aller Welt weißt du denn das?« fragt Sigrun erstaunt.

»Rebecca Frost«, sagt Margrethe Irene entschuldigend. »Ich habe sie in Oslo getroffen.«

»Das heißt, ihr seid über alles orientiert, was im Lande so passiert?« sagt Sigrun trocken.

»Wir waren einmal die Gruppe »Junge Pianisten«, sage ich.

»Ja«, nickt Margrethe Irene eifrig. »Gemeinsam wollten wir die Welt erobern.«

»Aber es kam anders«, sage ich.

»Ich weiß, was du mitgemacht hast«, sagt Margrethe Irene leise. »Deshalb dachte ich, wir könnten uns noch zusammensetzen und ...«

»Das geht nicht«, sage ich kurz.

Mir ist klar, daß Heino Bubach uns nicht in Ruhe lassen würde. Mir ist der Gedanke unerträglich, mit Margrethe Irene vertraulich zu reden, während ihr Mann in der Nähe ist.

»Außerdem habe ich den Schülern ein Morgenkonzert versprochen«, lüge ich.

Margrethe Irene dreht sich von mir weg und schaut Sigrun direkt an.

»Ich bin deiner Schwester in Wien begegnet, als sie und Aksel geheiratet haben. Mir fällt auf, wie ähnlich ihr euch seid. Sie sah sehr gut aus.«

Sigrun Liljerot errötet. »Wir waren ziemlich verschieden«, sagt sie kurz.

Dann trennen sich unsere Wege mit der Beteuerung, sich bald wiederzusehen. Vielleicht komme ich nach Wien.

Vielleicht ist sie in Oslo, wenn ich mit der Philharmonie Rachmaninow spiele. Heino Bubach unterbricht das Gespräch und legt seinen Arm entschlossen um ihre Schulter.

Wir sind wieder unter uns, Sigrun, Gunnar Høegh und ich.

Im grellen Licht der Deckenbeleuchtung sehe ich, daß es Gunnar offenbar schlechter geht, als ich dachte. Sie flüstert ihm etwas ins Ohr und drückt ihn fürsorglich, fast zärtlich an sich.

Er drückt mich auch. Oder genauer: Er umarmt mich, als wolle er mich segnen.

Ich habe das Gefühl, daß ich ihn zum letztenmal sehe.

Im Auto hinauf nach Skogfoss weint Sigrun.

Sie erzählt mir, daß seine Krankheit wieder ausgebrochen ist. Daß es schlecht aussieht. Daß er ein enger Freund von ihr und von Eirik ist. Daß Freunde wichtig sind, wenn man so isoliert wohnt. Daß sie ihm beide viel verdanken.

Eisige Loipe

Eine Woche später. Ich habe seit Tagen intensiv geübt und habe ein Bedürfnis nach frischer Luft. All das Unausgesprochene zwischen Sigrun und mir quält mich. Ich habe mich als Person zu hoch eingeschätzt, habe geglaubt, die Ereignisse steuern zu können, habe mir vorgestellt, daß sich die Beziehung zwischen Sigrun und mir entwickelt, daß es für keinen von uns ein Zurück geben würde. Aber ich bin an einem Endpunkt angelangt, komme ihr nicht mehr näher. Die Hand, mit der ich glaubte, sie öffnen zu können, ist zum Symbol der Distanz zwischen uns geworden: So weit bin ich gekommen, aber nicht weiter. Und wir haben schon lange nicht mehr zusammen gespielt. Sie schiebt es auf den langen, kalten Winter. »Da häufen sich die Herzinfarkte«, sagt sie. Viel mehr Menschen werden krank. Da gibt es viel mehr Arbeit für eine Distriktsärztin.

Ich treffe Eirik draußen auf dem Hof vor dem Internat, wo ich vor dem plötzlichen Licht, das den Frühling ankündigt, die Augen zukneife. Er trägt einen roten Skianzug, die Mütze rot, weiß und blau, unter den Arm geklemmt Langlaufskier und Stöcke.

»Du siehst blaß und erschöpft aus«, sagt er. »Fehlt dir etwas?«

»Nur die Rachmaninow-Krankheit. Ich habe in letzter Zeit möglicherweise zuviel geübt. Außerdem geht es nicht nur um das eine Konzert. Ich habe ein neues Repertoire, das ich noch einstudieren will.«

»Demnach könnte dich eine kleine Skitour aufmuntern. Kommst du mit?«

»Ja«, sage ich. »Gerne.«

»Na toll«, sagt er. »Das ist mal ein Wort!«

Er hat es aufgegeben, mit mir zu rechnen, denke ich. All die Pläne, die wir im Herbst hatten. Die langen Touren das Tal hinauf. Übernachten im Lavvo. Jedesmal war Rachmaninow die Ausrede. Das Üben. Und jede Möglichkeit, mit Sigrun spielen zu können. Was ganz im Sinne von Eirik war, weil er merkte, daß es ihr guttat. So, wie ich ihn gemieden hatte, weil ich den Gedanken nicht ertrug, wie er von mir und Sigrun betrogen wurde, so muß er mich als einen genialen, blutarmen Künstler aus der Großstadt abgeschrieben haben. Das einzige, wozu ich mich als tauglich erwiesen hatte, waren meine wöchentlichen kleinen Konzerte für die Schüler und die Einführung in klassische Musik, ein Bereich, den Eirik, wie er zugab, nicht genügend beherrschte. Dazu kam meine Rolle als Geburtshelfer bei der offensichtlich begabten Sängerin Tanja Iversen.

Er organisiert Skier und Stiefel, besorgt einen alten Anorak und einen geeigneten Wollpullover. Es ist elf Uhr vormittags. Die Sonne steht in diesen Breitengraden noch nicht hoch am Himmel, und das Licht trügt. Ich spüre die Kälte, vermutlich minus zwanzig Grad.

»Wir können hinüber zur Bärenhöhle laufen«, sagt Eirik begeistert, während er meine Skier einwachst. »Das ist ein ordentliches Stück Weg, aber für einen jungen Burschen wie dich zu bewältigen.«

Ich verspüre eine plötzliche männliche Lust, mich zu beweisen, und murmele: »Das schaffe ich schon.«

»Ich werde dafür sorgen, daß deine Skier perfekt gleiten. Ich könnte als Einwachser für die Nationalmannschaft arbeiten.«

Er hängt sich ein Gewehr um. Dann gehen wir los. Er voran. Ich direkt hinter ihm. Beim Anblick des Gewehres habe ich ein mulmiges Gefühl. Ich habe die Schüsse nicht vergessen Die zuckende Gestalt auf dem Eis.

Nach einer Weile erreichen wir die mit Birken bewachsene Anhöhe. Ich spüre, wie mich die Kälte trotz Anorak und Pullover packt. Ein Wind aus Nordost trifft uns von hinten. Erik hat die Hauptloipe verlassen und tritt eine frische Spur in südlicher Richtung, wo alles öd und leer ist. Bereits nach einer Stunde ist es merklich dunkler, ein trügerisches blaues Licht, das hier typisch ist. Aber ich weiß, daß Eirik eine Stirnlampe mitgenommen hat.

Er läuft ein gleichmäßiges, zügiges Tempo. Bis jetzt habe ich keine Schwierigkeiten, ihm zu folgen. Die frische Luft wirkt belebend wie die ersten Schlucke eines eiskalten

Wodkas. Mir fällt ein, was Sigrun mir erzählte, daß die Birke für die Russen fast ein heiliger Baum ist. Zwischen den weißen Stämmen wurden lebende und eingebildete Personen von ihrem Schicksal ereilt wie in Tschechows Stücken. Ich denke an Puschkin, an Eifersucht und Beschuldigung, an Duell und jähen Tod.

Die zielbewußte, energische Art, mit der Eirik läuft, wirkt zunehmend feindlich. Bei dem hohen Tempo können wir nicht miteinander reden. Das ist vielleicht ganz in Ordnung. Ich sehe die gedrungene, muskulöse Gestalt vor mir, versuche, sie mir nackt vorzustellen, wenn er Sigrun liebt. Das ist unmöglich. Ich hatte von Anfang an recht. Eirik Kjosen ist nicht der Mann in ihrem Leben. Er hat ihr das nur eingeredet, so lange eingeredet, bis sie es geglaubt hat.

Vielleicht will er mir etwas antun, denke ich und merke, daß ich müde werde, daß das Tempo unbarmherzig schnell ist, daß das keine freundliche Skitour ist, daß dieses schweigende Rennen Eiriks Art ist, mir zu sagen, wie er sich fühlt, daß ich in jedem Fall von seiner Kompetenz abhängig bin, daß er der Chef ist, solange er vor mir spurt, daß wir in die Dunkelheit kommen werden, daß der Rückmarsch im Dunkeln erfolgen wird, daß wir keinen Proviant mithaben.

Ständig kreuzen Tierspuren unseren Weg.

Eirik Kjosen stoppt ab und zu. Er versucht, nett zu sein, aber seine Stimme ist angestrengt. Er sagt dann: »Das ist ein Luchs. Das ist ein Elch.« Aber er redet nicht weiter.

Als wolle er eigentlich gar nicht mit mir reden und teile diese Beobachtungen aus reiner Höflichkeit mit. Ich denke wieder, daß er Grund genug hat, von mir enttäuscht zu sein. Er ist der Typ Mensch, der Erwartungen an andere hat. Wenn es stimmt, was mir Sigrun über ihre erste Zeit mit Eirik erzählte, war das, was sie beide verband, seine Erwartungen an sie und das gemeinsame Leben. Er hielt sie wie in einem Schraubstock, weil die Erwartungen so gewaltig waren.

Die Erwartungen, die er anfangs an mich hatte, waren natürlich viel kleiner, aber groß genug, daß ich sie spürte. Sein großes, breites Lächeln war das letzte, was verschwand. Sein Schweigen macht mir angst. Seine Schroffheit. Es hat jahrelang gedauert, bis er gelernt hat, seine dunklen Seiten zu verstecken.

Das hier ist seine Landschaft, denke ich. Hier ist er geboren. Von Kindesbeinen an weiß er, daß hier Raubtiere sind, daß der Birkenwald gefährlich sein kann. Er hat auch die Schönheit dieser Landschaft erlebt. Der Sommer und der Winter sind schön. Aber der Winter ist eisig kalt, und im Sommer gibt es Mücken. Was er mir aber zeigen will, ist nicht seine Landschaft, denke ich. Er will mir zeigen, daß er etwas weiß. Und das ist seine Art, es mir zu sagen. Weiß er, was ich mit Sigrun mache, wenn wir gespielt haben? Weiß er, daß sie und ich wahrscheinlich vertrauter miteinander sind, als er und sie jemals waren? Er weiß jedenfalls, daß er mir nicht trauen kann. Wer kann schon einem Pianisten trauen, der seine musikalische Ausbildung abgebrochen hat, der die unglaubliche Chance hat, mit der Osloer Philharmonie Rachmaninow zu spielen, aber keinen Lehrer mehr hat, sondern meint, dieses Konzert ohne jede fachliche Unterstützung einüben zu können, der meint, zu jeder Tageszeit Wodka trinken zu können. Er muß denken, daß ich mit alldem locker umgehe. Daß ich verantwortungslos bin. Daß meine Ehe mit Marianne ein Jugendstreich war. Daß meine Trauer aufgesetzt ist. Wenn ich mich in seine Gedanken hineindenke, wird mir angst.

Da wird das Gewehr auf seinem Rücken mehr als ein Gewehr, es wird zur tödlichen Waffe. Der Rücken von Eirik Kjosen ist breit und stark. Ich spüre plötzlich, daß ich sehr erschöpft bin.

»Ich glaube, wir müssen umkehren!« rufe ich.

Er bleibt nicht einmal stehen, um zu antworten, und ruft nur zurück: »Wir sind bald bei der Bärenhöhle!«

Vielleicht sind da tatsächlich Bären, denke ich. Vielleicht will er mir zeigen, wie gut er ist im Kampf gegen Raubtiere? Ich bin ein einfacher Junge aus einem Vorort von Oslo. Ich kenne Pasvik nicht. Die Entfernungen sind enorm. Die Landschaft prägt die Menschen. Sie prägte Tanja Iversen und ermöglichte ihr, auszubrechen, etwas Wesentliches zu wagen, umfassend zu denken. Umfassender und schneller, als es mir jemals möglich sein wird.

Aber jetzt ist es kalt, die Füße sind steif, die Wimpern voller Eis. Wir *müssen* umkehren, wenn ich den Rückweg schaffen will.

»Ich kann nicht mehr!« rufe ich.

Da passiert es. Ich bin nicht auf den kurzen, steil abfallenden Hang vorbereitet. Und diesmal dreht sich Eirik um, will zurückrufen und verliert im selben Moment das Gleichgewicht. Er kippt nach rechts, und als er mit dem rechten Arm auf den Schnee trifft, dreht sich das Gewehr, ist zuerst auf mich gerichtet und dann auf ihn, auf seinen linken Oberschenkel. Da knallt ein Schuß.

Nächtliche Rückkehr

Viele Jahre später versuche ich mich zu erinnern. Was das für ein Gefühl war. Er liegt im Schnee und zuckt. Ich denke erst, der Schuß habe mich getroffen, und bin vor Schreck wie gelähmt.

Ich bin sicher, daß er mich töten will, daß das nur eine Frage der Zeit ist. Aber gleichzeitig bin ich vorbereitet. Schließlich ist es noch kein Jahr her, daß ich mich töten wollte.

Da sehe ich das Blut.

Es tropft aus seinem Fuß, obwohl der Schuß den Oberschenkel getroffen hat.

Voller Panik schreie ich: »Du bist verletzt!«

Er sagt nichts, starrt mich nur an. Vielleicht hat er große Schmerzen. Vielleicht hat er noch nicht begriffen, was passiert ist.

»Du blutest«, sage ich.

Er bewegt die Lippen, als wolle er mir etwas sagen. Plötzlich sehe ich eine Art Lächeln. Gleich darauf fällt er in Ohnmacht. Offenbar hat er bereits viel Blut verloren. Ich denke, daß er vielleicht sterben wird, wenn es mir nicht gelingt, die Wunde zu versorgen.

Ich denke dasselbe, wie Gabriel Holst seinerzeit am Fluß gedacht haben wird, daß ich ihn, egal wie, retten muß.

Obwohl es einfacher für mich wäre, wenn er sterben würde.

Aber dieser Gedanke kommt später. Als erstes ist nur in meinem Kopf, daß ich ihn retten muß, um jeden Preis. Nach einigen Minuten erwacht er aus seiner Ohnmacht und starrt mich an. Er sagt immer noch nichts.

Mir ist klar, daß er etwas weiß, etwas fühlte, etwas entdeckte. Vielleicht haben er und Sigrun miteinander gesprochen. Aber hier draußen in der Wildnis hat es keinen Sinn, darüber zu reden. Er deutet auf eine Tasche seiner winddichten Hose. Ich öffne sie. Da hat er Verbandsmaterial.

Eine Schere. Pflaster. Dinge für Erste Hilfe. Er hilft mir, die Skihose vorsichtig auszuziehen.

Er liegt ohne Hose im Schnee. Der Oberschenkel ist weiß und nackt. Die Wunde ist rot. Er schaut mich bittend an. Und ich verstehe, daß er Angst hat zu sterben. Ich ziehe meine Handschuhe aus und beginne mit den Rettungsmaßnahmen. Ich bin gleichzeitig wütend und panisch.

»Das Gewehr war geladen«, sage ich. »Und nicht gesichert.«

»Wilde Tiere können schnell kommen«, sagt er matt. »Du weißt nicht, wie das ist in dieser Gegend.«

»Es war unverantwortlich«, sage ich.

Er nickt, ist mit allem einverstanden, was ich sage.

Er hätte mich töten können, denke ich. Vielleicht hat er es sogar vorgehabt, bei der Bärenhöhle, falls eine solche existiert. Er müßte mich nicht einmal erschießen. Er könnte einfach umkehren und verschwinden. Ohne ihn hätte ich hier zwischen den windverblasenen Birken keine Chance. Die Spur, die wir getreten haben, wird bereits wieder verweht.

Ich blicke mich um. Es ist jetzt dunkel.

»Wo ist die Stirnlampe?«

Er antwortet nicht.

Da sehe ich, daß er wieder ohnmächtig geworden ist.

Das ist der Blutverlust, denke ich. Er hat sich in den Oberschenkel geschossen. Ein Amateur hat seine Wunde versorgt. Er wird nicht einmal stehen können.

Erst jetzt geht mir der Ernst der Lage auf.

Mein Kopf dröhnt. Er liegt immer noch mit einem entblößten Bein da. Plötzlich ein kleiner, erbärmlicher Mann. Ich ziehe ihm die Hose wieder an und versuche dabei den

Gedanken zu verscheuchen, daß ich ihn hier draußen liegenlassen könnte, daß ich mit der Stirnlampe schon zurück nach Skogfoss finden würde, daß die Spur nicht völlig verweht ist, daß ich glaubwürdig behaupten kann, ich hätte versucht, ihn zu retten, weil ich Hilfe holen wollte.

Aber das ist unmöglich. Er würde hier draußen erfrieren. Nur ein paar Stunden, und es wäre vorbei mit ihm. Und der Gedanke, den ich verscheuchen möchte, muß trotzdem gedacht werden. Daß Sigrun dann Witwe werden würde, so wie ich vor einem Jahr Witwer geworden bin. Daß die Trauer uns noch enger aneinanderbinden könnte. Und ich habe den Unfall nicht willentlich herbeigeführt. Eirik hat die ganze Vorarbeit geleistet. Es ist allein seine Schuld, daß er da liegt, bewußtlos im Schnee. Mich trifft keine Schuld. Als habe er beabsichtigt, mich fertigzumachen. Als habe er uns mit voller Absicht in eine Situation bringen wollen, in der nur der Stärkere überlebt.

Im Moment bin ich der Stärkere.

Das ist ungewohnt.

Ich löse die Stirnlampe von seiner Mütze und befestige sie an meiner.

Dann knipse ich sie an.

Sie wirft ein kräftiges, aber begrenztes Licht.

Wie lange werden die Batterien halten?

Ich stehe da und betrachte ihn. Und er weiß es nicht einmal. Eine dünne Membran, die wir Kultur oder Zivilisation nennen, hindert mich daran, ihn zu verlassen und in die Lüge zu schlittern, die mich später verfolgen würde: daß ich ging, um Hilfe zu holen, daß ich meinte, es gebe keine andere Möglichkeit.

Es gibt eine andere Möglichkeit.

Ihn den langen Weg zurück nach Skogfoss schleppen.

Ihm die Skier ausziehen, seine Hand packen und ihn über den Schnee schleifen. Aber schaffe ich das?

Ich muß es jedenfalls versuchen. Ich löse die Skier von seinen Füßen. In diesem Moment kommt mir der Gedanke, daß ich sie als eine Art Schlitten benutzen könnte, wenn ich sie an seinem Anorak befestige, so daß die Schultern zu den Skispitzen zeigen. Dann könnte ich ihn an den Armen ziehen.

Es kommt auf die Spur an, denke ich, während ich die Skier an seinem Skianzug befestige. Ich merke, daß er halb wach ist, daß er etwas murmelt.

»Hab keine Angst«, sage ich. »Wir schaffen das. Ich werde dich nach Skogfoss zurückschleppen.«

Da reißt er die Augen auf. Er schaut mich im grellen Licht der Stirnlampe an.

»Du bist ein guter Mensch«, sagt er.

Dann wird er wieder ohnmächtig.

Nein, ich bin kein guter Mensch, denke ich. Ich handle nur. Ich habe eine Entscheidung getroffen. Wann habe ich das letztemal eine Entscheidung getroffen? Wann habe ich mich nicht nur im Kraftfeld anderer Menschen treiben lassen? Es ist eine Automatik in diesen Gedanken, die mich an all die Stunden allein am Flügel erinnert: daß da eine Arbeit ist, die getan werden muß, und daß es darüber keine Diskussion gibt.

Dann gehe ich los.

Eirik Kjosen ist schwerer, als ich dachte. Viel schwerer. Aber dann merke ich, daß der Schnee teilweise verharscht ist. Und im Schein der Stirnlampe sehe ich, daß unsere Spur noch zu erkennen ist. Im Dunkeln hätten wir keine Chance gehabt. Eine kleine Glühbirne hält uns am Leben.

Zum Glück ist der größte Teil des Weges eben oder leicht abschüssig. Wir müssen zurück nach Pasvikdalen. Ich weiß nicht, wo wir sind und wie viele Kilometer wir zu gehen haben. In der kalten Luft hat sich körniger Schnee auf die Haut gelegt. Aber ich friere nicht mehr. Und wenn ich schnell genug gehe, funktioniert die Schlittenkonstruktion. Wir gleiten dann beide.

Trotzdem muß ich ziehen. Ich muß beim Ziehen mal den einen, mal den anderen Arm benutzen und auch darauf achten, seine Arme zu wechseln. Damit ich ihm nicht die Schulter auskugele.

In gleichmäßigen Abständen rufe ich: »Eirik, bist du wach?«

Meistens antwortet er nicht, manchmal murmelt er etwas.

Es ist wichtig, daß er wach bleibt. Ich mag nicht singen, nicht schreien. Ich will Worte finden, die ihn aufhorchen lassen. Vielleicht genügt ein einziges Wort.

»Sigrun«, sage ich.

Er murmelt etwas.

»Sigrun und du, ihr müßt miteinander reden«, sage ich. »Sigrun und du, ihr müßt entweder gemeinsam einen Neuanfang finden oder euch trennen. Ist das so schwer zu verstehen?«

Er murmelt wieder.

»Vielleicht fühlt sie sich hier im Norden eingesperrt«, sage ich. »Vielleicht ist deine Freiheit nicht ihre Freiheit. Hast du dir das mal überlegt? Vielleicht verschleißt sie sich, weil sie deinen Erwartungen gerecht werden will. Weißt du, was das für ein Gefühl ist, den Erwartungen anderer Menschen gerecht werden zu wollen?«

Er antwortet nicht. Vielleicht ist er wieder bewußtlos. Aber ich rede weiter.

»Nicht nur deine Erwartungen«, sage ich. »Aber Gunnar Høeghs Erwartungen, meine Erwartungen, die Erwartungen der Patienten, ihre Erwartungen an sich selbst. Sie hat nie aufgegeben, Musikerin zu werden, wußtest du das? Hast du gemerkt, daß sie immer noch hervorragend Geige spielt? Sie könnte im Herbst debütieren, wenn sie wollte. Sie übt jeden Tag. Aber wie findet sie die Zeit dazu? Alle wollen ja etwas von ihr, der Frau im Tal. Du bist mit dieser Frau verheiratet, und diese Frau steht kurz davor, sich aufzureiben, und du vielleicht auch. Warum habt ihr nie etwas dagegen unternommen? Warum habt ihr es so weit kommen lassen?«

Er ist wieder wach, er murmelt etwas, während ich ihn hinter mir herziehe. Aber was er murmelt, ist unzusammenhängend, ist eher eine Bestätigung, daß er hört, daß ich mit ihm rede.

»Du mußt dich wach halten!« rufe ich und packe seine Hand fester. »Denn bald habe ich keine Kraft mehr, mit dir zu reden. Und wenn du jetzt einschläfst, stirbst du vielleicht. Was soll ich dann zu Sigrun sagen? Glaubst du, ich wüßte nicht, wie sehr ihr beide euch ein Kind wünscht? Ihr habt fast alles andere vergessen. Ein Kind könnte euch retten. Eine dritte Person, die es noch nicht gibt. Was wird dann sein, Eirik, wenn das Kind kommt? Was wirst du tun? Was wird sich ändern?«

Ich rede mit Eirik Kjosen, der halbtot hinter mir liegt, und folge unserer Spur zurück nach Skogfoss. Auf diese Spur konzentriere ich mich. Sie muß uns beide retten, wenn ich anfange, darüber nachzudenken, wie erschöpft ich bin, daß ich kein Gefühl mehr in den Füßen habe, daß die Arme schmerzen, daß ich mir eigentlich wünsche, er sei tot und begraben.

Die Stirnlampe beginnt zu blinken. Das Licht wird schwächer. Wie lange sind wir gegangen? Ich denke an die Unglücklichen, von denen man oft in der Zeitung liest. Die einen Steinwurf von der Hütte erfroren gefunden werden oder in zwei Meter Tiefe ertrunken sind.

Da denke ich den Gedanken. Ich denke ihn zum erstenmal.

Daß die Situation, in der ich mich jetzt befinde, von mir verursacht worden ist. Daß ich in diese gottverlassene Gegend gefahren bin, wo dieser Unfall passieren konnte. Daß ich ihn bewußt in die Enge getrieben habe.

Mein Kopf beginnt zu dröhnen. Ich weiß nicht, wie erschöpft ich bin. Ich denke nur, daß ich nicht auch noch ohnmächtig werden darf. Zurück nach Skogfoss! Ich bin auf einer Skitour. Ich ziehe einen sterbenden Mann hinter mir her. Mit jedem Meter, den ich gehe, scheint er schwerer zu werden.

Ich merke, daß ich langsamer gehe.

Aber jede kleine abschüssige Stelle verleiht mir neue Kräfte. Dann denke ich an Sigrun. Sie will nicht, daß er stirbt. Keiner von uns will, daß Eirik Kjosen stirbt.

»Wir sind bald da!« rufe ich ihm zu.

Und während ich das sage, verstehe ich plötzlich, was mich dazu getrieben hat herzukommen und Sigrun Liljerot zu erobern, ein Paar zu werden, damit es ein anderes Leben gibt als das der Trauer. So kann ich endlich stolz sein auf die Gefühle, mit denen ich sie überfallen habe, auf die Art, mit der ich sie umworben habe. So hat alles einen Sinn. Wie sollte sie einem Menschen widerstehen, der sie unermüdlich Monat für Monat mit seinen Gefühlen bombardiert.

Als ich endlich in der Ferne die spärlichen Lichter von

Skogfoss sehe, ist es, als wüßte ich zum erstenmal, daß der Kampf gewonnen ist. Denn es war ein Kampf. Wären wir Russen aus dem vorigen Jahrhundert gewesen, hätten wir uns zwischen den Birken mit Pistolen duelliert. Aber wir sind keine Russen. Und weil ich ihn hinter mir herziehe, ist er derjenige, der verloren hat. Aber der Verlierer ist so schwer. Er liegt auf den Skiern und ist so kalt, daß es ihm jetzt gutgeht, wie es allen gutgeht, die kurz vor dem Erfrieren sind. Man muß ihn nicht bemitleiden. Ich bin so erschöpft, daß ich beinahe umfalle, kurz vor dem Ziel. Aber als ich zwischen den Kiefern stehe und das Licht im Blockhaus sehe, weiß ich, daß Sigrun daheim ist, daß wir fast da sind. Ich kann ihn ihr großzügig überlassen. Ich kann sagen, daß er mein Geschenk an sie ist, daß sie mit ihm machen kann, was sie will.

Aufklärung am frühen Morgen

Sie öffnet die Tür, als ich klopfe. Ich sehe, daß sie geweint hat, weiß aber nicht, warum. Als sie mich erblickt, zuckt sie zurück.

»Was ist passiert?«

»Eirik ist auch da«, sage ich und trete zur Seite, daß sie ihn besser sehen kann.

Wir zerren ihn ins Blockhaus. Er liegt auf dem Fußboden. Leichenblaß im Gesicht, die Augen geschlossen. Die Eisperlen im Haar und am Anorak beginnen zu tauen.

Sie greift nach seinem Handgelenk. Legt den Daumen auf die Schlagader. Fühlt den Puls.

»Wir müssen so rasch wie möglich nach Kirkenes«, sagt sie kurz.

Sie fährt den Lada. Eirik liegt bewußtlos auf dem Rücksitz. Ich sehe an ihrem Gesicht, daß sie getrunken hat, sage aber nichts.

»Er wollte mir die Bärenhöhle zeigen«, sage ich.

»Hab noch nie etwas von einer Bärenhöhle gehört«, sagt sie.

»Wir sind fast zwei Stunden gelaufen«, sage ich. »Dann ist er an einem Abhang gestürzt, und der Schuß löste sich.«

Als wir ins Krankenhaus kommen, hat sie die volle Kontrolle. Sie handelt professionell, so wie Anja und Marianne in einem bestimmten Stadium ihres Lebens professionell handelten. Sigrun beherrscht ihren Beruf perfekt. Der einzige Maßstab für ein erfolgreiches Leben, denke ich. Sie spricht mit dem diensthabenden Arzt, gibt ihm die nötigen Informationen für die Bluttransfusion. Eirik liegt auf einer Tragbahre. Bevor er in den OP geschoben wird, beugt sie sich über ihn und flüstert ihm etwas zu, obwohl sie weiß, daß er bewußtlos ist. Das rührt mich.

Als sie sich von der Tragbahre löst und mich anschaut, sehe ich die Ohnmacht in ihren Augen. Da wird mir klar, daß diese Geschichte mit mir und Eirik nicht die einzige ist. Sie kommt zu mir. Ich bin so müde, daß ich kaum aufrecht stehen kann. Beide Handgelenke schmerzen. Trotzdem will sie, daß ich sie in den Arm nehme. Und diesmal will sie uns nicht vor der Welt verstecken.

Sie vergräbt ihren Kopf in meiner Achselhöhle.

»Was ist los?« frage ich und spüre wieder die Kälte der Winternacht.

»Nichts ist so, wie du denkst, Aksel.«

»Wie meinst du das?«

»Ich kann es selber noch nicht glauben.«
»Was denn?«
Sie richtet sich auf.
»Ich bekomme ein Kind von Gunnar Høegh«, sagt sie.

Epilog

Abschied im Kiefernwäldchen

Ich habe meine Koffer gepackt. Rektor Sørensen wird mich zum Flugplatz bringen. Zur Abendmaschine nach Oslo. Eirik ist vom Krankenhaus zu seinen Eltern gebracht worden, ein Stück weiter oben im Tal.

Ich gehe zum letztenmal hinauf zum Blockhaus.

Da tritt sie heraus.

So wenig ist von ihr übrig, denke ich. Sie ist blaß und verweint von den durchwachten Nächten, von den Gesprächen mit Eirik, von all dem, was sie hinter sich lassen wird.

Sie drückt mich kurz an sich. Ich fühle mich lächerlich.

»Wie du mich hassen mußt«, sagt sie.

Ich schüttele den Kopf.

»Ich habe mich in dein Leben gedrängt. Ich versuchte, die Tür aufzubrechen. Ich hatte kein Recht dazu.«

»Ich mochte es«, sagt sie. »Daran darfst du nicht zweifeln. Ich habe jede Sekunde unseres Zusammenseins gewollt. Außerdem hast du mir mehr geholfen, als du ahnst.«

»Wie das?«

»Meine Unsicherheit. Verstehst du nicht? Alles, was geschehen ist, sehe ich jetzt klarer.«

Ich weiß nicht, was ich sagen soll. Ich verspüre dieselbe Müdigkeit wie damals im Krankenhaus, als sie mich zu Anja ließen. Oder als sie Marianne abschnitten und den Knoten lösten.

Und im selben Moment sehe ich sie ganz deutlich: Mutters winkende Hand, Sekunden bevor sie im Wasserfall ertrank.

Ich gehe neben ihr und weiß, daß es das letzte Mal ist. Sie nimmt meine Hand.

»Woher weißt du so sicher, daß Gunnar der Vater ist?« frage ich plötzlich.

»Eirik und ich haben seit zwei Jahren nicht mehr miteinander geschlafen«, sagt sie mit der gleichen Direktheit, die Marianne hatte.

»Na ja«, sage ich, rot im Gesicht.

»Warum wirst du rot?«

Ich zögere.

»Sag es«, sagt sie.

»Ich habe euch von draußen im Blockhaus beobachtet.«

»Das hast du?«

»Ja. Ich habe dich nackt gesehen. Ich habe gesehen, wie du die Vorhänge zuzogst.«

Sie nickt. »Ich war nackt. Er konnte dasselbe mit mir machen wie du. Er war mein Mann.«

Wir gehen weiter, hinunter zum Fluß. Ich sehe den Wachturm auf der anderen Seite. Das Eis beginnt zu schmelzen.

»Es passierte in der Nacht, in der du mit Eirik nach Skogfoss zurückgefahren bist«, sagt sie. »Ich möchte, daß du das weißt.«

»Was soll ich wissen?«

»Daß es nicht geplant war. Nicht so.«

»Und wenn ich es gewesen wäre?«

Sie antwortet nicht.

Es sind die letzten gemeinsamen Minuten, bevor wir uns für immer trennen, für immer aus dem Leben des anderen verschwinden. Und wir wissen es, alle beide, daß wir nie Freunde bleiben werden, die sich treffen, um miteinander Brahms zu spielen.

»Ich hoffe, dir wird das Herz brechen«, sage ich.

»Ich verlange nicht, daß du mich verstehst«, sagt sie. »Aber ein Kind zu bekommen, das ist mein sehnlichster Wunsch gewesen. Ein Kind, das mir wieder einen Sinn geben kann.«

»Gunnar Høegh ist todkrank und wird sterben«, sage ich.

»Das werden wir alle«, sagt sie. »Daran mag ich jetzt nicht denken.«

»Und Eirik?«

»Er wird sich zurechtfinden. Die, um die man sich am meisten Sorgen macht, finden sich immer zurecht.«

Wir gehen wieder hinauf zum Internat. Rektor Sørensen erwartet uns.

»So weit gereist und nichts erreicht«, sagt sie, bevor wir in seiner Hörweite sind.

»Du hast von Anfang an gewußt, daß aus uns beiden nichts werden würde?« sage ich.

»Ich weiß nicht, was ich wußte«, sagt sie. »Du warst ein Geschenk, das ich nicht hätte annehmen dürfen.«

»Aber du hast es angenommen?«

»Ich hatte nicht die Kraft, es auszuschlagen.«

Rektor Sørensen schaut auf die Uhr.

»Es ist Zeit«, sagt er.

Sigrun küßt mich schnell auf den Mund.

Dann dreht sie sich um und läuft hinauf zum Blockhaus. Wie ein junges Mädchen, denke ich. Wie damals, als alles anfing. Wie an dem Herbstabend, als ›Clair de Lune‹ in meinem Kopf sang, als Anja an mir vorbei zur Straßenbahn lief, um zum Klavierwettbewerb zu kommen, an dem wir beide teilnahmen.

Wieder im Elvefaret

Die Bäume sind schneebedeckt. Zum erstenmal weiß ich, daß ich im Skoog-Haus allein bin. Da ist weder eine Anja noch eine Marianne. Da sind keine Träume und keine Halluzinationen. Schon als das Taxi in den Melumveien einbiegt und hinunter zum Elvefaret fährt, merke ich, daß etwas geschehen ist, daß sich entweder die Landschaft draußen oder die in mir verändert hat.

Als ich die Haustür aufschließe, rieche ich die dumpfe Luft eines unbewohnten Hauses. Niemand ist seit meiner Abreise hiergewesen. Als sei die Zeit stillgestanden, während das Leben woanders weiterging.

Am vierten Tag setze ich mich an Anjas Steinway. Vor diesem Augenblick hat mir gegraut, wie einem Vogel, der so lange wie möglich versucht, nicht zu zeigen, daß seine Flügel gebrochen sind.

Es ist schlimmer, als ich dachte. Ich habe Eirik Kjosen nicht ungestraft hinter mir durch den Schnee geschleift. Der Schmerz im rechten Handgelenk macht es unmöglich, mit der nötigen Kraft zu spielen. Und der vierte Finger der rechten Hand, meine große Schwäche, ist fast nicht zu gebrauchen. Im Grunde fühlen sich alle Finger an wie große und schwere Holzscheite.

Ich spiele mich vorsichtig durch die einfachen Bach-

Inventionen. Es ist beinahe wie das Luftspielen im Traum. Ich habe keine Kraft zu etwas anderem.

Trotzdem bekomme ich keine Panik. Ich stehe vom Flügel auf und weiß, daß ich in nächster Zeit so wenig wie möglich spielen darf, daß ich vielleicht erst irgendwann im April wieder anfangen kann, richtig zu üben. Ich zähle im Kopf die Wochen. Auf Rachmaninow, soviel steht fest, muß ich für diesmal verzichten, muß entweder das Konzert absagen oder etwas anderes spielen, das nicht eine solche Kraft und Ausdauer verlangt.

Ein ungewohnter Gedanke. Absagen? Dafür etwas anderes spielen?

Ich verspüre eine Ruhe, eine Sicherheit, daß alles, was jetzt kommen wird, notwendig ist. Ich bin nicht länger nervös.

Konsequenz des Aufbruchs

Die Wochen, in denen ich nicht üben kann, nutze ich, um die praktischen Dinge zu regeln. Ich rufe Ida Marie Liljerot an. Sie ist wütend, weil ich all die Monate nichts von mir habe hören lassen.

»Ich warte darauf, das Haus verkaufen zu können«, sagt sie empört.

Ja, denke ich, soll es ihr Haus sein. Es ist am besten so. Ich ertrage keinen Konflikt mit der ältesten Frau in dieser Familie. Ich bin ein für allemal fertig mit ihnen, denke ich. Sigrun und ihre Mutter werden ab jetzt unbehelligt von mir leben können.

»Verkauf es, wann du willst«, sage ich und verspüre eine große Erleichterung.

Sie zögert, die erfahrene Menschenkennerin. Sie hatte vermutlich nicht damit gerechnet, daß es so einfach sein würde.

»Du kannst natürlich Anjas Flügel haben«, sagt sie vorsichtig.

»Nein danke, ich habe meinen eigenen«, sage ich kurz.

Gleich nachdem ich mich mit meiner ehemaligen Schwiegermutter über die Einzelheiten des Auszugs geeinigt und den Hörer aufgelegt habe, setze ich mich hin und spiele zum letztenmal eine von Mariannes Platten.

Joni Mitchell. »Sisotowbell Lane ... Noah is fixing the pump in the rain ...«

Danach rufe ich in meiner Wohnung in der Sorgenfrigata an.

Christian Langballe ist am Apparat.

»Ich möchte gerne mit Rebecca sprechen«, sage ich.

»Das ist nicht nötig«, antwortet er mit einer Stimme, die zittert vor Wut. »Wir wollten gerade dich anrufen. Wir bauen uns auf einem Grundstück von Rebeccas Eltern ein Haus. Sie ist gerade dort. Wir ziehen Ende April ein. Hat Rebecca dir das nicht erzählt?«

»Ich habe lange nicht mehr mit Rebecca gesprochen«, sage ich. »Demnach kann ich also meine Wohnung wiederhaben?«

»Mit Vergnügen«, sagt er. »Das wird eine Befreiung sein, endlich rauszukommen aus diesen gräßlichen Räumen und deinen stinkenden Monsterflügel nicht mehr sehen zu müssen!«

Der Gedanke an die kleine Wohnung und an Synnestvedts alten Flügel gibt mir Kraft. Hier habe ich mein künftiges

Leben. Obwohl es mich beunruhigt, daß mich Rebecca nicht benachrichtigt hat, kann ich nun weiterplanen.

Ich sammle meine Sachen zusammen. Die wenigen Dinge, die mir im Skoog-Haus gehören. Noten und Kleidung. Das ist nicht mehr als das, was in Rebeccas Auto paßte, als sie mir seinerzeit beim Einzug half.

So vergehen die Tage. Ich vermeide es, in die Stadt zu fahren. Ich schiebe die Entscheidung vor mir her, obwohl ich nicht mehr viel Zeit habe.

Dann, eines Tages Mitte März, kommt der Frühling. Es tropft von den Bäumen. Der Asphalt mit all seinen Löchern wird wieder sichtbar. Es riecht nach Staub und altem Schnee. Früher bin ich an solchen Tagen hinunter ins Erlengebüsch gegangen und habe dem Rauschen des Flusses gelauscht. Aber ich tue es nicht. Ich stelle ein mir unbekanntes Notenblatt auf den Notenständer. Ich taste mich vor. Mit vorsichtigen Fingern. Dann atme ich tief durch und rufe W. Gude an.

Abschied vom Skoog-Haus

Der Journalist der Aftenposten kommt genau in dem Augenblick, als der Umzugswagen vor der Tür steht und das gesamte Inventar der Liljerots geholt wird. Cathrine hat sich gerade verabschiedet. Sie hat mir beim Packen geholfen, hat sich fast unbemerkt wieder in mein Leben geschlichen, wie das nur enge Familienmitglieder können, wenn sie spüren, daß Zuwendung gebraucht wird. Durch die großen Fenster des Wohnzimmers drängt sich eine gleißende Frühlingssonne. Der Waldboden ist übersät von Buschwindröschen. Der Journalist und ich nehmen auf den beiden Corbusier-Stühlen Platz, während sechs kräftige Männer vom Christiania Transportbyrå den Flügel sorgsam in Decken packen.

Der Journalist ist einer von der seriösen Sorte. Er hat sich kundig gemacht und gelesen, was über mich bekannt ist. Er hat offenbar auch mit W. Gude gesprochen. Vielleicht auch mit Selma Lynge. Er weiß alles Wissenswerte.

»Du hast dich längere Zeit von der Konzertszene ferngehalten?« sagt er wohlwollend, den Block gezückt und mit einem Blick auf den Löffelköder, den ich zwischen den Fingern hin- und herschiebe.

»Eigentlich nicht«, sage ich. »Ich habe jede Woche für die Schüler der Internatsschule von Svanvik gespielt.«

Er nickt. Versucht, zu verstehen. »Aber nach solch einem überragenden Debüt hätte man vielleicht Konzerte in anderen Städten und im Ausland erwartet?«

»Sie haben mit W. Gude gesprochen, richtig?« sage ich freundlich. »Er hilft uns allen. Aber ich *mußte* einfach weg, aus verschiedenen Gründen. Und die Finnmarktournee werde ich nie vergessen.«

»In der Pressemitteilung steht, daß du dort oben im Norden warst, um das große c-Moll-Konzert von Rachmaninow einzustudieren? Warum hast du das Programm geändert? Wie kommt es, daß du nun statt dessen das A-Dur-Konzert von Mozart spielst?«

Ich überlege, was die strategisch klügste Antwort ist. Selma Lynge hätte in einer entsprechenden Situation sicher etwas von der inneren Logik der Musik gesagt, von dem unentdeckten Mozart oder was auch immer. Aber das will ich nicht. Nicht noch mehr Ausreden.

»Ich bin viel Ski gelaufen«, erwidere ich.

»Ski gelaufen?« Der Journalist schaut mich ungläubig an.

»Ja«, sage ich. »Ich will nicht in Einzelheiten gehen. Ich kann nur sagen, daß ich mir auf einer Skitour im Februar eine Verletzung zugezogen habe.«

»Dann ist Mozart eine Notlösung?«

»Nein«, sage ich überzeugt. »Mozart ist ein Durchbruch.«

Der Journalist schaut mich verwirrt an. »Läßt sich das näher erläutern?«

»Es gibt eine Zeit für Versöhnung«, sage ich schließlich, während die Männer vom Transportbyrå Anjas Flügel mit Hilfe von Gurten, die sie am Instrument befestigt haben, geübt durch die Tür und zum Wagen draußen bringen.

»Versöhnung?« fragt der Journalist. Er hat vergessen, sich auf dem Block Notizen zu machen, war mit den Augen bei den Umzugsleuten und dem gewaltigen Flügel.

»Ja«, sage ich. »Völlig im Augenblick sein zu können. Sich gut genug einzuschätzen, um die richtige Wahl zu treffen. Ich möchte nicht zu persönlich werden. Aber als ich W. Gude das erklärte, hatte ich das Gefühl, daß er mich versteht. Natürlich wäre es phantastisch gewesen, wenn ich Rachmaninow gespielt hätte. Aber um welchen Preis? Ein Freund hat einmal zu mir gesagt, daß es in jedem Leben eine Zeit für Mozart gibt. Das ist erst ein paar Monate her. Und ich habe nicht weiter darüber nachgedacht. Aber als ich nach diesen Monaten im hohen Norden zurück nach Oslo kam, begann ich darüber nachzudenken, daß diese Zeit für mich jetzt gekommen ist. Als ich endlich Mut faßte und mich wieder an den Flügel setzte und behutsam das A-Dur-Konzert zu spielen versuchte, entdeckte ich, wieviel mir diese Musik bedeutet. Vielleicht, weil sie eigentlich so zurückhaltend ist, so wenig insistierend, so versöhnt mit dem Leben, mit der

Freude, aber auch mit der Trauer und allem, was verloren ist. Wie hat es mein Freund ausgedrückt? ›Durch Tränen lächeln‹.«

Der Journalist nickt und schreibt. Mir wird klar, daß es vieles gibt, was W. Gude ihm untersagt hat mich zu fragen.

»Für all das Schmerzliche einen Platz finden«, sage ich. »Ich begriff auf einmal, daß ich wieder lachen konnte. Die Musik setzte etwas in mir in Gang, brachte mich Schritt für Schritt zu einem anderen Ort in meinem Leben. Zwölf Töne waren alles, was Mozart brauchte.«

»Du wolltest also wirklich Mozart spielen?«

»Ja. Die Muskelschmerzen veränderten meine Einstellung. Mir geht es nicht mehr darum, Heftigkeit und Verzweiflung zum Ausdruck zu bringen, nicht mehr darum, mit Bravour die Technik zu meistern. Das wird später einmal kommen.«

»Dann spielst du jetzt um der Versöhnung willen?«

»Ja, man kann es so sagen.«

»Versöhnung womit? Mit all dem, was du verloren hast?«

»Nicht nur.«

»Sondern?«

»Die Versöhnung mit allem, was die ganze Zeit da war. Was ich aber nicht gesehen habe.«

Die Umzugsleute haben den Flügel verstaut. Jetzt sind nur noch die Corbusier-Stühle übrig. Der Journalist merkt, daß er aufstehen muß.

»Das war ein sehr interessantes Gespräch«, sagt er.

»Für mich auch«, sage ich.

Dann verlassen wir gemeinsam das Haus, warten, bis der große Umzugswagen davonfährt. Das einzige, was noch da ist, sind meine Plastiktüten, die auf der Kellertreppe stehen.

Der Journalist hat sein Auto oben an der Kurve stehen.

»Kannst du mich in die Stadt mitnehmen?« frage ich.

»Klar«, sagt er. »Wohin willst du?«

»In die Sorgenfrigata.«

»Das liegt auf meinem Weg«, sagt er freundlich, nimmt dann einige der Plastiktüren und hilft mir tragen.

Eine Zeit für Mozart

Ich ziehe dort ein, wo Rebecca und Christian eineinhalb Jahre gewohnt haben, in die Wohnung in der Sorgenfrigata. Ich habe fast vergessen, daß es meine ist.

Ich werde mich immer an meinen ersten Abend allein erinnern. Den Wein habe ich im Vinmonopolet Majorstua gekauft. Der alte Blüthner-Flügel, auf dem Rebecca während ihres Studiums geübt hat, wurde von ihr sorgsam gepflegt, selbst den Schmutzfilm von den Tasten hat sie entfernt.

Das Tageslicht verschwindet hinter den Dächern. Ich öffne die Weinflasche und setze mich auf den Balkon, höre die Laute der Menschen unten auf dem Valkyrienplatz. Erst als das Licht im Norden steht, gehe ich zu Bett.

Am folgenden Tag habe ich meine erste Probe mit dem Orchester. Ich merke, daß ich nervös bin, aber nicht so wie früher. Ich habe nicht mehr das Gefühl, etwas beweisen zu müssen. W. Gude sitzt auf seinem üblichen Platz im Saal und folgt mir mit den Augen.

Der Dirigent ist weltberühmt, erfahren und höflich. Er hat die Programmänderung dank W. Gudes diplomatischem Redetalent akzeptiert. Er weiß um die Verletzung, die ich mir zugezogen habe. Aber er will nicht darüber reden. Er kommt direkt zur Sache.

»Mozart ist schwieriger als alle anderen«, sagt er auf englisch.

»Das weiß ich«, antworte ich in derselben Sprache.

»Wie willst du das Konzert haben?«

Er ist ein älterer, erfahrener Dirigent, der sich bemüht, mich in die erwachsene Welt der Orchestermusik einzuführen.

»Ich finde, es darf nicht zu leicht und zwanglos werden«, sage ich. »Daß wir die Hintergründigkeit nicht vernachlässigen dürfen.«

»Ganz in meinem Sinne«, sagt er. »Dann muß ich die Intensität bei den Streichern erhöhen, nicht wahr? Und den Bläsern ihre artikulierte Schärfe lassen.«

Ich nicke eifrig und setze mich an den Flügel.

Der erste Ton. Um mich das Orchester. Das durfte Anja noch erleben, bevor sie starb. Aber für mich ist es das erste Mal. Bjarne Larsen sitzt auf dem Platz des Konzertmeisters und ist voll konzentriert. Ich sehe die Hindar-Brüder an ihren gewohnten Plätzen. Mit all den Musikern, die ich seit meiner Kindheit als Zuhörer im Saal bewundert habe, soll ich auf einmal zusammen spielen.

Der Dirigent läßt die Musik strömen, fast ohne die Arme zu bewegen.

Kurz bevor das Klavier einsetzt, denke ich, daß ich zum erstenmal ein großes Konzert spiele, ohne einen Lehrer gehabt zu haben. Weder Ausdruck noch Fingersatz hat jemand mit mir einstudiert.

Auf einmal vermisse ich das. Die damit verbundene Sicherheit. Ich muß mich der Aufgabe würdig erweisen.

Am nächsten Abend steige ich die Treppen vom Künstlerfoyer hinauf ohne den Ehrgeiz, der Beste zu sein und vor aller Welt Meisterschaft demonstrieren zu müssen. Ich betrete das Podium mit der tiefen Freude, die alle Musiker empfinden, wenn sie wissen, daß sie die Musik spielen werden, die sie lieben, die ihnen in diesem Moment am wichtigsten ist. Das eine schließt das andere nicht aus. Rachmaninow schließt nicht Mozart aus oder umgekehrt. Aber ich weiß, daß mich einige der Orchestermusiker für mutig halten, weil ich für dieses Konzert Mozart gewählt habe. Sie kennen die Hintergründe nicht. Sie verstehen auch nicht, warum ich nach dem Begrüßungsapplaus wie gebannt auf einen Punkt im Saal starre, wo Rebecca sitzt, ohne Christian und mit unsicherem Lächeln. Sie wissen nicht, warum ich stehenbleibe, warum ich vergesse, den Konzertmeister mit Handschlag zu begrüßen, wie es selbstverständlich alle Solisten machen. Sie verstehen nicht, warum ich ihr wie ein ausgelassener Junge zuwinke. Und sie verstehen nicht, warum sie ebenso ausgelassen zurückwinkt.

Sie halten uns sicher für kindisch.

Sie wissen nicht, daß es das Leben selbst ist, dem wir zuwinken.